김정환 시집

/

유년의 시놉시스

유년의 시놉시스

2010년 9월 15일 초판 1쇄 발행

펴낸곳 (주)도서출판 삼인

지은이 김정환
펴낸이 신길순
부사장 홍승권
책임편집 서정혜
편집 강주한 김종진 오주훈 양경화
마케팅 이춘호 한광영
관리 심석택
총무 서장현

등록 1996.9.16. 제10-1338호
주소 121-837 서울시 마포구 서교동 339-4 가나빌딩 4층
전화 (02) 322-1845
팩스 (02) 322-1846
전자우편 saminbooks@naver.com
홈페이지 www.saminbooks.com

디자인 (주)끄레어소시에이츠
제판 문형사
인쇄 영프린팅
제본 성문제책

ISBN 978-89-6436-019-4 03810

값 22,000원

김정환 시집

/

유년의 시놉시스

– 프롤로그, 性의 단절과 에필로그, 미래의 회복

삼인

차례

프롤로그

.

나의 유년은 초등학교 2학년 담임 선생
키 큰 여자다. 유년은 키 큰 여자 아래
성장 장애다. 그 키 너머를 한번도
맛보지 못한.
눈자위가 너무 검은
어,
범접이 너무 생생하게
접촉적인
가슴 속 검은 수첩 그 속에
어?
순결을 무색케 하는
백지의 공란과 같이
어?
!
숫처녀의
이름만 묻어나는,
숭할수록 아름다운
바깥에서
고래는 언어다. 고래의 생명이
훨씬 더 육감적으로
언어이기도
선에.
30년 전 형편없이 낡았던 그 책이 내 손을 떠나
돌고 돌다가 다시 내 손으로 돌아온다는
희망은 헌책방 희망 아니라 헌책 희망이다.
더는 제 몸에 새길 수 없는 그 무언가를

내 손금으로 새기고 싶다는 얘기지.
내용이 까마득하고 첫 소유자 이름도
무늬가 되어버린 그 책의
냄새도 감촉도 가뭇없다.
내가 사라지는
직전과 직후가 그러기를 바라는 나의
희망이라는 얘기도 된다.
내가 사랑하는
직전과 직후
부모도 자궁도 없이 세상 바깥에서
태아가 되어보고 싶기도 하였다. 가혹한 살갗의
사랑, 공포를 가공할 것으로 만드는 현대
음악도 없이 나날의 현실이 뭇매일망정
공포의
연속성을 벗고 싶기도 하였다.
연속은 복제된다.
단절은 옮길 수 없고, 운명 바깥에 있다.
시간 바깥에서 시간이 어긋날 수 없듯
두려움은 두려울 수 없다. 1980년 10월 23일
당시 7세
서울시 도봉구 길음동에서 실종됨
특징: 없음
당시 사진만 있음. '보고 싶은 우리 아이'
캠페인은 그렇게 실종보다 더 긴
실종의 생애도 단절시킨다.
나의 유년도 오래된

동식물 도감,
디자인의 유년이 유년의 디자인이다.
늦게 왔는데도 아내가
없는 집안은
먼 나라 정물화 같다. 오늘
동네 어린이 놀이터에 가보았다. 아이들이
없는 시간
그네도, 시소도, 미끄럼틀도 있었다.
미끄럼틀에 엉덩이가 부대꼈다.
너무 가까운 과거형의
격차는 아파할 겨를이 없다.
역사는 제외되지 않고 삭제된다.
끝까지 왕성한 것은 발과 양말
사이 혹은 관계랄까.
그래서 뉘앙스는 필요하다.
울화는 시간을 너무 잡아먹지만 무엇보다
모국어에 해롭다니까?
지금도 이 나라에 진주해 있는 청국 군대 같은 것은
(청국장은 너무 뻔하고 너무 뻔한 것은
그럴 리가 없다) 간장
종지 냄새다. 그 사이
백만장자라는 말,
쉰여 간 기와지붕 둘러싼 마당에 소를 잡던
마포구 대흥동 259번지
외가 옆에서 미국적이던 시대가 있었다.
'미국적'과 '이국적'의 뉘앙스는

다르지. 모종의 현대사가 느껴질 만큼.

키가 큰 여자, 그녀의

지금의

나의

단절의

압도당하는 쾌감의 낭패도 없이.

바늘에 패이며 내는 제 몸의 음악을

LP 음반은 즐기고 있을까? 아직 까지 unitel.co.kr

email 주소를 쓰는

소설가를 나는 안다.

내가 늘 다니는 을밀대 평양냉면 집

바로 옆길이라구, 내가 그 옛날 다니던

용강 초등학교가?

약도는 소용이 없다. 들어가보면 내 유년 아직도

외딴 평면,

다른 시간이고 고립된 교통이었다.

기억보다 더 무의식적이고

더 위험해서 우월한

육체의 단속성. 단절은 흉내낼 수 없는

일반성. 비가 오면 밤거리는 실눈을 뜨고

눈 감은 육체의 전모를 드러낸다.

불이 붙은 십자가.

내 눈은 감은 것인지 뜬 것인지 알 수가 없다. 열 지은

가로등. 맞은편에서 노련한 내가 고개를 주억거린다.

그래 그래. 슬픔이 무지 슬프면서

슬픔의 테두리를 넘지 않고

오히려 제

정곡을 찔리는

그게 느닷없지도 않다.

노부부가 서로 살을 닮고

표정을 닮고 서로의 어감까지 닮고 나서야

이제 헤어져야 할 것을 아는

비극은 명징하고 낭자하고 흥건하다.

게다가 그들에게도 죽은 사람은

다른 사람이고 그게 느닷없지도 않다.

그리고 죽음은

입장이 없다.

죽음은 크리스마스 같고

아파트 동네

닭소리 같다.

시도 때도 없이 홰를 치다 살처분 된(되는 이 아니다).

횟집 안마당이라는 상호가 있다.

JAPANESE DESIGN도 SOVIET CLASSIC도 없이

그냥 한번 해보자는,

SEXUAL도 없이 해보자는

소리 같은 횟집 안마당이 있다.

하기사 기꺼이 오스만투르크의 용병이 되고자 했던

그리스-로마 기독교 병사들이

비잔틴 제국 멸망사의 반을 이룬다.

아라비아 숫자의

외형보다 더 아름다운 것은 시프르,

와히드, 이트난,

탈라타, 아르바아, 캄사,
시타, 사바, 타만야, 티사, 아샤라,
발음이고 발음들 사이,
양각하고 음각하는 발음의 여성
기관이다.
생식기
개념보다 더 깨끗하게 무르익은
그 앞에서는 나머지 모든 숫자들이
너무 늙어 어쩌지 못하고 콧구멍 밖으로 기어나온
새하얀 코털 같다.
코털은 진화가 미진한 대표적인 경우,
너무 늙어 비만인 바퀴벌레의
필사적인 도망은 추한 것보다 '민망
하지'. 1968년 폭파 이전 한강 밤섬 살던 밤섬
할머니 방사능 피폭된 생식기가
포도송이처럼 보이는
노년의 유년 혹은 유년의 노년이다.
두 시대는 서로
판토마임하는 사이 같다.
이모와 고모 사이 같지 않다.
이모와 이모 딸 사이 같지 않다.
그 단어 사이 같지 않고, 잔인과 편안
그 내용의 사이 같다.
자아감.
바늘이 다시 LP 음반의
골과 먼지 사이를 파고드는

음악의, 음량으로 포효하지 않는
존재감. 감으로 존재하지 않는 감의
충만, 감의 아늑함. 감이라는 아득함.
그러나 '짠
하지'. 가난의 명품 같은
삭지 않은 비닐 속지 위 삭아버린 인쇄글씨는. '일단
달라붙은 먼지나 티끌은 그때그때 떨어내야 한다.
가장 손쉬운 방법은 클리너로 레코드의 소리골을
따라서 가볍게 닦아주는 것인데…'이 가요반세기,
레코드는 70년대 초 발매되었다.
수록된 곡들은 20년대, 30년대, 40년대, 그런
순서지만 60년대, 50년대, 40년대 그런 식으로
내려가도 물구나무 서지 않고
당도할 수 있다.
님께서 가신 길은 언제 들어도
그 당시로서만 간절하다.
기찻길 옆 머리통이
반 너머 으깨진 여자 시신도 소용이 없다.
정초엔 아롱사태 곁들인 사골 만둣국을 먹는다.
베리 굿. 유년의
비좁은 방 가난한 책상은 유년의
키보다 넓다. 외할머니
엽전은 쉽없이 새끼를 쳤다. 그네 타기 가르쳐주던
형은 나와 칼싸움에서
일찌감치 코가 부러졌다.
익사할 뻔했던 얕은 중랑천, 땀과 밀가루 냄새가

13

뒤범벅 된 틀국수 단칸방 아니라
간드라지는 화음이 일품인 김치켓,
그대 나를 버리고 어느 님의 품에 안겨
검은 상처의 아픔도 검은 상처의 블루스가
나의 정체성이었다는 것을 이제사 아는
기억의
비극도 있다.
경험은 경험 이전을 판토마임하는 것일까,
판토마임할 수 있을까?
생을 일순의
빼앗김으로 만드는
젊은 날,
뜨거움이
가장 차가운 입술로
얼어붙는
조금 더 어린
아름다움이
겹친 채 영영
펼쳐지지 않는.
기나긴 여생, 치명상도
없는. 저
찬란한 젊음보다
조금 더,
조금 더 어린
아름다움의
살생육(殺生肉).

범할 틈도, 허망할 틈도
없다는 듯이.
세월은 어느 틈에 흐른다. 홀린 듯 피아노 음
단 세 개가 여성 합창을 불러내는 대학교 체육관
실내다. 황금의 파문을 입으며 순식간에 실내를
꽉 채우는 처녀성도 실내다. 실내보다 더 넓게
번져가는 파문도 황금의 처녀성을 포근하게
감싸는 실내다. 체육관 바깥은 죽음의 영광
길길이 뛰며 울부짖는 광야. 세속의 감격에
미리 휘둘리지 않고
박수도 치지 않고
다만 박수의 몸으로 실루엣, 몸
서리치는 여성,
합창은 황금의 실내다.
여성은 합창의 실내다.
훨씬 더 가까운, 훨씬 더 가벼운 죽음 앞에서
죽음보다 훨씬 더 큰 공백이 내 허리를 버힌다면
믿을 수 있는가, 그 예리한 면도날을, 주인공
사라진 지 오래인 실연의 늙은 몸의 늙은 생각을,
옛날이라는 그 뼈아픔을, 버림받은 것보다 더
잔혹한 옛날의 실연을,
그,
기적을?
생활의 지혜 탈무드에서 기적은 갓 태어난다.
자궁 속 아기에게 세상살이 온갖 지혜를 가르쳐준
천사가, 셋,

비밀을 지키라며 손가락으로 누른
자국이 바로 입술 위 인중이라는 이야기.
믿음이 광포하던 시절 가내에 집적된 말짱한 정신의,
웃기는 이야기. 하나님 천사의 손가락 힘이 그리
서툴렀다는 이야기. 어떻게 보면
서툰 게 맞는 이야기.
앙증맞지만 아직 이 세상 것 같지 않은 모든 아가의
현기증 나는 존재의 표정 이야기.
하긴 모든 자장가는 죽음의, 죽은 이를 위한,
혹시
죽어서 듣는 자장가.
인중이 다시 놀라는, 놀라운, 어설픈 공포 이야기.
달콤하다는 것이 아무리 진해도 육체가
있겠는가 육체는 누구에게나 비리지만 비린 맛에
육체가 있겠는가
껴안아도 껴안아도 그대 달콤함의 육체는
한숨의 육체도 흩어지나니,
육체가 달콤함을 위해 있을 뿐, 그 거꾸로가
아니라는 이것이
사랑의 위로 아니라면 무엇인가.
그대와 나,
사라지기 전에, 사랑이 사라지는 이것이?
'귀족적'은
아무리 가까워도 소용없는 잠의 몸과 아무리
멀어도 생생했던 몸의 잠 사이
육체 없는 육체적 사랑의

정결과 기쁨이
가능했었다는 뜻이다.
믿을 바는 못되는 뜻이다.
잠의 몸 잠에 분명치 않고 몸의 잠 몸에 너무도
깜깜하니
역사적으로 훗날 분명한 깜깜 혹은 깜깜한 분명과
정결의 기쁨 혹은 기쁨의 정결이 필요했던 것인지도.
아니라면 그 모든 것이 이리 생생하고
생생이 이리 헛될 수가 없다.
가슴만 이리 아플 수가 없다.
중세 여인은 너무도 깨끗한 중세 음악에
더 깨끗하게 묻어난다.
묻어나는 허리는 더 가냘픈 곡선이고 곡선은 더
향긋한 내음으로, 내음은 황금의
선율로 녹아흐른다.
여기까지. 여기서 상황은 역전된다.
여인과 결별한 중세는 추하고 비리고 향신료도 없는
가축과 가금과 사냥의
육식 같다. 중세와 접촉한 여인은 성스럽지 않은
城의 허벌난 性 같다.
문득 오늘날, 사랑하는 여인,
우리가 무슨 만남을 만났다 하겠는가.
우리가 무슨 이별을 헤어졌다 하겠는가.
'요즘 것들, 섹시한'
짐승 같다. 화장 냄새가
요란하다는 게 아니고, 그게 아니고 뭔가 킁킁 소리도

나는 것 같고 내는 것 같고,
요즘 물론 젊은 것들,
숨기기는커녕 드러내는 매력도 한물 가고
열림 너머 벌림, 그 너머 뻗침 같고
너무도 진하여 그게 생식기
냄새 같다.
불쾌하지 않고 그게 생식기
매력 같다.
그냥 생식기 존재 이유 같다. 다행히
애원이 없고 그게 없으니 애처로움도 없다.
약탈의 태초도 없이 강렬한
종말 같다. 남자도 여자도 없다.
역사도 없고 그 냄새의
광경이
기적보다 더 찬란하다.
사랑을 키우기 위해 집은 커지고
전후의 사랑을 부드럽게 하기
위하여 취사는 둥글었다. 그게
어색하다며 온갖 미사여구 쏟아진다.
그게 더 어색하다며 더 쏟아지고 더 어색하고
어색해서 죽을 것만 같을 때
다시 기적처럼 새끼가 나오고 집과 건물
사이도 난다.
공간을 안기 위하여 돌의 마음은
비인간적 원형이지만
건축도 결과에 전후의 사각이 묻어나고 미사여구가

시작되고 어색하고 그때 다시 기적처럼
건축의 역사가 태어나듯
잠을 깨면, 집이다, 우리 집.
사랑은 불쌍해서 견딜 만한 악몽이라는 듯이.
구멍의 몸에서 맥없이 액체가 새는 시트의
몸이 스스로 얼룩지는
노인 아침이다.
마르고 또 마르고 싶은 생각의
끝에서 오는 죽음은 을씨년스럽지 않고
새하얗게 빛나는 가장 늙은 태초의 아침.
오 의식의 키를 넘은 의식의 껍질만 남고
어두운 창공의 두려움으로 나를 채워다오
두려운 두려움의
변형으로.
생각과 다르지. 불균형은 늙을수록
양적으로 줄지 않고 질적으로 미세하게
깊어지는
무언가가 지탱되는 더 결정적인
원인 같다.
젊음의 혼돈은 오히려 일관성이 있었다.
바람은 심상찮게 불고 계절은 더 이상하게 돌아간다.
하릴없이 더 미세해지면서 세계가 아주 조금씩
금이 가는 나이.
그것이 숭하지 않은 나이.
시국만 갈수록 천박해지고 배반이 배반 같지 않은
나이. 균형이란 뒤늦은 기억에 지나지 않는다.

먼 훗날 유전자 부활보다는
자식에게 나의 미래를 맡기는
전통이 더 그럴 듯하다. 그가 나라는 것을 설령 내가
알려준단들 나라는 것을 그가 안단들 그가, 그게 정말
나일까? 그는 나라고 생각하는 그고, 나는 나라고
생각하는 나다. 나의 그는 물론, 그의 나의
의식의 키는
아들보다 더 단절된다.
그것은 우리에게 낯익은 생명의 단절도 아니다.
대지와 여체의
비유는 얼마나 천박한가. 기쁨과 고통의
감각은 깊이의 비유와 아무런 상관이 없다. 발의
운동이 두뇌의 운동을 보장하지 않는 치매의
비유만 공통된다.
눈에 보이는 자연은 더 부조리한 편의인지 모른다.
육체의 이별은 만남보다 더 진하지. 속이 깊을수록
그대를 보내는 내 육체 바깥은 흥건하고 만연하고
안이 텅텅 비어가는 육체의 이별은 더 분명하고 진한
육체의 부재는 닦을수록 손톱 밑에 오래된 비린내,
코를 찌르고, 거처도 없이 오래된 여운 너머 구석기
유물 같고
그만한 황홀경도 여운으로서는 괜찮은 대접이다.
나이 먹는 것도 불륜이지.
젊음보다 더 지독한 그 음화를 우리는 서럽다 하고
그래서 인간은 끝까지 눈물겨운 동물이다.
그 차이고 거기까지다.

모든 생물이 먹고 마시고 일한다.
사랑이 죽음인 것은 맞지만 인간의
죽음은 넝마속만 남는다.
그 차이고 거기까지다. 누구나
죽음 앞에서 우스꽝스러운 광대지만 더
우스꽝스러운 것은 우리를 해방시키는
죽음, 죽는 자는 죽어서 죽음의 웃음을 보태고
죽음은 살아서 산 자의 우스꽝스러움에
윤곽을 부여한다.
그 차이고 거기까지다. 이별보다 더 긴 것은 이별의
순간이다. 기다림은 그것을 늘인 시간, 이별을
능가하는 시간이다.
비비 꼬이며 애처로운
비명을 지르며 그 시간이 이별의 내용을 채운다.
그렇지 않다면 이별이 이별의
노래보다 더 길게 이어질 리 없지 않은가.
죽음도 그 차이고 거기까지다.
이따금씩 더 슬퍼지기 위하여 눈물은 포르노를
입는다. 포르노가 눈물을 입는 것보다 더 처절하고
포르노가 문명을 증거하는 방식보다
더 누추하게.
그대여 춥지 않다면 ·생은 선 굵은 흑백의
포르노그래피로 요약된다. 과도하게 울컥이는
눈물은 끝내 문명 이상을 증명하기 위하여
이리 과도하게 울컥인다. 불꽃 속에 또 불꽃이 타고
불의 꽃잎 속에 불의 꽃잎이 열리고 그 속에 열림이

21

불타고 불탐이 열리고 눈물도 그렇다.

그리고

더 슬퍼야 이별의 노래는 흐른다. 아주 단순한 슬픔이
더 슬프고 아주 단순한 기쁨이 그보다 더 슬픈
슬픔은 제 몸을 한껏 적시며 이별의 거리만 늘릴 뿐
홀로 먼 길 가는 것은 외로운 노래다. 생 또한 그렇게
작은 슬픔으로 완성된다.

그리고 간혹

노래의 시절이 슬퍼지는 때가 있다.
시대가 노래를 위해 울어줄 수 없으니
그만한 상실이 없다.

시간이 갈수록 늙지 않고
야위어가고, 두 눈 퉁퉁 붓는 그
까닭은 무엇인가. 내 나이 야위지 않고
퉁퉁 붓지 않고 그 까닭의 경계를 보는
까닭은 무엇인가. 나이는 어디까지 까닭인가. 그
질문은 세월이 어디까지 공간인가. 그
한탄과 같다. 까닭은 어디까지 손을 쓰는가. 손은
어디까지 시간의 까닭인가. 경계의 까닭은 어디까지
시간의 까닭인가. 있는 것은 이미 있었던 것이므로
벌써

목이 쉬는 시간.

시간이 스스로 어디까지 누추할 수 있는지 묻는
시간의 까닭이다.

그 틈에 말이 나오고 나이보다 더 나이를 먹은 예술이
더 끔찍해 보일 때가 있다. 돌이킬 수 없는 순간의

낙인은 목욕을 하면 드러나고,
목욕을 해도 지워지지 않는다.
죽음 이후 예술이 있고 그게 죽음보다 더
끔찍할 것 같은 때가 있다. 처형보다 처형 이후가
형틀보다 형틀 이후가 더 끔찍하다는 듯 죽음의
의식적 연장이 예술이라는 생각. 모든 게 용서되는
문상도 불가능하다.
아름다운 예술은 더 그럴 것 같다는 생각.
예술 속에 예술 창조자 살지 않는다는
너무도 당연한 생각이 너무도 끔찍한 생각.
가파르게 향할 뿐인
생명이 혹시나
헛것, 아니기 위하여
기우는
어딘가.
그것을 우리는 원형이라 부른다.
꿈과 잠과 숨의
결이
가까스로 자리에
달하는
그 기움을 우리는
그 무언가
부드럽다는
뜻으로 읽는다.
어림도 없지만
물고기 세 마리를 수천으로 불린

음식의

기적도 생명, 헛되이

흔들리지 않고

다만 기우는

그 기움을.

그대를

향하지 않고 다만 그대가

되려는

나의

자세를.

나무 앞에 서면 나무를 만지지 않아도

부드러움은 角 없이 거칠다. 생식기는 육체의 초라한

응집 혹은 생색,

당연한 것을 더 당연한 것이

넘쳐나듯

격자는 넘쳐난다

나무 앞에 서면 모든 것은 거짓말처럼 사라지고

나는 오로지 공유하고 싶다, 직립한 느낌을.

울음을

쫓아내는 괴이한 고소공포증, 불안한 영혼도 불안의

영혼도 아닌, 물리적인 영혼의 불안도 아닌 불안의

반영 이전 순수 불안의

境界 속 警戒의

단아함을.

내용 없이 달콤한 목소리는 오늘도

자살을 꼬드기느라 달콤한 목소리다.

붕괴와 해골,
가끔씩 내 몸도 젖고 싶은 것은
그것 말고는 허물어지는 너의 영상과
양상을
어찌해볼 도리가 없기 때문.
그러므로 이따금씩
욕정은 남자도 여자도 아니고 남자 속 여자와
여자 속 남자가 마구 젖으며
허물어지는 헛것.
오래될수록 우리가 껴안은 것은 사랑 속 해골이다.
눈물이 스며들지 못하는 해골이 음산해 보이지
않을 때까지만 사랑하자고 우리는
그리 오래도록 부여안았다
부드러운 입술과 따스한 체온은 쓸데없이 간절하다.
우리가 출입구와 출입구로 쓸데없이 서로의 몸을
들락거렸던 이유다. 끝내 남은 것은 해골이고
해골은 해골의 최후를 알지 못한다.
가령
이런 부부가 있다. 발굴하지 않는다면
무덤은
스스로 망가지는 것이
편안해서 망가지는 그
기억의 형식이다. 허물도 더께도
먼지도 없이 서로를 향해
냄새를 지우며 망가진다. 개성도, 낯섦도 없이
서로를 여보라 부르는 모든 것에 익숙해지는

70을 닮는 60.
누가 발굴하지 않는다면 이런 부부가 있다
그 후만큼 서러운 것은 없다. 생각해보면
그 후는 그 후의 그 후고 그 후의 그 후의
그 후다. 곰팡이도 기억의 흔적, 그 후만 남긴
세월도 흔적의 그 후만 남긴 시간의 고운
살 내음.
누가 발굴하지 않더라도
그런 부부가 있다.
Frederico Garcia Lorca
그림도 있다. 계절은 봄이 아니고
몸이다. 아주 밝은 초현실의
아주 길게 이어지는 선이
꼬이지 않고 희끄무레 벌레 꿈틀대는
그것이 남녀 육체의 터럭과 윤곽을 만드는
아주 밝은 초현실의
Frederico Garcia Lorca
바람둥이와 호모 에로틱, 정치적 죽음의
명작을 남긴 시인의 수채화.
가을 바람 불며 화단 풀섶 마구 헤치고
아이들이 자전거 타는 뙤약볕 뜨거운
아파트 노인정 앞 고양이 한 마리.
저도 만끽하려 나왔다가
머쓱 깨닫고 슬몃
속도는 최대한 느리게 허리는 최대한
날씬하게 제자리로 숨어든다.

무에 이상한가. 모차르트가 파파 하이든에게 바친
현악 4중주, 감사의 음악 편지도 어울린다.
용이 더 신묘한
동물이 더 기묘한
식물 무늬로 영원을 새겼던
청동 제의
형상은 있다.
미리 녹슬어 녹슬지 않는
녹청의 돋을새김.
고대
형용의
영원은 있다.
영원은 그렇게만 있다는 듯이
무너질 듯 있지 않고 완강한 무너짐의
바보 형용으로 있다. 문명 발상의 하, 은 상, 주 나라
이름과도 같이, 하나의 전체처럼
china bronzes
형용은 있다.
뼈대만 남는 것은 죽은 뼈대의 착각이다. 왜 우리가?
Papier mache는 살아 있는 육의 착각이다. 왜?
라고 묻지 않는다. Papier mache, 그때는
동사보다 더 필사적인 보어도 이따금씩 즐겁다.
균열, 내가 그녀 속에서 그녀를 엿보며 엿듣는
것은 무엇인가. 구석구석 신음 소리 엿듣는 귀에
균열하지 않고 열리는 살갗, 엿보는 눈에 균열하지
않고 그런데도 내가 엿듣고 있는 것은 무엇인가 계속

엿보기에는 그녀 몸 파는 내 몸 너무 둔중하고
혼탁하고 구석구석 틈새를 빠져나가는 저 기쁨의
알갱이들을 내가 엿보고 있는 것을 엿듣고
있는 것은 무엇인가? 아, 균열.
내리는 눈도 역사적으로 음산한 식민지 수도
변두리 초라한
각광의 가로등 아래
텅 빈 이별 그보다 더 쓸쓸한 그보다 더 가혹한,
그보다 더 두터운 풍경이
악착같이 들러붙는 부자간이다.
낯익은 심지어 따스한 부자간이다.
그보다 더 가련한 1920년대 이전
부자간이 생각나지 않는다. 여자는 눈물도 사랑의
육체를 위해 있으니 슬퍼하는 사내의 눈물은
딱딱하다. 죽은 아버지와 산 아들의 2분법도.
격한 감정은 아슬아슬한 감정이다. 복수는
삽시간에 보인다. 세상의 중세성이. 난폭한 눈에
순결한 처녀의 미개가 보이듯. 올라오는 태풍도
하늘에 스멀스멀 기고, 내리는 비는 음흉하게
창밖을 두드리는 21세기, 아직은 벽두에 두려움의
주체가 누군지 모른다. 사랑은 더욱 위험하다.
하나가 아니라 둘인 것을 비로소 아는 정신과
육체가 서로를 더욱 끌어안고, 정신은 육체의
화상을 입는다. 격한 감정은 빨리 식는 감정이다.
정신은 재빨리 수습하지만 육체, 벌써 수습을 끝낸다.
정신은 육체의 동상을 입는다.

멀쩡한 정신은 그렇게 거듭난다.

가을이군. 아파트 주민들 공공 수돗물을 덜 쓰고
비데 수압 솟구쳐 똥구멍 산뜻하다. 관절염도 늙은 힘
솟으며 삐거덕 걷는 욕조 구멍도 멀건 때까지 모두
마시고 꾸루룩대는 산들바람이다.

게릴라 집중 호우 몇 번 당하면 거대한 구름들이
더 가까이 더 무서워 보인다. 기보다는 만년도
걸맞는 아열대 기후다. 만년의 재앙은 예감이 다르고
더 낯설다. 간절한 식구들이 울긋불긋하다. 저 아래
오래된, 좁은 저개발 속으로 숨어들며 좁은 꾸불텅
(은, 아무리 그래도 그렇지. 착각이다.) 골목에서만
사람들이 오가는 게 보이고, 거기만 사람들이 사는 게
아니라는, 아니었다는, 후회도 눈에 띄게 오간다. 비는
커다란 눈동자 두 개로 우는 유리창, 눈물이 동자를
넘쳐나는 차창 밖(으로) 정거장에 선 사람들 모가지
일제히 ㄱ 자 꺾어지는 것을

나는 본 것인가, 반드시, 과거 지향도 없이?

종교의 찬송가, 눈물이 차마 눈물의 인격을 닮는.
생명으로 이해할밖에 없으나 생명으로는 영영
이해할 수 없는.

연애 하러 여관 가듯 노래 부르려면 파김치
노래방 당연하다. 그명이 놀아가는 실내는
그런 나이고, 연애보다 노래보다는 섹스에 더
예의를 갖추는 시대이기도 하다. 옛날의 춤이
옛날의 몸을 흔드는 슬픈 옛날의 공연이다.
60년대 초 흑인 5인조 혹은 6인조 노래와 연주와

폭발적이지 않은 집단 체조는 너무 많아 슬프고
더블 베이스 껴안은 후둘거리는 양 팔다리
너무 길어서 슬프다. 육성은 육체의 조화를
펼쳐낸다. 친구가 연인으로 발전하기는커녕
연인도 파김치 친구로 내려앉는 노래는
부르는 노래가 아니라 겪는 노래다.
인생은 왜 이리 뒤늦게 슬픈가, 그 후 백인을 넘쳐나는
흑인의 폭발적인 음악 세월은 왜 또 그리 슬펐던가.
생이 뭐 별거라고, 이유가 있겠는가. 험한 꼴 당할 뿐.
지독한 기침 닷새 만에 30년 넘게 하루 두 갑 넘던
담배가 나를 끊었다. 이런 식의 숫자는 사태를 오히려
더 애매하게 만든다. 끊을 생각 없는 담배가 나를
당기지 않는다. 입가에 묻어나는 게 약간의
구설수 같고, 금단이 제 혼자 생겨 보이지 않던
문틈이 보이고 어영부영 제 혼자 닫히던 문짝이
엉겁결, 엄하게 닫히며 내 손가락을 짓뭉개는
아픔이 너무도 생생한
저 세상 같다.
서울과, 서울을 영판 닮은 신도시 분당의, 차이 같다.
분당에는 저녁 어스름에
소심하게 슬슬 눈을 뜨는 가로등이 없고 희끗하고
게슴츠레한 군데가 없는 모양. 그건 내용보다
중요한 모양. 돈 벌 듯 시간 벌 듯 야금야금
사랑도 하는 모양. 낭창낭창 휘어지며 낭창,
꺾어질 듯 나를 찌르는 난초 잎의 촉수. 도대체
어떻게 그런 말이. 그런 말이 어떻게. 난초도

스스로 알아들을 수 없는 그런 말이 어떻게.
유년이여 너는 장미다. 더 위험한 여인의
더 붉은 입술의 더 어지러운 색깔 속이다.
대지에 뿌리를 내리는 것은 썩고 또 썩는다.
그렇게 생명과 영원은 다르다. 몸에 뿌리를
내려보지만 뜨거운 것은 썩고 또 썩는다. 필사적인
번창도 마찬가지. 그렇게 가계와 영원은 다르다.
유년은 열리고 닫힌다,
붉은 장미 꽃잎 속
강렬한 색의 강렬한 열림의, 닫힘의 열림처럼.
그 닫힘처럼. 40번 암전으로 족한
40주기 행사의, 암전의, 등퇴장처럼.
유년이 없으면 사족이 너무 많다는 듯이.
민주주의는 서로를 고만고만하게 거느리는
착각의 사소한 잡담이라는 듯이.

본
검은 수첩 Design

프롤로그

정경은 한꺼번에 펼쳐져 있고, 그 안에서 모든
동사는 가지만 그 안에서 가장 느린 것은 '가다'라는
동사다. 가장 빠른 국어사전에서도 '가다'는 위치를
옮겨가고도 한참을 지나서야 맛이 가거나 죽어가고
짐작이 가고, 전기도 끊어진다.
하지만 '정'과 '경'으로 나누어도 정경을 정경이게 하는,
펼쳐져 있는 것의
처참을 벗겨 가는
무늬란 그런 것이다. 그것이 없다면 장마 아] 고
끈적끈적한 물방울 직전의 습기가 눈에 보이는
전 세계 아침 위에 누더기 모포를 씌우는
이 기묘하게 기분좋은 식물성 현상은
아무래도 흐느끼는 것이 속절없어 보이고 아무래도
도시가 괜히 우는 것처럼 들릴 것이다.

33

외국어사전에는 '가다'가 국어사전만큼 빠르게
등장하지 않고, 일본인은 신음과 탄성의 아아로
자기들의 국어사전을 시작하고 프랑스 국어사전
프롤로그는 abattre, abattoir, abats,
도살당한 동물과 식물과 육체, 허드렛 고기의
피가 흥건하고
처참하고 난잡하고 그래서 그런가 그 전에
자신을 낮추는 단어도, 스스로 어안이
벙벙한 단어도 있다. 그에 비하면
대한민국 국어사전의, 어간에 붙어 부사형을 만드는
('새록새록'의)
'ㄱ'은 전 세계에서 단연 맨 처음이고,
주격과 보격, 목적격과 강조격에
의문격까지 갖추어 주는
'가'는 시간을 배우는, 너무 친근해서 무의식에
달하는 방법이지만,
사전을 알파벳 순으로 상식하는 놈은 미친 놈이다.
이쯤에서도 무늬는 넘치는 모든 것을
무늬 속 무늬, 혹은 무늬 속(에는, 뭐가 있지, 뭐는
뭐가 꼭 있어야 하나?)으로 만드는 무늬다.
전등갓이 빛을 낮추듯, 서랍이 열고 닫히는
가재도구가 아직 있듯이. 그 비유의
무늬 속에서는 교착이 더 집요해도 교착되지 않고
고립이 더 단단해도 고립되지 않고
굴절이 더 투명해도 굴절되지 않는다. 받침은
소리가 소리를 건축한다는

내 주장은 그 비유보다 덜 섬세하다. 받침은
건축이 아니라 단절에 더 가깝고, 언어의
단속은 존재의 단속에 너무도 낯선 단속이다.
어린 날의 누가 새까만 밤을
새까말수록 안심되는 전신의 가면, 혹은
복면으로 여기고 그,
서랍장에서 고액권 지폐 다발을 훔쳐내던
밤과 서랍장과 손이 합작하던 기쁨의
기적이 아직 생생한 탓도 있다. 소리는 모음과 자음
사이 있고 그 사이가 소리고 그 소리에 닿는 순간
모음이 자음이고 자음이 모음이고 그렇게 그 둘의
구분도 결합도 사라지지만 통틀어
나의 순이가 '순이'도, '수니'도 아니고 여전히 나의
순이인 면도 있고, 그렇게 소리의
평면도 건축도 사라지고 오로지
정신의 육체상만 생생한 면도 있다.
폭염과 장마가 정말 대판 몸싸움을 벌이는
이 육중한 찜통 속을
안개비라고 부르는 일기예보도 있지만.
기상관측 이래 최초 아침 기온 30도를 넘고,
수용소 닭들 수천씩 폐사하고 우리 속 대지들
공공 사우나탕 인간들을 닮는
일기도 있고. 이런 날 그 기나긴 한강다리를
제 다리로 건너야 하는 날씨도, 더 무겁게
외상하러 가는 예보도 있다. 아랍 소리 글자 옛 순서
Alif, Ba, Jim, Dal, 의 처음(들)을 따온

Abjad가 대체로 자음만 쓰는 것은 표현이 더 풍부한
육체 기관에 모음을 맡긴다는
뜻을 넘어서 있다.
모음이 육체의 글씨라는 뜻을 넘어서 있다. 그것은
육체가 모음의 글씨라는 뜻이다.
Abugida는 자음에 몇 가지 간단한 모음 표시를
내재시키고
더 다양한 모음은 그 기본 글자의
변형으로 표시한다. 그 뜻은
모음에 서열이 있다는 뜻을 넘어서 있다.
모음을 심화하는 모음의 안팎이 있다는 뜻이다. 그
유년 속에서
기분좋은 여자는 기분좋은 술병이다,
취하지 않는, 더 독하고 영롱한 술이 담긴 그 안에서는
젊음이 낭비되어도 낭비되지 않아서 좋다.
위대했던 군중의 규모가 촛불 속으로
왜소화해도 왜소화하지 않아서 좋다.
번역을 하면 드러나는 작가의
누추한 생애가 누추하지 않아서 좋다.
영작을 하는 나는 나에게 그 흔한 타인이지만
그 마음에도 술병 속은 환하게 들여다보인다.
비로소 피아노 소나타 빠른 악장과
화해하는 법을 알았다.
영감을 주는 영감이 이미 오래전 액화한
그 '처음=끝'의 흐름을 처음이 끝인 단단함과
끝이 처음인 단단함과 앙증맞은 농담으로 비트는

방법을, 그 너머 비트는 게 아니라
비틀리는 게 바로 장난이라는 사실을 알았다.
지켜진 게 있다면 그건 보수 덕이고 나아진 게
있다면 그건 진보 덕이다. 동어반복에 가까운
이런 상식도 유년을 벗은 거리에서 사라진다.
가두투쟁을
선호하는 건 환경파든 여성파든 촛불파든 시민파든
어쨌든 가두파다.
'진보/보수'와, 그보다 훨씬 더 울타리가 좁은
'좌파/우파'와도 아무 상관이 없다.
딱한 사정은 언제나 봉건적으로 딱한 사정이고
동정파는 동정하지만 딱한 사정의 봉건성을
숭배하는 것은 모독이다. 동정심과 딱한 사정
양쪽에 대한.
이 이야기는 아무리 잘해도 유년을
회고조로 만드는군.
그것도다는 훌륭한 과거의 Edition이 훨 낫지.
오페라는 세속을 아름답게 하려는 노력이지만
아직까지는 세상을 아름답게 하는 노력이 얼마나
힘든지를 보여주는 데 그치므로 이야기의
음악 속으로 들어가듯이. Classik은 물론 Avant-
Garde의 추억도 오빠생각 Edition이고,
그렇게 모든 꽃잎은 진다.
한 알 한 알 다 따 먹고 아직 버리지 않은
포도껍질과 넝쿨을 접시 안 바닥에서
위로 보재기 싸는

Tissue가 보라색 동양화를 그리는 것처럼.
흐림이 부드러운 것처럼 시대를 앞서가는 미래의
유년은 드러난다.
광포한 포식이 윤곽 또렷한
생계로 보이는 것처럼.
성기의 부드러운
일반이
완강하게 부끄러운 특수를
자행하는
그 우스꽝스러움이 드러나듯이.
원래 육체의 기악에서 나온 웃음의
육체가 다시 기악의 속살을 파고드는
그렇게 비극이 웃음을 능가하는
그 우스꽝스러움이 드러나듯이.
엄마야, 누나야, 강변 살자, 의 누나는 누이 같은
애잔함이 더 하듯이.
'일류 이발관과 같이 이발을 하는
절약 가정 봉사료금 대인 60원 소인 30원
학생모집 본과 6개월 00명 연구과 3개월 00명
속성과 3개월 00명'
의
'1969년 12월 모일
영등포구 양남 시장 내 경신이발학원',
세월의 흐림이 부드러운 안내장 쥐똥 묻은
종이쪽지는 정음사 완역판 셰익스피어 전집 II
사극편에 끼어 있고, 전집은 오랜 세월로 권위롭지

않고 서툰, 억지로 낡아버린, 곰팡이
초록 헝겊 장정에,
'비극을 보고 우스운 생각이 드신다면 이제는 사람이
결혼식 날에는 울게 될 것…'
1970년까지 밀려나 썼을지도 모르는 그 몽당연필
글씨, 진리의 원초는 뺄셈의 비애가 영롱하다.
밀려난 것이 넘쳐난 것처럼 보이고
미래를 향한 뺄셈, 불가능한 것이 보이는
그 안에서는 갈수록 더 영롱해 보인다.
중학생 때 무악재 넘어 등교를 하던 무악재
어머니는 초년 중년 노년의
꿀떡을 세 번 빼앗기고도 무악재 어머니다.
늑대한테 잡아먹히고도 무악재 어머니다.
유년의 혀에 헛바늘이 돋는 것도 상쾌하다.
시간은 고정된 관계의 제록스가 계속 펼쳐지는
연속성 같고 단속성 같다.
아, 이, 우, 에, 오.
아, 에, 이, 오, 우.
그 차이.
낯익은 것이 낯설지 않고 낯선 것이 낯익지 않은
그 차이.
전체저으로 '어'가 없는
그래서 각자 열리지 않고 열린
느낌표의.
어?
그래서 각자 '어?'가 묻어나며

열림이 열리는, 열림조차 열리는
각자와 모두의
여성의
Sex가 아닌 female, 그 gender의
몸을 여는
어?
그게 없다면 부모와 아이들이 퇴장한 놀이터에
저녁 벌레들만 평화롭고
대지를 약간 따갑게 약간 노랗게 약간 현기증 나게
비추는 새벽빛, 고단한 날이 더 많았다.
송화단의 단이 잔치의 단백질이고,
충무로 영양센터 치킨이 졸업식이나 입학식
영양이었던 날이 더 많았다. 벌써부터 그
성의
단절 속에서
골격보다 더 명랑하게 미소짓던 그, 윤곽은 무엇?
육체와 겹치지 않고 더 육체적이던 그, 육신은 무엇?
불타는 태양이 낯익고 친근하던 그, 거리는 무엇?
짐승과 풀은 물론 바위와 구름과 하늘,
생명 아닌 생명이 스스로 외경하던 그, 이름은 무엇?
주체보다 더 먼저 객체가 흔들리던 그, 주체는 무엇?
진위보다 더 나중 흔들리던 그, 소문의 내용은 무엇?
가족 관계보다 더 뚜렷한 제사 음식과
자명종보다 더 시끄럽던 놋쇠 밥그릇 뚜껑 위
놋쇠 젓가락 한 쌍 부딪는 소리.
그보다 더 자명하던 제의 순서의 그

찢어짐보다 더 나중인
고막은 무엇?
슬프다, 나의 지리멸렬은 독수리의
완벽성보다 더 나중인 지리멸렬이구나.
기쁘다, 나의 지리멸렬은 그 슬픔의
완벽성보다 더 나중인 지리멸렬, 나중의
지리멸렬이구나. 윤곽은 그래서 검다. 곡식 속
어?
그 빈집에 없는 것은 시사의 기미다. 생명의
윤곽도 생명을 준비하지 않고
뒤받치지 않고 그냥
생명보다 더 처음인 생명의 무늬와
생명보다 더 나중인 생명의 무늬의
겹침이고 여기서만 그 겹침이 지리멸렬하지 않다.
그것도,
무늬니까. 거기까지만 우리의
즐거움은 검고 투명한 형식을 갖출 수 있다. 검고
투명하게 열리는, 어?
괴물도 괴이하게 사소한 농담에 지나지 않는다.
모든 것이, 아무것이든 의상을 입기 시작하지.
장딴지에 힘이 들어가는 만물이 민화고, 비내의
정령들은 그렇게 유년을 믿는다. 단어에 묻은 연도의
냄새를 맡듯이. 웃음은 비극의
치부. 그렇게
말하는 것은 백발, 삼천장이 아니고 치부의
희끗한 터럭이다. 거꾸로가 아니다.

스케이트장 코너를 돌 듯 흑백의 몸이
기우는 것은 흑백의 무게가 아니라 형식 때문이다.
빈 손에 무게가 들린 듯한 느낌도.
더 자세히 기울이면 비로소
두 손에 들린 무게는 무게가 서로 다르다.
길은 그 균형을 위해 있고, 누구나 아버지의 행로와
겹치는 양상이고, 그래서 어머니는 늘 눈 뒤로 보인다.
노여울 것은 없지, 길이 눈 뒤에서도
끊어지지 않는다. 눈 뒤에서는 어?가 없고
자연스럽고 모처럼 자연스러운 것이 다행이다.
그렇게 우리는 생각보다 일찍 아버지의 죽음을 맞고
어머니의 죽음을 눈 뒤의 심오한, 갈수록 깊어가는
보편으로 받아들인다.
우리의 발걸음이 빠지지 않고
우리 생의 허방 전체가 아득해지는 허방.
그렇게 우리가 호된 꾸중을 늘 듣는 것은 우리의
죽음이 늘 어머니의 죽음보다 더 조급하기 때문,
어머니의 꾸중 속은 부엉이 얼굴이 명백해 보인다.
칭얼대는 죽음 속은 모든 것이 시기상조고
더 앞당겨 그것을 우리는 성욕이라고 부르지. 어?의
반대는 어?의 성욕이라는 듯이. 늑대의
시간이다. 늘 으르렁대는 무늬의 시간이고,
으르렁이 으르렁 낳고 네가 없는 집단을
탄생시키는 시간이고, 네가 없으면 나도 없고, 그때
세월은 재단사도 이발사도 아니고
야수와 같다.

왼손이 왼손을 강제하는 왼손잡이도 보인다.
에스키모가 태초의 어?를 온몸으로 형상화하기 위해
지상에, 설원과 아주
조금만 다르게 출몰한다.
성욕은 다른 부족이고 다른 제의다. 화려한 곱사등을
입어야 우리는 비로소 슬픔을 슬프다고 한다. 종국은
하나로 집약되는
남편과 여럿으로 확산되는 아내만 남는다.
슬픔이 슬프다고 할 때 우리는 이미 속은 것이다.
벌새는 너무 작아서 더 작아지다가 벌의
날개짓에 가까운 소리를 낸다. 속은 것이다. 슬픔은
그 후의 지리멸렬에 지나지 않는다.
존재의 이전을 확인할 뿐 슬픔은
제 육체로도 무엇 하나 돌이킬 수 없는 슬픔의
육체다.
화마조차 초라한 뒷골목의 더 초라한 아비규환이던
시절의, 불멸의 기념비들 앞에서
유년은 그때 벌써 노년의 노고를
동양식 도량형 몸무게로,
한 근, 두 근씩 치르는
유년이었던 것 같다.
유년이 기념비 같지 않고 유년은 기념비 같다.
키 큰 여선생 칭찬에 키 대신 성적이 쑥쑥 자라던
국민학교 2학년 나의 악동 시절은
의식 이하의
기념비 속으로 갇혔다. 키 큰 여자 앞에서

내 키는 여전히, 읽지도 않은 동화책이다.
인구 1,500명의 지구 최북단 도시
롱이어비엔에는 사망자가 발생하지 않는다.
영구 동토층 매장 시신은 썩지 않은 지 오래되었고
오늘날 헬리콥터가 임종 직전을
도시 밖으로 실어나른다.
이 도시에서는 죽음이 허락되지 않는다.
내 유년의 빙하기에는 교실의 한뼘 따스한
난로가 있지만, 백설공주야, 나는 너를 모르고,
그러고보니 내가 나를 모르고, 내용도 순리도 없이
중요성만 강조되는 must 주입된 지식의 키는,
백설공주야, 혹시 너, 백 년 동안의 잠 아니니?
혹시 나, 숲 속의 미녀, 아니니?
오늘도 '미지수'를 전망과 혼동하는 앉은키 큰 여자
아나운서, '저럼'을 입에 달고 정말 갈수록 값싸
보이는 어감의 CABLE-TV Shopping Channel
키 큰 여자 Host.
그들은 옛날의 키 큰 여자도 아니고, 설사 나고,
내가 필요한 것은 지도다.
모종의 몰킴을 실핏줄의 뒷골목으로 분산시키듯
키 속을 키 밖으로 분산시킬 수 있는
생애의 지도.
죽음을 실제의 가상현실로 써먹을 수는 있지만
누구처럼 죽음이 말하고, 죽음이 듣고, 죽음이 읽고,
죽음이 쓰게 하지 마라.
그건 자살의 지리멸렬한 그 후다.

중요한 것은 죽음의 유래고 삶의 미래고,
죽음의 유래가 삶의 미래인 지점이다.
지리멸렬이 더 소중한 유일한 지점이다.
혹시 너, 혹시 나,
알고 있는 것을 알게 된 과정과 그 이유가 더
중요하다고 생각하는거야?
나는, 그 비슷하지만
명명과 분류보다, 아주 조금은 어긋난 이유의 과정과
목표의 그 후가 더 중요하다.
그 둘을 실핏줄 지도로 연결하는
미래의 회복이 더 중요하다. 정해진 것은 정말 명명도
분류도 '너와 나'도 오늘의 어른이 오늘의 아이보다
훨씬 더 어렸던 시절
미리 정해진 것이다. 외래어가 무슨? 동음이의,
의태와 의성의 천박은 자명하고 하늘을 나는 꼬리
는 꾀꼬리, 수수께끼에 묻어나는 시대의
천박은 더 자명하다. 이상, 〈오감도〉는
果(와, 과)와 乙(을, 를),
 加于(더욱), 必只(반드시), 그리고 숣晉(말음),
爲去乙(하거늘), 爲去乃(하거나)
설총 이두의,
말을 적기 위해 말이 안 되어야 했던 한국어
1천 년 역사를 역사적으로 뒤집은 것인지도
모르지. 자칫하면 삶은 연극, 이전, 리허설, 이전.
일상의 목전에 배달되는
신문은 일간, 주간 분류를 무너트리고,

방송은 말할 것도 없다. 집 안에서도 다닐 수 없는
방은 다닐 필요 없는 노인의 방.
문이 영원히 닫힌다. 슬픔 없는 동요 없고 아주
자그맣게 낡고 헐어서 좋은 세계 명작 원서를
사모으는 50대 취미는 환갑 넘은 아이큐의
몇 백 년 명징성을 위한 노후대책일지 모른다.
언어와 책의 관계는 책과 분류의 관계보다 덜
불행하지. 미케네, 혹은 더 불길한 아가멤논 황금
가면의 데드마스크는
내용을 능가하는 디자인의 예언 같다.
아직은 불길하지만 불길 또한 시간차 겹침의
결과므로 예언이 불길해지지 않을 때까지 기다릴
필요는 없는.
이전이 품고 있던 더 나은 이후는 물화할 수 없다는
사정을 뒤늦게라도 깨달은 사람은
지껄임이 문장이 되고 소리가 음악이 되고 그림이
미술로 되는 순간을
최초로 온몸으로 겪은 사람이다. 그,
태초는 오늘도 발생한다.
옛날 사진 인쇄 초점이 흐리지 않고 내 눈이 그에
맞추어 흐려지는
순간은 가장 걸맞은 유년의 미래 중 하나다.
초점 흐린 눈이 보지 않고
죽음의 누더기 비참의 명징한 초점이 비극의
수준을 최고화하는 로댕
〈칼레의 시민들〉이

역사가 아니라 조각 속에서
각자 보았을 미래 중 하나다. 오,
유복한 환경에서 평생 누이만 사랑했던 자가
행복하다니.
우리가 본 것은 실내 장식의 유복이다. 수묵화의
동맥과 정맥, 그리고
한문 지명으로 구성된
옛날 지도는 전망을 담고 있다.
발품을 판 까닭이다.
항공 지도는 물론 비행을 품고 있지만
담긴 것은 아직 우주 속 왜소한
우리들 운명의 눈금들이다.
율목동이 밤나무골이고 도화동이 복사골이던
시절이 다시 한 번 지명과 전설 속으로 사라지고
'동네'의 어감과 대흥동, 염리동 행정구역 사이
어드메쯤 내 정체성의 지명은 있다.
고층아파트에 살아도 50년 전 준공된 한국 최초
현대식 마포 아파트가 그 30년 후 한국 최초
대단위로 재건축되고 철거된 양변기, 욕조, 타일,
싱크대가 주택박물관에 진열되고 낯익은 동네 동
이름 그 위로 어수선한 일상의 설거지가 넘쳐나고
그 위로 화음보다 더
신음적인
옛날 누나풍 Sexuality의 김치켓 〈검은 상처의
블루스〉도 흐르는
어드메쯤 내 정체성의

절제는 있다.

길은 꼬불꼬불 이어지며 그림을 능가한다.

밤섬에서 밤을 샌 철새들이 비상하는 마포대교

일출 위로 한 50년 겹쳐진

사진도 유년의 미래다. 그 옛날 범선 고깃배 아니라

유구한 생활의 현장 옆에서 기념물은

고색창연이 어설프다.

그 옆에서 천주교 순교 성지 절두산 잠수봉

느닷없이 살벌하다. 용강동은 문방구 초등학생,

공덕동은 기생집과 원서 헌책방 동네다. 품격은

낡아가도 은밀한 품격이다. 망원동은 수재민

라면 끼니가 천막살이 나이를 먹고 아현동은

징역과 단체 활동이 시들해져가는 동네. 동교동은

DJ 아니라도 이국적이고

연남동은 늘 불륜처럼 숨어 있다. 동 이름은 지도처럼

나의 행적을 닮아간다. 효창공원은 김구 아니라도

내게 너무 먼 애국이다. 세교동은 손금 같다.

한강을 거스르며 마포, 서강, 용산, 노량, 뚝섬을 잇는

철길은 나의 생애를 닮아간다. 밤섬 청둥오리, 꼬마

물떼새, 쇠뜨기, 소리쟁이는 물론 그 흔한 민들레,

씀바귀조차

이름을 벗은 지 오래다.

부실 공사로 무너져내린 밤섬 이주민의

와우아파트는 나이를 먹는 생의 참상을 닮아간다.

동네는 얼마나 멀리까지 동일 수 있을까?

동은 얼마나 멀리까지

세계일 수 있을까. 그 질문의
바람이 나의 유년의
미래다. 발이 보이는 당인동은
얼핏 한 걸음
당인리, 발전소, 마포↔제물포 정기여객선으로
물러나기도 하는 유년의 미래다.
마포형무소가 경서중학교로, 경서중학교가
서울서부 지법 지검 지원 지청으로, 난지도가 쓰레기
매립장으로, 다시 시민공원으로 바뀌고
노고산에 서강대가, 와우산에 홍익대가 들어서고
가든호텔이 79년, 그 앞 서교호텔이
의외로 뒤늦게
82년 준공되는
마포로변 공덕동 불량주택 재개발
서울 최초 오피스텔이 들어서고
도화동 불량지구 재개발
은행가가 들어서는 그 변모가 아니라 그 변모의
슬픔이 아니라 그 슬픔의
핵심을 내 유년의 미래는 이룬다. 도성 바깥은
멀수록 무덤 밭,
토정동 이지함, 현석동 손돌, 박세채, 마포동 신수주,
상암동 한백겸, 성산동 김자점, 합정동 월산, 그 전의
월산, 하수동 양녕, 그 후 을사오적 박제순, 염리동
운현궁의 이하응 사는 역사의 행로가 여전히
만리고개 하늘 치솟는 만리동 이루는 것처럼.
쏘가리 메기가 바케츠 가득 잡히던 개천과

49

논밭이 있었던 것처럼.
불교방송국과 토정비결의
어감을 뒤집은 것처럼.
독재자 이승만 별장의
아름다움을 뒤집은 것처럼.
용강동 토정길 연변 전차 종점 퇴근길
마포 주물럭갈비
명물이 탄생하는 것처럼.
소금 묻어나는 염리동이 소금 묻어나지 않는
염리동인 것처럼.
가장 많이 사라진 것은
지명인 것처럼.
그것도 고작 백 년 동안의
미몽인 것처럼.
1958년 노고산동 117번지 합동연료공업주식회사
소탄(분당 25개) 3대 중탄(분당 13개 생산) 1대가
삼표연탄, 전국의
지명으로 되는 것처럼.
몸무게 늘고 키 크는 것을 재보지 않고도
느끼는 것은 나이와 숫자의 차이를 아는 것이다.
아는 것은 그 사이 나이테를 느끼는 것이다.
음절문자와 알파벳 문자와 받침 알파벳 문자의
동음이의
어감은 다르다.
그리스 알파벳이 뒤늦게 망가진
크릴 문자보다 더 근본적으로

계몽의 차르 이후 누대에 걸친
그리스-로마 및 서유럽 외국어 수입과
반을 넘은 토착어를 말살한 러시아 모국어의
비극이 보인다.
또렷하게, 한몫에 그리 거창할 것도 없이.
(우린 언제쯤 보일까?)
알파벳 이전 입말의
불규칙 동사만 어쩔 수 없는 것도 보인다.
레닌의 비애와 과오의
위치가 뒤바뀌는 것도 보인다.
남은 문제는 남은 자의 문제. 어떤 단어든
단어의 의미 내포들은 하나같이 무겁고 딱딱하고
서로를 향해
낯선 방식으로 지리멸렬하다. 박동과
흐름과 호흡이 거의 멈추는
겨울잠을 배우면 아이큐 중 임종과
어울리지 않는 부분은 정화하지. 의미는 결국
명명과 비유의 혼잡이고 혼잡의 심화지만
이제부터는 뜻보다 단어 자체가
명징해져야 하는 거 맞다.
스스로 빛을 내는 심해어는 빛과 어둠의
구분이 아예 없는
그 아래 어종보다 아무래도 한 수 아래 맞다.
전생 이야기도 물 위에 뜬 섬이 물 아래 섬이었던
저간의 사정으로 아이큐
명징해져야 하는 거 맞다.

품을 만큼만 산란하는 새, 맞고
동물과 계속 비교되는 인간의 서글픔, 맞다.
몸이 너무 커져 바다 자체가 음식으로 보일 즈음
즉,
교환과 가치의 직전
고래가 진화를 멈추었을 것, 맞다.
입구가 바로 물이라는 말은 결국 출구가 바로
물이라는 얘기지만 그 전에 그보다 더 나은
얘기이기도 하고, 베니스에
가보고 싶다는 얘기다.
경이가 재미가 아닌, 두려움도 호기심도 없는
경이로 느껴질 때
눈이 정지한 부엉이
능동도 피동도 명망의 허망도 없는
나의 유년은 참신한 나이를 먹는다.
내 양다리 사이
야생마처럼 날뛰는
시간, 약동하는 공간의
일관성, 요강 하나 튀어나온다. 깨끗이 광택을 낸
놋쇠 요강 하나.
어여쁜 창피, 혹은 더 아름다운
형벌의 요강 하나,
중세 수녀원을 닮지 않고,
명사는 가장 빠르고 허술했다. 형용사는 가장 느리고
글의 형용 너머로 느리다. 부사의 형편은
그 너머로 느린 형용사의

견인력에 좌우된다. 장소의 전치 혹은 접미사가
언제 어디서 어떻게였는지
기억나지 않는 내 유년의, 위치가, 그 감이 비로소
분명하다.
정체의
재귀대명사가 언제 어디서 어떻게였는지
알 수 없는 나의 존재가, 그 감이 비로소
생생하다.
소리로 읽는 뜻과 뜻으로 읽는 소리가
뒤섞인 뜻과 소리도 구분과
결합은 유쾌하지, 육체의
명징성, 우리 자신이, 존재 자체가
반영이었을지 모른다는.
굶주림은 그것을 존엄케 하고
갈망은 상어의
정신을 다이아몬드 속처럼 찬란하게 만든다.
헛간은
텅 비어 더 고요하다.
동양연표 속에는 더 많은 것이 있을 것 같다.
손바닥보다 조금 작고
손바닥보다 아주 얇은
새빨간 양장본
동양연표 속에는
딱히 생략된, 혹은 숫자화한 역사가 아니라
컴퓨터 연표 속에는 없고
무언가 미흡해서가 아니라

완벽한 복제 속에는 없고

원화에는 있는

위험한 여인의 몸 속에는 없고

위험이라는 말, 그리고 나이보다 노숙한 딸의

Sexuality 속에는 있는

구체적인 역사를 구체적으로

능가하는 개인의

연대의 연대가 있을 것 같다.

그리고

가장 생생한 말은 '같다'일 것 같다.

1971년 1월 10일 인쇄 1971년 1월 15일 발행

정가 500원, 편저자 이현종

인주 자국 선명한

발행처 탐구당. 재왕 재위와 연호와 왕릉과 건축물,

탑, 불상 각 부분 명칭과

24방위, 시각, 기원 및 주기 일람과 관청

별호가 있고

중국 역대 국가 변천이 있는 157쪽

동양연표 속에는.

이런 상태로 얼마나 더 심화해야 명징성의

디자인에 이르는 것인가,

그 성의

단절의

디자인에 이르는 것인가,

나의 유년은 그렇게 묻고 있다.

추억도, 소년도 소녀도 아니고, 장차의

미래도 죽음도, 미래라는 죽음도 아니고,
지금, 미래의 죽음이 그렇게
질문의 육을 입고 있다.
그리고 벌써
만행과 폭거는 그것을 자신에 대한 만행과 폭거로
여기면서 비로소 만행과 폭거를 펼쳐 보이는, 그리고
나서야 비로소 스스로 만행과 폭거였음을 아는
디자인의 파탄이다.
중력과 물질 사이 가장 가여운 것은 가여운 것을 아는
인간이라며 가여운 의식주에 디자인은 묻어난다.
더 가여운 것은
비상의 상상과 노력, 그리고 물질적 실현
이라는 듯이 디자인은 묻어난다.
내 유년의 디자인은 비상의
개념을 넘어선다. 가까이 보이는 원초 창조의
행위도 넘어선다. 성이 단절되고 생의 미래가
복원되는 디자인. 생의 미래는 복원될 뿐. 새로운
것은 언제나 각자의, 개별적인 죽음의, 개별적인
미래다. 무엇보다 생의 죽음이 이 모순의
모순성을 뛰어넘는 디자인, 메아리의 생은 메아리의
죽음을 향해 사라지는 디자인, 본질은 무엇보다
비중력적이고, '정말'은 더 가볍고 패션과 주방과
생활의, 교통과 커뮤니케이션의, 최첨단 가전제품의
도시가 미래의 모델이 아니고
미래가 디자인이다.
전생이 현생과 겹치는

차이(만큼) 말고는 보이지 않고,
보이는 것은 이미 디자인된 것에 묻어나는 디자인의
연대일 뿐
디자인은 아니다.
의자가 사실은 앉음의 이전과 이후를 요약하는
그 후처럼,
여체가 사실은
사랑의 이전과 이후를 요약하는 그 후처럼,
타이포그래피가 사실은 글과 그림의
이전과 이후를 요약하는 그 후처럼
디자인은 디자인의 완벽인 디자인의 죽음을 향해
사라지는 디자인이다.
나 어릴 적을 생각하는 내 생각의 디자인.
미래를 디자인하려 했던 바벨탑의 파탄과 혼잡도
이젠 의학용어처럼 단순해 보인다.
아름다움이 자본주의를 능가하는 안팎의
포장이 디자인과 가장 가깝고
성욕과 자본주의가 야합하는 호상의
광고가 디자인과 가장 먼 것이
보이는 나의 유년이다.
그게 디자인의
의사소통 디자인이다.
안녕.
만남의 의문부호가 붙든 작별의 종지부 혹은
말없음표가 붙든
상관없이 그 말은 벌써

지워지지 않은 흔적처럼 보인다.
흑백이든 총천연색이든
모든 사진도 벌써 그렇게 보인다.
전생의 집이 보이고 미래의 집도
임시 거처일 것이 보인다.
약간은 덜 허전할 것도 보인다.
유전의
지도도 보인다.
다시 만날 때까지 안녕.
어떤 때는 배설만큼 고마운 것도 없다.
우리는 이쁜 사람한테 용코로 걸려
따끔한
회초리를 맞는다.
다행이지. 내 몸이 아직 술을 받아주니.
누가 술을 끊었다는 말을 들으면 짠하지.
다시 마신다더라는 말을 들으면 더 짠하다.
그건 일종의 나의
예의다. 술 아니라 세상에 대한.
끝까지 버티는 건 예의가 아니지,
특히 나이 들어 끝까지 버티는 것은.
회초리의 매운맛도
예의나.

본의 본
어린이 사전; 분류의 지도

프롤로그

그림도, 대화도 없는 책이 무슨 소용이람?...
이상한 나라 앨리스는 유년이 아니다. 왜냐면
유년은 자문자답이 없고, 유년의 감각은 우리가
두 눈으로 무엇을 보았는지 두뇌의 기억이 없다.
앨리스는 성년도 아니다. 왜냐면 성년은 망각한
감각이다. 망각에 파묻힌 유년의 비누 냄새는 성년의
비누 냄새를 비린내를 좇아서 망각 밖으로
종종 새어나오지만 그림은 그림으로 더 잘 이해했던
기억조차 입증할 수 없을 정도로 지워지고,
아주 구체적으로 희미한
흔적이 달라붙으며
모양을 이루는 것이 동네의
윤곽이다.
그것은 아직 지도보다 더 구체적이지만
지도보다 더 희미하고, 위태로운 윤곽이다.

윤곽의 윤곽이 더 뚜렷해질 겨를도 없이
소방서와 우체국, 신작로와 골목길, 표지와 상징들,
그리고 유년의 번지수들이
하늘과 땅과 풀과 마음의 색깔을 머금고
지도는 벌써 육화한다. 험준한 고동과 평탄한 초록의
등고선을 갖춘, 지도가 아닌 지도의 육체다.
그것이 구체화인지 추상화인지 유년은 모르고
유년의 뇌리에 박히는 것은 구체보다 더 구체적인
추상의 모습이고, 이 과정은 낯선 어감의 나라 전체가
산맥과 도시의, 간선도로와 주 경계선과 국경의
등고선 없는 초록과 고동색 분점의
지도 한 장으로 형상화하는
절정에 달한다.
유년의 사진으로 보고 배운 그 나라의
풍물은 그 절정을 더욱 구체화한다.
주변과 비슷하고 눈에 익숙한 것만 아주 희미한
흑백으로 묻어난다.
'구체=추상'화와 '추상=구체'화를 번갈으는
단속이 연속을 능가하는 그, 흑백사진을
우리는 시간도 없이 영원이라고 부른다.
성은 무엇보다 연속성의 성이고 앨리스는
성욕의 직전인지 직후인지
어정쩡한 나이다.
비누 내음이 살 내음을, 살 내음이 비누 내음을
닮아가는 비린 내음의
이상한 나라에서

의식의 총체 이후 성이 없듯
그 이전 성욕이 없다. 식욕도 없다. 너무 희미해서
스스로 정체를 알 수 없는
욕망들이 한 덩어리로 뭉쳐 각자의 대상도 없이
겨우 굶주림의, 개념 혹은 감각만 익히고
있었을 뿐이다.
정체불명. 두족류도 아닌 두족의 육이 욕망이고
욕망이 생명이고 생명이 육이었다.
내가 본 것은 거기까지다.
장맛비 중랑천가 유년의 익사 위로 범람하고
내 유년의 기분은 촉촉하다.
그래서 이탈리아 오페라 부파였군. 뮤지컬이 아니라.
내가 보는 것은 여기까지다.
산란과 수정의 물고기 섹스에는
구멍이 있지만 삽입이 없다. 체내 수정의
삽입만 그리 요란하다. 아하. 그게 섹스군.
배설이 끔찍한 것은 중세지,
배설은 본능의 자연스런 욕망이었다. 그 모든 것이
얼마 되지 않는다. 똥이 저절로 나오지 않고
내가 똥을 싸는 것은 분명한 목적을 위해 싸는 것이다.
그 목적은 끔찍하지만 다행히 지금은 중세가 아니다.
결과는 견딜 만하지만 나의 유년에 똥오줌의
역사*는 없다. 제의도 없다. 케이블 TV로 영화를
보고 있다. 슈퍼맨, 배트맨, 모두 내가 태어나기 전
유행했던 만화가 소재다. 뽀빠이, 톰 & 제리
애니메이션도 마찬가지다. 나의 유년이 그 영화를

보고 있다. 나의 전생의 유년이 그 만화를 보고 있는
모습을 나는 보고 있고 유년이 유년의 전생 아닌지?
그 점을 보고 있는 나를 내가 뚜렷이 보고 있는 그,
연속과 단속의
명징성이 오늘날 지도고 분류고
지도는 분류고, 분류는 국민총생산의 가장 미세한
범주까지 포괄하는 범주다.
문어와 문어발 사이까지 포괄하는 범주다. 그 밖은
왜곡된 악몽의
유년이 우리를 지배한다.
지금도. 대낮 우중의
너무 밝은 헤드라이트가 수상한
거리의 시간처럼.
오늘 처음 만난 그 여자 마포 토박이라 했고 대충
동갑이라 했고 술 몇 잔 말 몇 마디 오가며 친근한
그녀의 턱짓이 일순 그 옛날의 골목길과 그 옛날의
그 여자 아이
애써 나이보다 더 들어보이려 안간힘을 쓰던
그 몸짓 전체가 전해졌다. 마포시장이 여전히 있군,
옛날 그대로야… 더운 여름비 쏟아지고 그보다 더
실내 손님이 번잡한 원조 할머니 빈대떡집 그보다 더
비루해지고 싶은 오징어튀김을 먹으며
우리는 한 시절이 모인 얘기를 하지만
실은 딴청을 부린 것이다. 드러난 유년 앞에
더 발가벗기운 심정으로. 우리들의
특색은 모눈 속에 갇혀 있다. 그것을 구체적인

작용이라고 우리는 불렀지. 문법이 뜻보다 더
도드라져보이는 그 순간을. 동두천 주둔 미군
'사단 앞' 정거장 부대 건너편
철길 너머 왼쪽 골목길 헌책방 한미서점의
어감이 평소보다 더 가여워 보인다.
산하와 인간을 머금으며
지명이 탄생하던 순간은 안개 속에
더 청초해 보인다.
삽시간에 모든 단어가 경제와, 경제는 미래와,
미래는 꿈과 연결되어 있는 것이 보인다.
뒤늦은 등장의
야만이 빚은 11세기쯤 보석 왕관이
그리 순정할 수가 없다. 삽시간에
제국의 성물이 더 세속적으로,
양식 이전으로
야만을 벗은 왕물이 더 종교적으로 보인다.
'인민'의 어감이
절정에 달했던
붉은 대리석
두상의 순간. 1536년 헝가리에서 헝가리 언어는
독일, 체코, 슬로바키아, 슬라브, 크로아디아, 색슨,
터키, 그리고 숱한 옛날과 당대의 소수민족 언어와
사이가 좋았다. 지리한 전쟁 중 혁명의 기운이 감돌던
1819년
그 나라 작가**는 그리스어의 매력, 라틴어의 권위,
이탈리아어의 열정, 프랑스어의 편함과 독일-

영국어의 강함에 필적할 힘을 갖고 있는 헝가리
모국어를 자랑할 수 있었다. 무엇보다, 우리말이기
때문이다, 라고 그는 덧붙였다.
내 유년의
언어는
발가락이,
눈꺼풀이
스스로
감각에 놀라던 그 태초의
어감이 끝없이 성장하는
소리. 그 형상인 상징.
그 행위인 놀이. 화엄경 거룩과
원형의 반복에 찍히는 인상을 방대한
예수 가계도로 만드는.
빛이 소리인
광음천왕도, 있었다.
나의 유년은 대동교와 유교를 혼합한 박은식과
장지연의 내용보다
'구한말'의
어감이 더 소중하다.
병자호란 주화파 최명길의 양명학보다 남한산성
굴욕의
어감이 더 소중하다. 해방 정국 맑시스트 사상사학자
백남운, 인정식, 전석담 들의
이름보다 이름의 어감이 더 소중하다.
동국진경산수, 판소리, 그리고 이중섭의 소 뼈대의

지도가 그려지는

광경보다 공연장 부민관

어감이 더 소중하다.

100년 전 찬송가는 아예 입이 없다.

20년대 〈반달〉과 〈오빠생각〉의 슬픈 동요가 30년대 명랑한

산위에서 부는 바람, 애들아 나오너라로 바뀌는 그 10년대의

어감이 더 소중하다.

유년은 국내이므로 세계 최초의 공연들이고, 그 밖에

흐리멍덩한 그리움의 잔재들이 굳이

졸가리를 가질 필요가 있을까?

서양화는 나체로 시작된다. 한성 권번 기생들의

서양춤 공연은 몸이

몸의 질감을 높이지. 1910년 서울 거주 일본인 34,

468명. 놀라운 것은 본정좌, 가부키좌, 경성좌, 수좌,

용산좌, 어성좌, 좌구량좌… 당시 서울에 세워진

일본인 극장들의 어감이다. 근대의 추억,

근대와 추억.

기차 역사, 언론사 중 한 곳은 일본 낭인들이

명성황후 시해를 모의한 비밀 근거지다. 민비 시해

장소인 옥호루는 민속박물관이다. 남산장 살롱, 카페

아폴로, 기처귀 찬 일본 성인들의

사타구니 냄새가 가장 진하고 가장 매혹적이었던

곳은 유곽건물이고 가장 왜곡된 냄새는 음식 냄새다.

왜곡된 근대의 어감은 왜곡된 근대의 물질을

하나의 장르로 분류한다. 왜곡의 어감이 새로운
유년을 창조하고 누구나 유년은 더더욱
과거의 미래다.
신성일과 엄앵란 거적대기 〈맨발의 청춘〉
영화가 가능하고, 누추하고 감동적이다.
사실이다. 영화는 잔상의 착각으로 가능하다.
그건 생도 그렇다. 잔상의 착각으로 가능하고
누추하고 감동적이다. 어디에도 생의
가장 횟횟한 가장귀에도
스캔들이 묻어나지 않는다. 배재학당
학생회 협성회보가 한국 최초의
일간지로 되는 매일신보
그 누추의 어감만 묻어난다.
라디오 '엠프촌' 시절 암거래로 쌀 50가마 값을 주고
장만했던 제니스 라디오
그 어감만 묻어난다. 구호물자, 슈샤인 보이도
어감만 묻어난다. 양옥과 양식, 그리고 아주 옛날
외식의 어감도 묻어난다.
피난의 몸피가 너무도 부대끼던 어느 날
너무 얇아 어감이 유선형인 인디언지의
너무 앙증맞아 어감이 부사
'가끔가다'를 닮는
민중포켓영어사전이 대박을 내던 어감도 묻어난다.
조선일보가 현재의 코리아나 호텔 그 자리에 원래
그보다 더 먼저 있었다는
사실은 시대를 위태롭게 혼동시키지만

카루소의 SP판이 오디오기술을 진전시켰듯
인쇄되기 전 필자와 활자와 기계와 종이의
마음이 인쇄된 책 수준을 앞서가던 시절의 어감은
묻어난다. 노라노 디자인도 윤복희 미니스커트도
정미소와 사이좋은 어감이다. 1894년 한 조선 백성이
빵과 버터를 대접받고 1897년 정동 손탁 호텔이
정식으로 커피를 내놓고 바람이 방향을 바꾼 것이
혼-분식 장려의 삼양라면 전후인지 알 수 없지만
이런 감들은 가장 가혹한 죽음의 모습을 가장 기나긴
마름모꼴의
정면으로 가장 아름답게 펼치는 종묘
정전을 더욱 정전답게 만든다.
아름다움은 심화에 다름 아니라는 듯
흡사 생도 종묘 속이다.
드넓은, 기나긴 마름모의
검음이 검음을 마름모꼴로 심화하는 종묘
정전 건물
디자인 속이다.
바닥의 포석들도 새하얗게 한없이
기다래진다. 선이나 무늬 없이
바탕색 자체로 마무리한 가칠 단청
빛바랜 그대로 그리는 고색 단청도 소용이 없다.
색의 몽매 이후 색의 위엄인
색의 무늬 속 색즉시공의
무늬도 소용이 없다.
색의 바램과 물감의 갈라짐이

오히려 겹겹 쌓인 세월의 흔적을 보여주는

경지도 소용이 없다.

이런 감들은 황, 청, 백, 적, 흑

오방색 각각으로 물든 모시를 가장 은은하고 가장

섹시하게 만든다. 그 앞에서는

처음처럼, 혹은 블랙빈 테라피 광고의

이효리 날씬 춤 너무 방방 뜨고, 그녀의 비달 사순

헤어스타일의

고전성은 너무 얌전하다. 그녀가 그리 우왕좌왕하는

이유도 보이고, 그렇게 시대는

시대의 아이콘에 대한

콤플렉스를 벗는다. 너무 낡은 한한대자전

속표지에 묻은

옛 여자친구 이름에 육체

이상이 묻어난다.

일부러 뚜렷이 할 필요는 없지만

지사는 상형의, 회의는 형성의,

그리고 숙어는 그 모든 것의

잔영이고, 그 거꾸로인 것도 벌써

데자뷔. 중국 간체가 일본 가나와 비슷해서 문제가

아니라.

역사성을 정면성으로 전화하는 근거.

조금 먼 나라의 물고기

단어에서는 내장도 비린내가 없다. 아니 모든

디자인이 비린내를 자기 안으로

벗어야 하는

문제다. 전쟁과 독재와 광신과 텅빈 집단의
위용이 단어를 처참하게 만든 시절이
가난이 아름다움의 위엄을 번성케 한 시절 속으로
처참을 벗는 벗음의
명징성. 여인의
여성도 서늘한.
북구라파 여인의 어감은 자연의 기후가 가혹할수록
푸근하다. 자유의 성도 보인다. 있었던 유년은
유년의 사진이 없으면 없는 유년이고 그렇다면
사진이 있어도 믿을 수 없는 유년이다.
비 내리면 유년의 바지가 젖고
많은 것이 덧씌워질수록 예전이 더 낯익어오는
골목 풍경이 폭풍우 속 같을 뿐이다.
첫울음은
물의 '체온인 기억'을
물의 '경악인 소리'로 떨쳐낸다.
두려움이 본능이기 전에 본질이고 육체인,
의식의 빈자리가 도마에 오른
물고기 비늘처럼 반짝이는
첫울음이다.
여인도 결국은 그런 첫울음이다.
육체가 시드는 것보디 더 붉게
시는 울음의 육체를 입는다. 내용에 비해 과도하게
성적인 것도 아니다. 어차피 모든 역사는
전설의, 꿈같은 이야기로 시작된다. 역사의 역사가
기록에 가깝다면

유년의 역사는 실제에 가깝다. 역사가 생애를
비극으로 응축하는 동시에
희극으로 해방하는 유년에는
산문이 없고 감각을 생생하게 하는 방언과
근대 및 직업의 민족 및 국제 언어만 있다.
경계는 무엇보다 더 감각적이고 자극적이다.
고전이라는 것.
수사가 내용보다 더 내용을 안정시킨다. 광대도,
모든 시간이 겹쳐진, 모든 것이 시작이자 끝인,
사랑은 원래 죽음 속 사랑에 다름 아니고 순결은 원래
고통의 전형을 입은 섹슈얼리티에 다름 아니다.
유서가 민법을
방불케 하는
현대의 잔혹도 셰익스피어 〈한여름 밤의 꿈〉
막간극 무대장치
돌담과 달이 관객과 대화를 나누며 풀어주는
오해에 지나지 않는다. 첫눈에도 프로이트
정신분석 시작되지만 그것은
역사적 신화와 신화적 역사 사이를
갈수록 파고드는
첫울음, 아름다움의 역사를 의성 혹은
의태한 것에 지나지 않는다.
대단원의 해피엔딩은 있다, 의태와 의성이 내용을
내용보다 더 안정시킨다면
첫
인식은

비루한 삶을 입는
거북龜 용龍 이齒 코鼻 쥐鼠 북鼓 솥鼎 기장黍
가지런한 齊 바느질하는 黹 그리고
검은빛 黑 그리고
누를 黃,
자연과 문명의 형상을 얇게 깎으며 사고의
기하가 예리해지는
상형문자 형성과정을 닮는다.
너무 오랫동안, 아니 오늘날에도 쓰여 스스로
상형문자임을 잊은
상형문자 속 상형문자 형성과정을 닮는다.
창戈를 품었을 뿐 我의 형성과정은 자아의
첫 인식과 무관하다.
그것은 나의 첫 형성과정이 앙상한 것에 대한
앙상한 흔적조차 되지 못한다. 잊혀짐조차 잊는
잊음이 잊혀지고 잊혀짐이 잊는
망각과, 첫 인식
가까워지고 가까워질수록 그 사이 깊어진다.
(사이가 깊다는 말, 맞나?)
물이 물고기에게 길이 아니고 환경도 아니고
그 사이도 아니고
그냥 한 몸인
경지처럼.
그 의미가 더
생존적이듯.
앞서 나아가지 않는 예술이 고단해도 앞서 나가지

71

않는 것은 그 점을 설명하려는
노력에서 비롯된다. 농노가
농사짓는 노예, 맞나?
농노는 농업, 생산이 삶이고
장원 영주들이 농노 생산의
노예였던 것 아니고? 올림픽 여자 육상 100미터
달리기의 말들, 짐승들이 보다 더
겸손한 것 아냐? 왜냐면 그들은, 쓸데없지는 않지만,
'괜히' 속도의 노예라는 건 아니까.
내 유년에는 능금의 어감도 없다.
내가 기억하는 것은 내 아이들의 유년이고 나의
유년은 내 부모의 기억이다.
발가벗었으나 내 뇌리에 인화된 듯 빛바랜 흑백의
百日記念 4287. 5. 22 日
사진은 내가 찍은 사진은 아니고, 내가 찍힌 사진이
아닐지도 모른다. 첫째 놈은 세발 자전거 앞에 탔고
둘째 놈은 그 짐칸에 탔다. 총천연색 사진 속에서도
동생은 형한테 짠하고, 운명적으로 철이 드는
光分解의 유년이다.
가난은 어쩔 수 없이 누추했으나 어쩔 수 없이
따스하지 않았다,
연탄가스 중독과 공중목욕탕 사이 피눈물도 없었다.
어제의 생은 어제의 생이라서 어제는 아파트
물탱크 터지는
오늘 못지 않게 위대하고 개인 욕실을 지닌 허스키
가수 문주란이 못지 않게 섹시하다. 게다가 오늘도

일상은 기억의 무덤이고 오래되고 아름다운 우리
말에만 역사의 고랑내는 묻어난다. 요는
오늘도 참여의 거친 언어가 아니라 언어의
번지레하지 않은 참여다. 눈물 말고도 웃음이
생의 의미의
품격을 격상시킨다. 매미도 울지 않고 울음 이후
음악에 귀기울이는 저녁
혹은 이른 아침
방충망에 착,
달라붙어. (영영 귀기울이는 것이 죽음인지
모르지.) 방충망과 날개 둘 다
더 투명하게. 연도도 장소도 대열도
자세도 분명치 않은
내가 유년의 나를 아주 어렴풋이 확인하는 소풍
사진이 있다.
어렴풋이 나의 유년이고, 오래되고 충직한
금상첨화고, 비로소
사는 것이 개 같지 않다.
우린 어리고 크리스마스 트리 키가 컸을 뿐***
서로가 서로의 안을 들여다보는
눈맞춤이 서로의 안을 탐하는
입맞춤보다 너 격렬하게 영혼의 입맞춤을
닮는 때가 있다. 점방 툇마루 깡통 맥주도 골뱅이
안주도 영영 문을 닫은 산동네 좁은 골목 안 슈퍼
그녀 자취방 바깥 창에
영영 오지 않던 그녀 체취 더욱 진하던

유년은 있다. 동두천 '사단 앞' 대로에는
'탱크 진입금지' 교통표지판과 탱크 구조의
외형을 닮은 철교가 있지만 그 사이
그 옛날 바라크 클럽 건물에
그 옛날 이국적인 대낮의 음탕이
너무도 당연하다는 듯
더욱더 당연하기 위해서라는 듯 더 이국적으로
양공주들 국적이 필리핀과 동남아
제 3세계로 바뀐
골목이 있고 철교를 건너면 거무튀튀한 염색물
개천에 나뒹구는 한적한 동네에
옛날부터 이곳 편해 이곳 살다 가장 편안한
풍경이 되어버린
멋지게 나이 든 게이들도 옹기종기 모여 있을 것이다.
자연이 편안한 건
'아니지'. 낯설지 않은 것이 너무도 낯선 것인지
낯선 것이 너무도 낯설지 않은 것인지
헷갈리는, 그보다는 모든
자연의 빛이 삽시간에 바래는
망각의 새하얀
빛이 어떤
심연의 전모를 드러내는 그,
전광석화 사이
나의 유년은 있다.
창밖은 여름 비 내리고 오래된 책들의
키가 낮아지는 실내

거실 마루가 가라앉는

이러한

멸망.

오라 유치원 시절 사진 속

모르는 얼굴들.

너희들의 무의식

집합이 아니면

나는 나를 모른다.

옹기종기 모여 노래 부르는

가정식 합창 문화의

각 나라 모두처럼 오라. 후배 어머님도 돌아가셨다.

선약이 있어 내일 가는

문상도 오라. 기억의 바깥은 스스로

얼마나 두려운가, 이러한

멸망. 비늘을 닮은 민어 살

무늬 속에 두 눈 맑은 공포도 보인다.

등장인물 배경으로 동산 숲이 있고 카메라의 배경은

분명

아담한 운동장이지만

유치원 사진은 착상과 완성도만 있고

그 밖에 아무것도 없는

작품 같다. 그리고 보면

마당 넓어 잔칫날 동네 사람들이 모이고

백정 도끼 한 방에 황소 이마가 뽀개지고

피가 솟구치고 집채만 한 몸이 풀썩 내려앉던

외할아버지 댁 너무 무겁던 삐그덕 대문과

중문 들어서면 오른쪽에 뒷간

그 앞에 개집

그 앞에 개 밥그릇이 놓인 그 집

실내구조가 생각나지 않는다.

냄새도 생각나지 않는다. 그리고 보면 예전에

본 듯한 사람은 전생에 보아서가 아니라

두 번째는 늘 겹쳐 보이는 것이다.

서양식 의복과 장식, 그리고 모자는 분명하지만

남자도 여자도 없는

아직 없지 않고 벌써 없는

한 아이는 딴 데를 향해 뼈만 앙상하다.

한 아이는 손톱 물어뜯으며 아니오 낯빛

역력하지만 고갯짓은 아직 그 뜻을 알기 전이다.

한 아이는 그 후 내가 알고 있을지도 모를 아이다.

한 아이는 두 손을 사진 속으로 놀리며 한 아이의

사진 밖으로 걷고 있다. 아주 조금만. 쉬엄쉬엄.

사진은 사진 속으로 늙고 있다. 유행가가 유행가

속으로 늙는 것보다는 느리게. 아니 견줄 수 없다.

생생한 추억은 너무도 생생하게 늙는다. 사진 속에

늙는 것은 정도와 순서와 서열이다.

정도가 정도를 서열이 서열을 뒤덮지 않고, 감추지

않고 감싸며 늙는다. 이때 문명은 역사

이상의

뼈마디도 없는 육체

유년이다. 죽음이 있고 주검이 없다. 방향은

모질지 않고 정신은 절름발이가 없다는

표현. 살이 육의
생로병사
한자를 벗는
표현. 벗는
부사는 내음이다. 나뉘고 나뉘고 나뉠수록 그윽한.
퍼지고 퍼지고 퍼질수록 기억의 형식이 향그러운.
잦아들고 잦아들고 잦아들수록 예감의
거취가 선명한.
한 아이의 어머니가
울고 있다. 그 옆의 한 아이 어머니가 따라 울고
그 옆의 어머니가 따라 울고 어머니들은 각자
자기 아이 바로 위에서 그러나 일렬로 따라 운다.
눈물의 전염 아니라 가족이 슬픔을 완성시키는(듯한)
모양으로,
어머니들은 아버지들보다 세대보다 더 본질적으로
다른 차원에서, 다른 차원이라서 어쩔 수 없이 우는
모양이다.
흘러간 유행가 흘러가지만
이번에는 숨을 죽이며 식민지 20년대는 20년대로
30년대는 30년대로 50년대 6·25 전쟁 이별의
부산정 서상은 이별의 부산정거장으로 나뉘고
퍼지고 잦아들며 흘러간다.
가요반세기를 다 합쳐도 감정이 요란하지 않고
다만 스며들어 고요하고 얇고 아늑한
두께를 기억 속 아득한 데서 이루는
유년이 있다.

한 여자와 그 아이 사이
슬픔에 습기가 없고 모자간
구멍에 슬픔이 없다. 모자간
통로만 있다. 모녀간도 감격도 청춘도 안타까운
처녀도 비극이 없다. 통로만 중첩되고 웃음이 투명한
모양이다. 이별도 사랑이 고향보다 더 오래된
내력과 모양에 지나지 않는다. 길은 찢어지는 울음의
고성도 구멍의 웃음으로 찢어지기에 찢어지며
지도가 된다. 간절함은 유구하다. 비가 내려도
정물화 무너지지 않는다. 무너짐이 정물화보다 더
유구한 까닭. 죽음이 삶을 찬미하는 까닭. 희망의
휘파람 소리는 늘 이국적이다. 눈물 또한 그렇다.
자연이 그대이고 그대가 옛날이고 옛날이 이방인,
의문도 이유도 핑계도 맹꽁이도 없는
쉽지 않고 자명한
양다리도 분명보다 더 투명한
유년이 있고, 있음의 속도 들여다보인다. 삼각지
인터체인지 아래 서울역 쪽으로 아니면
용산역 광장 오른쪽 지역에서 차도 가기 중간쯤
아니면 서울↔용산역 두 정거장에 걸쳐 있는
헌책방들은 헌책방이고 유년이 무너진 지도고
유년 이전의 지도다. 유년은, 어릴수록,
혼자 놀지 않는다. 엄마와도, 아빠와도,
엄마-아빠와도 혼자 놀지 않고 창밖의
소음과도 살을 섞는다. 순결은 숫처녀 누나의
거웃

이 새까만

이전과 이후,

옛날의 천박이 천박하지 않고 그냥

음탕하다. 옛날의 남우세가 남우세스럽지 않고 그냥

음탕하다. 옛날의 격정이 격정적이지 않고 그냥

음탕하다. 옛날의 고지식이 고지식하지 않고 그냥

음탕하다. 그리고, 음탕이 질척하지 않고

오래된 안온 같다, 오래된 한자와

더 오래된 한문과

더 오래된 중국어

문법을 벗듯

습기를 벗는다.

의미 있게 살려고 노력한 사람일수록 세월의 사연은

하찮을수록 아름다운 권위다.

만년에 자신의 왕년 히트곡을 가요반세기

수록용으로 다시 부르는

녹음과 취입도 유년이다. 그 옛날 신식 HiFi

Stereo 전축에 묻어나던 분내와,

화냥기가 지금 더욱 생생한 것처럼. 중학생 첫

자위를 유발한 빽판 재킷 외국가수 퉁퉁 젖가슴

사진이 지금 여름 땀발에 동상처럼 어설픈

LP와 CD 사이 혹은 그 전과 그 후 cassette

tape처럼 애매한

망각을 꿰뚫고 더욱 충격적인 것처럼.

그러고 보니 동숙의 노래의 그 동숙

실존 인물을 징역 살며 얼핏

본 적이 있는 것처럼.
검고 영롱해서 더 예술적인 선동과
흐리고 완만해서 더 구호적인 예술이
있다는 듯이.
학도야 학도야, 오너라 동무야
구한말 혹은 한일합방 전후 서양식
행진곡풍의, 혹은 찬송가풍의
유년은 내가, 아니 그가 태어나기 전 죽은 세대의
노래이므로 유년이다.
겨레여 용사여 건전가요도 죽음 이후
세대에게는 그럴 것이다.
불안이 더욱 불안한 불안의
껍질을 벗는다. 거웃도 한없이 천박해서 한없이
슬프고 한없이 감격스럽고 한없이 즐기고
당하고 수렁에 빠지고 수렁을 닮고 수렁을 누리는
반성 없는 슬픔의 뽕짝,
목을 꺾지 않는다.
내가 태어나기 전에 죽었다는
노래는 유년이다. 길이 여러 개가
아니지. 가지 않은 길은 더욱 아니고,
길은 겹이고 겹이 바로 길이다. 싸, 나
이로, 태어나서, 할, 일, 도, 많, 다만 진짜
사나이 살기를 벗고 사나이 우정과 땀 내음과
청초한 산천초목만 남는다.
쓸데없는 잔대가리를 뽀개는 술기운도 영롱하다.
비로소

흘러간 노래일수록
노래보다는 가수고,
3류들만 바쁘다. 맨 처음 싸가지 없음과 맨 처음 가장
낮은 가라앉음 사이 파란만장만 파란만장하다.
유년도 수천 년
유년의 나이를 먹는다. 전혀 육체적이지 않은 중년의
허리가 보인다.
나이는 그 누구도 못 당한다는 말, 정말
맞다. 나이는 태풍의 핵으로서 고요고, 희망은
비로소 간드라질 것도, 소탈할 것도 없는 나이의
알뜰한
의인화다. 세상이 갈수록 흐려지는
더 영롱한 무엇이 있다. 갈수록 가락이
애절하게 울리는 더 쩽쩽한
심금이 있다. 시스터즈는 언제나 황금물결
아하, 로 오지만
더 높이 흰돛단배 흘러가는 수평선 저멀리****
솟구치지만 한 휜 민요조가 섹시하려면
얼마나 더 나이를 먹어야 혹은
얼마나 더 나이를 먹여야 할지 모른다.
지나간, 흘러간, 아직도 내가 모르는
노래들은, 내가 모르므로 제각각
앙증맞을 것이다. 아역(兒役)의 몰락을
슬퍼하는 것은 어제의 유년이, 보이고, 돌이킬 수
없음이, 보이고, 어제의 유년이 다만 어제의
유년으로 더 촉촉히 젖는 것이 보이고

울렁울렁

그것을 만질 수 없는 까닭이다.

유년은 유년 홀로 슬퍼하지 않는다.

어떻게 저런 아이가 있었을까, 다 자란 것을

미리 슬퍼하는 아이가?

어머니 배 속에서 어머니의

귀로 듣고 눈으로 보던

나는 어머니의 난청이고 난시였다.

그 전에 나는 아버지의

정자 속에서 아버지의 더욱 심한

난청이고 난시였다. 아버지 정자의

남포동

40년대와 어머니

배 속의 1953년

군세어라 금순아, 그리고 유년의 동물성

난청과 난시로 유년의

흘러간 노래를 들었다. 이 점을 뒤늦게나마

의식하는 것은 크게 도움이 된다. 유일하게 도움이

되는 것인지도. 난초도 꽃을 피우지만 식물성

난청이 듣는 음악은 우리가 듣는 음악과 다르고

난청이라 했지만 음악이, 듣는 것이

아니고, 난시라 했지만 꽃은 거울 속 자신을 보지

못하고 꽃이 나를 보는 것은 내가 꽃을 보는 것과

다른 방식이다. 이 점을 뒤늦게나마

인정하는 것은 크게 도움이 된다. 유일한 도움이

되는 것인지 모른다.

언어들 사이, 장르들 사이
그 속
특수할수록 일반적인
사이를 짐작하는 유년의
까닭이다.
근친상간 같은 소리,
형수는 형과 멀리 떨어져 미국에 있고
첫째는 형과, 둘째는 형수와 짝을 이룬 지 오래고
부부 사이, 짝과 짝 사이 더 멀고 갈수록 멀고 들리는
소문은 멀수록 생활고에 찌들고 억척도 묻어나지만
악에 받쳐도 형수는 형수라서 아름다운 형수다.
영문과 여대생 시절 형수의 FUNK & WAGNALLS
THE ALDUS SHAKESPEARE **KING LEAR** cloth
장정은 그 모든 세월을 머금고 더 붉다. 양갓집 처녀
며느리로 데려와 인생을 망가트릴밖에 없는 슬픔의
섹슈얼리티, 봄날은 가고 섹슈얼리티의 비극은
봄날보다 더 화사하다. 누군가 구한말 희망가를
구한말에 듣는 것이 내 귀에 들린다. 히트곡으로.
이제야 식민지 설움도 들린다. 그 위로 역사가 슬픔인
것, 그 곁에 가거라 삼팔선이 가거라 삼팔선 아닌 것,
그 속에 비비 꼬이는 신라의 달밤 비비 꼬는 신라의
달밤 아닌 것도,
들리는 것이 보이는 것이다.
모두 나의 탄생 이전이고, 그 위로 이후가 겹쳐진다,
아주 혼탁하게. 그게 나의
몸을 아는 정신이었든, 정신을 아는 몸이었든.

* 프랑스 저널리스트 마르탱 모네스티에의 저서명.
** 헝가리 작가 Ferenc Kazinczy(1759-1831), 〈Orthologist and Neologist here and in other Countries〉(부다페스트, 1985), Szechenyi Art Center 편, 〈Saecula Hungarie-1000~1985〉(문고본 전12권) 중 제10권(1796~1848)에서 재인용.
*** Bee Gees, 〈First of May〉 첫 부분 가사.
**** 이씨스터즈 노래, 〈화진포에서 맺은 사랑〉 가사.

본의 본의 본
內曲: 內曲化의 심화

프롤로그

쟁반보다 높고 상보다 낮은
곳의, 곳인
소반.
도마보다 더 높거나 낮지 않고 도마보다 더 일상적인
도마보다 더 크거나 작지 않고 도마보다 더 제의적인
그러면서도 덜 피비린
소반.
오래 쓸수록 더 단아해지는 개다리
소반은 단아의 사연을 한없이 풀어내고픈
개다리도 단아한 개다리 소반이다.
우리 유년에 병아리 샛노란 삐약삐약 소리
없었다. Lost, 사고 현장을 아무리 허둥대도
구조의 손을 내밀 수 없는
다른 차원에서 허둥대는 일이다.
어른은 무섭지.
어린것은 그냥 어리기만 한 것이 아니고

아이들은 낯선 세상에서 어른보다 더 바쁘고
어린 언어로 어른인,
소재가 아닌 틀 혹은 격의
나이가 있다는 거. 유년의 어린 언어의 어른은
영원히 어른이고 갈수록 어른인 중세
어른이라는 거.
영화배우 문소리 이후
일반명사 '문쏘리'는 말살되고 고유명사 문소리가
일반명사화한다는 거. 설령 영화의 빛이
바래도 그렇다는 거. 본능이 사회적으로
내곡화한다는 거. 죽음은 다행히 친절한 어른이
아니었다. 유년이 아직은 죽음의 외투를
다 벗지 않은 까닭, 아직은 죽음의 외모를
간직한 까닭. 아직은 폐허였던 까닭. 눈물이 눈물의
번지 없이 흐르고 이별 없이 헤매고 추억 없이 그립고
역사 없이 서럽고 고백 없이 부끄럽고 마침내 슬픔의
이유 없이 슬픈, 그러므로 눈물이 눈물의
육체만 적셨던 까닭. 훗날의 첫
눈뜸은 아무리 화려하단들
슬픔의 무게가 너무도 가벼운 까닭. 그때의 노래를
다시 듣는 귀야말로 처음으로 뚫리는 귀의
기억인 까닭.
그것이 더 근본적인 개인인 까닭. Oh oh oh yes,
Oh oh oh no.
군항 선술집 사창가도 Oh oh oh yes, Oh oh oh no,
Oh yes, Oh no.

전원 주택가도 대도시 극장가도 Oh yes, Oh no.
마포 건어물 업종을 주름잡았던
외할아버지는 1960년대 초
내게 소비에트연방 루블화를 주셨다.
그 업종도 모종의 장르 같고, 그 배경으로
Bossa Nova,
육감은 언제나 세태의 흔들리는 주류
바깥으로 출렁인다.
미래의 유년도 필름은 끊어진다.
심한 천식은 호흡하는 법을 잊어버리고, 호흡을
무의식하고 호흡법의 망각을 의식한다. 그러게
처음부터 오로지 유물론은 아니었다, 오죽하면
물질론이었던 것.
모종의 모종이 끊어질까봐, 유려한 몰다우강
음악이 진동칫솔질로 흐르는 때가 있다.
좋아하는 여자
서양이 가미된 여자
아니라도 식민지 유년은
왜색, 묻어난다. 너무나 좋아하는 여자 앞에서 간혹
유년은 이어지고, 그래서
고기가 물을 만나더라도
소름끼치도록 아름다운
강간 혹은 거세,
잡아먹힐까 보아, 보아, 보아,
보아, 이어짐도 두려운 때가 있다.
천민자본주의 아니라도 우아는 명품이고 벼랑끝

전술이다. 아니지 아저씨. 아저씨. 애들 흉내 내는
어른 아저씨, 잠의 자장가는 너무
엄살이잖아? 1천 명 아기천사합창단이
하늘에서 널 보고 미소 짓잖니,
엄청나잖아? 달콤한 노래가 이마 감싸고 부드러운 손
너를 이끌어 황금의 구름 지나고 꿈꾸고 지켜주잖니,
너무
오바잖아? 바로 너, 내 귀염둥이, 네 인생의 길을
지켜주잖니. 잘 자라. 좋은 꿈꾸고, 울 아기*, 이거
너무 하잖아? 잠 드는 게 그렇게 무서웠다구, 누가,
아이가, 어른이 된 아이가, 아이 흉내 내는 어른이?
정말 얼마나 끔찍했으면
어린아이였던 우리는 그날을 다 잊어버렸을까?
누가, 아이가, 어른이 된 아이가. 아이 흉내 내는
어른이. 죽음 앞에서
용기를 발하냐?
그렇게 악마의 교활한
표정이 묻어나는,
교황 얼굴 하나.
그렇게 묻어나야 안심이 되는,
교황 얼굴 또 하나.
그렇게 묻어나야 안심이 되는 거라는 표정이
묻어나는 교황 얼굴 또또 하나.
학문 용어만 숙달하면 공부가 끝나는 학문이 있다.
용어마다 사건 현장이 보이고 설명이 끝나면 사건
현장도 닫힌다. 꿈은 꿈속에서 꿈을 해석하므로

꿈이다. 40년 전에도 몰랐고 오늘도 모르는
노래의 40년 감상적인 가사가 가사를 해석하듯
꿈은 꿈을 해석한다. 너무 가까워 어쩔 수 없는
과거의 어색한 웃음은 어쩔 수 없이 묻어난다.
어쩔 수 없는 눈물보다 더 난감하고 주객이
더 불분명한 웃음이다.
뒷 세대가 앞 세대를 비로소 보며 비로소 시대가
어색했던 자신의 모종의 한창 때 또한 어느새
가버렸음을 보는
비로소 시대가 시대를
어색해하는 그런.
보라구.
흔들리는 육체는 흔들림 사이 사이 일순 육체의
깜깜한 침묵으로,
우리 울음을 흔들기 위해 흔들리는 육체다. 숨죽여
흐느낄 것이 없다. 지난 세월은 서툴기 전에
무엇보다, 야하게 묻어난다.
중년의 성이 중년 속으로 더 길길이
뛰는 것은 나다.
더 어설프게, 말려드는 거지,
아직도 가능한 칠전팔기의
(정말 가능해?) 신화를 위해 일곱 번 쓰러지는
(정말 가능한가?) 사태를 만드는 (정말?) 시대.
(에 말려 드는 게 정말 가능한가?) 유년은 무엇보다
어색함을 씻는 (설마 처음부터 처형을 위해서 아기
예수?) 어리고 어려지는 세수와도 같이.

세월이 물같이 흐른 후에야 고요한 사랑이 메아리
치지 않고 고요한 사랑은 메아리치지 않고 세월은
물같이 흐르고 고요한 사랑은 메아리치지 않는다.
낯익은 가사는 낯익은 가락과 분리되지 않고
내겐 그 점이 상징보다 먼저다.
훨씬 더. 어머니 배 속 같고 벌써
Auld Lang Syne,
상징은 한참을 늙었고, 상징은 아주 오래된 늙음 같고
어머니 바깥은 Rock & Roll
철부지 아새끼들 세상 같다.
터질 듯 볼 탱탱한 엄앵란은 청춘 신성일 아니라
한물간 주먹 박노식과 '뮤지칼 홈드라마
韓興映畵 〈流浪劇場〉을 찍고, 공산품 OL 10486
도넛 음반 표지에 3류 극장
상영영화 간판으로 찍혔다. 그 안에 그,
안다성 노래
〈사랑이 메아리칠 때〉는 있다.
메아리는 50년 가까이 종이만 삭아온
상징과
다른 차원에서 더 안타깝게 메아리친다. 물론 쪽도
팔리지, 어색함이 더 진하게. 장례식은 언제나
오열이 너무 요란하고
나는 생각한다. 역시 좀더 오래 좀더 무겁게 좀더
자연스럽게 땅이 꺼지듯
와병했어야 하는 건데⋯ 몸을 온통 내맡겨도 비는
수분 스며들 듯 오고

怪異와 世間
요사한 기운은 아주
낡았다는 뜻이다,
처녀성 자체가 모태로 되는
준비와 경악에서도 그렇다.
未知와 活潑에서도 그렇다.
반복처럼 피비린 것은 없다.
우리가 일용과 식용의 짐승과 새한테 미안해하는
그만큼은 육식동물도 싱싱한 사냥감한테 미안해하고
초식동물도 늘푸른 수풀과 들판에 미안해한다. 간혹
인간을 잡아먹는
호랑이는 계산이 안 되지만.
잡식을 배우던 우리의 유년도 그랬던가? 요새는
원두커피를 갈아도 천식 치료 환약을 먹어도 꼭
한 알씩은 떨어뜨리고
또르르 굴러가지도 않고 구르는 소리는 창밖
아예 습관처럼 길바닥에 늘어붙은 오토바이
소리
오토바이 없어도 오토바이 바퀴 구르는 소리.
그것이 실내 음악 전선에 묻어나며 가래 끓는 소리.
형벌도 일종의 뭐가 아니라 그냥
일종에서 끝나는
뭐 좀 없을까? 어떤 청동 조각은
얼굴 표정이 근육의 표정으로 바뀌는
표정이 청동의 표정에 영롱하게 매혹당하는
성의 극복인데.

죽음의 아지프로도 Denkmal도 헛힘 넘쳐 형식과
내용이 서툴렀던
애들 장난만 같다.
변태도 기쁨의 괴로움 없는 애들 장난만 같다.
영롱함이 강함의 형용사를 넘어 그
원인이라는 점은 결국
자명해질밖에 없다.
고고의 시간과 지리의 시간이 있지만 시간에
시작과 끝이 있다고?
아프리카 나이지리아 요루바족
일월화수목금토는 불멸, 이익, 승리, 혼돈, 창조, 실패,
그리고 세 가지 만남의 날. 그러므로
시작이고 끝인 게 시간 아닌가,
시간은 시작이고 끝 아닌가? 혼돈에서 질서로
넘어오는 시간은 시작이고 끝인
공간 아니었는가, 그래서 시간은 별의 천체
아니었는가? 수가 시간보다 더 먼저고 시간은
수의
순환과 직선을
선과 궤도를
닮으려는 공간,
아니었어? 동물의 말인 울음이 간혹
짐승처럼 들리지 않을 때,
내 곁에 아주 가까이
있었던 바로 그만큼 새롭고 낯선, 그리고 감동적인
차원의 열림의 가장 가까운 비유가

음악이나 미술 그 비슷한 것일 때

그 순간이 찾아올 때

나는 면면히 이어져온 내 손의 수공업을 의식하고,

강화한다. 간뇌는 미래를 알고 인간은 대뇌 소뇌로

빨빨거리다가 그 능력을 잃었다지만,

개소리,

미래를 어쩔 수 없는 자만이 미래를 알 자격이 있다.

인간이 미래를 알고 고치려 든다면 미래는

도대체 어쩌란 말인가?

수공업은 수공업의 수공업을 의식하고 강화하고

그 끝은

정리벽. 목차 정리하듯 과감히 책들 위치를 옮기고

스카치 매직테이프로 헌책 표지를 떼운다.

성묘를 갔었다. 어머니 문병도.

전곡리는 그럴 리 없을 텐데

언제가 한번 갔었던 것 같은 어감이다.

수풀도 군데군데 우거진, 논에서는 맹렬한

가을 햇빛 받으며 벼가 무르익는 농촌 읍내쯤 되는데

그게 분명 전생 같지 않아서 더욱

지금이 전생 같고, 어머니는 이미 이 세상에 없는 듯

철이 없으시다. 6개월 만에 추석이라

들렀으나 밤 10시 학림다방 주인은 없고 손님도

드문드문한 그게 추석 같아서 더욱 추석 같지 않다.

라틴어 공부 시간이군.

간결하고 실무적인, 정말 수공업이 응결된,

미국 대륙 태풍 참사가 NAVER 뉴스창에

원한다면 가장 조그맣게 뜨는
고대 로마의 생활과
생략의 문법을 배울 시간.
농담이 밝히건 구멍이 밝히지 않건 그 거꾸로건
농담은 구멍이다. 눈으로 생각하는 것보다
더 짠하게, 구멍으로 생각하는 경우가 있다.
최후의 몸부림도 기도도 얼굴도 곧장 거룩하지는
않고 다만 그 겹의 결이 곱기를 바라며 구멍의
거룩함에 대한
생각은 언제쯤 거룩해질 수 있을까
궁금해하는 구멍이 있는 것처럼.
식물은
똥구멍이 곧바로 외롭다는 표현일지 모르지.
정물화 같은 소리, 두터울수록 물감 기름의
윤곽이 드러내는
죽음은 이미 돌이킬 수 없는 사실의
죽음에 지나지 않는다. 언덕에 서서
최초의 기차를 보는
소년도 정식화한 소년이다. 오는 기찬지 가는 기찬지
모르고, 돌이킬 수 없는 것을 배웅하기 위해서가
아니라 더 돌이킬 수 없는 그 무엇을 맞기 위해 그는
서 있다.
유년은 線 안 아니고 線 바깥 아니고, 線이다.
그 소년은 아직은 정말 線 안팎의 외설이 보였다.
인육을 먹는 마구간 말의 신화, 선의 육체가 보이고,
그게 나인 것이 보이고 선의 바깥이 보이고,

그게 나의 과거인 것이 보인다.
자신의 유년을 음미하려 실눈을 뜨는 밤의
실눈에 자위의 외설이 잡힐 뿐
유년은
주어와 목적어 구분을
극복하는 의식도 없이 극복하는.
살아남은 2인자다.
사회주의를 하더라도 자본가가 자본주의로
사회주의를 해야 하는 금융 공황기 현실의
역설을
뒤집는 의식도 없이 뒤집는,
현기증이 약간의 농담을, 농담이 약간의 현기증을
닮는 의식도 없이 닮는,
유년이 소년으로 되는 obscene,
off-scenity도 정식화한 수난이다.
소아 성애도 정식화한 소아 성애다.
두려움은 線이고
그 안팎 단절의 두려움을 단절과 두려움으로
단절하고 두려움하는, 그리고
단절을 두려움하고 두려움을 단절하는
의식도 없이. 마의
인육이라니까? 유년은 線의 色이고, 유년의 선은
색으로 정식화할 수 없다. 더러움을 모르는 유년의
말년은 정식화할 수 없는 유년이고, 말년이다. 무슨
딸년과도 같은.
다듬지 않은. 헐어서 자칫 날카로운

손톱에 고이 묵은 헌책 클로스 자칫 찢겨나간다.
두 배, 세 배 더 아프다. 발랄한 햇살도 정식화한
발랄이고 햇살이다.
선이 선 밖으로 그어지는
딱 한 걸음, 누가 보지 않아도, 엿본단들 '엿봄'의
주어 목적어 없이
어둠은 눈먼 것도 모르고 느꺼워한다.
구멍은 열린 것도 모르고 느꺼워한다.
육체는 안팎도, 닿는 것도, 여럿인 것도, 섹시한
고무지우개 육감도 모르고, 육체의 주인도 그걸
모르고 느꺼워한다. 사랑은 사랑을, 배설은 배설을,
상처는 상처를 모르고, 느꺼움도
모르고 느꺼워한다. 유두
모양만 샐쭉하고 새빨간 루즈, 색깔만 앙칼지게
말이 없다. 남편의 장래도, 그 시커먼 덤불조차 다만
앙칼지기를 바란다는 듯이. 공포 같은
소리, 그 소리.
앙증맞음도 정식화한 앙증맞음이다. 앙증맞은
균형은 언제부터 닫힐밖에 없게 되지, 언제부터
비로소, '비로소'는 열린 균형이 될 수 있지?
눈물을 흘리는 것도 거대한 구멍이다.
단절을 단절의 극치로 드러내는 것도 오르가슴이다.
이 모든 것은 때묻지 않으려는
안간힘처럼 보인다. 공포는
때묻지 않으려는 공포 아니고 때묻지 않은 공포다.
현저히 살의 감촉을 닮은 고무지우개가 있다. 6면

직사각형이 너무 하얗고
늘씬해서 만져보지 않아도 어떤 생명의 육체가
육체보다 더 육체적인.
껍질을 벗기는. 벗기지 않고도
따져보면 여자 누드만큼 이상과 불화하는 게
또 있을까.
구멍이 더한 구멍을 연상시키는 구멍의
운명 때문 아니라. 어 벌써 내 안에 들어와, 있니?
내 안의 남자는 어떡하라구? 냅두든지. 알아서
하겠지. 들여다보는 눈도 들여다보겠지, 들여다보는
제 속을. 그것, 참. 말년의, 피카소. 선은
털이고, 아무리 껴안고 부벼도,
빨아보아도 소용이 없는 터럭이다. 허벌난 백조
아랫도리도 당연 '농담이지'. 흡반은 빨리는 온몸을
흡반으로 만드는 흡반이다. 체위는 헥헥대지 않고
그네도 타지 않는,
간지럼. 나는 움직이고 있어, 그렇게 스스로, 말하는
오랜만 귀에 물처럼. 6개월 만에 먹은 두드러기 약은
독하다. 6개월 동안의 온몸 도처 가려움 안정시키는
혼곤. 신경 거슬리는 일체를 씻어내리는,
씻기는 몸의
씻김의 적요. 잠은 오고 또 온다. 일본애들 정말
무섭군. 미학이 간절의 극에 달하면
신경에 성가신 것들의 일체
적요, 그 위로 아름다움의 색깔만
소란스러운, 그러면서도 무언가, 무엇이, 분명

98

여자가 하냥

다소곳한. 이런 것한테 당하다니, 남잔지 여잔지도

모르고 식민지, 당하다니. 전 세계 식민지 백성들 모두,

남잔지 여잔지 모르고. 왜곡된 욕망을 달래줄

산들바람, 스페인 열정을 식히는

기타 소리도 한참 나중에 왔다.

옹기종기 작은

새들은 색색가지 몸 색색가지 단체로 모여

비로소 '새'라는 이름을 이룬다.

유심히 한 마리만

보아도 대지는 대지와 다르게 울긋불긋하고

새들 날지 않고 지천인 그것을 우리는 비로소

산과 들,

습지와 바다라 부르고,

'비로소'는 봄여름가을겨울

4계의 공간을 삽시간 갖추고,

사라질 것을 알았을 때부터 떠들썩하기는 하였으나

새소리 그다음이다.

동고비, 지빠귀, 찌르레기, 뜸부기, 개개비

가여운 심장박동의 촉감을 무마하는 어감의

더 나아간 이름들은 그다음이다.

아름답다 했ㅏ. 긱자의 새소리 각각, 기괴하다.

당연하지,

새는 노래도 울음도 그 경계도 모른다. 모든 게

겹치기는 할까, 각종 새들의 합창은 각종 새들한테

겹쳐 들리고, 그 겹침이 아름답게 들릴까, 적어도

합창하는 각종 새들 당사자한테는 그럴까?
질문이 몽롱해지며 새들의 각종, 각자의,
하나의 합창이 인간의 귀에 익숙해질 무렵,
분명 어느 정도 얼버무려진
그 무렵이 새들 각종의 이름이다. 소쩍새
암컷 과 -, 과, 꽛 - 꽛 ?, 직박구리 삐이요, 삐이요,
삐, 삐, 히이요, 히이요, 때로는 삣, 삣, 삣, 때로는
삐유르르르르삐이요,**
행태는 그다음이다.
두견이 홀딱 자빠졌다, 쪽박 바꿔쥬우, 콧, 콧, 교 ?
킷쿄쿄, 삐, 삐, 삐, 삐이, 새와 인간의
정사는 그다음이다. 웬
유성기 낡은 소리?
그러게 말이다. 퐁당퐁당 돌을 던져라, 그러게 말이다,
개골개골개고리 노래를 한다, 그러게 말이다.
모음 발음이 빽시고 특히 'ㅏ' 발음이 하냥
아가리만 넓어지는,
김일성 김정일 부자 없는 북한
엄혹 가난의 억양도 있는,
치매 속으로 급속히 눌러앉으시는 어머니
억양도 진한 30년대 10대 단발머리
소녀의 동요가, 가창이 급속히 유성기 속으로 눌러
앉는데?
햇빛은 쨍쨍, 모래알은 반짝. 30년대 식민지 시대를
넘치지 않고 유성기는 칭얼대는데? 그러게 말이다,
하얀 눈 하얀 눈 어째서 하얗노, 이 동요 제목(은 〈눈,

100

꽃, 새)다)만 가까스로 내게 넘어온다.
식민지보다 더 슬픈 것은 그 시대 동요고,
그보다 더 슬픈 것은 동요를 부르던 그 옛날
어린애들은 유성기 속으로 자꾸 사라진다.
진정희, 계혜란이라고 이름은 있네요. 하지만 그게
무슨 소용이에요, 이름의
신원이 미상인 걸. 그러게 말이다. 그렇지…
어머니 치매 드시고, 그리고 보니 그 애들과
어머니 나이가 비슷하겠네. 이제는
정말 비슷하겠네. 단발머리들보다 더 먼저
동요를 취입한 어른 가수
김정임과 김순임은 정말 이름과 가창 말고는
전해오는 기록이 전혀 없다.
그렇겠네요, 어머니, 어머니?
식민지도 30년대도 전성기도 동요가 먼저인 거,
맞잖아요, 동요밖에 없는 거, 맞잖아요.
어머니… 엄마?
천진난만한 물음표가 끝없이 이어진다.
끝내 느낌표는 없는 유년이기를 빌 것도 없이.
주체도 객체도 없이.
어머니 맨 정신만큼이나 오래된 LP판
먼지를 싱그대 / 사버운 설거지 샤워로 씻어내고
물방울을 털어내면 물방울은 탈탈 소리, LP는
윙윙 쌩쌩, 소리를 낸다.
먼지에 묻은 음악이 아무리 좋단들,
유년일 리는 없다는 듯이.

근데 주란이 누나. 정말 슬픔의
허스키 속이 그리 알콩달콩 오물조물 섹시
하네.
물방울 아니고 먼지에 묻었겠으나.
놀랍다. 산천초목, 도나 개나 모두 입을 열어 말을
하므로 세상이 너무 시끄러웠고 모두 닥치게 하므로
세상이 아주 조용해지고 비로소 사람끼리 사람의
말을 알아듣게 되었다는,
바벨탑
이전과 이후 창세기가
오늘, 그리고 내일도 대한민국
창세기라니.
지독하게 아름다워서 슬픈 것도 그것의
시대 속에서만 지독하고 아름답고 슬프다.
어떤 배움은 너무 어려 부끄럼으로 영영 숨는다.
더 어린 마리솔에게서 배운 이탈리아와 스페인
정염은 더 꽁꽁 숨고 애꿎은 엘 그레코와
미켈란젤로만 등장한다. 걱정마라.
서양도 년놈 할 것 없이 엄청 촌스러운 때가 있다.
촌스러움을 답습해야만 촌스러움을 극복할 수
있다는 가설만 후진적이다.
멍청한 조니 마티스.
그 청순한 열두 살짜리 로미오와 줄리엣,
중세적으로 청순한 음유시인의

What is a youth? Impetuous fire.

What is a maid? Ice and desire

를 어떻게 A Time for Us 로
바꾸나, 광장 확성기를 닮은 그것으로?
애들한테, 너무도 어여뻐
어여쁨의 살이 떨리는
그 애들한테 어떻게 그리 무지막지할 수 있니?
대중이, 제작자가, 하나님이
아무리 무지막지하더라도 그렇지.
그때 내 겨드랑에서 중랑천 큰아버지
홀아비 틀국수 샛방
쉬다 만 밀가루반죽 냄새났다. 죽음은 타지마할,
삶의 아름다움의 극치의 무한대로 채워도 채워도
공백은 채울 수 없는.
밀가루 반죽보다 더 고상하고 탄력의
나름으로 딱딱한
찰고무 지우개 FABER-CASTELL
ART & GRAPHIC
상표는 최근 내가 가장 좋아하는 디자인이다.
글자 각자는 검고 날씬할 뿐 자세히 보면
균형보다 기형에 더 가깝지만 글자들이 모이는 그
칩칭은 순백을 넘어선다.
유년은 잡다 속 발그레 상기된
편향. 길모퉁이 돌며 톡 쏘는, 오래된 소식.
더위가 물러가는 동네 잡동사니 슬레이트 지붕 위
축축하고 서늘한 기운. 고물상 기억을 응집하는

지남철. 섹시

하게 생각하기로 한다.

예수의 유년

소아가 소아를 성애하는 정도는 괜찮겠지.

생각은 당연 따로 식사는 다소 따로

섹스는 어쩔 수 없이 함께하는

어른의, 범죄 직전의, 범죄보다 더 위험한

발상일지라도.

오죽하는 순간 결정적인 순간은 사라진다.

세월의 거지가 오래된 누추를 계속 벗겨내는

옛것은 단아하다. 그게 아니라서 확실하게 잡아먹는

여자도 나는 안다. 아기 예수

자장가도 소용이 없다. FABER-CASTELL

고무지우개는 아직 한 번도 쓰지 않았지만,

섹스 이후

고단하고 더 소중한 몸 같다.

세례 요한 탄생 찬송 단선율 성가***의

도레미파솔라

계명의,

계명이라는 유년 같다.

그리스-로마는 물론 아니고 중국도 아니고 별도의

우리나라 신화라는 게

남의, 부모의 죽음을 의식했으되

이해할 수 없었던 네안데르탈인

임상 기록 같다. 뼈살이, 살살이, 피살이, 숨살이,

혼살이, 그리고 환생꽃이다. 부모의

개념은 타관 객지보다 더 낯설었을지 모르고,
남의, 혹시 자식의 탄생을
의식했으되 이해할 수 없었던 임상 기록의
삼신할매는 제멋대로 석달 임신, 3년 임신도 시키고
제멋대로 배꼽 찢어 아이를 꺼내는,
머언, 처음의,
서투른, 잔학한, 혈연의 아스라이
끝간 데 개념?
그 후 은밀해지는 규방 문화는 은밀할수록 유구하고
유구할수록 안심 되는 개념?
옛것은 확실하게 잡아먹는 여자도 알고 살림 가재의
네안데르탈 전력도 알고
온갖 신이란 게 결국 얻어 먹고 가는 존재일밖에
없는 내력도 알고, 어머니도,
너무 잘 알아서가 아니라 아직 잘 못 알아보지 못해서
문제였던 시절도 알고, 모든 이야기는 겉보기
해피엔딩과 정반대로 모종의 잘 안 되는,
이야기라는 걸 알면서 단아하다. 〈내셔널 지오그래픽〉
기획으로 4만 3천 년 만에 복원된 네안데르탈
여성의 모습은 나의 나한테서 1킬로미터
이상도 멀지 않고 트랜스젠더, 인기 한창인 남자
성격 배우
'빼박았군.
뺨도 치겠네'. 오랜만 슬몃 비 오고 먼지 젖는 냄새
퀴퀴 상쾌하다. 펼쳐진 보자기는 정교의 자수와
의식주의 섹스 사이 펼쳐져 있다.

싸매고 있는 보따리는 정교의 자수와 의식주의
섹스를 싸매고 있다. 흔들고, 구르는,
흔들리고, 굴리는 로큰롤의
수줍은 처음.
그것의, 영혼의 태동이 약동이고 약동이 태동이라는
도장 찍힌 춤.
오래전 길을 찾던 16절 접고 접은 종이에 볼펜
약도처럼,
그 오래된 약동처럼.
덕수제과 있고 신문로 파출소 있고 성공회 건물 있고
한글학회가 있는,
더 들어가면 구한말
최초의 민간 전화, 가설이 있는,
자그맣고 약소한, 가장 아름다운 입학의,
입구의 대학원생 조교 누나가
가장 싱그럽게, 엎질러지듯
그려준 약도. 바스락 종이 삭으며
마지막으로 한 번 더 엎질러지는. 이승의
헌책 갈피에서 이 약도 한없이
행방불명을 닮고 지금은 찾아가도 없다. 그 어른
돌아가신 지 5년도 더 넘었다. 적힌 전화번호
국번이 아직 두 자리다.
이 약도를 내가 다시 발견하는 일도 없을 것이다.
쪽지를 갈피에 원위치 시키고 책장 덮으니
돌이킬 수 없는 덮음 같고 돌이킬 수 없는 행방불명
같다. 엎질러진 것은 우연이었던 것 같다.

규방의 역사가 괜히 길었던 것은 아니라는 소리,
아니고, 이리 사소해서 지독한 무늬보다 품위가 더
가시적으로 아름다운 아름다움이 있었다는 소리,
아니고, 각 시대가 각 시대 유년을 겪는다는 소리,
아니고, 선대가 사실은 후대의 유년 아니겠나 소리,
아니고 그 시대는 그 시대의 유년이라는 소리,
그 소리 같다.
그 소리, 유년의 소리 같다.
옛날 내가 살던 집은 갈수록 키가 낮아진다.
30년대 기록 필름 속에서 나의 50대가 30년대
식민지 조선을 닮고 반도가 본토를 닮는다.
일본 제국 소화 초기를 닮는다. 〈나의 파리〉 엔카도
가마타 행진곡, 공연 무도회 카페도 동경 번화가
긴자를 닮는다.
정신 나간 놈들,
모단 보이 모단 걸 고스란히 들여와서 뭐 빤다고
서양과 전면전 치르는
전통이고 종교고 신사참배냐?
섞여도 왜풍은
더 간드러지고(그래서 더 무섭고),
바뀌어도 양풍은 근대적이고(그래서 디 무섭고),
식민지 백성 해방과 생존권은 그 배경으로 투박스럽고,
세월 더께의 조작이란들
어쩔 수 없는 것은 살림의 내부.
집의 외부에서 보아도 쌓인
세월의 명징이 집의 외형보다 더 뚜렷한

집 안의

안방과 건넌방, 그리고 다락

방과 문의 공간의 내부고 이것을 집이 아닌 전통 한옥

장점과 혼동하는 동안 우리는 식민지 백성이다.

뼈대만 보이는 슬픔의

설계도 문제다.

껍질 벗긴 목재는 송진 살 내음 물씬한

최초의 여인이지만, 너무 가파르고 좁은

널판지 경사가 한 면을 전부 차지하고

집과 설계 사이

자살이 형용되는 수도 있다.

일본 카페 얼굴 새하얀 무희들 더 새하얀 다리를

쩍쩍 잘도 벌려 들어올리고, 조선 아해들은 도시의

계집애도 마냥 새까맣고. 오

세계를 정복하는 자의

세계는 물질에 지나지 않고, 불타는 육체의

영혼을 갈구하는 젊음의 사랑은

도쿄 긴자나 한성 진고개.

번화할수록 밤하늘 깜깜해.

오 식민지 젊음은 고통스런 사랑

오 식민지 역사는 고통스런 젊음

오 식민지 사랑은 고통스런 역사

젊음은 가장 고통스런 역사

역사는 가장 고통스런 사랑

사랑은 가장 고통스런 젊음 오

세계를 정복당한 자의

세계는 어깨를 짓누르고. 근데, 아빠. 미래의 유년이
의문부호 없이 신기한 수궁 혹은 체념을 닮는 표정에
반말의 꼬리가 귀여운 만큼만 올라가는 억양으로
묻는 것 같고, baby, don't cry. baby, don't cry.
당연하지. 사랑의 감정도 놀랄 노 자지만 사랑의
체위는 정말 목불인견이잖니. 그러니, baby, cry.
baby, cry. 그렇게 내가 대답하는 것 같고, 정말
말 많네,
누가 고개를 갸우뚱하는 것 같고. FABER-CASTELL
지우개는 그 무엇을 지우기도 전에 때 묻은
인심처럼 몰캉하고.
인테리어는 색으로 냄새를 지울 수 있다는 편견을
끝까지 버리지 않는다. 있는 사물에 모양을 새기는
조각보다 색을 발라 색의 별도 모양을 그리는 일이
훨씬 더 위험하므로 편견은 더 완강해진다.
천사들이 나팔을 부는 최후의 심판은
이제까지 들리지 않았던 것이 들린다는,
동시에 그렇게 보이지 않았던 것이 보인다는,
동시에 그렇게 안 보였던 것은 안 들렸던 것이고
안 들렸던 것은 안 보였던 것이라는
뜻이다.
〈최후의 심판〉을 그리거나 작곡하는 게 아니고
미술과 음악이, 예술의
창조 과정이 최후의 심판이라는 뜻이다.
시공이 구분되지 않는 세상을
살면서 시공을 통합하지 못하다니. 고대 이집트는

색에 대해 겁이 없고, 최후의 심판을 보았다.

그 후

고대 그리스 문명은 색의 회화가 거의 없다. 완성은
추가할 수 없는, 헐벗은, 그리고 헐벗는 완성이다.

사냥개와 자칼,

기원전 1810년 높이 6.5cm 나무통에 꼽아 놓은
상아 꼬챙이들의 우아하고 너무 긴 목이 소름 끼치는
이집트 장난감 이름은 그렇다.

불과 정반대로 기술을 압도하는 색의
규모도 그리스는 피해갔다.

피라미드는 생각보다 훨씬 더 많은 것을 압도한다.
켄타우로스의 전생을 닮은 규모로 피라미드는
기술의 조상인 언어의 조상을 숨기고 있다.

약도의 그 영문학 선생은 반질거리는 송아지
가죽 장식 셰익스피어 전집으로
내 꿈의 구성을 장식한다. 박쥐 문양은 얌전과 은밀
사이에 있다. 고대 문명 '바다 사람들'은
너무 오래전이라 시간의 끝간 데서
멸망한 후에 나중 출현하지. 정말 연도가 없다.

조각이 조각을 헐벗은 듯한 미켈란젤로
사망 년 작품 〈론다니니 피에타〉는
옛 작품에서 떼어낸 팔을 다소
완강하게 갖다 붙였다. 아무래도 헐벗음의
걸작은 아니고, 현대적인 문제작도 아니고 나이 먹고
색을 너무 쓰다 보니 내가 한 일이든 남이 한 일이든,
별 일이 다 보이는구나, 뭐 그런 탄성 반 한숨 반쯤

되는 얘기 같다.

색은 결국 색의 모양조차 무너트린다. 우리도 다른
것이 필요하다. 결국 색이 모든 형상을 만들고 결국은
모든 형상을 파괴하는
그 형상 하나만이라도 확보하기 위하여,
형상이 없다면 생명도 없다. 최후의 심판의,
비유에 지나지 않을망정
그것이 없다면 시작도 없다. 색은 선을 넘치고 면과
입방 그리고 자신의 질감을 넘친다.
색이 넘치지 못하는 것은 색뿐이고
그것만으로도 그리 다행일 수가 없다.
기계의 야수 같은
소리, 색이라는 낭떠러지에 한 발 내딛을밖에 없다.
추상의 구축 같은, 소리. 낭떠러지가 조금만 덜 가혹한
단절이기를 바라는 희망일밖에 없다.
평면은 생보다 조금만 덜 비극적이기 위하여
폭동이 저리도 질서정연한 것이다. 아니, 평면은
선도 입방도 아닌, 색의 질서다. 낭만주의가 끝내
작품 바깥의 자극 혹은 사조로 머물밖에 없는 까닭.
모든 풍경은 풍경의 언어로, 모든 그림은 그림의
언어로 변해간다. 살기 위해서다.
언어는 언어의 초현실을 언어로밖에는 알지
못한다. 그것도 살기 위해서지만 도대체
왜 태어났던가? 생각하면 매우 비겁한 전략이고,
언어를 더 비굴하게 만들자는 전략이고 그러므로
만년의 언어, 빈자리가 명징하고

자연을 내파하는 모양을 내파하는 그림을 내파하는
말을 내파하는 언어를 내파하는 시를 내파하는 문명을
내파하는 죽음을 색이라고 할 수 있을 것이다.
평면의 폭동은
비극이 인생보다 더 비극적인 것을 막으려는 것.
풍경의 언어가 모두 그림의 언어로, 그림의 언어가
모두 고유한 이름의 언어가 되어갈 무렵.
고유한 이름들은 더 고유한 사생활 때문에 더 고유한
이름의 언어로 되어갈 무렵. 그러니까
오귀스트 콩트가 만든 달력 말이다.
모세, 호메로스, 아리스토텔레스, 아르키메데스 등을
일 년 열두 달
이름으로 삼고, 콜럼버스는 구텐베르크 월 7일, 모차
르트는 셰익스피어 월 28일, 흄은 데카르트 월 28일을
기념일로 삼는, 다른 시간의 입출구 말이다.
프랑스혁명 달력은 죽도록 일만 하는 웬
노동의 유년? 구구단 외듯 일하고
무산자 날 닷새는 미덕, 재능, 노동, 이성, 보상의 날
지랄. 프랑스혁명, 너마저.
무산자한테 사기 치지 않은 혁명이란 없군.
난 환절기가 싫다. 기관지 천식도 심해지고
두드러기는 예년보다 더 덥지 않은지, 더 춥지 않은지
호시탐탐 내 몸 전역을 노린다.
솟은 두드러기는 가려운 예감으로 전역을 가렵히는
방식. 온갖 필사적인 비유들을
값싸고 맥없고 천박하게 만들어버린다. 아무렴 똥이

무서워 피하겠니. 하지만 아주 약소한
의문이 사태를 복잡하게 만든다. 더러워서 무서운
것은 무서워서 더러운 것보다 더 치사한가, 피하는
것은 치명적인가, 피하기도 전에?
회귀한 전략이다.
과거는 꼭 이런 식으로 내 덜미를 붙잡는다.
너무 우문인가요?... 오늘의 키 큰 여선생 설문이니
답변 안 할 수 없고 시작법에 개념은 없으니 우문이
꼭 나쁜 것도 아니고, 설문에 답하자면
내 유년의 이름은 아둔한 우문이 같다.
1950년대 엘비스 프레슬리 마스터즈 녹음
아직은 풍요롭지 않아서 요란굉장했던 미국
자본주의를 아직은 허리 엉덩이
gyration으로 뒤흔들지 않고 아직은 순정한 목젖
vibration으로 달래던
그 녹음 수록 음반과 도무지 이어지지 않는다.
다시 그 이전 아직은 백성의 건강, 급체와 소화불량이
생명보다 사망에 더 가깝고 아직은
검은 액체가 죽음보다 생명에 더 가까웠던
시절의 궁중 비법, 훗날의, 111년 전 활명수
처방에 도무지 이어지지 않는다. 큼직한 가마솥에
위장약 계통 각종 한약 건재를 넣은 다음 물을 붓고
한참 달이고… 멘톨을 묘미 있게 배합한다.****
PS. 선생님. 최근 짧은 시 쓴 게 없으니 그냥 시집 수록
장시들 중에 하나 골라 쓰십시오. 저는 제 작품 직접
선한 적이 없어서요. 감각 체계와 의미 체계의 연관에

113

대해서는 시집 서문과 본문으로 쓴 얘기가 다 고요.
장시로 써야만 표현될 수 있는 영역이 있다면 장시의
기능은 마땅히 있는 거겠지요. 창작 충동이, 더군다나
시작 충동이, 어떻게 단어, 문장, 이미지 등으로
구분되어 오거나 가겠습니까? 오기는 모든 것의
chaos 상태로 덥쳐 오겠지요. 메모는 할 때 있고 메모
없이 써질 때 있고, 일부러 메모를 안 하는 경우도
있겠고 단번에 쓸 때도 있겠고, 'making' 할 때도 있겠고
수정 안 할 수 있다면 좋겠으나, 제 재주로는
언감생심이고 치료 효과라… 시를 읽는 치료 효과는
전혀 없고, 시를 직접 쓰는 치료 효과는 상당하다고
저는 봅니다마는. 끝
실내의 식물들은
베토벤 만년 현악 4중주
아다지오 악장을
듣고 싶은
것이 아니고
모든 시간이
베토벤 만년 현악 4중주
아다지오고,
그 정도 살고 치매를 논하다니. 인간아,
한심한 인간아.
그 소리를 듣는 귀는 불쌍한 인간의
불쌍한 귀다.

* 〈슈베르트 자장가〉를 번안한 마일허 자장가 〈Mille Cherubini in coro〉 가사.

** 이우신 글/ 유회상 녹음/ 다니구치 다카시 그림, 〈우리가 정말 알아야 할 우리 새소리 백 가지〉(현암사, 2004), 23, 26, 40쪽 참조.

***

UT QUEZANT LAXIS RE SONARE-FIBRIS
MIRA GESTORAM FANCILI TUORUM
SOLVE POLLUTI LABBII REATUM
SACTE IOHAMNNS
(SI 첨가, 발음 편의상 UT를 DOMINO (주님)의 DO로)

당신의 종이 편안한 목소리로
당신의 평판 울려퍼지게 할 수 있도록
우리 입술에 묻은 죄의 얼룩 씻어주소서
성자 요한이시여

**** 한국일보, 2000년 9월 27일 토요일 30면, 〈지평선〉(정병진, '활명수 111년')에서 재인용.

본의 본의 본의 본

'老=子=道=德=經'

프롤로그

두 번째 명명 앞에서
이름들은 떨고 있다.
색의 운명 아니라
떨림이 영원한 살 때문이다. 누구나 절정은
있고 누구든 절정은 시대 속으로 솟구친다. 모종의
비명을 들을 때 우리는 이따금씩 그것이 누구도 아닌
이름이 이름 바깥으로 이어지는
소름의 소리인 것을 확인한다.
문자로 생애를 요약하는 욕망은 얕고, 불멸의
착각은 더욱 얕으다. 매순간 몸을 몸의 감각으로
재구성하는
욕망도 있을 것이다. 의외일 것도 없이. 살덩어리를
감사의 지옥으로 만들어버릴망정 끝까지
명징성을 유지하려는 욕망도. 그 모든 것을
얕음의 명징성뿐 아니라 명징성의 얕음까지 속속들이
숙지한 이름의 살이
나뉘어야만 매끄러운 경전에 달할 수 있다는 거.

117

기억의, 와전 너머 죽음의, 숫자로, 숫자의
이름으로 낙착되기도 한다는 거.
이름 이전을 삭제하는 이름의, 사물의
모양보다는 더 많고 형식보다는 더 적은
명확성의, 외유와 내강의
색과 질량을 숙지하는 이름들. 생을 가장 미묘한
감으로 전화하는, 너무 가까워 당혹스러운
아름다움의 이름들은 떨고 있다.
이름 이전을 이름 이후로써 알밖에 없는 사물의
완강함은 영원의 일순을 닮고, 그 앞에서
이름 지을 수 없다는 사실의
이름들은 떨고 있다. 우리는 그 떨림의 깊이만큼
어둠 또한 이해한다. 凹凸의 형상에는
상형의 정반이 없고 미추의 서열이 없다. 아
형상의 최초,
최초의 형상이 아니라
형상과 최초, 그리고
'형상=최초', 모든 형상은 최초다. 소리도, 맛도 모든
형상은 최초다. 운명의 여신이란
평생을 아는 평생의 시간을
수로 환산한 착각 아니었을까. 아니면 여자일 리가
없다. 감각이 욕망을 낳지 않고 욕망이 보지 않고
봄이 욕망을 낳는다. 서열의 착각? 진리는 그런
의문부호로 운다. 相反 相異 相似 相同 相補 相乘보다
더 살림이 많이 묻어 나는 한자는
喪이지. 노래의 핵심인 레퀴엠도 상엿소리

'이제 가면 언제 오나 내년 이때 다시 오나
옹솥 안에 삶은 팥이 싹이 나면 오실랑가'에 이르면
살림으로 너덜너덜하다. 상생도 상극도
너덜너덜하다. '相對的'도 가운데 對 자가
문제다. 무슨 은근과 끈기 같은
'땀내 나는 소리'.
섹시는 무엇보다 깨끗하고 화통해야 섹시라는 것을
가르쳐준 것은 섬나라 일본이다. 그러니 凹凸,
섹스하다 죽어버려라? 아니지. 섹스 이후 섹스의
없음과 합침이다, 형상의 최초. '나이가 드니까'
담배도, 그냥 음미하는 게 아니라, 담배의 시간을 따로
주어야 하더군. 난초를, 그냥 대화하는 게 아니라 따로
난초의 시간을 주어야 하는 것보다 더.
'나이가 들었으니까'.
그래야 누군가 노인 대접을 받는 것 같더란 말이지.
최초인 모든 형상이 최초인 모든 얼굴로 바뀌는
과정도 보이고
'제가 그리로 갈까요?' 〈바람 피기 좋은 날〉의 내숭
영화배우 윤진서 산사춘 광고
문안도 진화론적으로 무섭지 않다. 사람 좋은 웃음은
비굴한 웃음이라는, 비명도 사회학적으로 비굴하게
들리지 않는다. 나로 인하여 애매한 사람이 죽는
원죄도 넘나간 소리는 아니다. 섹시가 조신한 이효리,
'더 훤칠한 구혜선과 김아중', 그들의 소주 광고는
결국 정훈희의 60년대를 능가하지 못할 것이다. '내
생각이지만' 이효리는 오래가고 있으나, 60년대

정훈희 노래는 이효리, 구혜선, 김아중 같다. '60
년대의. 물론'. 60년대에 그들이 없었으므로 더욱
그래 보이고, 들린다. 세월이 섹시해 보이고 들린다.
세월이 섹시를 정의하며 섹시를
넘어서는 게 보이고 들린다. 그냥 짠해서 우리는
소주를 마신다. 아둔하게 부려만 먹는 음악의 몸을
바이올린 소리는 섹시하게 찢고. 섹스는 가장
아름다운 디자인, 디자인은 가장 아름다운 섹스인
그날을 위해서만 운다. 얼굴과 얼굴 표정의 관계 또한
그렇다. 수천 년 화장을 하더라도 누구나
온몸의 얼굴이
가장 아름다운 표정의 가장 아름다운
울음인 때가 있다. 몽정의 습기조차 없는. 끝까지
마음으로도 시킴이 없는 움직임의. 오랜 세월 지나
확인하는 마음의 새겨짐 같은. 그때 모든 움직임도
인식의 직전과 직후
최초인. 나는 비어 있는 그릇, 그 비유가 먼저고,
최초다. 빛은 예리하고 잔혹하고 비유가 먼저고
최초고, 나는 비유고 비어 있는 그릇이고 비유는
비어 있는 그릇이고, 나는 최초의 비유다, 잔혹을
몸의,
불꽃놀이로 만드는
것 같은 멍에의
혼미한 사랑의
여자의
암컷의

120

비유도 최초의 나다. 비유가 없다면 내 안의

나는 내 안의 타자. 내 안의

여성도 최초의 여성이고

以가 교착하는

노자 도덕경은 간혹 어순도 공자 이전

고조선어 문법이다.

도덕경은 문법이다.

텅 비어 거룩한 비유의 하나님도 비로소 태어나

하늘과 땅을 짓는다. 몸이여 하늘과 땅과 산천초목과

짐승의 창조인 몸이여.

根의 여자. 기억은 형상이고 몸이 된 나의 비유는

자궁의 기억

형상 속으로 깊어진다. 깊어지는 것은 운동의 기억

형상이다. 영원은 원형이고 움직인다는 것은 첫,

원형이라는 뜻이다. 스스로 들여다볼 수 없으므로

스스로 투명한 몸이여. 의식의 빈자리가 몸의

전부고, 몸은 늘 잉태한다. 전부란 그런 뜻이고 언뜻

언뜻 아주 희미한

감, 기억의

형상을 벗은, 헐벗은, 내용도 벗은

처음의

기미, 살아 있음은 그런 뜻이다. 그 뜻도 헐벗은 뜻이다.

비어 있는 그릇, 몸이야말로 나이가 없고 영원은

아주 뒤늦은

감각의 비유다. 뙤약볕과 흡연을 모아

어릴 적 두드러기와 해로의 빨래를 말리는

노인 신세는 더 그러할 것이다. 비로소 의식은
물에 젖는 순간, 총체적인 의식이다.
물에 젖는 총체, 순간적인 의식이다. 물은 낮은 곳을
향해 흐르기 전 낮음, 마음은 심연을 닮기 전 심연,
말은 믿음직스러워지기 전 믿음, 정치는 정의로워
지기 전 정의, 일은 수행, 움직임은 움직이기 전
움직임이다. 사물의 이름은 사물의 명명 전 사물,
'불'이라는 말은 불의 명명 전 불이고, '태양'은
태양의, 식물은 식물의, 동네는 동네의, 수학은
수학의, 상상력은 상상력의, 명명 전 태양이고, 식물
이고 동네고 수학이고 상상력이고, 그래서 의식
바깥은 불지옥이고, 의식 안에서 모든 고전은 당대의
'인지과학'이지, 명명 전의. 우리들의 예술도
후대에게는 그렇게 보일 것이다. 모든 것이 투명한,
무색, 무미, 무취의 물이 느끼게 하고,
느낌이 물인 순간, 自己는 명명 전 자기다.
충만이 끝까지 비어 있는,
自己라는 말의
그릇은 소유의 명명 전 소유다. 모자람과 넘침의
상관도, 아직의 시간도 명명 전 상관이고 시간이다.
이렇게 말하는 것이 나다. 미려한 디자인과 품격 있는
내용과 부활한 기억의 헌책들은 결국 나와 함께
삭아가는, 시간의 육신. 바퀴벌레는 정말 싫어,
생명은 그리도 징그럽고 극성스러울 수가.
연쇄 살인범 푸른 수염의 성을 가까스로 탈출한
숲속을 헤매다 골로를 만난 거라면

연쇄 아내 멜리장드는 정말
비극의 결말을
이으며 비극의 명명을
'절하잖아?' 그녀가 펠레아스와 비극적인 사랑의
최후를 맞은 후에도 비극은 끝나지 않는
비극이다. 이렇게 말하는 것이
나다. 담배 피우는 시간은 담배에 대해서가 아니라 담배
를 생각하는 시간이다. 그거 공자의
'格物致知 아냐?' 규정이 아무리 아름답더라도 형용이
더 먼저다. 이렇게 말하는 것이 나다. 넘침은 그릇만
못하다. 아니 그릇은 넘침의 명명 이전 그릇이다.
나는
그침의
명명 이전
나다. 때로는 아무 일 없이 시간이 한참 지난 것을
확인하는 일이 정말 다행스러울 때가 있다.
나는 나를 배반할 수 있고 경멸할 수 있고,
희생할 수 있고, 그보다 더 가깝게
형용할 수 있으나, 나와 나 사이
가까움은 거처가 없다. 너 자신을 알라고 말하는 너도
거처가 없다. 아니, 자기는 가까움의 명명 이전
가까움인지 모른다. 그것을 우리는 헐벗은
시링이라고 말한다. 문법은 그릇의 그릇이라는
뜻. 형상의 논리는, 논리의 명명 이전 논리라는 뜻이다.
자기,
없음은 있음의 명명 이전 있음이고, 그 사이

어둠의 거처가 있다. 그것을 우리는 헐벗은
만남이라고 다시 부른다. 적나라하므로 하나인 그
슬픔을. 목숨을 무겁게 하는 것은 삶이 아니고
벼룩 들끓는 의로운 죽음이다. (조선시대 얘기가
아냐) 얼굴 표정은 얼굴보다 더 많은 것을 담고 있다.
탤런트 얘기가 아니다. 나는 영원의
명명 이전 영원이다, 없음이 끝내 있고 있음이 끝내
없는, 없음이 끝내 있음이고 있음이 끝내 없음인 나의,
나라는 존재와 나라는 점의
적나라, 영원이 단일의 명명 이전 단일인, 계절도
열리고 닫히는 명명인. 이름과 형용이 동사를 이루는
움직임이 명사와 형용사를 이루는 그 유일한 공백
활용의 연결. 활용은 공백의 명명 이전 공백인.
공백은 수용의 명명 이전 수용인. 수용은 나의 명명
이전 나인. 나는 활용의 명명 이전 활용인. 가운데는
없고, 가운데가 없고, 하여 감각은 감각만 있지 않고
느낌은 느낌만 있지 않다. 하여 수용도 활용도 눈과 귀
멀지 않고, 살갗의
눈과 귀도 멀지 않았으나
방향은 거꾸로
보이고 들린다. 꽃이 핀다. 한번
해보자는 듯이. 눈은 어둠에 속속들이 물들어 대경
실색치 않는 대낮은, 그렇게 놀라는 어린아이의
눈은
놀람에 대해 놀라지 않고 스스로
놀라는 것이다. 탄성으로 이루어진 어린아이의

말은 그,

눈을 닮은 말이다. 눈은 놀람의 형식이고 놀람은 눈의

내용이므로 세계의 내용은 갈수록 나의 형식을

채우고 세계의 형식은 갈수록 나의 내용을 비워낸다.

그것도 형식이다. 모양은 안 보이는 내용도 보여주는

안 보이는 게 있다는 사실도 보여주는

모양이다. 소리도 감촉도, 그 모양. 모양은 태고의

비유고 명명 이전이다. 밑도 없고 끝도 없는

어둠도 밝음도 없는

황홀의

연결의

비유이고 명명 이전인 모양. 늘 결핍의

내용을 완성하는 모양. 공포의 내용이 공포의

형식을 모를 때까지 완성하는 모양은.

내용은 항상

혼탁한 내용의 혼탁한 시작이라는 전언의 위태로운,

단단한, 슬픈, 명징한, 복귀하는, 빛의, 착각의,

고정성은.

복귀하는 것은 모두 죽음으로 복귀하려는

것. 슬픈 것은 오로지 이어지므로 슬픈 것.

나라는 세계를 담은 그릇도 나고, 그것을 우리는

죽음의 명명 이전 죽음이라 할 것인데

자신이 그릇인 줄 알지 못하므로

죽음은 누구에게나 이유 없이 광포하다.

그것도 한번 해보자는

소리, 죽음의

모양은 소리다.

강도가 있으나 크기는 없는. 너를

만났다는 것은 내 감각이 죽음을 통해 감각 밖으로

나갔다는 소리지만 너를 만나야 비로소 나는 나고

너에게 기대는 타자다.

크고 작은 것이 전복된다.

영예도 치욕도 소중하다. 하나가 아니면서 홀로인 이

고독도 어쩔 수가 없다. 순서의 시간적인 평면도 명명

이전이다. 그 정황의 형용은 말할 것도 없다. 몸을 굽혀

너를 향하는 직선. 나를 모조리 비워내는 온전. 격랑은

너와 나의 온전이 온전할 수 있는 만큼만 몰아치고 그

바깥은

격랑이 몰아치지 않아도 죽음이다.

시간의 공간이 사라지고 명명의 간극도 없는 온전.

너를 통해 너와 합치는 나의 육성은 피비리고,

피비림을 지우기 위하여 우리는 원형과 원형

회귀의 비유를 생각하고 생각해보면 그것이

최초의, 비유의, 시작이었는지 모른다.

최초는 선후가 없는 비유였는지 모른다. 비유

'한다'는 '비유'.

'~하여'도, '~하므로'도 '는'이고 '는'은

순서 없는 시간의 명명 이전 순서 없는 시간이고,

시간은 비유다.

너를 죽이면 내가 죽는, 그 정황을 우리는

국가라 부르지 않고 백성이라 부른다.

효도라 부르지 않고 사랑이라 부른다.

쥐도 못 먹는다, 는 성 비하 발언이 아니고
굶주린 시대 속담이다. 육화는
늘 황홀한 육화, 어두운 황홀의 찬란한 육화. 동사의
표정도 황홀히 육화한다. 나는 어둠과 밝음 이전
태초의 형식이고, 만물 이후 만물의 이름이고, 태초는
태초의 형식으로, 만물은 만물의 이름으로 돌아가는
즉(則),
원인과 결과 사이 일도양단의 순간도 없다.
원인의 원과 인 사이 일도양단 순간도 없다, 동(同),
추상의 이름은 추상의 사람이다.
나는 나에게, 너는 너에게, 추상의 명명 이전 추상이고,
너는 나에게 구체의 명명 이전 구체지만,
내가 너에게 무엇인지 알 수가 없다. 붉고, 상큼하고,
상큼이 표독하군,
'오미자 맛은.' 미쓰 오라는 듯이. 알 수 없는 나는
행도 처도 아닌 행처의 길에서 불편하다.
이런 식으로 너를 알 수 없음이 자명하고, 너를 아는
일은 끝까지 자명한 어둠을 껴안는 일이고
너는 나의 행처가 아니고
껴안음이 나의 행이고 처일 뿐이다. 너로 하여 나는
내가 나에게 무엇인지도 알 수가 없다. 다만
너를 위하여
공간보다 더 멀리 뻗은 크기가
시간보다 더 길게 돌아오고 그리하여
천지가 광대무변하다. 너를 향한 나의
뿌리가

첫,

무게를 입는다. 행하지 않고 말하지 않고

셈하지 않고 열림도 열지 않고 열리지 않고 맺힘도

맺지 않고 맺히지 않은

포옹만 남은 포옹은 남녀의 명명 이전 남녀다.

내 안의,

그릇의 명명 이전 그릇이다.

내가 지키는 것은 너고

내가 아는 것은 나인,

육화의

명명 이전 육화다.

되는 것은 그릇이 되는 것이고 됨은 그릇이다. 앞뒤의,

강약의, 고저의, 각기 다른 속도의

만물의

천지는 내가 그 안팎을 이루는

식으로 또한 그릇이다. 그릇의

원형은 태초의 명명 이전 태초의 원형이다.

태초는 원형이고, 그릇을 능가하는 그릇의 원형이다.

포옹의 포옹이 결국은 죽음일지라도,

포옹의 이룸은 이룸의 죽음을 뛰어넘고

내가 나를 뛰어넘는 무늬도 보인다.

정반대가 아니라. 죽음이 생의 무늬, 생이 죽음의 명명

이전 죽음인 것도 보인다. 명명의

이름은 사물의 개성을 시공간 너머로 응집하지만

또한 그 개개성을 아예 하나로 응집화하므로

세상은 비로소 구체적인 것이다. 비로소,

죽음을 껴안고 흘러가는 내가 내 눈에 보이는 것이다.
그, 무늬도, 더 아늑한 무늬의 무늬도 보이는 것이다.
포옹의 포옹이 포옹을 풀지 않고, 끊임없이 겹치는
무늬들의 그 겹을. 무의식의
눈에 보이는 형식을 우리는 환경이라고 부른다.
영화도, 노벨상도 서양에서는
사양산업이라서, 동양 시장을 좀 노려보자는 거
아니겠어, 그 틈새를? '기댄다'는 '온다', '는'의 순서
시간이 없다. 불현듯 식민지,
모국어보다 더 익숙해진 제국어의, 세계어의, 발음의,
부호의, 표에서 불현듯
이빨 빠진 군데를 발견하는 것은
다른 나라 말에만 있는, 부호든 발음이든, 고유명사든
뉘앙스든, 보통명사든, 그런 것을 확인하는 일보다
더 뒤늦고 더 기분 나쁜 일이다.
확인은 동시적이다. 다른 나라 말에 없는
부호든, 발음이든, 고유명사든, 뉘앙스든, 보통명사든
그런 것이 우리말에 있다는 확인은. 발견은
뒤통수를 후려치고, 그랬단 말야, 그렇단 말이지?
두 문장이 이어지지 않고 두 개의 의문부호를
요할 만큼 뒤통수는 멍멍하다. 그러나
모양의 말인
소리의
모양이 말인 나라. 이 나라는 '그러나'도 지워버린다.
모든 문장 사이 모든 순서를 시간과 공간 너머로
응집하려는 듯. 순서의 시간과 공간을

지워버리고 싶다는 듯이. 그게 울화가 되면 '안 되지'.
울화는 하나마나 뻔한 얘기를 할밖에 없는 울화다.
그릇의
비유도 무기에 지나지 않는다. 문법이 말랑말랑할
일이다. 처음이 이름을 만든다. 모든 이름은 첫
이름이고 이름의 처음은 처음의 이름이다. 우리는
생애의 나이
너머로만 살았다고 할 수 있다. 밝은 것은
바깥이고 내 안의 어둠은 밝음보다 더 크다. 노자
도덕경은 도덕을 능가하는 문법이고, 이름을
능가하는 방법은 문법의 명명 이전 문법이다. 형상의
출구는 맛과 색을 잃으며 형상보다 더 형상적이다.
이름이므로 이룸이며 쓰임인 나의 나.
부족한 나는 언제나 나고 충분한 나는 이미 나인,
나의 나.
나를 보는 작은 새의 아주 작은 눈망울 속
아주 아주 작은 내 눈망울 속
아주 아주 아주 작은 새 눈망울 본다.
이것이 아주 새까만 점 하나로 끝나지 않는, 그
지점과 사정을
우리는 생명이라고 부른다.
仁義禮智信 형상화의 순서만 있고, 그 순서를 상실의
그릇이라고 부른다. 오 하나여,
곡우.
비의 통곡
아니라

생명의 희미함과
두터움이, 비에 젖는.
정지된 생명의
하나. 하늘이 맑은 하나. 땅이 안녕한 하나.
정신이 밝은 하나. 계곡이 넘치고 만물이 생명인
하나. 생명이 하나인 하나. 하나가 돌아감인 하나.
온통 약동하는 세상의
생명에 가까울수록 생명과
죽음이
하나인 하나. 온통 저무는 세상의
죽음에 가까울수록 죽음과 웃음의
출입구가 하나인 하나. 만물이 수의 시작인 하나.
음과 양을 업고 안은, 에미인 하나. 시공의 있음과
있음을 감싸는 시공의 있음과 있음
사이인 하나. 틈의
운명인 하나. 나의 파란만장이 고요해지는 세상의
척도인 하나. 안도 밖도 늘
부족한, 부족의 하나. 내 안에 담겨 있는 것이 나고,
죽음은 죽음을 모르는 삶이고, 나의 바깥이 나의
삶이고 내 안이 나의 죽음이다. 道는 生이고, 德은
畜이고 物은 形이고 勢는 成이고, 그 앞에 故도 없고
그 사이 則도 없는 것이 玄이고, 시작이고 어머니고
자식이고 영원은 의식의 첫, 습관이다. 동사 목적어
어순도 고조선을 닮아가는
노자 도덕경
문법은 문법 속이다.

나로써 나를 보는 문법 속이다. 대상의
앞에 있고 뒤는 '로써'로써
말이 태어나는
문법 속이다.
몸이 몸을 보고 가정이 가정을 보고 천하가 천하를
보는 '로써'로써
갓난아기는 붉디붉은 것이다.
아무것도 모르고 그냥 붉디붉은 것이다. 암수의
기억도 유약의 울음도 붉디붉은 것이다. 而도 없다,
천하인 것과 천하가 되는 것과 천하를 얻는 것 사이
생명의
嗇을 넘쳐나는 鬼가 낮은 곳으로 흐르지 않는 鬼다.
오, 아슬아슬한 감각의
균형. 하늘 아래 천하가 아니라 하늘이
아래로 내려 앉는
천하는 얼마나
다행인가. 의식주의 섹스가
의상이 아닌 것은, 넘쳐나지 않는
감각은 얼마나 다행인가. 생의 목적지는 어디든
죽음 바깥은 아니라는 이 무게의
중심은 얼마나 다행인가. 감각이 옳다는
보장 이전에,
노자 도덕경은 감각으로 지은 감각의
건물이고, 오래될수록
낡을수록 허물어지지 않는 감각의
희생제의, 감각의

디자인이다.

그러므로

될수록

안 듣는 연습,

안 보는 연습. 감각을 감각으로,

감각적으로 포옹하는 연습.(이것 말고 또 무엇을

감각이 스스로 부드럽다고 느낄 수 있을 것인가?)

죽음보다 더 무겁게

죽음 속으로 가라앉는 연습. 너는 세상이 위태롭다고

하늘에 비명의 구멍을 숭숭 뚫고 있으나

될수록

설령 비명밖에 없더라도 있는 것으로 감각의

헤진 데를 살살 문질러주는 연습. 목숨의 무게보다 더

부드러워질 때까지 두려움의

크기를 키우는 연습. 그 밖으로 나가지 않는 연습.

말의

발생 밖으로 나가지 않는 연습. 발생의

틀 바깥으로 나가지 않는 연습. 나의 바깥에서는

누구든, 돌아가신 아버지와 돌아가실 어머니조차

죽음을 두려워하지 않아서 나의 남이다.

될수록

부드러워질 때까지 내려앉는 나의 죽음의

깊이를 깊게 하는 연습. 감각의

가학도 내려앉으며

깊이를 깊게 느끼는 연습. 스며들며 스며내리는

물의

비유의

발생의

틀 말고 또 무엇을

감각이 스스로 감각한다 할 것인가, 내가 나의 감각의

주인 아니고 나의 감각이 나의 주인인 한?

갈수록 작아지는 나의

감각이 보이고 그럴수록 내가 없어져도 저 세상은

저 세상일 것이 분명하게 보이고 이 세상은 이 세상의

끝일 것이 분명하게 느껴지고 노자

도덕경이 끝나고 비로소 유년의

문법이 완성되고 비로소 우리는

우리일 수 있고 비로소 우리는 아름다움의

발생을 볼 수 있고 들을 수 있고 입을 수 있고 맛볼 수

있고 살 수 있다. 두 번째

명명 앞에서 떠는 것은 名,

相, 使, 似,

不, 牝,

身, 上, 己,

乎, 用, 五,

驚, 此, 容,

常, 自,

大, 絶,

獨, 惚, 則, 同,

者, 曰,

根, 故,

守, 器, 果, 得, 莫,

134

明, 主, 足, 欲, 將,

是, 一,

於, 若, 生, 之,

執, 其, 禍,

出, 曰, 在,

入, 謂, 始,

非, 以,

赤, 可, 多, 而, 極,

神, 流, 奧,

作, 未, 後, 下, 且,

配, 客, 宗,

病, 民,

天, 敢, 難, 也,

奉, 受, 親,

至, 旣*

명명들이다. 그 속에

떨리던 이름들 더 이상 떨리지 않고 그것으로 우리는

분명을 가늠한다. 미미한 동작의 냄새만 있고

네가 없는 그 분명함처럼.

표정도 없는 그 분명함처럼.

감각의 시대는 없지.

어리 시내를 쉬는

감각이 있을 뿐이니

大學之道 在明明德 在親民 在止於至善

知止而後 有定 定而後 能靜 靜而後 能安

安而後 能慮 慮而後 能得

物有本末 事有終始 知所先後 則近道矣**
공자 物格致知는 노자 物格致知의
순서를 정한
역사의 비극이고 아름다운 비극이다.
身修而後 家齊 家齊而後 國治 國治而後 天下平***
공자 而後는 노자 而後의
생애를 정한
정치의 비극이고 아름다운 비극이다.
노자와 공자 사이
인류의 알리바이는 자연의 아름다움이 아니라
짐승이었던 인간들의 전쟁과 학살과 기아
였구나.
짐승을 벗은 인간의 탄식도 그날처럼 들린다.
언어의 길이 일사천리로 닦이며 감각의 몸을 벗고
길 위에 나선
벌거숭이 감각의 벌거숭이
경악이 그날처럼 들린다. 나의 유년의 경악의
과거와
미래가 보이고,
天命之謂性 率性之謂道 修道之謂教 道也者
不可須臾離也 可離 非道也
是故
君子 戒愼乎其所不睹 恐懼乎其所不聞
莫見乎隱 莫顯乎微
故
君子 愼其獨也

喜怒哀樂之未發 謂之中
發而皆中節 謂之和
中也者 天下之大本也 和也者 天下之達道也****
之謂와 也의, 그리고 故의
너무도 매끄러운 性
속으로의
性
유폐 혹은 단절도 보인다. 그 사이 〈논어〉〈맹자〉의
공자 왈 맹자 왈 사례들의
마디의 마디
단절의 단절도 보인다. 유년의 나이, 단절의
아주 거대한 간극이 아주
미미한
농담으로 들리고, 그것을 우리는 또한 황혼의
나이라고 부른다.
언어는 해체되지 않고 제 몸을 좀더 실하게
만들겠지. 언어도 언어의 언어를
갖고 싶을 만큼, 노회하잖은가, 바벨탑 현상을
인간이 이해했다면 바벨탑
신화가 나왔겠어? 사실
너무 늦었지, 언어의 언어는 음악이 음악과,
미술이 미술과, 예술 장르가 예술 장르와
내통하는 언어에 비하면. 그 내통은 언어의
언어를 위한 내통이건만.
오늘은
애써 해놓은 스카치 테이프 헌책 수선도

풀어주어야겠다. 헐어버린 클로스 장정
애달캐달하지 않은 실오라기 몇 점 애꿎게
틑어져 나가겠다. 상실
은 그만큼만 테이프에 묻어나면 되겠다.
뙤약볕이 날 때면 그 볕에 앉아 난 주로
담배를 꼬실러.
난초와 마주 앉아
내통을 하면
죽은 담배의 살아 있는 불과 연기가
지금은 인간의 몸의 귀에 더
가까운 모양.
음악도 들리지 않고 날렵한
검음이 섹시했던
스피커가 바로 내 앞에 더 이상 섹시하지 않고
거대한 검은
구멍이다. 이렇게 나의 시도
소재를 벗는다.
난초 꽃도 죽었는데. 주인 없는
감각만 큰 눈을 뜬 시간. 뙤약볕도
실감나지 않는다.
투명의 어감은 아무래도 투명하지 않고
투명보다 더 투명한 내용의
본질이 내비친다는 문제 아니었을까.
약간의 흰빛을 머금은 스카치
테이프로 깨끗하게 아주 약간만
덮어줘야 하는 거 아닐까?

그보다는 시시때때로 아스라지는
비명을 함께하는 친숙함이.
근사한 여자들한테 받은
우편엽서들은 세월이 갈수록 예쁘장해지는데
난 담배 한 대를 더 꼬실르는군.
통유리 창밖은 날벌레 마구들 치솟아 오르는 게
왜 그런지 나도 모르겠다는 말 좀체 안 하려는
나의 심사를
왜 그런지 정말 모르겠는 것들이 덮치는
형용인데. 이삿짐 올라오던 최초의 고층
공중과 실내 사이 버팀대에 떡하니 양다리 걸쳤던
그 짐꾼이 간혹 정말 버팀대에 걸친 양다리만 남아
양다리를 걸쳤던 것은 그가 아니고
추락이었다는
인생도 아직 내 가슴을 쿵쾅여대고 말이지.
물론 선물받은
영양제도 이것저것 챙겨 먹고 말이다.
소리를 지르는 아니
소리를 이미 질러 버린
나의 공포에는 끔찍한
장면만 있지
냄새가 없다. 혹은 냄새를 견딜 수 있다면
네가 견디지 못할 공포는 없다. 아니
정말 끔찍한 것은 우리가 별로 염두에 두지 않은
냄새 탓이거나,
냄새를 평소 염두에 두지 않은 탓이다.

반세기 전 로버트 쇼 합창단이 부르는 명랑한
크리스마스 캐럴, 그보다 훨씬 더 명랑한
포스터 가곡집, 그보다 훨씬 더 명랑한
미국 독립전쟁 군가
Yankee Doodle도 그 소리 같고, 그 얘기 같고
그 기억 같다.
생략된 것이 생략될 수 없게 흐르는.
철렁 내려앉는 가슴의
Schema로 흐르는.
짐승 같은 시간 아니라 너무 명징한 시간이
죽음처럼 보이는 시간.
내가 시간의
시신처럼 보이는 시간.
감각이 너무 무거운 몸을 느끼는
느낌만 있는 시간.
날씬한 일본어 한자 약자 위 둔중한
중국어, 더 둔중한 간체
자의 시간.
노자 도덕경은 천하의
문법이 내려앉는 시간이다.
노자 노덕경은 천하의
시간이 내려앉는 문법이다. 나의
유년은 저 아래 내려앉는
문법의 시간이다.
오늘의 내가 내일의 나를
기다릴 수 있고

내일의 내가 오늘의 나를
만날 수 있는
유일한 시간인 것처럼 유년의
문법과 시간은 내려앉는다.
그것으로 오늘 나의 잠은 유구할 것이다. 아니
그것이 나의 잠일지 모른다.
안녕,
끝내 비극적인
식민지일망정
끝내
신화는 되지 말기를.
끝내
신화가 되지 말기를.
시간은
가장 깨끗한 죽음.
선이 안팎의 경계와 안팎의 모양과
안팎의 내용을 이루고
시간에 달하는 저간의
사정이 나의 창세기다.
아아 나의
현존하는 상존의
두드러기,
육의
변온.
지도를 능가하는
육의 선, 그 선의

육.

나의 전체인 나의 의식은

Software밖에 남을 것이 없다.

남은 것이 없다. 아마조네스는 스키타이

여성전사들 '이라네'. 고대 로마

지방어는 다행히도 미리미리 탄탄하여

고대 그리스어에 맞서 꿀릴 것이 없지만

그 그리스 로마 참 멀고

색은 요란굉장하게 망막을 통과하지만 최종의

신경에 미달하지. 어떤 때는 두뇌도

속는 것 같다. 최종 남는 것은 모양도 아닌 흑백의

선. 최종의 색도 끝내 최종의 선의 흑백

아닌가.

그것을 우리는

고전적 품격이라고 부른다. 그 선으로

삽화를 그린 악슈트

라틴어 사전은 고대

로마에서 제작된 사전 같다. '좀체

끝나지 않는군.'

인생이?

아니, 노자가.

노자

도덕경이.

본의 본의 본의 본의 본
해석; 해석화의 심화

프롤로그

내 몸 아니라 네 몸 더럽힌 내 평생의
정액이 문제다.
개중 아름다운 꽃 몇 송이 피기도 하였으나 淨化와
더러움을 혼동하는 경우가 더 많았다, 수도 없이.
신문 주인공들은 종천연색 어색한
그날그날의 부고 같다. 아암.
섹스는 결코 '의상이 될 수 없지'.
아무리 간절해도 치매가 못다 한 삶의 의상이 될 수
없는 것처럼.
세상은 나의 내장 냄새로 온통 비리다.
아침 첫 담배 연기의 머리 구름
뚜껑이 벗겨지지 않고,
미국이 망한다면, 분명, '비만으로 망할 거야'.
하찮은 것을 하찮다고 몰켜드는 파리떼. 손바닥은
손등보다 더 커보이고, 흐르는 세상의 맥을 짚는 것은
손바닥도 손등도 아니고
나를 거부하는 것들이 그만큼 많다는 뜻이다.
'ㅂ' 발음의 모양을 본 적이 없는데 누가 알 것인가,

'ㅃ' 발음이 정말 'ㅂ' 발음의 중첩인지, 원래
영판 다른 모양이었는지? 선명,
아이, 선명한, 아이, 아이, 선명의 아이, 아이, 아이,
열려 있고 열릴밖에 없는
내용도 색도 그 속으로 녹아드는
디자인으로 너는 있다.
글자가 글자의 무늬 속으로 사라지듯
그렇게 네 속으로 사라지고 싶은
디자인으로 너는 있다.
삶이 죽음 속으로 소멸하는 시신도 없는
활자의 검음이 미색으로 승화하는 종이도 없는
디자인으로 너는 있다.
글자가 글자 속으로 더 선명해지는 명암도 없는
사랑이 영혼의 형식 속으로 더 선명해지는 작동도
없는, 그 미완도 없는 그 순서도 없는
디자인으로 너는 있다.
유년이여, 여자.
중세는 언어 선명의 시작,
혁명을 하려면 '남미로 가는 게
맞았어'. 걔네들 춤추는 거 보면 우리의 젊음은
아무리 몸을 잘 흔든단들
인간에 대해 너무 유교적이거나
잘 흔들수록 혁명의
어감과 멀어진다. 같은 얘기다.
갓 난, 갓 난 아기다.
아직 울긋불긋한 죽음의 의상을 진화의 역사 속으로

벗으며 생명이 더욱 선명한, 갓 난 아기다. 그
기억의
여자.
부재여, 상실 없는 여자, 부재의 실재.
흐트러지는, 흐트러짐의 아름다움.
죽음 말고 그 무엇을
우리가 발가벗겠는가?
세상은 크레파스 색깔 난분분 흩어지는
그림이다. 어머니 아버지도 가족도 생필품도
가전제품도 그 안에 있다. 그 안에 비로소
객이 아닌 내가 있다. 내가 안겨드는
형해는 흩어지면서 나를 안는 부드러운
품.
남성도 여성도 아닌
사타구니를 닮은, 흡사 울긋불긋한
생활의 숭한 냄새에서 멀리 떨어져
있으므로 허수아비 논밭은 여태 그곳에 있다.
산과 들과 수풀은 더 멀리 더 오래 그곳에 있다.
죽음은 다만 유년의 결석 줄과 같다.
진화의 결석은 그 뒤에 보이지 않는다.
1928년 조선 최초 대중가요
〈황성옛터〉로 식민지 백성 심금을 울린
이애리수 생존(본명 이음전, 98세, 슬하에 2남 7녀)
확인 기사는 엄정한 시사의
아가리 속으로 나를 집어삼킨다.
두 여동생과 끝없이 도피의 계단을

맴돌며 내려가던
숨어들던 낭떠러지 바닥 틈이 언제나 겨우겨우
'우리의' 키를 가려주던
악몽도 죽음과의 가파른 유희에 지나지 않는다.
동네 밖은 웬 해수욕장이,
해수욕장에는 웬 광란의
기차가 모노레일을 질주하며 너무도 생생하게
꿈속 승객의 얼을 빼고,
생은 현란하게 헤엄치는 아내.
커질수록 검음의 모양이 푸근해지는
그림자놀이도 있다. 정숙한 달 뜨면 그림자는 그림자
방식으로 광분한다.
해석화의 심화인 전통도 있다.
날으는 새와 쨍쨍한 태양의 '말=글씨'.
부딪치며 달리는 종아리의, 와닿는 물살과,
동물의 생동, 생물의 꼼지락, 찌푸린 날씨, 꼬끼오
닭소리와 울긋불긋한 꼭둑각시, 설설 끓는 겨울 방
아랫목과 지구본과 뻥 뚫리는 길의 속도와 딱따구리,
풋 비린 뿔피리 소리,
우산 아래 내 몸의
모든 속을 적시는 비의 '말=글씨'.
잠자리, 잠자리, 잠자리 잡는 잠자리채 속으로
모든 것들 사라지며 반복한다 제 명명을 두 번 세 번
어깨동무하듯, 산과 들, 강과 배, 바다와 선박이
어울리던
그 시절이 정말 사실이었느냐고, 정말 시절이었느냐고.

물고기 떼, 물고기 떼,
내가 너 같고 네가 나 같은, 송사리도 뜬구름도 영화
속도 네가 나 같고 내가 너 같은, 교통 없으면 자연이
없던 그 시절, 날마다 해가 뜨던 그
분명과 확실은 사실이었느냐고.
각 부수(部首)가 발전한 한자들의 세상은
정말 사실이었느냐고. 철새 이전 가출이 있었다는
사실이 정말이냐고. 아무도
저울 달아본 적 없었다는 듯, 아무도,
충치 말고는 아픈 데가 없었다는 듯이.
받침 없는 글자는 잔물결 무늬로 흐르고, 야호
소풍은 그 모든 것들을 흘려보내고 그렇게 또한
모든 것들의
표정은 남았던 것이다.
질주도 표정이 있고 전통도 때로는 말을 달리고
시계는 때로 시간의
심장을 두근댄다.
생명보다 더 거대한 기계, 생명보다 더 유일한 생명의
저인망.
반짝이지 않는 별만, 유일하므로 표정이 없다.
모든 표정들은 이제사 비로소 웃는다. 웃음 말고는
생동을 표할 길이
없다는 뜻으로 웃는다.
괴상한 심해어도 괴상한 웃음이다.
길은 늘 갸우뚱하고 등보다 표지의 표지보다 내지의
색깔 없는 살색 디자인이 더 순결한,

흡사 글자가 순결을
디자인한 듯한 책 한 권을 나는 꼽아둔다.
가능한 숨겨둔다. 가능한 꺼내보지 않는다. 가능한
꺼내보지 않는 기쁨도 꺼내보지 않는다.
그 책은 갈수록 더 순결할 것이다.
삶은 갈수록 더 숭한 극성을 떨며
갈수록 더 숭한 아름다움으로 처연할 것이다.
음악이 그치고
일본 한자가 중국 한자 속으로 옷을 벗는
오지의 시간.
섬나라 일본은 슬라브 대륙과 달리 토속어
뜻으로 한자를 소리내며 한 천 년
언어의 상형과 소리의 살을
화끈하게 섞으면서,
숱한, 헷갈리는, 현란한
첫 감각의
기억만 간직했더라면 더 좋았다. 토속어, 여성도 없는
첫 토속어의 섹스처럼.
내용이 언어의 형식을 완성시키는 형식이 언어의
내용을 완성시키는 모든 장르
클래식은 작아질수록
과거의 미래가 아니라 미래의 유년이다.
내장이 비치는 고운 물고기
등뼈의
고운 선이 그어지듯
유년은 알 수 없으나

내 안팎으로 자명하게, 동일한 모양으로,
색깔만 조금 더 명징하게 그려진다.
뭐지,
진입이 두려운 너는
마냥 펼쳐지기만 하는
그러므로 나도
마냥 펼쳐지기만 하는
이 內紙의
'아름다움=
진입'은? 느낀다, 뜬다, 듣는다,
뜬다, 본다, 뜬다, 그리고 냄새, 산다.
5감은 한눈에 보이는 생명의
설계도. 다만
그림은 동작이다. 경악,
나는 내가 최소한 무엇을 하고 있는지 알고 있다, 기,
보다는, 못 볼 것을 보고 말았다, 고 말하고 있다.
처음이 아니라 얼굴,
표정도 갈수록 경악을 닮아간다. 동작도,
그리고
그림은 동작이다.
지옥의 눈은
너무 커서 표정이 보이지 않는다. 테러보다는
공포라는
유선형,
나머지는 문득 문득 접혔던 흔적으로 형해까지
쭈글쭈글하다.

다행히 눈은 제 눈의 표정을 보지 못하지. 맞아
이름은 주인도 없는 공포를 길들이기 위해 명명된다.
모든 이름은 소름 돋은, 가시 돋친, 기억의 몸, Eye-
catcher는 늘 지나간 다음의 눈을 잡는다.
당신이라는 쇼크 때문인 줄을
알면서도 당신은 내 건강 탓만 하듯이.
우리는 넘긴 페이지의 기억만 간직할 수 있다.
사라짐의 지문도 형식도 없다.
어린아이는 늙은 죽음의
문상과 입관과 장례를 모두 치르고
죽음은 덕지덕지 묻어나지만
유년은 워낙 깨끗하다.
문명에 스며들수록 영롱한
짐승 냄새를 풍기는
섹스의 생애도 감동적이다.
낭떠러지 속은 가장 날카로운 물고기 이빨도
죽음 바깥에 있지 않은
윙윙윙 괴이의 절정도 생명 바깥에 있지 않은
낭떠러지 속이다. 그 바깥에서만
몸은 칼처럼 길고 비단처럼 부드럽다.
꽃도, 미식도, 앞뒤도
우스꽝스럽다는 것은 그런 뜻이다.
비늘 균열의
대상이 생명인지 생명의 유적인지 죽음인지 모르고
간혹, 필요 이상, 검은색을 띠는 연유도 모른다.
늘 땀 나는 상태를 유지해야 하는 내 몸에

간혹, 식은땀이 필요 이상 검은색을 띠는 것보다
그 연유는 훨씬 더 느긋하다. 날개가 필요 이상
위압적으로 느껴지는 연유도 그렇다. 그 망사가 필요
이상 세밀하게 느껴지는 연유도 그렇다.
그리고
생은 나무일지라도 끊지 않고 끊겨
있다는 것이다. 배움 또한 그래서 그토록
복고적인
안간힘이었던 것인지 모른다.
옛날 애인 울음소리는 정말 마지막의 너무 이르고
너무 홀로인
흙, 흙, 흙, 소리였는지 모른다.
그 아래 여생은 너무 질서정연했던 것인지 모른다.
그 여인은 아직도 머리를 빗고 있다.
빗겨지는 머리는 언제나 고운 머리고, 사실 거추장
스럽지 않아 보이는 지느러미는 없지. 그게 꼭
주관과 객관은 늘 인간의 주관과 객관일밖에 없다는
문제 때문일까.
인간은 물고기 생내장도 들여다보는데? 그리고
들여다보는 인간은 언제나 공포의 형용을 잊기
위하여 그 색과 모양 속을 들여디본다.
지느러미들은 각자 진화보다
더 좁은 시간의
우스꽝스런 몸통을 운반하느라 편안하고 황홀하다.
그보다 더 좁은 시간은
얌체든 멍청이든 안 생긴 놈이든 철갑이든 동양화든

인간을 닮은 놈보다 인간의 문명을 닮은 놈이 더
무서운 시간이고
그보다 더 좁은 시간은 상큼의 비릿한 맛도 그
거꾸로 맛도 못 먹는,
맛보다 더 두려운 시간이고 그보다 더 좁은 시간은
성성히 각진 문명의 폐허를 온몸으로 형상화하는
어떤 어종의
펄펄 뛰는 생명력이다. 따지고 보면 모든 물고기가 다
그렇게 보인다는 후렴도 그렇다.
물고기는 형용할 수 없는 시간을 형용한다.
따지고 보면 종들이 서로에게 그렇게 보인다는 종의
기원도 그렇다.
무늬는 다름 아닌 해석의 심화.
애당초 강조의 시작은 야박한 발.
색을 모르는 무늬가 색의 원시를
섹스도 아닌 섹시의
색으로 만드는 디자인.
가장 고운 신발의 양말 속 더 화끈거리는 맨발의
끊임없는 직선을 순간의 곡선으로 만드는, 문화의,
역사를 뛰어넘는,
집합으로서 디자인. 열린 것도 닫힌 것도,
열리는 것도 닫히는 것도 아니고 다만 가장
부드러우므로, 한 꺼풀 더 벗기고 싶기 이전의,
스스로 벗겨짐 같은,
이름의
해방인 디자인. 그에 비하면

스타일은 창녀에 더 가깝다고 나는 하겠다.
언어의 구멍을 발견하는 즉시 파내는 나의
속도보다 더 빠르게 언어가 언어의 구멍을 메운다.
언어의 구멍도 언어라고 나는 하겠다.
휴일이 가장 따스한 뙤약볕
공간으로 축소되는 것을 우리는
장면이라고 부르지. 아직 그것만이 장면이라고
나는 하지 않겠다.
아무리 생각해도 난해한 세상이 아무리 보아도
빤히 보인다는 것은 무엇보다 두 눈에 굴욕적이다.
이해보다 더 즐겁다, 라는 말에, '때로는'을, 아직은
덧붙여야겠으나 죽음은 가장 위대한 오해. 신화가
역사였던 옛날은 역사가 신화로 되어버린 지금보다
더 불행했던 거,
맞나?
그보다는, 만물은 어떻게 생겨났을까? 바야흐로
제2의 탄생 혹은 발생신화를 요할 때가 되었다.
타자의 타자성이 어언 사라지는 것에 아직도 관심이
있다면. '그냥'은 영혼의 발음이다.
몸이 부실해지기도 전에 영혼이
고인이 되는 것을 '그냥'은 그냥 막아준다.
角이 極에 달하여 빨강도 흔적 없이 타버린, 새하얀
말살의 디자인도 있다.
앉아서 춤을 추는 조금만 더 여린 여자의
등
의 윤곽

그 속

조금만 더 여린

뼈의 윤곽. 벽이 연결되는

둥그런

길.

힘은 조금만 더 바깥에 가까운. 날으는 육체는 조금만

더 그릇에 가까운.

그 바깥은 눈에 보이는 온갖 부상자들이 각각

다른 차원에 있는.

정작 육체의 정체를 모르면 향신료 부질없다.

맛은 기껏해야 불편한,

스스로 해결을 원치 않는

수수께끼에 지나지 않는다. 무엇보다

생명이 해결을 원치 않으므로 수수께끼지만

맛에는 엄연 죽음의 수수께끼도 있다.

새로운 탄생은 새로운 언어의 탄생이다.

새로운 원인의 새로운 결과인 언어의. 가장 가공할

언어의 탄생은 새로운 죽음이다.

가장 명백한 소크라테스 죽음도 가장 명백한 사례다.

철학도 凹凸 축축한 수풀, 가장 음탕한 〈향연〉이 가장

대중적인 이래 별 볼 일 없어졌지만

죽음의 언어 앞에서는 상처의 질문에

열광하던 젊음의 시대도 마침내 입을 다물고,

벌써 그것이 새로운 신화의 진정한 출입이자 육체다.

잔혹 혹은 온유의 풍상이 허물어트린

윤곽을 씻어내면 고대 인물상은

낯익음이 뭔지도 알기 이전 시간의
표정을 이해하려 했던 고유명사의
시간을 그냥 닮을밖에 없었던 그
눈동자에
경악의 맹목이 크고 희고 선명하고 노골적이다.
아이의 눈도 아이를 감싸안은 어미의
사라진 머리의 사라진 눈도 그렇다. 그것을 우리는
시대와 역사를 뛰어넘는 커다란 슬픔이라 착각한다.
유년을 형상화하는
꿈은 어차피 잔해의 혼돈의 화려만 도드라지고
더 어린 세월을 꿈꾸려 한다면 그게 바로 비리다.
아무리 장식을 가해도 고대 유물 그
뚱하고 울퉁불퉁한
배꼽 동작은 지워지지 않는다. 놀란다는,
놀람의 추상. 영웅신화는 아무리 피비려도, 쪽수가
많아도 추상적이고, 숫자가 놀라는
추상의 기하.
이 정도를 우리는 일반명사의 탄생이라고 부른다.
썩어 문드러지면서 모종의
形,
특히 圓形의 原形은
더욱, 윤곽 없이 또렷해지는 그
신화만 시간 속이다.
터럭 하나 없는 대신 모든 면에서 표정이 재질인
사암 덩어리 표면과 완벽하게 일치하는, 그토록
거칠게 둥근, 오른쪽 눈이 오른쪽으로 왼쪽 눈이

왼쪽으로 너무 쏠리고 갈라진 반쪽 코와 반쪽
인중과 반쪽 입술 두 개가 각각 좌우 양끝에 붙은
그 옛날 켈트족 두상
사진은 사실 머리 세 개를 한 덩어리로 통합한
그 옛날 켈트족 조각
일면 사진이다.
좌우가 뒤바뀐
저승의 입구가 정말 있었던,
그 안쪽 깊숙한 자리에서 느긋이
이승을 내다보았던,
사라진 신화는 이성 너머 감각의
침략처럼 사라졌다. 12세기 기독교 수사들이 정리한
켈트족 창세기 제목이
〈침략의 서〉. 거기서

          나는 바다로 접어드는 강 어귀 하나.
          나는 대양의 물결 하나.
          나는 바다의 소리.
          나는 한 마리 기운 찬 황소.
          나는 낭떠러지 위 한 마리 매.
          나는 태양 속 이슬 한 방울.

그렇게 명명 이전의 定義를 읊조리는 자
Amhairghin은 전업시인이다.
소크라테스 정리 정돈 그렇게 잘하고 신;, 시간;,
영혼;, 용기;, 선;, 행복;, 우정;, 자유;, 명예;, 인식;,

표상;, 기본 용어 개념 정리 정돈도 그렇게 잘한

플라톤이 왜 유독 소피스트

정의는 오늘날 냉소파 〈악마의 사전〉을 방불케 하는

풍자였을까? ; 돈 많고 명성 있는 청년들의

호주머니를 노리는 자들 … 저런, 아무리 그래도,

단 한 군데라도 열 받은 이성이 열 받은 티를 내면

안 되지. 정의 이후 명명으로

춤을 추면 세상은 분장을 벗는다.

노래하면 세상은 무대를 떠난다. 말하면 조명도

꺼진다. 형용하면 세상은 관객을 버린다.

디자인하면 세상은

세계보다 더 음험한 가면을 벗는다. 비로소

연기를 하면 장난감, 도구들이 우박처럼 쏟아진다.

유년의

촛불은 세속과 너무 무관한

마음 바깥 마음 자리라서

너무 작고 소중하여 낡을 수도 없는

타는 심지도 너무 잡다한 몸이라서

태우는 정결로 타는 것이다.

그런데 유년의

형제는 가장 가난하고 헐벗은

거리라서

친밀이 누추하지 않은 것이다.

막대 칼싸움에 눈이 찔려도

상처가 살벌하지 않은 것이다. 그런데

유년의

집은 자궁과 가장 유사한

비유라서

2층 양옥집 아니라도 비린내,

비리지 않은 것이다. 그런데

유년의

운동장은 가장 넓은

공간이라서

국어사전 페이지는 지금도 텅 빈 백지지만

갈 수 없는 우주 여행도 눈앞에

형형색색인 것이다. 그런데 유년의

선생은 가장 편재적이고 정체 모를

벽이라서

우리는 자라는지도 모르고 넓적다리

처녀성 위로 쑥쑥 자란 것이다. 유년의

상실의 초상은 그렇게 초상의 상실로 그려진다.

그런데 초등학교 2학년

학급은 세계적인 과밀이었고 등굣길은 농익은

토마토 과수원길,

너무 멀었다.

땡땡이 치기 알맞았다. 알루미늄 통 수도꼭지

뜨건 물로 초코우유 팔던 아저씨를 따라나섰던

가출은 지금도 낯선 동네를 돌며

그때 그 밖의 모든 것을 희석시킨다.

경험의 그 밖에서는 공간도 시간도

'희석된다구'. 빛살을 휘어 당기는 중력은 시간도

휘게 하고 살아 있는 모든 것은 다소

휘어 있다.

발명이 결국 발견이라면 발견은 결국 비유다.

끝없이 이어지는 π의 소수점 이하 숫자가

아니라면 그 말짱한 그리스인들이 윤회설을 그토록

늦게까지 믿었을 리 없다.

오늘날 2천 억을 넘은 그 수는

역사상 등장한 모든 인구 수를 능가하는 수고 앞으로

역전이 불가능하다는 뜻이다.

태양을 맨 눈으로 우러르다 생긴 시야의

맹점에 불과하단들

종교의 비유 또한 돌이킬 수 없다는 뜻이다.

그 초등학교 구역에 있던 청량리 588

사창가도 없어진 지 오래다.

망한 국가의 망한 이념의

역사를 내가 읽고 또 읽는 것은

상실에 정말 필요한 것이 상실의 역사인 까닭.

갈 之 자는 비틀대며 갈 之 자고, 生은 上이다. 하지만

生이 무어는 아니겠는가. 生이 온갖 비유를 능가하는

비유의 아가리일 뿐이다.

어느새 쉬워진 독일어는

한참을 더 읽다 보면 영어였다.

그때쯤이면 나는 영어도 독일어도 아닌 다른 언어,

혹시

외국어 너머를 듣는다.

곰오디오에 랜덤 누르고 그냥 섞어

듣다 보면 바흐 전집과 모차르트 전집 음악이

161

흑백 X-레이 사진보다 더 정교한 원래 구분을 넘어
구분되지 않는다. 그때쯤이면 나는
바흐도 모차르트도 아닌 다른 음악
혹시
감각의 제의 너머를 본다. 그것은 혹시 음악과 언어의
처음인 숫자?
천만에. 음악과 언어가 된 소리는
원래 소리로 되돌아갈 수 없다. 구성하거나 구성된
디지털은 원래 숫자로 되돌아갈 수 없다. 해체야말로
인간적이고 인간적이야말로 파괴적이고
파괴적이야말로 생산적인
결론은 돌이킬 수 없다. 감동적인 음악은
그래서 더 아름답고 감동적으로 흐른다. 오페라
광기는 모든 것이 사라지고 새하얗게
화려만 남은 유년.
미친 꿈은 그래서 총천연색. 아무것도 없다. 다닥
다닥 산동네 낮은 지붕과 좁은 꾸불텅 골목길은
살림의 근간이 아니다.
환상의 끝자락이다. 광기 위를 떠도는 고요,
세르반테스 중세의 당대 음악이 20세기
정격음악으로 떠도는 고요.
광기 바깥은 광기가 몸소 건축한
요란한 천연색 동화의 성, 성, 성, 성들,
아무리 우스꽝스러운
죽음도 신화를 탄생시킬 만큼은 비극적이다.
유년의 도시는 마을로 가라앉고

치솟던 건물만 더 치솟는 그 사이 초라한, 꾸불꾸불한
목적지였던 문방구점 그 옆에 녹슨 쇳가루 철물점 그
옆에 대낮에도 진열창 네온사인 시뻘건 날짜 지난
신문지 포장 육고간 그 옆에 쓰러져 가는 만화가게
그 등 굽은 내부, 도둑질이 익숙해지는 그 옆에
낮술 더 취한 막걸리집 그 옆에
이 길은 이제 이어지지 않고
차라리 세상이 된 길이다. 산은
오래된 동네 인심을 닮고
확실히 끊어진 길은 나의 생을
놀래키면서 둘러싸고 둘러싸면서 펼쳐진다.
그래,
오르간
음악 이후의 오르간 음
속이다,
둘러싸면서 펼쳐지기 직전의.
누가 누군가를 한참 기다리고 기다림의
주객이 바뀌고 내가 누군가를 만나곤 하던 것 같은
무슨 공터가 있었던 것이 아니다.
그 길이 여태 나를 기다리고 있었던 것이다.
어른이 된 내가 아니라
나의 유년을 길은 기나리고 그 옛날 남루한
어린 시절로 돌아가는 것은 음탕하므로
어른은 유년의 수줍은 性을 끊어진 길로 왜곡한다.
상장과 성적표가 유일한 문서였던 시절
우등은커녕 개근상도 없이

초등학교 2학년은 아예 성적표도 없이
나의 유년의 그 길은 무언가 거대하게 교체되는
시대가 기독교 없이 하나님을 부르는
거대한 아우성으로 둘러싸이고
펼쳐지고 편안하게 꼬여 있고 겹쳐 있다.
모종의 단단한
아성이 긴 팔 뻗어 제 몸을 다시 한 번 두른다.
아무리 완강해도 건물의 바깥
창문들은 저자거리 잡상인들을 들인다.
만년 폐쇄의
유년도 숨을 쉰다.
풍금 반주 명곡 합창의 음악 교실은
한참 멀리 떨어져 있다. 영국 독일 프랑스 러시아
민요는 비로소 국제적이고 고전적이다.
두 겹 크라운 산도 사이 새하얀 크림에
가난한 다산의 코흘리개 주렁주렁 매달린다.
과자공장 이름에 남한 암약 고정간첩의
암수표가 묻어나는
마을은 다시 지붕들이 뾰족뾰족 밀집한다.
끊어진 길은 다시 도시를 마을로 내려앉힌다.
엉성하고 시끌벅적하고 푸짐했던 장례식
장면에 검은 복장도 묻어난다. 뒤늦게나마
근조.
그것은 친하고 친하고 친해질밖에 없다.
시작인지 끝인지 알 수 없는 수업
종소리만 남은 학교 일과는 그래서 그리도 이미

상투적이었던 것이다.

1750년 바흐 사망 이래 21세기 오늘날까지

면면히 이어지는 라이프치히 토마스 교회 합창단

지휘자들

면면이 별로 유명하지 않은 까닭이기도 하다.

가난은 식구가 아무리 많아도

좁지 않은

좁은 방 아랫목. 가족사진은 흑백의 시간을

어려운 시절의 끝없는 장사진으로 늘어트리고

그 안에는 경치가 없고 슬픔의 감동만 있다.

그 안에는 여행이 없고 배고픈 육체의 위엄만 있다.

그 안에는 생가가 없고 고단한 삶의 절정만 있다.

간절한 몸의

비올라를 만지듯 더듬듯 켜는 것처럼

우리는 추억을 연주할 수 있다.

그 안에서 경치는

여행은

생가는

아름다운 모든 것들이 서로를 아름답게 감싸안으며

펼쳐지는

경치와 여행과 생가의

몸

그 후의

더 작은 삽화다. 그 안에서 아버지, 잔혹의, 어머니는

치명적인, 형은 낡음의, 누나는 숙명의, 여동생은

불쌍함의, 남동생은 치기의, 외조모는 가계의,

이모들은 신기한 세상의, 4촌들은 잡다와 소란의
누명과 의상을 벗는다.
직계 혈통은 오래전부터
실종이 느긋하다.
혈연은 그렇게만 극복된다.
너무 때 이른 죽음 앞에 반드시 있고,
두껍고, 낡은 추억의 장정 앞에서 알 수 없는
어딘가 본 듯한 음악의 얼굴만 묻어나는,
음표 없는 오선지 앞에,
피아노 흑단 상아 건반 데드마스크 앞에,
깎아지른 유년과의 완벽한 작별 앞에서
질병이 안방 뼛속까지 차지하고 들어앉았단들
건강한 유머의
죽음은 가능하다.
유복한 삶은 없다, 유복한 죽음이,
될 수, 있을 뿐. 이승도 요절한 천재는 없다. 요절한
천재의 죽음이 있을 뿐.
백 년 혹은 몇 천 년 이어지는 레퍼토리 얘기가 아니다.
돌이킬 수 없을 정도로 고리타분해진
백년대계 얘기도 물/론.
잊어먹을 만하면, 툭하면 나타나고
생각해보면 때되면 반드시 나타나는,
어떤 심술 같은,
중세와 현대식 건물이 겹치는
착각 같은, 똥오줌이 아직 생명과 불가분하다는
확인 같은, 물에 뜬 도시 전경을 바라보는 다리

각도의 느닷없음 같은,
어른이 자기 추억의 아이 입장에서 지금의 아이를
가르치려는 것은 너무 쉽게 가르치려는 것이라는
어떤 증명할 수 없는 사실 같은
사소한 악몽 얘기다.
내가 아는 역사상 가장 요절한 천재의
죽음을 마련한 것은 페르골레시(1710-36).
이탈리아 출신인 그의
일상의 웃음소리가 죽음의 그것을 닮아가는 혹은
죽음의 웃음소리가 일상의 그것을 닮아가는 코미디
미사와 오페라 음악은 독일인
모차르트(1756-91)를 절망에 빠트렸고 프랑스인
루소(1712-78)를 엿먹였고 러시아 혁명의 탕자
스트라빈스키(1882-1971) 신고전주의가 겨우,
날로, 말아먹었다. '역사적으로 벌써' 죽음의
임재라는 뜻이고 음악적으로 벌써 웃음으로
승화하지 않은 천재의 요절은 천박하다는 뜻이다.
방금 지났으므로 완벽한,
그래서 너무도 낯선
20세기와
오늘
사이
스릴과 서스펜스는 유년의 시간을 희박하게 만든다.
어?
옛 코뮤니스트들 하릴없다. 공포의 혈연을 한없이
부풀린다. 그림자 투쟁에 몰두한다. 세계의 악센트는

세계가 수상하다는 일반의

악몽으로 만연한다.

그 속에서는

왼쪽 귀에서 오른쪽 귀로 오른쪽 귀에서 왼쪽 귀로

흐르는 달콤한 음악도

죽음 이후 동아줄 같다. 서 있는

사진은 모두 전기의자 충격으로 서 있는 사진이다.

음탕하지 않은

농담이 있다. 무엇보다 죽음이 그렇다.

연장전은 잔인하다. 게다가

투수 교체라니

긴장과 이완의

배합이 아닌 교체는

못된 어른들이나 하는 짓. 노이로제는

천상천하유아독존,

사실은 세계의 마음 안에서 벌어지는 모든 사태의

주인공이면서

결국은 모든 사태를 해결하지 못하는 어정쩡한

비극을 끝내 받아들이지 않는

어떤 태도다.

갓 취직한 은행 일에 아직 적응 못하는

큰 아이가 그리 어정쩡하게 내 담배를 책임진다.

수요일에 박하 셀럼 라이트 두 갑,

하루에 담배꽁초 다섯 개를 재털이에 나열해두는

나의 보고에 그 아이 안심한다.

나도 안심이다. 꼭 적응, 해야 하나?

이때,

통유리 창밖에 눈이 펄펄 내리는 것이었다.

난초한테 창문을 열어주려다

겨울눈은 여름비가 아니고 난초는 난초라는 생각,

창문을 도로 닫는데

난초도 통유리 창밖 펄펄 내리는 눈을

그냥 덜덜 떨며 바라만 보기로

작정한 자태였던 것이다. 나는 난초의

그림이 되어 난초를 바라보았던 것. 나의 그림의

바깥에서 눈은 잠깐 내리고

난초는 잠깐 덜덜 떨고

햇볕이 다시 쨍쨍하게 들었을 때까지 하,

이렇게도 한번 해보자는 것이었다.

이때,

미국을 조금만 알아도 보스톤,

보스톤은 영구히 도시 같고 영구히 낡은 것 같은

어감이다.

리치몬드는 내게 제과점 이름이다. 더 센 나폴레옹도

반은 그렇다.

어린 시절의 미니어처

기념품 같은 여자가 아직 있다.

아름다움 앞에 새침하고

아름다움의 뒤끝도 새침한 여자들이다. 이때,

먼 옛날 다게레오타이프 사진

흑백은 플래시 터트리던 화약 가루가

묻어 있는 것 같다.

누구나 왕성한 건물이 불타버린

유년의 기억은 있다. 기억은

앙상해질 뿐 초라한 의상까지 태워버리지는

'못하지'.

남겨진 머리카락 한 줌은, 다르다,

시신보다 시신의 냄새가 더 정결하다는

어떤 암시를 그것은 한 올 한 올 담고 있다.

자본주의가 계속되는 한

시는

범죄와 가장 닮은 꼴로 지속된다.

범죄의 생애가 응축된 (전기의자가 아니라)

일상의 가구 또한 지속된다. 일상도 가구도 시의

생애와 비슷한 방향으로 어긋난다.

다리가 더 야위고, 키가 더 커 보인다. 그런데도

또 어떻게 보면 벌떡 일어나기 직전

웅크림 같다.

뭐, 자본주의 아니라도 죽음에 밀접하기로는

범죄나 시나 막상막하였을 것이다.

과거를 지닌 번화의

옛날 사진보다 더 허망하게

역사=소설=가라는 말은 세 번의 동어반복 같다.

번화의 예감에만 겨우 달한

허망한 것이지. 한순간은 과도하게 풍자된다. 소설의

만년을 풍자할 아무 대책이 없다.

전통의 명문 출신이면서 참신한 젊음을 대표한 43세

케네디 미국대통령의

죽음에는 피살자만 있고 암살자가 없다.
그럴밖에 없다. 아데나워 서독수상 85세.
아이젠하워 전임대통령과 드골 프랑스대통령 70세.
모택동 중화인민공화국주석 67세. 맥밀런 영국수상
과 흐루시초프 소련서기장 66세.
전통 명문 가문과 노년의 세계일밖에
없었다. 누구나 그렇듯, 세월이 지나면 케네디도
자기 죽을 때를 제대로 골라잡은 것 같다.
40년 남짓 흐른 지금
케네디 없는 세계는 상상할 수 있어도
케네디 피살 없는 세계는 상상할 수 없다. 그의
신화는 아무래도 시사적이지 역사적은 아니지만
여러 사람의 노년이 더 여러 사람의 노추로 전락하는
시사를 신화적으로 방지해주려는
젊음의 배려도 있다.
그의 맞수이자 9년 연하였던 카스트로가 당시
아데나워의 노년에 이르는 데 이제
 2-3년이 남았을 뿐이다.
현실사회주의, 몰락했고 쿠바 혁명, 빛바랬고 그의
몸, 형편없이 병들었지만
40 몇 년 전 아데나워와 마찬가지로 카스트로가
자기 죽을 때를 놓쳤다고 할 수는 없다.
죽은 지 오래인데도 병마를 끼고 여전히 사는 듯한
모종의
그 후를 그가 보여주므로 그것은 더욱 그렇다.
추억의 부고들은 뼈라처럼 흩날리며 사라진다.

수록 작품보다 육감이 더 진하고
육체가 더 투명한
초고 쪽지들이 있다.
튼튼한 건물 틈새를 비집고 파고드는
온갖 벌레들의, 살인의 미로의, 추악의 실현
장면이 아직은 거기에
묻어 있지 않다. 페인트 글씨 벗겨진,
흔들리는 간판, 삐그덕거리는 함석 지붕, 고집만
세고 도무지 튼튼할 것 같지 않은 벽돌담,
그예 발바닥에서 무너지는 자갈밭 길, 우리 모두가
언젠가 걸어본 그 길을 지금 걷고 있는 듯한
생각은 그만큼 역동적이다.
그 옛날 배 속 회충을 달래던 석유 냄새
더 먼 옛날 쪽으로 신기하다.
아무리 예쁜 연예인도 그를 키운 PD들 보기에는
고깃 '덩어리'지. 무슨
먹고 먹히는 얘기가 아니다.
화려해서 슬픈 과거 얘기고, 과연 누가 먹고 누가
먹히겠는가 얘기다. 너무도 달라 더 슬프고 그래서 더
간절하고 그래서 더 화려해질
육체의 미래 이야기다.
세상에, 심판의 날 죽은 자들이 모두 몸을 일으키는
것보다 더 형편없는 비유는 없다.
이상한 노인은 하나 있겠다.
김장 김치물 밴 옛날 버스표와 극장표도 한 장 있겠다.
옛날의 집 아니라 옛날이 살고 있는 집.

생가에는 탄생이 살고 있다.
천 년 고도에서 우리가 볼 수 없는
옛날이고 생가다.
누이동생 초경의
터럭 한 올도 꼭꼭 숨겠다.
예언은 후대에 영향을 미친다는 거밖에 없고
흑백은 끄떡없다는 거밖에 없다.
육체의 지옥은 총천연색이다.
철학을 최대한 오그라든 노년으로
육화한 철학자 칸트.
가장 오그라든 그의 말년 흑백 초상에서도
쪼글쪼글한 것은 흑백이 아니고 흑백의
총천연색이다.
이때

본의 본의 본의 본의 본의 본
괴이와 흐름: 서양 중세 용어

프롤로그

대법원 선정 인명용 한자는 분명 민족 대이동의
게르만 부족보다 수가 더 많을 것이다.
그것을 우리는 다름 아닌 역사라 부른다.
화폐와 신용과 무역과 관세, 그 모든 것보다
더 많은 것을 대법원 선정 인명용 한자는 허용한다.
그것을 우리는 다름 아닌 역사의
발전이라 부른다. 웨일즈, 스코틀랜드, 아일랜드가
신기한 것은 잉글랜드를 제외한 육체 때문이고
그 절정은 육체의 거세 후에도 육체적인 사랑을
이어간 아벨라르와 엘로이즈, 그
중세적으로 어긋난 사랑이다.
오 carnal,
이 형용사가 그렇게 아팠던 적은 없었다. Giotto, 그
눈자위가 한없이 근엄한
죽음을 능가하는 검은 비탄의 표정이 없었다면
당대는 당대에 저질러진 십자군전쟁 전체의
육체를 차마 바라볼 수 없었을 것이다.
우리는 포도주에 양주 한 잔을 말아 드라큘라
폭탄주를 만든다. 미국산 브랜디 잭 다니엘을

아일랜드 흑빵 맛
기네스 맥주에 섞으면 분위기는
보다 더 일반적인 medieval의
어감에 접근한다. 그 사이
역사적으로 medieval은 England에 feudal은
France에 어울리는 형용사지만
서양 중세의
지금도 가장 생생한 비유는 피 땀의 상처가
뒤엉킨 근육질의
말, 특히 군마다.
그 밖에서 Edward는 아무래도 중세를 벗을 수 없고
George는 오래전 근대적인 고유명사다. Henry는
늘 위태롭고 Richard는 늘 애매하고 그 주변으로
마을은 포기상태고 교회와 군대와
전쟁은 자본주의 너머
기고만장이다.
내 몸을 풀어준 것은 초등학교 마포 굴다리
과일 야채 비린 생선 파는 리어카
무선전파사 낡은 스피커의 엘비스,
로큰롤이었지만
첫사랑의 육체는 결국
참신함이 헐벗고 눈물겨워지는 육체의
'중세적'으로 끝났다.
나의 고통은 이따금씩 아주 오래되고 낯익은
기분을 동반한다. 장례의 육체만 번거롭지 않다면
'가지, 뭐'. 그런

생각에 가까운 기분이다.
겨울비도 공터 낙엽과 지붕 낮은 인가를
깊숙이 적시며
중세 성 바깥 농촌의
경제를 재현한다. 농촌과 경제,
거대하면서도 끈질긴 단어다,
참으로.
가을비는 내 마음의 미로를 적시며
수녀원 건물 내부
살림도 재현한다. 자급자족의
여성과 살림, 참으로 원시적이면서도 섬세한 단어다.
더 멀리 흐린 물안개 속 바퀴벌레
월셋방은 분명 인간보다 더 악화한 상태다.
그건 인간보다 더 오래 버틸 것이라는
분명한 뜻이다. 수도원장 abbot, 수녀원장
abbess 모두 고대 시리아어
abba가 어원이고
abba는 아빠다. 정착과 경작의
땅은 이미 제 몸 안에 그 무엇을 들였고
앞으로도 들일 것이기에
제 몸을 다시 여는 것이다, 그
맨 아래
유년의 여자는 열린 몸의 여자
유년의 여자를 마주한 유년의 남자는
더 열린
죽음의 몸.

아버지 간통은 디자인보다 더 표면적이라서, 어머니
기계는 기계보다 더 기계적이라서 그리
슬펐던 것이다.
생산력과 생산수단 각자 슬픔의
이질성도 그리 뼈아팠던 것이다.
1 acre는 한 팀의 1일 쟁기질 면적.
노동은 면적이고 면적은 수치고 수치는 단위고
단위는 울타리고 그렇게
울타리가 소외다. 농노 소작인 manor 크기는 1200-
1800 acres. 그러나 그 밖으로 우리를 꼬드겨내는
유년의 골목은 만년의 세월 속으로
스며들수록 기분 좋은 미로였던 것이다.
경계는 육체의 해방을 위한 두뇌의
배려일 수 있었던 것이다. marcher lords는 웨일즈
및 스코틀랜드
접경 지역 노르만 영주들이다. 경계가 없다면
육체는 경계를 뛰어넘을 생각도 못할 수
있었던 것이다. medkniche는 건초 사례비, 건초
공무원이 자기 중지로
무릎까지 들어올리는
만큼의 건초였다. lamination 말고
계속 articulation으로 썼다면
분명 더 좋았다.
금요일 밤 러시아워 퇴근길 택시 안
비몽사몽은 먼 여행 같다. 오래전부터
그대 안으로 나는 들어가고 있다.

사랑은

너비나 길이, 두께 중 하나쯤 없어도 되는

끼워맞추지 않아도 되는 그냥

기우는 것이므로 그 밖은

그리도 정확하고 소란스러웠던 것이다.

전쟁은 지금도 창날이 고슴도치 털처럼 곤두선

두려움의 전투대형으로 끝난다.

danegeld는 덴마크

바이킹에게 잉글랜드가 바치던 조공. Englishry는

잉글랜드에서 발견된 모든 신원불명 변사체를

노르만인으로 간주,

각 100배의 손해배상을 물리는 잉글랜드 지배

노르만 제도다. 세금의 유혈과 세금의

고유명사를 역사는 고의적으로 혼동한다. 다양한,

세세한, 가지런한, 유려한, 시민의 항목들은 세금의

유혈을 일반화하고,

고유명사를 씻어낸다. 세금도

명명 이전

고유명사의 길을 밟을 수 있었던 것이다.

언어의 처음, 화들짝 처녀일 수 있었다.

유혈을 씻을 수 있었다.

음악 연주의 역사가 음악의 당대

풍광을 지우는 광경은 선명하다.

젊음의 광경은 좀더 열광적으로 지워진다.

그 명멸은 연주보다 더 오래 지속된다.

아직도 이어지는 러시아워 비몽사몽 속

웬

죽은 아이 보인다.

죽은 아이 시체 아니라 그냥 죽은 아이가.

죽은 아이 얼굴 아니라 그냥 죽은 아이가.

아는 아이 아니라 그냥 죽은 표정만 흩어지지 않는

죽은 아이가.

문득

뒤꽁무니라는 말이, 혹은 개념이

처음부터 있었다면 모든 처음이

그리 무섭지는 않았을 거라는 생각.

sebastocrator[sevastocrator]는 emperor 다음

호칭, caesar 위, despot 아래다.

수줍음 타는

흔들림 타며 수줍음 타는

흔들릴수록 더 수줍음 타는 매순간의

처음이 있을 수 있었다.

밀집한 담벼락들이 가까스로 허락한 더 좁은

골목들은 꾸불꾸불

흔들리며 수줍은 처음의

춤일 수 있었다. 사랑이 끝나면 페르시아,

페르시아가 페르샤, 페르샤로 줄어들고

눈물의 구상이 허물어진 이별의 색은 화려하다.

자명한 이성이 인간의, 모종의 사생결단이었지만

하늘의 천체들이 가까울수록 지상의 그림을

벗어나는

거기서도 어울리는 인간의 말이 있을 수 있었다.

불쌍해라, 얼핏, 태초는.

눈에 보이는 것을 도저히 믿을 수가 없다.

눈앞에 펼쳐지는 외계의

판타지를

신화도 믿으라 가르쳐주지 않는다.

육성만 있다.

육성이 제 육성 말고는 아무것도 믿을 수 없던 그

탄성은 여기서도 어울리는 인간의 말일 수 있다.

판형이 시야보다 더 큰 ATOMS AND MOLECULES,

CHURCHES AND CHATHEDRALS,

GLACIERS, IRELAND,

MIDDLE WEST, REPRODUCTION,

TRAINS, UNITED KINGDOM

항목 별로 펼쳐지는 CHILDREN'S ILLUSTRATED

ENCYCLOPEDIA, 화려한 총천연색 역사와 문명의

판타지는 감각의 정신만 더

사납지, 탄성은 다가오는 날의

質의

디자인 속으로 어울려드는

탄성이었던 것이다. 크고 날랜 공룡이 아직

살아 있다면 지상은 고래의 위용과 문어의

괴이가 살아 있는 바다 속과 다르지 않을 것이다.

시속 96.5킬로미터 치타가 빠르다고? 천만에,

돛새치는 시간당 109킬로미터를 헤엄친다. 오래된

역사가 오래될수록 편안할 뿐이다. 현재의 동식물은

수상하게 현란하다. 낯익은 인체를 수상한

박물관으로 만든다.

인간의 먹이인 동식물의 총천연색이 희미한

이유는 희미하지 않다.

성냥갑만 한 학교, 법원과 공장

그보다 더 작은 노동자 집의

스탈린 집단농장보다 그것이 더 희미하고 더 끔찍한

이유는 명백하다.

공중이 가장 나을 것 같지만 그건 자신의

속도에 갇힌

생각이지, 그 밖은 더 험난하다. 꼬마 참새 1930년

Edith Piaf, 15살 파리의 빈민 거리를 떠돌던 그녀의

노래는 절정에서도 슬픔의

중력이 쨍쨍하다. Sigmund Freud, 신화의 의학의

문학 못지않게 중요한 것은 Frau Emmy v. N. 40세,

리블란트 출신, Miss Lucy R., 30세, Katharina,

Fräulein Elisabeth v. R.,

환자들의 고유명사를 그 너머로 이끄는 일이다.

끝까지

명확한 것은 고유명사뿐이다.

쉬기 직전의 밀가루 냄새 같은.

반드시 쉴 것 같은 그

직전 같은.

이미 내가 죽어 있다는

기분 좋은 확인 같은. 꿈속에서만 정신은 온전히

들여다볼 수 있다, 육체의 정신적 표현을.

꿈 밖에서만

육체는 정신의 육체적 표현을 들여다본다.

그 사이

기억은 또 다른 대화,

혹은 지문 혹은

뚜껑이다.

유리창 밖 기대며 눈물 흘리는 도시 야경을 보듯

죽음은 생을 바라보기도 했던 것이다.

그런가 하면 더 옛날의 유리창 밖 매달려

어린아이 질긴 울음을 울기도 했던 것이다. 더욱

번개가 어둠의 안온함을 비춰주기도 했던 것이다.

분리될 수 없는 선율과 가사

사이

언어의 처음들,

언어들의 처음,

언어의 처음이

지층 아니라 계단처럼 보이기도 했다.

죽음이 그 숱한 이야기와 그 밖의 모든 것을

낳았다는 얘기도 되는 것이다.

'인생이 난감할 때'에서 '꼬일 때'로 진행된 Life
Water 광고는

몇 회까지 더 나갈 수 있을까? 남근을

'걷어찬 하이힐 닮은 난감하고 오르는 엘리베이터

문에 끼어 위로 들리는 스커트

뒷자락은 꼬이지만

인물 수수한 그 에피소드 여주인공은

몇 번이나 더 엘리베이터를

못 탈 수 있을까?
더 밝은 대낮을 명품보다 더 당당한 짝퉁의
배짱으로 활보한단들 계단에 묻은 동굴의
형상은 지워지지 않을 것이다.
번개보다 더 눈부신
그대 허리
능선을 따라
번개보다 더 선 고운
상형으로 묻어나고 싶다.
현악기를 더욱 응축한
글씨 하나의 그릇 상형과
소리보다 더 딴딴한 글씨 하나의 鐘 상형과
젖가슴보다 더 수줍은 글씨 하나의 신발 상형과
동물보다 더 슬픈 글씨 하나의 괴물 상형과
머리칼보다 더 치렁치렁한 글씨 하나의
복식 상형으로 묻어나고 싶다.
냄새의 색은 어딘가 그
바깥에서만 요란하고
상형의 글씨 아니라 글씨 하나의
상형으로,
가장 살벌한 무기도
건드리면 복사뼈께
그만큼만 아픈
지문의
소리도 그
바깥에서만 요란한

글씨 하나의 상형으로 묻어나고 싶다.
옛날도 예의상 글씨 하나의.
오, 天涯의 天兒.
세계의 중심이 수미산이라면
어찌 놓여 있겠는가, 수미산의
중심에 수미단이?
이미 주름인
몸이 그대 한없는 높이의
등고선으로 또한 한없이 출렁대기 직전
황홀의 색이 더 황홀한 빛으로 분해되는
새까만 머릿결보다 더 여러 겹으로 직선 및 직선의
곡선이 분명해진
무한 펼쳐짐의 마지막
응집으로서 오 나는 언제나 천애의 천아.
소반의
猫足은
고양이 근육보다 떨림이 더 미세하다.
아주 미세하다. 볼수록 떨림은
영원의 떨림을 떠는 것처럼 미세하다.
영원의 떨림으로 떠는 것처럼 미세하다.
개다리소반 전통보다 더 푸근한
소름, 이제까지 생과 이제까지 몸의
뽀송뽀송한 기저귀가 있다. 집과 사무실과 불륜과
여행보다 아주 조금만 더 큰. 아주 조금만 비만인
그래서 늘 촉촉한 기저귀다.
60년대 소울 혹인 여성 front dancer들의

검은 눈자위는
한참을 더 지나고 나서야 피부색과 그리고
육성과 화해할 수 있을 것이었다.
발명은 갈수록 낡고 발견과 해석과 공학의 재발견이
자연의 지속성을 보장해준다.
아는 기쁨보다 알아보는 기쁨이 더 크다는 거.
지금 보증을 받고 난 후 비로소 지금 보증이 되어야
화폐는 비로소 화폐라는 것을 비로소 자각한
화폐의 역사도 애매하다. 우동 면발이 담긴
대바구니는 촉촉하지 않고 축축하다. 그것도
매번 결정적이기 직전 마지막
응집의 표현이다.
시간의 모양은 언제나 우리를 기다린다.
시간의 키는 자라는 추억과 슬픔의 키보다
늘 조금만 더 자라난다. 지상의 어느 누구도 시간이
자신을 알아보는 자를 사랑한 만큼 사랑하지 않았다.
우리는 좀더 간절했을 뿐이다. 영원할 수 없는 것을
사랑했으므로.
몸을 섞어도 한 몸이 될 수 없는 것과 마음까지
섞으려 했으므로. 좀더 아름다울 수 있었을 뿐이다.
전통보다 더 오래된 간판이 있다.
사연보다 더 깨알 같은 시간이 있다.
시간은 우리가 까닭 모르게 우리를 스쳐지나간
까닭이 있다. 비수에 찔린 듯한 입맞춤이 그 일순
벼락의 까닭을 재현한다.
네가 나에게 내가 너에게 묻지 않는 까닭도 재현한다.

시간의

모양은 저 멀리

미래에서도 왔던 것이다.

코드가 선율의 행로를 미리 감싸듯

미래의

시간이 우리를 위해 만들어준 것이 바로

공간일 수도 있었다.

그렇게 오는 모양의

총천연색이, 빨강, 파랑, 노랑, 보라, 검정, 하양의

말들이 봄, 여름, 가을, 겨울, 아랫도리에 겹쳐진

의복도 있었다. 비로소 자연을 닮아가는 인간이

있기도 했다.

옛날은 가난한 형형의

색색이 화려하다.

꽃은 정원을 이루며 핀다.

자연이 인간을, 시간이 계절을, 계절이

표현을 닮아가기도 했다.

그게 더 치명적일 수도 있었다, 물론.

원래 소리였는지 뜻이었는지

향기인지 색인지

구분이 되지 않는다.

온통 현란한 색이 가장 나중에 보이는 때도 있었다.

그럴 때 마지막 동작은 출렁인다.

그렇게

성은

일순의 창조인 영원의 소멸.

그래서 더 현란하고 그래서 더 출렁인 면도 있었다.
몸을 벗은 남과 여 의상이 지붕의 건축도 벗고
한없이 현란하고 한없이 출렁이는 때가 있다.
〈오빠생각〉 같은 식민지 동요에는
미숙한 사회주의자들의 슬픈
소아성애도 묻어 있다.
어리고 약하고 억울한
코흘리개들이 주먹다짐으로 그예 상대방의
코피를 터트린다. 또
생각난다. 한 살쯤 더 먹었다고 골목길을
가로막으며 따따부따 내용 없는 호령만 해댔던
나이 서너 댓의 그 여자 아이.
내 기저귀도 그 여자애 기저귀도 보인다.
추억은 모처럼 똥글똥글하다.
사라진 옛날의 화려했던 금관들은 형편없이 무겁다.
핏발 서렸던 갑옷은 터무니없이 둔감하다.
악기들은 음악 없는 장식만 요란하게 구태의연하다.
가면은 희로애락과 선악이
이제 흐려지고
남녀노소가 더 과장된 표정이다.
과장되게 눌러앉은 표정이다.
그것들은 각자 모두
무언가
모든 것이
시간의 잘못은 아니라는
느낌이고 소리고 뜻이다.

교육은 가장 광범하고
제 갈 길 정해져 있으나 노래는 매순간 세상의
해석을 응축한다. 노래 부르는 자,
작곡보다 더 깊은 음악 속에 있다. 멸망하는 제국이
혁명을 품는
노래는 언제나 약소민족에게만 슬픔이 장중하지만
그 노래 다시 듣고 싶다. 아직 살아 있는 고궁의
건축에서 비로소
살아 있는 육체의 직선과 곡선은 펼쳐진다.
책 속에 기록되는 역사는 없다, 책으로
형상화하는 역사가 있을 뿐.
육체에 주거하는 정신은 없다, 몸으로
형상화하는 정신이 있을 뿐.
아무리 깊어도 고궁은 영혼의 비유가 아니다.
시간이 마련한 공간의 유적지를
벗어나면서 영혼은 은유도 없이 스스로
지도라고 생각한다.
하늘을 신과 동일시하는 첫
인식론은 지금도 있다.
머리털을 깎을 때마다 머리도 헤어스타일도
시원한 것은 500년 묵은 상투 머리도 깎은 까닭이다.
그래서 우리는 흔히 머리털 아니라
머리를 깎는다고 하지.
깎아도 깎아도 냄새나는 상투 머리는 좀체
깎이지 않는다는 뜻이다.
인류학의 가장 튼튼한 의식주에 묻어나는 가장

생생한 토속어를 찾아볼 수는 있다, 더 나아가
색이 땀을 지워내는
예의를 찾아볼 수도 있다.
왕실은 현재의 유년, 기억을 원통형으로 만든다.
일이삼사 하나둘셋넷,
일둘삼넷
죄는 액체다. 어디서 왔는지 모르게
세상은 그때그때 필
요할 때마다 나타난다. 우리는
불륜의 액체가 샅샅이 마를 때까지만 살다가
습기와 무관한 죽음의
음탕에 이른다.
웬
조선시대에도 없던
극장이 내 유년에 우뚝 들어선다.
마당극만 있던
조선시대에도 들어선다.
바스라진, 조잡한, 피비린 옛날의
쪽지가 세련된 현대의 삽화로 묻어나는
광경은 미래적이다.
옛것과 새것의 조화는 그토록 예리하다.
그려진, 쓰여진, 새겨진,
문자들은 모두 몸을 웅크리지 않고
움직임도 없이
조신하다.
모든 문자는 언제나 맨 처음의 문자라는 듯이.

모든 모양은 늘 우리를 기다리는 모양이라는 듯이.
모든 모양은 의미와 역사 너머
소리의
모양이라는 듯이. 언어는 미흡하지만
여러 언어들의 중첩은 빈자리가 넉넉하다는 듯이. 그
모양이 음악이라는 듯이.
살은 끊임없이 색을 향해 분해되고
액화하는 것은 사실
순결한 영혼이라는 듯이.
주석에 구리를 입히고 직경을 1.5센티미터로 줄인
2008년 한국은행 발행 10원짜리
동전은 점점 더 줄어드는 모습으로 건국 이래
대한민국 정부
최고의 미학을 구현한다. 추억이 추억을 좇으며
씽씽 달리는
감옥도 아름다워 보인다.
여기엔 근대화의 약점이 없다.
제 몸보다 더 비대한 알을 밴 생태찌개를
먹는 일은 그 사태를 조장한 하나님보다 더
잔인하지. 여기엔 근대화고 뭐고 없는 것이다.
흐리멍덩한 것은 더
분명한 것을 위해서 흐리멍덩하다. 국가통계포털
(KOSIS)에 의하면 경기도가 전국 인구 1위로
올라선 것은 1940년(12.0%). 그전은 경북, 전남,
경남, 경기 순이었다. 농림 목축업 종사자
한국인 80.5%, 일본인 8.4%.

사망 원인, 수막염, 뇌성마비 등 신경계 질병 19.8%
위 및 십이지장 궤양 등 소화기 질병 18.2%
폐렴, 기관지염 등 호흡기 질병 14.2%. 1938년
출생한 아이 79만 2,975명 중 첩 자식이 2만 4,782명.
이 해 사망한 5세 미만 아이는 16만 8,619명. 그중
절반 가까이는 돌을 넘기지 못했다.
생은 비참할수록 더욱 들끓는다.
흐리멍덩한 것은 분명한 것을 위해 더 흐리멍덩하다.
무엇보다 내가 언어의 처음을 더듬는
까닭은 그것이다. 한국 수출입 85.7% 일본, 11. 0%
만주국, 0.9% 미국, 0.8% 중국
이 통계는 1932년도지만 한일합방 전
조선왕실의 재정 의존도도 비슷했을 것이다. 자칫
지옥이다. 한순간에
아니 일순
의 지옥이다.
이런 숫자는 살보다 더 육체적이다.
사랑할수록 덜덜 떨리는, 신음하는,
간절하게 찢긴 질투의
살이
찢어지지 않기 위하여
더 간절한 찢김 이후를
구현하는
더 더 간절한 음악의
살도 보인다.
90도 각도로 쓰러진 아시리아

쐐기문자 이래
견딜 수
없음의
디자인도 있다.
소리 문자 없는 소리는 갈수록 늘어난다.
우주와
죽음 쪽으로.
숫자의 소리는
소수점 이하로도 한없이 펼쳐진다. 깨알
같지도 않다.
글자보다 더 오래된 비문은 얼핏
글자보다 더 많은 것을 보여주지만
실상 더 오래 파여져 가는 비문의
갈수록 선명한 새겨짐의
디자인을 우리는 보게 된 것이다.
우연히, 그러므로
그것은 유명한 고대 문명의 것이 아니어도 좋다.
내려놓을 것을 내려놓고 세월은 가뿐한 몸으로 온다.
얼마 남지 않았으므로 안도한
딸처럼, 딸이 내 곁으로 오는
것처럼 온다. 빨리.
그보나는 그 아이는
논문을 쓰지 않았으면 하는
졸리운 생각처럼 온다.
다소 엉뚱하지만
그보다는 정체를 알 수 없는 손목이 풀리며 온다.

몸을 푸는 것은 결국 머리의
감각을 풀기 위한 것. 몸으로 몸을 풀지 말라는
나의 완고를
딸애가 모종의 안간힘으로 느끼지 않았으면 좋겠다.
몸이 숙취에 부대끼지 않는 날도
딸애와 있으면 술 생각이 전혀 나지 않는다.
이 말이 이상하게 들리지
않을 만큼은 딸애와 내가 서로 익숙해지면 좋겠다.
세월은 슬금슬금 오지 않는다.
그 속도보다 아주 조금 더
느리게 온다.
정체 없는 정처가 있는, 혹은 정처 없는 정체가 있는
중세 음악이 새벽 3시를 온전히 담아 나르는
세월은 세월이 아니지.
딸애는 헌책과 시간의 쌓임을 혼동하지 않으면
좋겠다.
그건 오는 세월이다.
어제 없었던 느낌을 오늘 새로 갖는
자연스러움.
그게 가끔씩
가는 세월이다.
사는 이유가 있을 뿐 살아갈 이유는 없다는 듯이
세월은 온다.
추운 겨울 일요일 오후의
따뜻한 커피와 LP판 음악처럼 세월은 온다.
눈이 내린다. 그건 가는 세월이다.

6호선 웅암 ↔ 봉화산 전철이 몸을 뻗듯 마포,
합정, 상수, 대흥, 공덕, 삼각지, 이태원
역을 지나며 유년이 흐르는
한강 허리를 애돌 듯 세월은 온다.
그냥 지독하게 아름다운 그림자의
까닭이 있다.
그림자가 자기만의 총천연색을 탐하는
지독한 대비가 있다.
그것은 그림자와 본체의 대비가 아니다.
흐르지 않고 윤곽이 허물어지지 않는
까닭의 대비다.
모든 것이 괴이고, 흐른다는 언명보다
아주 조금만 더 분명하게 중세
역사는 고이고, 흐른다.
유년은 역사보다 더 투명한 유리창이고,
흐름보다 더 깊은 투명 속이다.
유리창 밖 광경이 흐트러지는 울음의
광경이라도 그것은 벌써
유년을 관통하며 포옹한
죽음의 잔영,
그 속에 지나지 않는다
지독하게 아름다운 자신의 그림자보다 더 검은
도자기가 있다.
그것은 그릇으로 쓸 수 없는 도자기다.
죽음이야말로 함께가 없는 공간이다.
죽음의

출몰을 닮은

아이도 없다.

죽음의

해부를 닮은 어른의

비탄도 없다.

헐벗은 생이 더 헐벗은 생애를 아우르듯

죽음은 죽음 각자의 건축 미학,

착상의 기발이 어렴풋할 뿐 착상의

완성도조차 가늠할

공간이 없다.

죽음은 죽음 밖에서만 추문이다.

성처녀 자신의 탄생도 없다.

소리의 외화인 실내도 없다.

시간의 내화인 지도도 없다.

괴이는 흐름이 아니다. 괴이한 흐름은 없다. 모든

흐름은 괴이하지 않다. 흐르는 모든 것은

괴이하지 않다.

안과 밖을

뒤집을 수도 있다.

내부는 외부, 내실의

미관은 외관일 수 있다.

세계 자동차산업 위기도 그럴 수 있다. 〈Cold Case〉,

40여 년 전 미해결 살인사건의

증거물이 그럴 수 있듯이.

피의 빨강, 하늘의 파랑, 땅의 초록은

동그라미 속을

뒤집은 결과일 수 있다. 언어의 문법, 언어의
원인과 결과는 지하철 방화범 사례보다
훨씬 더 근본적으로
달라지고 뒤집힐 수 있다.
뼈보다 더 정교한 상아질의 1150년 무렵 앵글로색슨
예수 강가(降架)
조각은 그렇게 말한다.
노인과 섹스의
엇갈림도 그토록
엄혹이 누추하고 명징하다.
시야의 직사각형이 어긋난 채 마구 기우는
악몽을 꾼다. 아무것도 없는 그 안을 단지 그
어긋난 기울기 때문에 마구 들여다보아야 하는
시야에 눌어붙은 그 어긋남의 틀을
몸 전체로 뒤집어 쓰며 낑낑매는
꿈이고 꿈 바깥이고 육체 바깥의 더 육체적인
바깥이다.
원을 원초적이라고 생각하는 우리는
환장하는 것인지, 환장한 것인지 모른다.
하나의 문장이 완성되는 데도 아직 더 많은
오릴이 필요하다. Buddenbrooks, Buddenbrooks,
상소도 이유도 모르는 취중 잃어버린 아까운 헌책
원서 제목이 비명을 부드럽게 완성시킨다.
완벽한 직선은 없고, 따져 보면 완벽한 곡선도 없다.
직선을 온전히 폐하는 게 가능하다고 믿었던 것이
아라비아 문자의 비극이고 극단이었던 것 같다.

아치는
직선과 곡선의 결합이 아니라
직선적 타협과 곡선적 타협의 타협이
미치지 않고 입술도 부르트지 않고 철갑도 없이
중력을 버틸 수
있었던 것이다. 아무리 아기자기해도
죽음 앞에 힐벗지 않은 삶은 없다.
추억이 으르렁대는 추억의 이빨을 숨겨준다.
음산한 얼굴의 추상도 발레리나 슈즈 속
마각도 숨겨준다.
어처구니없는 것은 어처구니없이 흐르는 것이다.
훈민정음이 처음부터 한문보다 더 쉬웠던 것은
아니다. 호들갑스럽지 않고 요사스럽지 않고
흉물스럽지 않은 탄생은 없었다.
중후한 것은 정말 무겁고 두터운 역사의
중후한 외투다.
환락의 정원, 원시적인 봄의 제전도 흐르지 않는다.
흐르는 것은 그냥 시간이 아니고 시간의 예술도
아니고 예술의 시간이다.
낯선 풍경화 속에도 풍경의 추억이 들어 있듯
낯선 풍경 속에도 풍경화의 추억은 들어 있다.
그 옛날의 추억 속에서 브라스밴드는
더 광채 나는 그 옛날의 추억을 연주한다.
열리고 닫히고, 사라지고,
나타나는 것은 다름 아닌 흐름이다.
아니면 왜 불교의 처음이 처음부터 발자국 몇 개로

부처의 있음을, 서 있는 여인으로 부처의 탄생을,
한 그루 나무로 부처의 깨달음을, 바퀴 하나로 부처의
설교를, 한 개의 사리탑으로 부처의 죽음을
상징했겠는가, 흐름은 단절의, 단절은 흐름의
매개였던 것이다. 그것이
가장 괴이한 괴이고 가장 당연한 흐름이었던 것이다.
때론 너무 치솟으며 너무 흐느끼기도 했던 것이다.
코흘리개를 벗고 유년은 더 어리둥절하다.
키 큰 사랑을 벗고 시간은
울음도 없이 더 적나라하다. 그래
울지 마라.
흘러간 것만 영원하고 흘러올 것만 새롭다.
그 사이
나는 이 세상인 세상의
몸이다.
내 몸에 없는 것은 저 세상뿐이다.
그 목소리로 나는 죽음을 부르며
너의 몸을 매일매일
그리도 탐하였다, 사랑이여.
그 몸부림으로 나는 죽음을 흉내 내며
너의 몸을 매일매일
그리도 혼동하였다.
너도 마찬가지였을 것 같아 슬프다.
하지만 그 또한 더욱 간절한
괴이고 흐름이었던 것이다.
사랑의

잔해 또한 한없이 안도한다.
영원은 한없이 안도한다. 축복,
주는 자와 받는 자 모두 어리둥절하다. 예수 십자가
처형의
육은 이미 나의 육이고
이야기, 그 흔한 피칠갑 동화 중 하나에 불과하다.
마지막까지 사라지지 않는 표정을
지우기 위해서만 죽음은 필사적이고 그것을
막기 위해서만 삶은 필사적이고
슬프지 않고 필사적인
화려함이 있다.
오는 세월은 그 화려함의
뼈대가 영롱하다는,
손에 쥘 수 있는
사실로 온다.
비로소 유년은 미래의
괴이하지 않은 혈연,
미래는 유년의
괴이를 벗는 흐름이다.
그
형상은 의자가 앉아 있는 것과
아주 약간만 다르다.
옛날 그림이 옛날 그림처럼 보이는 것과
아주 약간만 다르다.
내가 나의 초상화를 벗는 것과
아주 약간만 다르다.

과도함이 과도함을 벗는 것과
아주 약간만 다르다.
삶은 아무리 들여다보아도 괴이한
보석이 박힌
잔이다.
춤추라, 미래의
유년이여.
아이들의 영롱한 노래가
끔찍하게 영롱하지 않을 때까지.
애들은 아직 모르겠지만.
스스로 혜택을 누리는 것을 모르는
어른들도 다는 모르겠지만.
돌이킬 수 없지만.
아직 변성기를 거치지 않은
비엔나 혹은 파리 십자가 소년 합창단
명곡이 있지만.
〈경험의 노래〉*는 대비할 수 없는 노래다.
우리는 늘 무언가를
건너뛸밖에 없는 것이다.
그러니, 그러나,
춤추라, 미래의 유년이여.
말만 한 크기로 자란 어여쁜 숙녀 조카들
놀러왔고 난 뭔가 너무 요염한 것 같고 뭔가 너무
낡은 이빨이 너무 많은 것 같은
석류를 깨물었고, 기왕과 저간의 모든 망년
행사가 까마득히 잊혀졌다.

본의 본의 본의 본의 본의 본의 본
뜯어낸, 남은, 농담

쾅

'Big Bang
=Black Hole'

...

본의 본의 본의 본의 본의 본
괴이와 흐름: 서양 중세 용어

210

에필로그

선이 겹치는 면이 쌓이는
부피는 언제나 엉성하다. 아름다움도 필경은 중세
Black Death의 육체와
마찬가지로 형편없이 무너져 내린다.
문드러지는 비극의 존엄성은 오히려
아름다움이라는 부피가 한 수 아래일 것이다.
하여 때로 부피는 선과 면의
역사적도 당대적도 아닌 색의
장식으로 남으려 한다.
대략 50년 전 쓰여진 대략 500년 전 역사를 읽는다.
흐리멍덩한 숫자는 흐리멍덩한 역사를 낳지만
지금 쓰여진 대략 550년 전 역사를 읽는 것보다
훨씬 더 흐리멍덩한 과거를 읽는 것 같은 어떤
분명함은 분명 그 부피의 방향과 연관이 있다
그거 아니라도 돈키호테를 그린 삽화는 갈수록
말라비틀어지고 아마도
철사줄 서너 가닥 휘감긴 경지에 이른
자코메티의 기록을 깰 것이다.
아니다. 자코메티 조각은 끝내 실루엣이 될 수 없는

육체의 기록이고 방향이다.

실루엣은 그림자의 윤곽 아닌가. 윤곽은 죽음과
맞닿는

방향이고 기록 아닌가. 그래서 생의 모습 문득문득

그리 생생한 것 아닌가.

처음 만든 것보다 더 소중한 것이 처음

새기는 것이라는

진리는 선과 선으로 이어진다. 신성의 고대 이집트

필경사에서 고대 그리스, 숱한 신화를 묘사한 붉은

도자기 그림으로, 그리고 단순 노동의

아름다운 필사체가 덜 아름다운 활자체를 낳는

중세 수도원으로.

이것은 짐승의 경계를 허물어버린 오르페우스

음악을 더 이상 들을 수 없다는 방향이지만

선이 겹치는 면이 쌓이는 부피의 아름다움 중

끝까지 흐르는 것은 음악뿐이라는

희망이기도 하고

어쨌거나 선은 생명과 무관하고 어쨌거나

생은 생 아닐 것이냐는

위로이기도 하다.

전해 오는 중세 라틴어 필사본들은

어느 것이든 중세의 어느 미니어처 등장인물보다

표정이 더 풍부하고, 그 표정은

자필과는

다른 방향의 표정이다.

덜 개인적이고 갈수록 더 근본적으로

세속화하는 방향의 표정이다. 왜 흑인들은
오랜 세월이 지나도 검은 땀냄새가 가시지
않을 것처럼 보일까, 왜 새하얀 피부는 끝까지
순결할 것처럼 보일까, 왜 검투사는 끝까지 검투사고,
예수는 처음부터 예수일까.
질문의 강도를 왜 그런 것일까, 왜 그렇다는 것일까로
누그러뜨리는 것과도 그 표정은 다른 방향이다.
진화,
그보다 더 오래된 기관,
그보다 더 오래된 육체,
그보다 더 오래된 사진,
그보다 더 오래된 흉상,
그보다 더 오래된 신화,
그보다 더 오래된 제단,
그보다 더 오래된 동굴,
그보다 더 오래된 안테나,
그보다 더 오래된 눈,
그보다 더 오래된 빛,
그보다 더 오래된 지도,
그보다 더 오래된 도시,
그보다 더 오래된 지명,
그보다 더 오래된 놀이,
그보다 더 오래된 집,
그보다 더 오래된 성냥갑,
그보다 더 오래된 소리,
그보다 더 오래된 악기,

그보다 더 오래된 대학.
푸르른 것은
알 수 없는 식물뿐이다.
나긋나긋 손에 감겨오는,
수줍은 뺨보다 약간만 더 오래된 모종의
예감만큼만 큰
내 밖의
감촉을 우리는 생명이라고 부른다.
아주 짙은 물감이 아주
사소하게만 묻어나는
내 안의 그
장면을 우리는 생명이라고 부른다.
육체의 무수한
각도들도 나긋나긋한
정신의 그 기분 좋은
나태를 우리는 생명이라고 부른다.
여성과 그 아이, 그리고 부재하는 남성이 이루는
장차의
신성가족 혹은 삼위일체를 우리는 포옹이라 부른다.
누가 무엇을 더 파내겠는가. 거울 달린 가구에
도끼,
그보다 더 오래된 성.
흔적도 기억도 가능성도 없다.
선은 언제 연금술처럼 사라지는가.
몸의 의상은 불안하다.
사라지지만 선과 가장 가까운 것은 나이테다.

선명하지만 선과 가장 먼 것은 악기다. 들여다보면
인물 아니라도 소묘의
영혼은 유난히 귀가 밝다. 생각해보면
가족과 동네와 낯익은 풀과 다정한 가축의 샘플러,
그보다 더 오래된
철학은 선의 인물 소묘일 것 같다. 육감의 음악은 응집
이전이 없다. 예감도 응집이다. 이후도 없다. 여운도
응집이다. 50년 전 책갈피에서 발견된
전보 통지문은 50년 뒤늦었으므로 선이 아니다.
따지고 보면 교통도 통신도 중세의
유산보다는 뒤늦었다. 전달이 뒤늦어서가 아니라
유산의 전승에는 넘기는 자와 넘겨받는 자 사이
시간차가 없다. 아니 시간이 없다. 누가 전승을
예정보다 더 빨리, 혹은 제시간에, 혹은 더 늦게
도착했다고 하겠는가, 시간이라는 거품이 제거된
것이라 해야 마땅치 않겠는가?
희망은 정신이 임대한 시간이 아니다.
당대에는 달성할 수 없는 너무 높은 목표라는
깨달음의 수준을 나날이 달성하는
끝까지 물질적인 시간이 희망이다. 끝까지
물질적인 시간은 끊임없이 질을 양으로, 차원을
크기로, 불가능을 가능으로 전화하고
당대에는 달성할 수 없는 너무 높은 목표라는
깨달음의 수준을 나날이 달성하는
끝까지 물질적인 시간이 희망이다.
끝까지 물질적인 시간의 희망은 그다음이다.

노년의 가려움도 목욕도 그쯤이기를
바라는 것은 그다음이다.
Deutsch Grammophon이나 EMI 창사 백 주년 기념
명곡 명연주 발췌
음반 세트는 그다음이다.
유전과 혈연과 육체의
지연으로 시작되는 국적과
결혼과 이혼이, 탄생과 죽음이, 주거와 실종이
한 쌍을 이루는
민법의 시간은 그다음이다. 그렇지 않다면
알기 쉬운 법전은 샅샅이, 깨알같이 아름답게
알기 쉽게 슬픈
총체성의 법전
이지. 붉은 표지도 소용없는 후회의 역사다.
말 그대로
정신분석은 육체분석이 아니다.
정신분열은 육체분열이 아닌 것과 약간만 다르게
정신분석은 육체분석이 아니다.
그저께 외할아버지 제사는 큰집에서 지내는 거라
연락을 못했다고 전화를 한
작은집 종손 상열이는 집 짓는 십장. 50년대 생이고
50년대식으로 튼튼한 사내다, 라는 것은 남자의
축첩이 권장할 일은 아니겠으나 꼭 흉볼 일도
아니잖는가, 하는 생각을, 별
강변도 없이, 지니고 있다는 뜻이다.
아무튼.

내게는 외할아버지 살아계시던 시간이 그렇지 않은
시간보다 훨씬 더 구체적으로 다가온다. 그,
여자의, 그녀의
놀란 눈동자, 착하디착한 흰자위가 이유도 없이
겁에 질린, 그녀 눈동자. 그것만으로 내 죄는
명백하다.
이유를 모르는 죄는 더 크다. 빙신같이,
빙신같이 그것도 모르고, 다시는 다시는 절대 그러지
않겠다는
슬픔을 여전히 파고드는
그녀의, 그 눈동자는 시간의 핵심이지만
운명은 스스로 흐느끼는 취향이 있을 뿐 형식이 없고
형태보다 더 흐릿한 형식은 운명보다 더 오래
남아 있고 수묵은
아무리 고통스런 십자가 예수 광경도 사라짐의
형식으로 만든다.
아니 사라짐이야말로 형식이다. 아니 사라짐의
내용보다 더 오래 있다가 사라지는 사라짐의
형식을 우리는 시간이라 부르고,
시간은 공간 이동으로 나아가는 것이 아니므로
영원으로 느껴지는 것인지도.
신화를 뒤집은 언어의 처음이 마냥 언어의 형식을
펼치고 있는 중인지도.
시간의 형식인 우주가
가혹하지 않고, 가혹을 사소화하는
흐느낌이 더 선명한

처녀의 성은 중세고 욕망의 의상은
날마다 새롭고 아름다움의 형식인 비명 또한 그렇다.
오 내 사랑하는, 불쌍한 동생들. 너희는 나의 생을 다
보겠으나 너희는 이별을 거울 속처럼 견뎌야 하겠다.
근친은 차디차고, 이야기의 형식은 다시 죽음이다.
무엇보다
시적인 연습을 해야 한다, 서정시적인.
폐허,
그것은 시간의 숱한 지명 중 하나에 지나지 않는다.
장차 중요한 것은 시간의 형식조차 능가하는
울음의 지도다. 원초적이고 단절되지 않고 갈수록
고래의 항해를 닮으며 생명을 능가하는
울음의. 피비린
Anglo-Saxon 언어는
첫 아들 이삭을 죽여
희생제물로 바치려던 아브라함의 피비린 생각과
얼마나 더 가까웠을까.
그 피비림과 가까움을
지우지 않고 그것으로 울음의
영롱과 공평을 더 드높이는 일.
모든 아내들은 혼탁하고 과도하게 울고 있다.
생이 수수께끼라는 사실은 죽을 때까지 변치 않는다.
죽음이 삶의 구멍을 더 큰 구멍으로 메울 뿐. 구약
창세기 형식은 그렇게 촉촉하다.
성에 가까울수록 속은, 속에 가까울수록 성은
정신과 육체의 등장인물

바깥에서 적나라하다.

아니라면 짐승도 사람도 구태여 힘들고 침 튀는,

허파 찢기는 발음을 내지를 이유가 없다.

올해 성탄은 땅속 지하철 한산했다. 무사히 한강이

흐르는 그 아래 땅굴 속을 밝고 맑고 명랑하게 참으로

멀쩡한 기적으로 통과했다. 크리스마스 트리 휘황한

지상은 교통지옥. 거의 모든 도로가 일순

주차장으로 변하는 그 사이

더 거대한 그 무엇이 더

거대하게 파묻히고 있었다.

카타콤.

그보다 조금 더 화려한

일상의

수의를 짜는 페넬로페. 그보다 조금 더 화려한

일상의

근친을 상간하는 오이디푸스. 그보다 조금 더 화려한

일상의

변덕을 생산하는 지그문트

프로이트. 그 곁에 트로이 전쟁의 헬레네. 그 곁에 더

가까운 혈연의 클리템네스트라. 그녀는 개선하는

그녀 남편, 그리스군 총사령관 아가멤논을 임실하고

그녀 아들 오레스테스한테 피살당하는 요부다.

지겨운 저주의 혈연 또한 놀라운 기적이이므로

크리스마스에 눈 펄펄 내리지 않고

추억이 새하얗게 흩날렸다. 이런 날은

죽은 자도 어딘지 모르고 떠도는 것이 상책이지.

죽은지도 모르고 죽은 나니까 살은지도 모르고 사는
너를 사랑할밖에 없는 것인지, 거꾸로인지도 모른다.
죽음은 또한 나이의 형식이니 그 속에서 예전의
불쌍하지 않은 부모와 오늘의 불쌍한 형과 내일의
더 불쌍한 남동생, 미래의 더 불쌍한 여동생을 찾는
산 자도 부질없다.
오늘
추억은 상처의 느낌도 없이 돌팔매질당하는
거품에 지나지 않는다.
이래저래 오늘은
집 없는 더블침대가 좋겠군.
임신도 출산도 그 이후도 그게 편하고 좋겠어. 더
신화적이고.
택시요금도 아무리 엽기적인 살인도 더블이다.
죽음만 더블이 아니다. 다만 이제는
육체의 숫자가 계산보다 더 선명하다. 더 헐벗은 것도
보인다. 헐벗음이 헐벗음의 과잉인 것도 보인다.
모든 게 정해져 있고, 어떤 때는 죽음도 과잉의
형식이다. 어떤 때는 최초도 형식이다. 최초의
인간은
유년이
없었지. 남성도 여성도 남성과 여성의 성도 유년 없는
성년이었다.
내내 유년이 없는
모든 것은 나날의 의상이 바뀔 뿐
내내 창세의 시간이다. 창세기 시간이다. 아기 예수

탄생과 어른의 창세 사이
흡사 아주 가까운
죽음과 창세기 사이
간극을 역사는 갈수록 명징하게 할 수 있을 뿐
메우는 데는 역부족이고
그래서 나는 이해할 것도 같다.
자아도취한 역사의
감격과 영탄과 찬송을.
터무니없는 육체의
창궐을. 물과 불과 쇠와 나무와 흙의 허장성세를.
숲 속의 거지발싸개를. 하늘과 밤과 별의 과도한
침묵을.
매일매일 사소한 죽음의
창세기를. 인간이 창조한 신의
고통을.
가장 우스꽝스러운 음악의 가장 지독한
울음을. 약간만 검게 푸르른
실핏줄의
삽시간
번짐을. 아양 떠는 희망의
어느 날 밤을. 사족의 2절, 욕망의 망명을.
이 모든 것의 형식인 손발과, 묶이지 않은 손발의
형식인 반지와, 반짝임의 형식인 금을.
반드시 한 번은 자살충동이 악어 이빨처럼
포식적으로 보일 때가 있다. 오래될수록
낯익을수록 더욱 그럴 때가 있다. 너의 몸,

그 밤의 따스한 속살을 파고들던
사랑 노래는 그래서이기도 했다.
가까스로 여우에 달하던
그 밤 다시 없으라. 다행히. 처녀도 처녀성도
없는 음탕의
형식만 남으라. 남았다는 것은 마침내
사라짐이 그리도 선명했다는 뜻. 비로소 이승의
'운명적'으로 흐르는
대중가요도 내용이 없다.
고해성사 비밀도 내용이 없다.
모든 경험은 첫경험이다. 죽음도. 깃발도.
모든 가요는 신라 향가의 첫경험이다.
오래된 지명도 첫 길이다. 달은 첫
사육제의 꿈.
늑대를 거치지 않고도 어른이 된다.
반복되는 생로병사의 광대놀음도 처음이다.
비누 냄새는 너의
처음이고 너의 처음의 살이고 너의 처음의 살은 비누
내음이고 처음부터 몸을 능가하는 너의 처음이다.
너는 무명으로 섹시하고 무명이라 섹시하고
무명일수록 섹시하므로
섹시도 몸을 능가한다.
그 향기는 이름을 몽롱히 분산시키고
가장 성적인 것은 개성이다. 어제오늘 일도
아니라는 투.
뻐꾸기 뻑뻐꾹 울지 않고, 노래하지 않고

뻐꾸기 뻑뻐꾹 울음이 노래고 노래가 울음인
그 투.
아버지가 부재하고 부재의 아픔만 소중하게
의식되는 것보다 더 소중하게
존재하는
어머니도 부재하고 부재의 아픔도 소중하게
존재하는
신성가족 투.
1999년 FISCHER TASCHENBUCH VERLAG 판
Sigmund Freud Gesammelte Werke
는 쉬기 직전의, 가장 맛있는 밀 반죽 냄새를 풍긴다.
900쪽 넘는 볼륨의, 볼륨 번호 없는, 전집
목차에도 없는

Nachtragsband

Texte aus den Jahren

1885-1938

은 1987년 추가된 것이다. 1983년 최초 발견된
12번째 메타심리학 논문 초안이 들어 있고
신경학에서 심리학으로 관심을 옮겨가던 긴장이
팽팽했던 초기 글이 다수다.
쪽지로 남겨진
난외 일상은 그로서도 꽤나 멀쩡할밖에 없었다.
나의 생각은 난외에서 사후 쪽으로
초점을 옮겨간다. 죽음은 처음부터 아름다움을 위해
마련된 것이 아니었던가 하는 생각. 무엇보다 우리의
생각이 창세기부터 그렇지 않았던가 하는 생각.

모든 고유명사에 묻어나는 생각의
의심과 불길이
죽음으로 환원되어 왔다는 생각.
프로이트는 당분간 자신의 전집 속에서
빵빵할 것이다.
그도 이제 안도할 것이다.
죽음이 있으므로 정신은 육체의, 육체는 정신의
식민지가 아니다. 역사보다 훨씬 더 단순한
우화가 라퐁텐에 이르러 벌써
늙은 우화다.
소, 당나귀, 염소, 늑대, 여우… 짐승들의
돌고 도는, 대등한, 쫓기고 쫓는
관계의
et는 인간의 노동과 계급에 지쳐 늙고 고단하지만
죽음이 있으므로 역사는 끝없는 창세기를
매일매일 벗는 매일매일의
청초한 형식이기도 했던 것이다.
차갑게 부는 북풍도 뜨겁게 흐르는 눈물도, 그 모든
추억도 그렇게 청초할 수 있는 것이다.
봄여름가을겨울
세계를 구성하는 첫경험, 첫경험들을 하나의 총체로
첫경험하는
순간이 바로 세계다. 활짝 피는 순간 꽃이 느끼는
꽃의
온몸인 세계.
피고 나면 꽃은

포식하는 안팎의 사정과

안팎의 세계가 없지. 첫경험에 사로잡히지 못한

우리의 사정과 처지 또한 무에 다르겠는가.

창궐하는 것은 과장된 비탄에 사로잡힌 과장된

연민뿐, 그것은

첫경험의 핵심이 진정한 비탄과 진정한 연민이라는

사실조차 가로막는다. 진정한 비탄과 연민 없이

사랑은 사랑의

눈썹 한 톨,

목덜미 선 한 가닥,

새끼발가락 한 개

그릴 수 없다. 사랑의

수줍음의

사정과 처지는 무참해지고

표정과 눈물빛은 말할 것도 없다.

저만 보아주셔요. 제 얼굴만 바라보아

주셔요. 그렇게 말하는 너의

첫경험은 전면적이고 편재적이고

가장 개성적이고.

개성은 질투 없이 성적이다. 모든 피가

순결하게 솟구친다. 햇볕에 맘껏 그을린 갈색 피부

처녀다. 중력의 낮은 소리는

비열하지 않고 굶주리지 않고

달콤하게 낮은 소리다. 시간이 부드러운 모래알로

부서지는

연속성도 보인다. 비로소 사랑도 한 여인을 사랑한

적이 있다는, 이제는 온전한 과거의 경험을
첫경험하는 것이다.
정지된 시간, 시간이 정지한 공간에
급속도로 달려오던 많은 것들이 쌓이는
생각은 달려오던 생각이 아니고
기다려 정지했던 생각이다. 그건
사로잡힌 생각에 사로잡힌 생각이다.
도처에 화려한
눈물이 번지는 앙칼진
의심은,
그 차이다. 사랑의 그
덫을
흐르며 열리며 사로잡히는 세계로
전화하기 위하여 노래는 스스로 노래의
틀이 되어 흘렀던 것이다. 노래의 틀을 넘치는 노래의
발악은 없었다. 육성의 틀을 넘치는 육성의, 율동의
틀을 넘치는 율동의 발악도 없었다. 발악의 주소는
흐르지 않는 괴이 속이다.
아기 예수가 매일매일 탄생하는.
낡고 헐렁한 담요 한 장 없이
차가운, 차가운 숫
처녀 속으로 잠드는. 아니 잠들지 못하는.
깨어나지도 못하는. 탄생의 첫경험의 반복
이전이 반복되는.
시적인 것은 시적으로 깨어난다는 게
아니지. 요람도, 무덤도 아니다. 요람과 무덤을

포함한
모든 깨어남을 액정화하며 흐르는,
의미를 깨어나게 하는 의미의 소리도 흐르는,
고유명사인 시간이 시적이다.
오 나는 내가 아니고
내가 고유명사인, 그러므로
내가 아닌 모든 사물 또한
고유명사인 시간의 광경의
흐름이 서경의 '서정적'이다.
온갖 비유를 벗기운 육체가 하릴없을 때 그
고유명사인 시간은 흐른다. 서울
아산병원을 가려면 지하철 성내역에서 내려
800미터를 걸어야 한다.
도로가 있고 건널목이 있고
차도 다니고 사람도 다니지만, 그 모든 것이
지상에서 약간 들린 듯 떨어진 듯
심상치 않은 이 길은 오로지
서울
아산병원으로만 가는 길 같다. 포장도로는
약간 푹신하고 꽤 높은 둑길로 오르려면 돌보다
더 오래전 젖은 듯한 나무계단을 꽤나
사뿌르게 올라야 한다.
둑길을 산보하거나 자전거를 타는 사람들의
거동은 경쾌보다 더 경건한 쪽이고 둑길 건널목은
길 건너는 사람 모습을 바닥에 흰 페인트로 칠했는데
그게

아주 조용한

교통사고 같고 거기서 다시 정말 아산병원으로만

직행하는 긴 다리를 건너야 한다.

다리는 분명 실제보다 더 멀고 좁아 보이고 들어서면

철교인데도 역시 푹신한 것이 더 심상치 않고,

아주 오래된 역사를 이제서야 배우는 느낌.

다리 안에서 더 멀어 보이는 서울 아산병원

건물은 우뚝 솟았을 뿐 전혀 외딴 곳에 있지 않지만

내 안에 든 것이 나를 이끈다.

나는 친구 아버님 문상을 가는 중이다.

죽음은 명작의 눈이다.

서울 아산병원을 가려면 지상 2층의 지하철

성내역에서 내려 800미터를 걸어야 하는

직각이지만 직선을 약간 비끼며

푸근하게 이어지는 길이다.

셰익스피어 사극을 품은 잉글랜드 영국 중세

역사는 행복하다. 그 안에 스며든 셰익스피어의

당대 또한 행복한 근대다.

중세의 공포가 마모되는,

아름다움의 의상인 전율이 갈수록

어리디 어린 죽음과

아뭏지도 않게 친근한

〈로미오와 줄리엣〉

4막 2장 맨 앞에는 역극사상 가장 불쌍한

하인 역 배우도 등장한다. 이 배우는

등장과 동시에 심부름 명을 받고 퇴장한다.

대사 한 마디도 없이. 예스도, 노도 없이. 도대체
그는 왜 등장했을까? 우리는 알 수가 없다.
셰익스피어가 배우이기도 했기에
그의 등장도 퇴장도 가능했을
정황만 우리는 알 뿐이다. 중세 음탕의
습기 속에서 근대 산문의 마른
요람은 완성된다. 전설 시대 영국 왕 〈심벨린〉
4막 2장
'만가'가 버지니아 울프 소설 〈댈러웨이 부인〉의
의식의 흐름 기조를 이룬다. 〈리어왕〉은 더 까마득한
시절 잉글랜드 왕. 명작의 눈에 비치는
세계는 세계의 거울이 벗겨진 세계다.
태양은 모두에게 직접적으로 다가온다.
그대는 스러지는 이슬인 듯 누워 있고
나는 그대 바깥으로 나올 수가 없다.
그래서 나머지는 모두 울음이 울창하고
울창한 것은 언제나 감격적이다.
가끔은 늘 부르던 노래 가사가 평소 짐작과 너무도
다른 것을 발견하게 되는 그 틈으로
우리는 더 많은 생을 받아들일 수 있다.
용서란 그런 것이다.
눈먼 자가 빛의 형상을 모르는 것보다 더
우리는 우리 생에 대해 개념이 없다. 만국기,
만국기들만 펄럭일 뿐이다.
정초의 음식: 사골국+사태고기, Good
각 쪽 좌우에 요일명을 영국, 이탈리아, 프랑스,

스페인, 아랍, 러시아 및 중국 문자로

보라색으로 처리한

깨알 같은 지루함이 깨알같이 아름다운

2008 World Time (속표지 이 제목도 보라색이다)

Daily Planner

1월 1일자 줄칸에 그렇게 쓰고난 후

딱 1년 동안 나는 그 수첩을 쓰지 않았다.

검은 수첩은 검은 수첩이다. 손잡이 혹은 혁띠걸이가

달렸지만 이 수첩은

시장통 일수나 생선장사 아줌마가 차고 있는

전대와 다르게 검다.

이 수첩을 내게 선물한 사람은 그 후 중병에 걸렸고

1년 내내 건강을 회복 중이지만, 햇수가 지나

이 수첩을 쓸 일이 없는 것보다 더 본질적으로

설령 그가 건강을 회복하지 못하더라도 이 수첩을

버리지는 않을 것이다.

죽음은 우리에게 마련된 것 중

어쨌든 가장 건강한 것이라는

전언을 검은 수첩은 담고 있다.

방학 맞은 아내는 햇볕이 너무 좋아

낮잠 잠간도 아깝다.

1월 1일, 신정은 하루 쉰다.

상큼한 죽음이다.

구정은 사흘 쉬고, 주말이 끼면 황금 연휴다.

죽음은 무지근하다.

이 중 어떤 것이 우리를 더

유년케 하는가? 신정은 크리스마스에 가깝고
구정은 때때옷에 가깝다. 전통은 우리를
어느만큼 유년케 하는가.
서서히
죽음은 회복된다.
각 쪽 가운데로 더 깨알같이 몰린
이번 달 다음 달 캘린더 당일과 토요일
숫자만 더 깨알같이 보라색 처리한
한 해 지난 2008 World Time Daily Planner
검은 수첩을 나는 올해도
수첩처럼 지니고 있을 것이다.
서서히
그의 건강은 회복된다.
이것은 검은 수첩의 희망이다.
울음이 서서히
영롱해지듯.
이어지는 것은 모두 처음으로 이어진다.
화음은 특별하지 않은 과거를 특별하지 않게
늘 처음으로 덧붙인다. 아무도 스스로
특별하다고 느낄
겨를이 없다.
문이 처음으로 열리고 편안하게 닫히는 것을
느끼는 것은 몸일 뿐, 그것을 너라고 부를 뿐
아무도 특별한 세계를 논하지 않는다.
중세 크리스마스
캐럴은 일상에 이따금씩 출몰한다.

스티븐 포스터 가곡은 추억에 상주한다.

추억 또한 이따금씩 출몰한다.

화음이 서서히

더 영롱해지듯

이어지는 것은 모두 처음의 처음으로 이어진다.

책상과 의자도

괴이하지 않게

서 있고 앉아 있다.

사과 맛이다. 배 맛이다. 석류 맛이다. 꿈속 어렴풋한

여자는 이불 속보다 더 푹신한 여자와

다른 여자고 보다 더 뿌리깊은 여자고 뿌리의

정체를 알 수 없지만, 냄새는 분명

근친과 전생 사이 어드메쯤 여자다.

전생에 들었던 명곡 선율일 수도 있다는

뜻과도 그것은 통한다.

흘러간 대중가요는 생애 내내 속삭이거나

길길이 뛰며 흘러가겠지만

다음 생까지 이어지지는 못할 것이라는

예감과도 그것은 통한다.

가까울수록 간절하고 간절할수록

동반은 끝내 이승의 동반으로 끝날 것이라는 슬픔의

생애와도 그것은 통한다.

매독으로 육신이 썩어드는 Schubert

〈An die Musik〉이든 뭐든

이어지는 것은 이어지면서 우리를 더 나은

다른 세상으로 데려가는 것이 아니라

그것이 우리의 이승 너머로도 이어질 것이라는 그
예감의
육체보다 더 진한
선명이
슬프고 감격적인 것이다. 문득
감격이야말로 슬픔의 가장 극적인 표현이다.
감격이야말로 슬픈 표현이다. 작년은 망년회가
표나게 줄었었다.
늙은 탓, 혹은 경제가 안 좋은 탓이거나 했었다.
해 바뀌고 작년 초에는 없었던
신년회가 하나둘 늘어난다. 신년회라도 술은
취하겠지만 어쩌면 술취한 신년은 술취한
망년보다 더 난감하겠지만
늙은 탓인가, 경제가 안 좋은 탓인가
신년회는 못다 한 망년회에 떠밀려서 오지 않고
어디로 어디로 가는 듯
이어지는 듯 오는 것이다.
오늘밤은 진탕 마셔도 취하지 않을 것 같다.
아무리 취해도 취한다는 것은 어딘가 머문다는
뜻이지. 그걸 모른다면
중세를 벗고도 더 벗어야 할
집단 최면이 아직 많다는 뜻이다.
울음에는 절차가 없고 울음의 절차를 끝까지
벗어야 한다는 뜻이다.
그때 우리는 비로소 멀쩡한 죽음의
울음의 검은색

분내 나는 화장이 아닌
멀쩡한 장례를 보게 된다.
매일 지는 해의 붉음보다 더
장엄할 수는 없다.
패배의 장엄보다 더
슬퍼할 수는 없다.
슬픔보다 더 높이
솟구칠 수는 없다.
우리가 어떤 노래를 어디선가 들은 적이
있는 것 같은 느낌은 그런 뜻이다. 그 느낌 아니라도
오래된 필름 화면은
우리를 위해 뭉개진다.
그렇다. 우리들 각자의 생은
번쩍인 번개에 비추인 장면이 눈에 띄면서
장면이라는 걸작만 이어져 온 것이다.
그 와중에
나는 너를 만났다. 내가 아는 모든 너. 그러므로 내가
사랑하는 모든 너.
그것은 단 한 번
절차 없는 슬픔이므로 절차 없는
감격이었다.
나머지는 그 기억이고
우리는 그 뭉개진 기억을
생애라 부른다.
그것을 사랑과 상실의 아픔이라고
부르기에 우리는 아픈 것이다. 사랑의 '그러므로'는

여기까지다. 그 밖은 아무 절차가 없다. 아니 그전에
누가 사랑의 인과관계를 절차라 하겠는가. 그건
사랑의
주소다.
정초 모인 처가 식구들은 장모를 둘러싸고
화기애애했다.
거동이 불편하신 장모는 어쩔 수 없고
장모 아들딸들도 아들딸들의 아들딸들도
노래방으로 자연스레 이어질 만큼
분위기가 화기애애했다.
어머니를 노인 병원에 오래 둔데다 살림도 찌든
본가 식구들은 아무래도
구정이 어울리고
구정식으로나마 화기애애할 수 있을지 모르겠다.
어느 쪽이 더 단조로운 것인지, 단조로운 게 나쁜
것인지 파장 후 어느 쪽이 더 울적할 것인지 헷갈림을
분명히 하기 위해 해마다
묵은 해 지고 새 해 뜨는 것 같다.
확실히
그건 종을 친다는 어감과 다르지. 일몰에
비하면, 종쳤다, 까지 가기도 전에
종은 인간사의 아주 사소한
종말을
시도 때도 없이 울려댄다. 그건
울화에 가깝다.
그렇잖아도 내일은 울화에 찌든 옛날 후배들 불러

막창이나 구워줄 참이다.
막창은 노동이니 지하당이니 하는 말과
옛날에 함께 있었고 지금은 떨어져 있다. 그것이
막창 탓이 아니라는 것을 그 옛날 젊었던
우리들은 안다. 더 옛날에는 자유도 민주주의도
두렵고 신비한 어감을 풍겼을 것이므로
노동과 지하당이 딱히 억울할 것은 없다.
막창 정도 어감을 쓸데없이 마구 짓이기듯
씹어대도 울화에 빠지지 않는 게 당장은 막창
뿐이기도 하다.
막창집은 단층이고
천장이 개폐식이고 이슬이슬 내리는 비를
연탄 석쇠구이 드럼통 탁자의 실내로
고스란히 받아들이지만
간판에 먼지가
자욱하기도 할 것이다. 한때 비가 세차게 내렸었다는
뜻이다. 한때 노래가 합창으로 울려
퍼졌었다는 뜻이기도 하다.

볼가, 볼가 내 어머니, 러시아 강물이여.
이런 선물 드린 적 없으리.
볼가, 볼가, 내 어머니, 이 사람을 묻어주
아름다운 그 사람의 진혼가를 부르자

부하들 성화에 페르샤 공주를 버린
〈스텐카라친〉 찢긴 7절과 8절, 그리고 10절 가사

조각들은 그렇게 이어진다.

그렇다. 혁명 또한

단 한 번

절차 없는 슬픔이고 절차 없는 감격이었던 것이다.

혁명이 슬펐던 것이 아니다.

나머지는 그 기억이고 그 뭉개진 기억을

생애라 부르고 그것을 혁명의

상실이라 부르기에 우리는 슬픈 것이다.

노래는 혁명의 주소. 노래의 주소가 비로소

길이다.

노래는 사라진다.

사라지지 않는 것은 노래의

길이다. 가장 오래 존속하는 것은

주소라는 뜻이다. 나의 주소는 나의 괴이를

내게 가장 일반적인

흐름이게 한다는 뜻이다. 마치 담배가 나를 태우는

것처럼 나는 시간의 흐름을 느끼고 있다.

편안하게, 아주 생생하게.

공포가 아닌, 아주 수줍은

그리고 달콤한

목울대의

바이브레이션

하나. 단 하나는 아닌 하나.

본의 본의 본의 본의 본
해석; 해석화의 심화

에필로그

그러므로 우리는
죽음을 사이에 두고 사랑했던 것 아니라
죽음을 사이에 두었기 때문에 사랑했던 것이다.
우리 사이
애당초
죽음이 있었다는 뜻이다.
사랑하는 그대와 나 사이
죽음의 막은 커피향보다
더 세련되다. 그대가 죽음 속인지 내가 죽음 속인지
나는 모른다. 그대도 모른다.
다만 이제부터
그대에게도 나에게도 사랑의 끝은
매번
육욕의
고독이 청초하다.
그렇게
분리되지 않고는 복제될 수 없는 인간의
성은 빛난다.

일몰의 황혼 지난 저녁의 불멸
성은 검게 빛난다.
흔히 절망의 비유로 보고 싶어하는
그 광경은 우리가 절망에 빠진 순간 우리를
위해서 온다. 다른 류 생명과
참으로 다르게
인간은 절망하고 싶어 때때로
신을 찾기도 한다. 더 가까이 오라, 입술이여. 죽음의
얼굴이 더 선명해지도록. 죽음의
표정도 간절해질 때까지.
죽음이 우리를 껴안는 것은 세계가 한 백만 년
우리를 껴안는다는 뜻. 사랑에 겨워 우리는
남발한다, 잔혹한, 운명의 말, 찢기는 가슴의 말.
깊어가는 사랑의 말, 죽음을 뛰어넘는 영원의 말,
기도하는 말, 한탄하는 숨결의 말도 남발한다.
오 그리고
그러나 또한 죽음 너머
모든 너를 감싸 안으려는 모든 남발의
기적인
그대가 내게 돌아오는 계절인 그
꽃잎이고 흰눈인
바람이고 빗물인
육. 비로소
화목한 가정보다 더 가까운 안온의 거리
밖으로 새들 지저귀는 소리 들리지 않는
밖으로 달콤한 미소도 묻어나지 않는

감정의 티끌도 없는 그
눈물 한 방울의
설계로
있으라. 오고 또 오라.
나만의 세계로
있으라. 오고 또 오라.
집안의 가사는 삐그덕거린다.
가창도 때로는 거세게 흔들린다.
마음속에 항상 있는
이미지는 흐르는 마음 위에 항상
떠 있는 이미지고 흐름 위에 떠 있는 것은 덧없다는
뜻이지, 〈피네건네 초상집 밤샘〉.
그가 자신의 장례식 도중 살아났다고?
그가 살아났는데 스스로 그 사실을 모른다고?
노.
소리와 뜻의 경계를
스토리 차원으로까지 흐려버린 James Joyce
〈Finnegan's Wake〉
그 자체가 아니고

추정 목차*도 아니고

그것을 각 나라 모국어로 여러 전문가들이 저마다

번역해가는 그

세계가 바벨탑이다.

인류 타락 이전

인지 이전 섹스에 대한 해석도 저마다 다르지.

그게

그가 살아났는데 스스로 그 사실을 모른다고?

노.

100년 전 명테너 존 매코맥은 조이스의 젊은 날

친구다. 조이스 자신도 원래 성악가 지망생이고

(그의 1905년 27세 첫 시집 제목은 〈실내악〉.)

매코맥과 딱 한 번 같은 무대에 오른 적이 있다.

그는 평생 그 점을 자랑하고 다녔다. 그렇게 보면

그는 자신이 훗날 이리 유명해질 줄 몰랐고

〈Ulysses〉 집필 및 출판을 위한 그의 오래고

지지부진한 고투를 보면 그렇게 될 줄 알았다.

아무튼

〈Londonderry Air〉라는 아일랜드 민요 선율이 있다.

매코맥은 오 데니보이, 아 목동아로 시작하지 않고

오 메리 내 사랑으로 시작하는데 그가 직접 만든

가사고 조이스가 매우 좋아한 가사다.

쓸쓸하고 고독한 인생
그대는 아직 오지 않고
침침한 내 두 눈 내 생의 끝을 보네.
그대의 영혼 가까이 오라
메리, 내 사랑, 그대 오리라

잘게 토막을 내도 100년 전
맥코맥의 노래는 이어진다. 왜냐면 내가 이미
아마도 다른 방향으로 그 음악을 변주했고 조이스는
자신이 이미 쓴 〈Finnegan's Wake〉
그 작품을 아직도 쓰고 있는 중이다.
그가 자신의 장례식 도중 살아났다고?
그가 살아났는데 스스로 그 사실을 모른다고?
노.
유년은 길고 짧은 문제가 아니다.
양의 문제도 사실은 질의 문제도 아니고 질의
처음의 문제다. 그것이 얼마나 길게 이어질 수 있는가
그것이 문제다.
소의 착한 눈망울만 보아도
가장 슬픈 것은 가축을 길들이는
역사에 길들여진 역사다. 어쩌라고 소는
저리 헌신적으로 순박하단 말인가,
서로서로 잡아먹고 잡아먹히는
혈족의 음모도 없이?
세상은 내게 한번 해보자 하고,
그냥 한번 보자는 게 아니고 그냥 한번 하자는 것도

아니고 정말 한번 해보자는 것이다.

계간에서 격월간으로 바뀐(이것은 매우 중요하다)

시 전문 잡지(이건 별로 중요하지 않다) 잡지 〈유심〉

혁신(이건 두고 봐야 한다)

2009. 01/02호에 실린 고형렬 장시 〈鵬새〉

연재 1차분을 읽었다. 1000행이 넘는 분량. 1년 동안

6회 연재 예정이니 시는 6000행 이상에 이르게 된다.

'봉새'는 장자의 새. 고형렬의 70년대 말

데뷔작이 바로 〈장자〉였다. 표지에는 장편서사시라

해서 좀 헷갈리고, 썩 중요한 헷갈림 같다는 생각.

〈장자〉의 문체, 태고적으로 웅혼하고 상상력, 당대

최고 수준, 두말하면 잔소리. 그래서 오늘날

장자 〈장자〉다. 〈봉새〉①의 문체와 상상력도

처음부터 그렇게 질주하고 그 와중

이질적인 단어 세 개,

피아노, 마그마, 맨틀이 스며들고, 스며들어도

아직은 이질적이고

그것이 실수 같기도 고의 같기도 하고, 어쨌든

나로서는 그것이 매우 흥미로울 것이다. 왜냐면

장자는 고대 신화를 세속화하므로 예술가다.

피아노는 서양어면서 가장 일상적인 단어 중 하나다.

마그마, 맨틀은 국적과 무관하게

태고의 웅혼을 닮았다. 로마자 표기가 아니라면,

그리고 스스로 고독하지 않다면.

뭐

출몰하지 말란 법 없지 않나? 그리고

어차피 언어는 태고 웅혼의 일부가 아니다. 그때는
단어도, 시인도 없었다. 태고 웅혼의
태고 웅혼만 있었다.
그리고 고형렬 〈붕새〉①의 태고 웅혼
형상은 온전히 지금 시인의 지금 몸이다.
문명이, 문화조차 이방인 때가 있었고, 있다. Moab은
영원히 이방의 야만족일 것 같은 어감. 중세는
중세부터 지금까지 시대를 통합하면서
흐르거나 뜨는
액체 중세다. merveilleux는 정말
놀랍지. 아 그
세검정 산동네 평창동 집 코카스파니엘 종.
귀엽지만 흰털복숭이 디룩디룩한
그 개 나이 9살이라는데 개 아홉 살이면 인간
90을 넘은 나이 아닌가.
인간의 말을 알아듣는 정도가 아니라
언어 너머를 이해하더군.
발코니 개장에서 깽깽대길래
아무리 밤의 북한산 스카이웨이 전망이 좋으면
뭐하나. 한겨울이니, '춥냐?' 하고
몸을 어루만졌더니
온몸을
부르르
부르르
떨더란 말이지
온몸이

부르르와

하나가 될 정도. 그 말을 들은 주인 그 개를 실내로

들여보내 주었더니 또 금세

드르렁

드르렁

효자 효부 둔 노인네처럼 팔자 늘어져

코를 골고, 그 또한

온몸이 드르렁과 하나가 될 정도.

인간의 말은 종류와 국적이 너무 많다는 생각이

들더만.

고통과 기쁨 사이 가면이 있다고?

그게 바로 인간의 언어라는 생각도.

훗날 〈삼국지연의〉에서 훗날

황건적 지도자 장각에게 의학 비서를 전하는 선인,

남화노선이 바로 장자라는데. 정말

민간종교란.

〈장자〉야 그대로지만 장자,

정말

좆 돼 버린 거 아닌가.

어떻게 보면 거룩함은 남녀

섹스 현장에서 가장 멀쩡할 수 있다.

변태 말고 어느 남녀가 그 현장을

옆에서 빤히 지켜보는

전지전능한 편재하는 존재가 바로 거룩한 하나님,

'아바지' 시기를 바라겠는가?

거룩함은 우선 좀더 동떨어진 어떤 것이다.

그리고

외로운 어떤 것이다.

인간과 다른 방식으로 외로운 어떤 것이다.

우리가 아직 에덴 동산에서

벌거벗고 지내는 이유의 하나는 그것이고,

다름 아닌 미래가 바로 우리의

유년인

이유의

하나도 그것이다.

禮가 아직 생의 관혼상제로 좁아들지 않은 생의

運이자 器였던

시기를 다시 품은

그 너머

음양의 終始와 出入 너머 表뿐 아니라 語, 策, 散이

모두

史였던,

이제는 詩고

죽음인

유년의.

소리, 몸, 뜻의 전복과

'愚=敎=失 너머 '詩=經=冊의 溫柔敦厚와

'誣=敎=失 너머 '書=經=冊의 疏通知遠과

'奢=敎=失 너머 '樂=記=冊의 廣博易良과

'賊=敎=失 너머 '易=經=冊의 潔靜精微와

'煩=敎=失 너머 '禮=記=冊의 恭儉莊敬과

'亂=敎=失 너머 '春=秋=冊의 屬辭比事와**

247

그 너머 소리, 몸, 뜻의

분리는커녕

구분할 수 없음,

죽음인

유년의.

이방이

싫다고?

경험을 깎아 뭘

다듬는다고?

〈전원교향곡〉이나 〈비창〉

음악은 동성애조차 성을 극복하는 우리 몸 안의

서늘한 이방.

오이디푸스와 지저스 크라이스트를 섞어버리는 서양

은유는 늘 과격하지만

완강한 그 은유 체계를 벗으면 서양이 끝나므로

서양인은 그것을 벗지 못할 것 같다.

중국 고전은 늘 전아한 의상이 능수능란한

동맥경화지만

그것을 뚫으면 한자문명권이 끝나므로

한자문명인은 그것을 뚫지 못할 것 같다.

생각보다 훨씬 전부터 웃음은

이성과 동의어였다.

숲이, 작은 교회당이 있든 없든

시골로 진입하는 광경은 늘 똑같고 언제나 참신하다.

그렇지 않은 순간 시골이 끝나는 까닭이다.

죽음은 수다스런 생을 아주 가끔씩만 호기심으로

기웃대고, 대개는 생이
온갖 중상모략을 풍기며 죽음을 좇는
파파라치다. 오, 로베스피에르
로베스피에르.
자신의 예견된 기요틴 죽음에 전율하기도 전에,
루이 16세 왕, 기요틴, 너무도 중세적이고 너무도
가까운 처형에, 자신의
예견된 공포정치에 스스로
소름 끼친 이름. 장구하고 파란만장한 시가전의
혁명가 레닌보다 훨씬 더 깨끗한
이름의 훨씬 더 끔찍함,
로베스피에르,

　　　시골 카페 안주인,
　　　식품가게 안주인,
　　　장,
　　　베랑제,
　　　여종업원,
　　　식품점 주인,
　　　노신사,
　　　논리학자,
　　　카페 주인,
　　　데이지,
　　　미스터 나비,
　　　뒤다르,
　　　보타르,

마담 쇠고기,
소방관,
미스터 장,
미스터 장의 아내

의 이오네스코 연극 〈코뿔소〉 등장인물 등장
순서가 등장인물 줄거리보다
더 중요한 것은 그런데도 우리가
웃을밖에 없기 때문이다. 마르크스 공부도 레닌
운동도 등장의 도로,
헛수고였건만
우리가 웃을밖에 없기 때문이다.
그들이 연 것은 과거 역사가 아니다. 그들이 연 것은
당대의 유년이다. 그것도,
웃을밖에 없는. 여행도, 자연도, 여자도,
경험도, 추억도 없는
차원이 있는. 망명도 없는
차원이 있는. 더 총체적이고 더 돌이킬 수 없는
차원이 있는. 아우슈비츠 이후 서정시가
가능하냐고? 제2차 세계대전 전후,
1950년대는 그 이전 어느
전후보다 더 시적이다. 그 이전 어느 전후보다 더
가난했기 때문이 아니다.
그 이전 어느 전후보다 더 익숙한
전후였기 때문이다. 서정시도 못쓰. 겠는가.
그런 유년은 다시는 불가능할 것 같다. 제3차

세계대전의
과학은
인류 생존의 키를 훌쩍 넘기고 삼켜버린 지 오래다.
오랜 세월 지나 오래된 마르크스 〈자본론〉을 펼치면
마르크스와 엥겔스가 쓴 맨 앞 여러 판
서문과 후기들 다음의, 큰 제목 속으로 세부화하는

Der Produktionprozeß des Kapitals

Ware und Geld

Die zwei Faktoren der Ware: Gebrauchswert und

Wert (Wertsubstanz, Wertgröße)

Doppelcharakter der in den Waren dargestellten Arbeit

Die Wertform oder der Tauschwert

Einfache, einzelne oder zufällige Wertform

Die beiden Pole des Wertausdrucks: Relative Wertform und

Äquivalent-form

목차는 단어의 정의를
형상화하는
기쁨이 오래전보다 훨씬 더 약동한다.
그 약동은 고전적이다. 오랜 세월 지나 여전히
exploitation,
어감이 내용보다 어언 더 피비리고
착취라는 말, 그 exploitation에다가, 내용보다 더
훨씬 더 침 튀는 거
아냐?

내용보다 더한 어감은 자해적일밖에 없고
가장 자해적인 것은 대안의 부재다.
거대 담론도 미시 담론도 소용이 없다.
약동의 문득
그대와 나 사이
장미
그대와 그대의 몸 사이
장미
그대의 몸과 그대의 몸 사이
장미
그대의 입술과 나의 입술 사이
장미
그대의 헐벗음과 나의 헐벗음 사이
장미
한 송이뿐인,
배우자도 배신도 길도 없는
해방되는 현기증도 없는
아프리카, 오세아니아, 아메리카 원주민
고통의 신화도 없는
차원이 있다. 아내가 방학이면
나는 삼시 세끼 다 얻어먹고
술 담배 외출, 간섭당하고
기분 좋게 사육당하지. 뿌득뿌득
살이 찐다. 요상한 단어를 찾기보다는
흔한 단어의 요상한 뜻을 나는 파고든다. 종교와
혁명 사이

있는 것은 일개 혹은 몇 명 여자가 아니고
무모한, 무한한 여성이다. 사이는
사이도 없는, 공장 모성도 육욕 신비도 오래전 추억
모양을 닮은 무덤도 없는
차원이 있는.
신의 죽음인 신의 완성도 없는
장르와 성별 혼동도 없는
시간이 태어날 뿐 시간에 태어나지 않는
차원이 있는.
결국은 1,300단어 이내로 줄인 청순가련 여인의
생애가 각박한 세상을 돋보이게 한다.
영혼 아닌 물질 속에 잴 수 없는
시간이 있다. 극미와 극대의
물질 아닌 영혼 속에
잴 수 없는 시간이 있다. 시간은
블랙홀 품은 우주보다 더 큰 블랙홀인지
모르고, 〈맨인블랙〉, 크기는 중요한 게
'아니라도 그러네. 거, 참'. 그친다는 개념,
웃긴 건지 모르고 그 안에 우주 팽창과 수축은
지 맘인지 모르고, 공간의 선, 분명 아니고,
시간을 재는 것, 영혼뿐이다 영혼이 죽으면
잴 수 없는 시간은 없는 시간이다.
누가
죽을 때마다 검은 시간이다.
살은 자에게는 깜빡깜빡 조는 시간이다.
그 시간도 없는

차원이 있다.
사진의 인물이 사라진 것이 당연하다고 느껴지는
사진이 있다.
본인도 그것을 편안하고 푸근하게 받아들이는,
그래서 있을 법한 사진이다. 미인도
그런 미인이 있다.
얼굴 살갗이 희고 투명하고 눈이 크고 표정은
눈보다 더 크게 착한 그 미인의
방향은 사라짐을 향해 있다. 그들의 생 또한 최소한
대하소설만큼 파란만장했으리, 그런
생각도 부질없고,
부질없음이 편하고 푸근한. 오로지
사라짐의 증거로만 존재하는, '오로지'도 '증거'도
어감이 너무 과한
그런 미인 사진이 있다. 어감이 이미 사진보다 더
희미한 미인이다. '도'와 '이미'가 너무 과한.
세련될수록 기호론이 기호를 상징보다
덜 예술적이고 더 자본주의적으로 보이게 만드는
무언가가 있다. 예술이, 상징이 원래 이전(以前)
자본주의적이라는 게 아니고
자본주의와 어긋나려는 내용의 논리의
세련이
자본주의 세련을 더욱 세련화해줄 뿐인
무언가가 있다.
어떤 논리도 결국은 논리의 세련을 능가하지 못한다.
하지만 세련이 이미

자본주의적일밖에 없을 것 같은 그
무언가가 있다. 맥락이 메타언어고, 언어는
무의식과 같은 구조라고? 그런데
무의식을 의식하는 순간
왜 의식은 구사하지 않는가, 자본주의를
극복하는 세련의 논리, 죽음의 디자인을?
죽음은 있는데, 죽음만 있고, 왜 의식화한
의식이 무의식화하는가, 스스로 자본주의
세련을 향해? 그 무언가는 죽음이 없는 생이다.
어느 철학자의 자살도 죽음 없는 생의 연장이다.
지붕 기울고 깨진 유리창 안으로
가구 한 점, 호롱 하나 없는
빈집도
유령의 집은
아니지.
더욱 진하기 위해 쾌락이 욕망의 몸을 찢고
더욱 거룩하기 위해 소리가 문자의 옷을 찢고
뛰쳐나간 후
떠난 것들의 떠남을 섬기는 집이다.
추억은 세속화한 일일기도 같은 것. 설마 아직도
전율의
사이렌이 울리겠는가. 바람 불고, 비 오고, 눈 내리는
기상이 빈집으로 완성된다.
장례식도 불경기 한파도 있었을 그 집안의
빈집, 빈 의자의 집으로 또 하나의
인간 너머

개성이 완성된다. 명징도 일요일,

광기 없는 안식이다. 그 속에 더욱

잔혹하지, 여자의 일생은. 그러나 중세 전쟁의

피에 물든 정조대는

맨 얼굴의 피에로 없이

매일매일

유년의 물기도 없는 기저귀로 바뀌어 간다.

마각의 짐승도 꿈도 소통하는 환경도 아니고

미열,

목숨의 의상도 아니고 우리는 다름 아닌

죽음을 입고 있거나 죽음의 의상 속에 있다는

거, 그 밖으로 삐쭉삐쭉 튀어나온 너무 썩은 장례식의

육신은 육신의 안팎만 있고 영롱이 없다.

아직까지 가장 합당한

장례의 관을 우리는 고전이라 부른다. 더 필요한 것은

생을 더 세련되게 하는 생의 무덤이다.

생의

엔초비

맛

예술

家

맛

책상이 있는 내 왼쪽에는 책꽂이가 나날이 빈틈을

꽉꽉 채워가고 내 오른쪽에는 음악 CD 및 선물 꽂이

공간이 널널해진다. 충만과 구멍은 상보적이지 않고

아직 양쪽 모두

모종의 흉내다.

우리 부부도 그렇게 산다. 누구든

생은 아직 그렇게 산다.

생은 틈틈이 열광하고 죽음은 틈틈이 안심한다.

엄혹한

고대, 조금 덜 엄혹한

그리스, 조금 덜 엄혹한

언어.

문법은 아직 엄혹하지만

(그 많던 불규칙 명사, 형용사 다 어디로 갔나)

feminine도 masculine도 sexy하므로 그 이전

vowel과 consonant, sexy하고 그 후의 어휘와

수사는 물론 그 밑의 문법도 섹시하다.

도대체 그 많던 불규칙 명사, 형용사는 다 어디로?

수석에 새겨진 무늬들은 자세히 들여다

볼 때만 기괴하다.

흙을 굽거나 플라스틱으로 규격화한 그릇, 받침대

들이야말로 돌이킬 수 없는 것이다.

그래서 나는 온상이 싫고 부사도

불규칙해졌으면 좋겠다. 이때쯤이면 왜 그

입술 삐죽 내민 Apuleius 〈황금당나귀〉, 인간의

언어를 아는 인산 속 심승의

변형이 필요했던 것이다. 여행기의

에로스와 프시케, 아름다운 영혼의

개입 혹은 삽입

이야기로의 변형이.

그러고 보니 프시케와 에로스 모두
아름다움은
원래가 없군.
고전이 정해진 것을 반영한 것이 아니라
생의 무덤으로 정해져왔기에 그것은
미리 정해진 것처럼 보이는 것이다.
햇빛 쨍쨍한 벌판에서 땀 뻘뻘 흘리며 일하던
생각은 나의 미열이다.
너의 이마도 미열이다. 백 년 전 '세기의 테너'
카루소, 〈스트라빈스키가 지휘한 스트라빈스키〉,
쇼팽, 바리톤 피셔-디스카우가 부른 〈슈베르트 가곡〉
전집들을 섞어 듣는다. 슈베르트는 쇼팽과 카루소는
스트라빈스키와 동시대다. 카루소 가창은 100년 전
당대를 열광적으로 반영한다. 디스카우는 아직 나의
당대다. 스트라빈스키, 시간이 없고 스트라빈스키의
스트라빈스키, 역시 시간이 없다. 시간에는 없음의
제곱이 없다. 가창은 생애를 가장 응축적으로
응축하고 작곡은 다가올 죽음과도 이어지는
그 모든 것이 마구 섞이고 이따금씩 혼동되는
음악
언어의 바벨탑
이전도 이후도 보인다.
참새라는 말도 죽음의 응축으로 그리 생생하다.
유년은 아직 사용하지 않은 생이고 죽음이라는 듯이.
생과 죽음은 아직도 숨겨져 있다는 듯이.
인류 최초 살생의(살인이 아니다)

카인과 아벨

이름이 그때 그랬을 것이다.

사별이란 말의 최초 어감이 그랬을 것이다.

별과 명상

잔과 입술

이웃집 커튼과 1월 1일과 편지와

늙어도 코케티쉬했던

다방 마담을 위한 조시(弔詩)

사이도 그럴 것이다.

아버지는 그렇지 않고 그렇지 않은 만큼

어머니 무덤은, 최소한 젖무덤이 그런 만큼은 모순

어법이었을 것이다.

prelude들이 여러 장르에 걸쳐 왜 그리 많은지

이해가 될 것도 같다. 스스로

가장 비극적인 것은 세계 종말 이후 파괴 천사다.

더 이상 파괴할 것이 없다면 그냥 슬프겠으나

이제 파괴는 그의 행동이 아니라 존재다.

추락할 곳도 없는 것이다.

나는 깃발이나 풍향계, 혹은 돛보다는 기둥의

비유에 내 생을 의탁하겠다.

기둥의 비유는 기둥보다 각도가 더 너그럽고

회상이 이따금씩 떠사도운 섯도 그 때문이다.

사막의 비유는 사막보다 더 가혹하고

임종의 늙은 왕과 더 늙은 생의 광대가 나누는

코미디는 너무 가파르지 않은가.

귀뚜라미는 그걸 아는 옥타브 음색이다. 무당벌레는

체벌은 없고 유급이 있는 아침의
내기 당구처럼 한가하다. 정애리가 데뷔한 해외 로케
청순가련 반공 TV 드라마 〈레만호에 지다〉
고참 상병의 게으른 자세로 누워보던
내무반에서 내 청춘도 졌다.
月의 뜻이 달이라는 것을 아는 순간
사라지는 밤은 사라져서는 안 될 밤이다.
줄리엣 이후 탈리오니라니. 둘은 서로 다른
세기가 아니라 차원에 있다. 술탄의 약혼녀도. 무슨
무슨 파 수도사도.
망사르, 2중 물매식 지붕. 그건 그런 대로.
두 언어의 어울리는 단어 사이
부랑아는 없는 듯. 같은 계통 언어일수록
세세한 차이가 성가시거나 짜증날
겨를도 없이 일상이 분절되는
비극처럼 느껴질 때도 있을 것이다, 카프카, 최소한
〈성〉의 카프카는 행복했다. 안으로 들어갔다면
그는 또 감수했을 것이다, 성 안은 성 밖의 심화에
불과하다는 점. 묘비명 밖으로 새어나올 수 없는
생애의 비명 소리가 묘비명이라는 점.
그전에 딱딱한 살갗이 으깨지는 육체와
정신의 생은 모든 생이 딱딱한 살갗으로 굳어버리는
생애의 둔감보다 더 낫고 말고.
자살 아니라 생의 죽음을 받아들여 변형할밖에
없으므로 그의 문체는 그리 단순하고 무섭고
생생하다. 예수 생애는 쓰고 또 쓰고 그러고 싶은

260

소재지만 쓰려는 순간 소재가 주제를
압도하지 예수 생애는 그래서 못 쓰고 안 쓰고
쓰고 싶은 이유와 쓰고 싶지 않은 이유가 이따금씩
자리를 바꾼다. 예언은 물론 죽음의 강박이다.
변형에 달하지 못하고
끝내 서툰
유형이다.
처녀의 증명은 원래 어려운 법이라구? 무슨
전쟁통에 굶어 죽는 것만도 다행일
개소리.
모든 죽음은 처녀고 그래서 모든 내일은 처녀다.
전율은 그
기하학이다. 후회도 없이 시체도 이상한 향도
구멍도 없이
아주 약간만
금이 간
전율의.
안방, 장모 방, 애들 방, 그리고 마루 천장에서
주룩주룩 비가 새는 꿈을 꾸었다. 맨 꼭대기
층인 건 맞지만
비가 새는 판잣집도 아니고
마누라며 장모며 두 아들놈까지 너무 태연하고,
그럼 그렇지, 그럴 리가 있나
하면서 나 혼자 양동이를 들고 허둥대다
잠이 깨니. 그럼, 그렇지, 그럴 리가 있나. 마누라
내 잠든 머리맡에서 뜨개질 얌전하다.

그림 같다.

아아 실업이 너무

습관적으로 되어

꿈에서 내가 잠시 주부였던가.

유년의

수많은 거울 중

그 안의 나를 본 듯도 하다. 그건

그 후의 생애도 같다. 2층 커피숍 헤이즐넛을

마시며 내려다본 버스 안에 몇 안 되는 승객

그 속에 나를 본 듯하다.

대학가지만 커피숍 실내 분위기는 내가 한 물 간 것도

아닌데. 대홍수 지난 듯 거리는

거대한 물의 상처로 출렁이는 무수한 인파의 꽃밭.

아니지. 상처에 갇힌,

대홍수가 바로 노아의 방주였다.

잠이 꿈이고 방이고 생이고 공간이던

공간이 생이고 방이고 꿈이고 잠이던

모든 이방에 대해 이방인의

개념이 아직 없던

문장은 번개에 지나지 않고 즐거움은 주체가 없던

요구도 한계도 누이도 형제도 없고 가상의

쌍둥이만 있던, 그게 오히려 막연한, 막연의 주체였던,

그게 다행이고 낙원이던

거울 속으로 거울 속들이 펼쳐지는

그 안에도 내가 있다. 이따금씩은.

찬물 끼얹듯.

잔 다르크는 번개의
문법 너머 생애를 번뜩이는 이름이다.
신의 섭리와 자유의지는 화해하기
훨씬 이전 융합되고, 그 어감은 다행과 낙원과
너무 다르고 오히려 지옥과 낙태의
방향을 닮는다.
널리 알려진 17세기 프랑스 왕 루이 13세 유년을
주치의가 기록한 일지가 있다.
그 후의 유년과 널리 혼동되는.
흡사 유년의 우리가,
그리고 우리의 유년이 장차의
왕이라는 듯 그 일지는 있다.
마치
거꾸로, 아기 예수 탄생이 유년 탄생 아니라
아기 예수의 유년이 있었다는 듯이.
마치
거꾸로, 아기 예수 탄생이 알몸 탄생 아니라
아기 예수, 누덕옷 벗은
알몸이 있었다는 듯이.
그 일지는 있다.
태어날 때 우리는 너무 많은 것을 입고 태어난다.
흡사 4방을 비틀거리다 단박에 네 다리로
성큼 일어서 보기 전에 보여주어야 하는 새끼
송아지와 다를 바가 없다.
또 하나의 문이 열리기 전
나는 이미 학교 없는 기숙사였고, 공터였다.

마치

그게 축제였다는 듯이. 거꾸로가 아니라.

내가 없는 슬픔을 세상은 모르고 나는 슬픔의

개념을 모르는

유년의 역사는 각자 1천 5백 년 이상 유지된다.

거꾸로,

순진이 아니라.

그리고

중요한 것은 그 부산스런

학급도 없이

흩어지지 않았으므로 앞으로 좀체 흩어지지

않는다는

바로 그 점이다.

때로는 그게 더 거칠 수도 있다.

거꾸로, 유년 탄생이 가정 탄생 아니라

유년 없는 가정이 있었다는 듯이.

고흐, 헤밍웨이, 피카소, Bruce Chatwin이 썼다는

전설적인 수첩,

MOLESKINE(은 두더지 가죽이라는 뜻, 두더지

가죽은 아니다) Weekly Diary + Notebook은,

검은 수첩보다 크기가 더 작고

디자인이 더 앙증맞고 표지가

빨강색 하드커버지만,

아직 정초지만

이 수첩도 나는 쓸 일이 없을 것 같다.

세월에 펑퍼짐해질 낱장들의 두께,

그 입을 빨강색 고무밴드로
세로로 앙다물려서가 아니라
이 수첩에 쓸 만한 것보다는
이 수첩으로 볼 만한 것이 더 많을 것이다.
그게 딱히 세월의 눈금은 아닐 것이다.
아니 눈금도 뼈대의
살 떨린다. 그 살은 너와 나의 살 아니지만
생애도 뼈대의
살 떨린다.
전에는 참신이 참신인 채 이리도
살 떨린 적
없다.
살도 이리 살 떨린 적
없다. 온세상의
性.
사랑은 우리를 형편없이 늙게 하지만 그 허울을
벗겨주기도 한다.
벌어진, 치명적으로 벌어진 그
적나라도 벗겨준다.
대한민국에서 생태찌개를 제일 맛있게
끓이는 곳은 인사동 부산식당이다. 그러니까
세계에서 생태찌개를 제일 잘 끓이는 곳은
인사동 부산식당이다. 왕년 민중미술
운동가들의 거점인 그곳 주인은 5인이 생태찌개
4인분을 시켜도 너무 많다. 음식 남기면 죄받는다.
3인분만 시켜라 야단을 치고 미술운동판 유명짜

265

모모 씨 이름만 대면 낯선 청년들한테도
외상을 주던
깡마르고, 성질 깐깐한 노인네다. 아니
노인네였다. 민중미술이란 말,
별 수 없이 시들해지고 몇 년째 들를 일 없다가
이명박 대통령 당선 및 탤런트 유인촌 문광부장관
취임 후 해임당한 문화예술위원회 위원장 모모 씨
위로차 모처럼 거기서 만났는데
이런.
그 노인네 돌아가셨고
저런.
장례 치른 지 그날로 딱 이틀째라고.
다행히
생태찌개 맞은 아들이 잘 물려받았지만
아하.
처음 해보는 뒤늦은
조문도 아니고 뒤늦은
문상이다.
시신도 장례식도 없는
죽음이다.
없음보다 더 없는
없음이다.
며칠 지나 모종의
며칠 지나
기분 좋게 얻어맞는
아아.

없음의 없음이라.

나도 그런 죽음, 맞고 싶다.

* Klaus Reichert와 Fritz Senn이 '가장 난해한' 문학 작품 〈Finnegan's Wake〉의 독
일어 번역 '조각'들을 edition suhrkamp 1524번으로 엮으면서 제시한 작품 구성.

** 〈禮記〉, '經解' 앞부분은 이렇다:

孔子曰: "入其國, 其教可知也 其爲人也; 溫柔敦厚, 〈詩〉 教也; 疏通知遠, 〈書〉 教也;
廣博易良, 〈樂〉 教也; 潔靜精微, 〈易〉 教也; 恭儉莊敬, 〈禮〉 教也; 屬辭比事, 〈春秋〉 教
也. 故〈詩〉之失, 愚; 〈書〉 之失, 誣; 〈樂〉 之失, 奢; 〈易〉 之失, 賊; 〈禮〉 之失, 煩; 〈春
秋〉 之失, 亂" 하나의 문명 언어는 고전을 통해 완성되고 고전의 핵심은 내용상 나열
의 시적인 응축-종합인데, 위 대목에서 공자(도 제일 잘하는 것이 말이다)는 그 솜씨
를 보던 중 가장 과감하게 구사하고 있다. 정말 공자가 한 말인지는 알 수 없지만.

본의 본의 본의 본

'老=子=道=德=經'

에필로그

내가 나를 비로소 인식할 때 그
자아는 이미 내가 정한 것이 아니다.
그것은 발명되지 않고 신대륙처럼 발견된다.
장자, 꿈의
개념 없는 꿈속 형체에
크기가 있는가. 어디가 어디 있는가. 형체도 안팎도
개념이 없는 그,
없음에, 없음 그 속에 과연
크기 바깥으로 헤엄치는 물고기.
鯤 그것이 높이 위로 날아오르는 새,
鵬이 되기도 하겠다.
마는.
其名爲鯤鵬, 명명의
행위는 노년의 유년이겠고.
과장된 분노의 배경은 그 오해겠고.
아무 부담도 알 수 없고 할 수 없지만 갓난아기는
갓난 세상의 꿈을 꿈꾸는

요람의 잠
그 속에서 물이든 공기든
무게와 부피의 논리 너머로 고단하다.
逍遙遊.
소위 유년은 소위 노년의 유년의
사영(射影)인지 모른다. 아직 불완전하지만 아무튼
무엇보다 시간과 공간 사이 몸의
동서남북이
하늘과 바다와 대지를 청명케 하는 동안은.
크고 작은 길고 짧은 오래되고 얼마 안 된
다른 생은 생의 바깥에 있었다.
그것이 원래고, 생애는 다른 생을 생 안으로
받아들이는 생애, 그것도 길고 짧은 것을
대보는 일과 무관하다. 마침내 방향은 생의 행동
너머로 열린다. 질박하지 않고 상큼하지 않은
그래서 과장된
동식물성
풍자의 배경은 그 오해다. 대소장단이
무력해지는 디지털 세계는 이전에도
눈에 보이게 있었다.
역사와 이성이
서로 다른 차원에서 서로 다르다는 사실을 너무 일찍
알게 되었다는 게 철학의 문제다.
飛天은 飛天像이고 비천이 상이므로
미술은 미술을 미술이라고 하는 것이다.
역사는 신보다 더 거룩한

연민을 낳고 죽음도, 그렇게 예술도, 새로운
단계를 맞는다.
반영 아니고 동전 양면 아니고, 단절이고 연속이다.
누구나
택시 기사 직업 유망하던 시절 겨울날
땀 뻘뻘 흘려도 시동이 걸리지 않던
조수 아니고,
거기에 약간만 보태 시동을 완성하는
사수다.
양과 질 사이
있는 것은 신화가 아니고 역사지.
이성적으로, 안팎으로 단절이고 연속인 역사다.
그렇다. 孰肯以物爲事*
의 단절이고 연속이고 역사다.
齊物,
두뇌의 시청각이 예술로 되는,
시적인.
시청각의 두뇌가 예술가로 되는,
시적인.
이끌지 않고, 자극하지 않고, 스며들지 않고
다만 계승되는,
시적인. 꿈과 이성과 역사
사이로서 시적인. 순환보다 새로움에
약간만 더 가까운
형식으로(써보다 서에 약간만 더 가까운) 시적인.
오목교 아래 안양천 위로 눈 내렸다.

271

고층빌딩 숲 한가운데 근대적으로
슬픈 것은 그 하양과 검음의
대비뿐이다.
여기저기 장소를 찾아 쌓이는
눈이 과거의 유년이다.
쏟아지지 않고 적시는 비가 그렇다.
명절 날 몇 십 년 전 몇 십 년만큼 어려웠던
시절을 재현하는 참사라 그렇다. 박정희
어록도 그렇다. 그때
음식보다 더 맛있는 음식 용어는 한 개도 없었다.
생보다 더 기구한 생의 데드마스크는 있었다.
其寐也魂交, 其覺也形開**
그러나
그리고
魂은 形이고 形은 魂이고 交는 開고 開는 交다.
그리고
그러나
寐은 覺이고 覺은 寐다. 여기서
무엇은 무엇이지 않은 무엇은 없다.
대소도 없다.
그리고
상실보다 더 구체적으로 뭔가
떨어트리고 온 것을 상기시키는
위안을 위해 세상을 뒤덮는
눈보라가 지상에 쌓인다.
폭설이구나.

우리는 눈이 그치고 나서야 비로소
폭발적으로 감탄한다. 이른바
조정기라는 거겠지. 나는 워낙 영감보다는
열을 더 받아서 시를 쓰는 사람이니까.
너 없이 나 없는 거 당연하다. 나의 순결도 한때
참새 심장을 새근새근 팔딱였다. unitif는
'신과 결합하는'의
프랑스어, 어원은 훨씬 더 전일 것이다.
이 뜻도 그 다음 말도
태초에 하나님이 있었다는 얘기는 아니다.
태초 하나님도 나였다는 얘기다.
시간과 공간이 와서
性이 되기 전 나.
그것이 와서 이것이 되기 전 나.
그가 와서 네가 되기 전 나.
대상 없는, 대상 없음의
에로틱, 나.
장자와 나비,
장자라서 나비, 나비라서 장자인 때가 좋았으나
장자가 나비에게 한 장자 나비의 말
나비가 장자에게 한 나비 장자의 말
한 마디 남아 있지 않다.
누구에게나 가장 치욕적인 호칭이겠으나
le dandy Lucifer***
는 어쨌거나 그 사이
형상화로 남았다. 朝三暮四는****

273

朝四暮三과 다르지. 동물적으로 다르고 질적으로
다르고 이 두
다름은 각각 다르다.
장자와 나비 사이 오늘 아침 지나면
오늘 아침은 결코 다시 돌아오지 않는
수렁이다. 과거로 돌아간 상고시대
첫,
인간이 처음으로 느낀 것은
고독. 가족의 처음은 절체절명. 그리고 장자 혹은
〈장자〉, 그 후 그대의
모든 것은 속도를 능가하는 단절이다.
此之謂物化야말로 삽시간에 모든 것을*****
물화하는 養生主. 살생보다
더 참혹한 땅의 가축이 피투성이 하늘을 부르는.
사라진 죽음,
죽음의 사라짐도 없고 죽음의
게임 혹은 가상현실만 요란한
人間世, 사람과 사람 없고 그 사이만 있는
德充符, 완전한 덕성 없고 그 인장만 있는
大宗師, 위대한 스승 없고 그 명명만 있는
應帝王, 현명한 통치 없고 그 구태만 있는
오늘날
그대를 만난다,
장자 혹은 〈장자〉.
정치란 기껏해야 좋은 일 하나를 노리고
한심한 일 한 타스를 '참아야 하지'. 너의

274

유년은 때이른 중세에 갇히고,
육체의 죽음이 그리 생과 가까웠던
전국시대 그대는
생과 죽음의 교환을 상정했을 뿐 죽음을
알지 못했다. 그건 생을 알지 못했다는
뜻이다. 아하. 노자는 딱히 대상 없이 그냥 하지
말라, 했고, 그래서 행복하고, 공자는 하지 말라
는 것만 골라 해치웠고, 대성했고, 그래서 행복
하겠으나
장자, 죽은 후 더 대성한 공자 상대
노자 역 맡았으니 불행할밖에. 그게
춘추와 전국
사이고 차이다. 우리 시대
비판적 슬픔이 다소 더
유구해진다는 건 다소 더 슬프지만 다소
위안이 된다는 걸까?
맛과 색과 소리와 모양에 환장하여
생선 비린내를 씻으며 끊임없이
섹시화하는,
동떨어진, 넉넉한, 자급자족도 있었다, 있다.
그걸 옛날엔 섬이라 불렀다. 그것들로
알 수 있는 것이 뜻으로 알 수 있는 것보다
더 많은 역사는 오히려 지금부터 더 본격적이다.
이야기가 역사의 뜻을 능가하는 '이야기=역사' 또한
있다. AD 1천 년경 한문 속에 일본
〈源氏物語〉, 겐지모노가타리

物語는 이야기고, 현란이 질서정연한 채색
삽화는 있다. '일본놈들',
지들끼리 살았으면 썩 괜찮았을 종족이다.
이지메가 여전히 일본 열도풍이겠으나
광란과 멀쩡도 지들끼리 살다, 지들끼리
자본주의도 꽤 했겠다. 괜히 천지 사방
바다 밖으로 쏟아져 나와
심상치 않더만
급기야 식민제국 세계 제2차 대전 중에도 가장
잔학했다는 소리 들었다.
안 그랬다면
영정도 영구차도 없다.
신촌 시장과 현대백화점 살림의
유통 속 실종을 꿈으로
육화하는
어머니의 치매다. 50년간
한국인의 일상을 사로잡은 대표 디자인******
그중 어머니한테는 중국집 철가방과
이태리 타올, 그리고 모나미 153볼펜이 해당된다.
궁전식 예식장, 붉은 악마 티셔츠, 타워팰리스 등
나머지 디자인들은 우선 50년이 안 된다. '50년간'의
間이
애매하군.
모호하고, '사로잡은'의 문제는 명백하다.
폭발적인 그 무엇이든, 계급보다 더 끈질긴
그 무엇이든 50년간 일상을 사로잡을 수는 없다.

50년간 일상에

해당될 수 있을 뿐이다. 주역 64괘가

갈수록

해당되는 64겹

'세계=디자인'이다.

세계 속에서 그렇고 세계 밖에서 그렇다.

세계 속으로 그렇고 세계 밖으로 그렇다.

철가방은 나무, 플라스틱, 알루미늄으로 재질이

바뀌었다. 누가 언제 만들었는지는 기록이 없다.

철가방 배달 중국집이 돈을 번 것은

오래전 얘기고 그때도 철가방은 돈과 무관했다.

이태리 타올은 1962년 까끌까끌한

이탈리아 수입 원단(비스코스 레이온)을

접어 꿰맨, 벙어리장갑식 때수건이다.

생활은 디자인을

정답게 하면서 망가트린다.

주역 64괘가 갈수록 해당되는 64겹 '세계=

디자인'이다.

헛바늘만 돌아도 단순성의 지옥은 있고 단순성은

1차원이나 2차원 아니고

3차원 속 2차원 혹은 2차원 속 1차원, 말하자면

차원의 덧셈 뺄셈과 관계가 있고

1차원은 빅뱅 이전이고

유일한 영원의

개념이다. 아주 멀리 왔다는 시간에서

앞으로 아주 멀리 간다는 시간을

뺀 것이 영원이라는 뜻이다.

아니

뺄셈이야말로 영원이다.

유망한 왼손잡이 화가였으나 두뇌와 오른손을

빼고

전신이 마비된 화가가 있다. 그는 각고의

오른손으로 여전히 화가고 오른손이 그린

그림엽서를 모아놓은 책에

마태복음 6장 3절을 상기시키며 이렇게 썼다. (나의)

오른손이 하는 일을 나의 왼손은 모르고 있다. 차라리

모르는 편이 낫다…*******

겨울이 아름다운 이유, 가을비, dreaming of a

white Christmas, 소재도 문맥도 일상적인

그의 엽서그림에는 오른손과 유리창만의

영원이 담겨 있다.

우주의 영원은 아니지.

만년 베토벤 귀는 우주를 듣지만 우주는 베토벤의

만년 음악을 듣지 못한다.

'우주가 듣는다'는

'우주는 인간세'의 정말 단순한

동어반복에 지나지 않는다. 더 단순하게,

우주에는 만년이 없다. 영정

사진도 없다.

주먹으로 제 가슴을 치고, 두 손으로 제 옷을 찢고,

머리를 빡빡 밀고, 손톱으로 제 뺨을 할퀴고,

그러고도 죽음은 보이지 않는다.

중학 시절 을지로 평양냉면 집 우래옥,
지붕이 불탄 소 갈비뼈 같았던,
40년 후 최고급 한우 생갈비살을
rare로 뜯어도 혀끝에 그때 그 불탄
소 갈비뼈 맛 여전히 마지막 맛을 잔인한
부재(不在)로 장식하는
우래옥은 없어졌지만 보이고,
죽음은 보이지 않는다.
우주는 번역이 안 되므로 생은 개별적이다.
이 말 앞에서 언어는 원래
다른 언어로 번역이 불가능하다. 그 말은 실로
숱한 언어로 번역되고,
니체 철학도 팝아트, 쇼맨십을 동반한다.
고유-일반의 명사 아니고, 정의, 규정도 아니고
꽃과 과실의 엑기스가 더 영롱한 술의
기운으로 변하는 장면,
그보다 더 영롱한 언어가 필요하다. 비로소 죽음이
언어의
영롱에 해당되는.
인공수정 탄생과 안락사 사이
움직이는 죽음이다. 그 정도 배경이 있어야
보이는 죽음이다. 움직임은 죽음이다.
가창 속 기창의
창조인 죽음이다. 움직임은
가장 이해할 수 없는 죽음이다.
죽음의 신에게 사형선고를

내리겠는가, 하물며 죽음인

신에게?

가장 길길이 뛰는 것은 죽음의 거품이다.

마르크스 유물론에서야말로 '역사적'과 '변증법적'

혹은 '이성적'

은 서로 다른 차원에서 서로 다른 뜻이었다.

여기서도 길길이, 부동산 가격보다 더 길길이

뛰는 것은 마르크스,

죽음의 거품이다.

이래서는 육체의

가장 아름다운 옷을 벗겨도 젖은

내장이 더 젖은 내장을 탐하는

포르노밖에 생겨날 것이 없다. 가장 황홀한

표정을 입혀도 환락은

흑백 X레이 사진 속.

절정은 상상이고 장난이 없는(거 참, 오래도 끄는군.)

상상은 지옥과 구분되지 않는다. (끝까지 내 생애가

참을 수 있을까.)

God를 그냥

神으로 번역하는 것은

좀 그렇지.

(참을 필요가 있을까?) 유일신으로 번역해도

좀 그렇다. 일본에서 신은

귀신에 가깝고, 중국에서 신은

내리는 게 아니고

내림이다. 번개 내림. 일본의 귀신

수는 세계 제일이고

홀로 하는 알몸 샤워는 늘 조금만

흥분되고 조금만 불안하고

그게 그거고 그것 말고는 평온하다.

역사보다 더 구체적이고 더 오래된(당연하지),

문법보다 더 상세하고 더 분명한(당연하지)

일상보다 더 복잡하고 더 세련된(당연하지)

관계들은

아직

언어 속에 있다.

아무리 파고들어도 그 속은

죽음도 과거의 행적. 새로운 죽음이 없다면

관계들의 관계들도

미래 유년의 뼈대는 아니다.

이메일 속

뉴욕의 겨울

센트럴파크 호숫가

내게는 〈성범죄수사대〉 성폭행 현장이지만

눈이 쏟아지는 날 빼고 아침마다 딸애가 조깅을 한다.

미국 드라마라고 터무니없는 얘기 없을 리 없지만

설령 성폭행이 성범죄수사대 드라마보다

더 많이 빌생한난늘

흰 숨을 가쁜 토하며 가볍게

출렁이며 조깅을 하는 딸애를

상상하는 것만으로도 뉴욕의 겨울 센트럴파크

호숫가는 싱그럽다.

이메일 속에서도 싱그럽다.

생은 그렇게 싱그럽고 가슴 아픈 것이다.

눈은 그렇게 내리고 마음 따스해지는 것이다.

방향 감각을 찾아야겠어, 귀국할 2월이 다가오면서

시간에 슬슬 가속이 붙는 것 같애, 딸애는

그렇게 썼다. 나도

조깅 중인 것 같다.

지금껏 알던 나의 세계가 완전히

해체되면서 새롭게 구성되는

느낌. 그걸 알기 위해 내가 살아 있는 것 같애,

사는 거에 감사해. 딸애는 다음 편지에

그렇게도 썼다.

조깅도 싱그러움도 끝났다.

생은 그렇게 살아 있을 때 죽음이다.

죽어서 죽음은 아무 것도 아니다. 나야 큰 추위 한 번

겪었으니 겨울 다 갔다.

추위고 더위고 다 그런 거지.

생은 그렇게 가면서 오고 오면서 간다. 오고 감이

서로를

베끼면서.

음악이 음악을 베끼는 것보다 더

무의식적으로.

일상 언어의 조각이 조각의 언어보다

더 거칠었던

시절은 당분간 더 계속된다. 민주주의도 계속된다.

일산병원은 일산에 있다. 이

알리바이, 이 의미심장은 발전한다.

단 한 번 그녀의

짜릿함. 이

전면적인

내음. 이

육의 합, 이

사라짐. 이 돌이킬 수 없는

반복. 이 반복적인

돌이킬 수

없음. 이 엄청난

사라짐의

자력. 이

꿈의 살. 이 사라짐의

생. 이

엄청난

생도 사라진다.

수십 년 전 그녀는 그렇게 온다.

내 몸 안에서 내 몸 안으로

이름도 없이 온다.

기억이 나이와 성별을 능가한다.

모차르트 음악도 없는, 눈썹만 있다.

누구의 손길이 나눌지 않아도 내 몸은 벌써 조각이다,

내 몸은 벌써 장식 예술이다.

오래된 체스 말들과 더 오래된 장기알들이

동서고금 너머로 사뭇 다르듯

일산병원은 일산에 있다.

고대 신화와 오늘 백 년 동안 잠이

안팎 너머로 사뭇 다르듯

일산병원은 일산에 있다.

어항 속 아름다운 금붕어 식욕과

만화처럼 죽은 숱한 물고기 숱한

X자 눈들이

생명 너머로 사뭇 다르듯

일산병원은 일산에 있다.

열려라, 참깨!

감탄부호가 달려야 할 유년의

문장은 그것 하나다.

흑백 중후장대도 천연색 경박단소도

무서운 것은 모두 열리지 않아서 무서운 것이다.

무시무시한 것이다. Cabernet Sauvignon,

카베르네 소비뇽은 원산지가 프랑스 보르도, 메독은

포도 품종 이름이고 최고급 적포도주 이름이다.

여기서 벌써 카베르네 소비뇽은

맛보다 더, 피보다 더 진한 단어다. 실망할까봐

두려워 나는 그 포도주를 마시지 않는다.

이건 무서움과 사뭇 다른 거지, 카베르네 소비뇽

품종은 이탈리아, 스페인, 칠레, 미국,

오스트레일리아로, 적포도주는 전 세계 애호가

혀로 번져간다. 원산지가

부르고뉴인

Chardonnay, 샤르도네 청포도 품종

백포도주도, 샹파뉴 지방 샤르도네 품종

샴페인도 나는 마시지 않는다. 이건 결벽증이나
문명의 역발상과 사뭇 다르다.
나의 유년은
맛보다 더 진한
문장으로 번져,
버리지 않고,
가고 싶은 거다.
두툼한 볼륨의 창백한 시신보다는
삼베 수의
거친 표현을 더 닮은
장정에 검은 콩 크기로 새긴 검은

Grundriß

der deutschen

Geschichte

그 옆에 깨알같이 새긴 검은

Von der Anfangen der Geschichte des deutschen

Volkes bis zur Gestaltung der entwickelten

Sozialistischen Gesellschaft in der Deutschen

Demokratischen Republik

Klassenkampf Tradition · Sozialismus********

책장을 펴면 그 안엔 더 깨알 같고 더 검은 글씨보다
공백의 디자인

더 선명하다.

이럴 필요가 없었다는 게 아니라

백지가 드러나기 위해

이럴밖에 없었다는 듯. 오래전도

오래전부터도 아니라는 듯이. 탄소14는 탄소의

방사성 동위원소. 기호 C14. 반감기가

5,730년이고 5만 년 전 사물과

사건까지 측정해주지만 더 중요한 것은

현대 언어와 고대 숫자의

체위다.

convert a penalty는 페널티킥으로

점수를 따는 축구

용어. 이 체위만 해도 벌써

신선도랄까, 격렬함은 떨어진다.

96명이 사망한 조간신문

의 현재

호주 사상 최악의 빅토리아주 토닙벽 숲 산불

사진은 소방차와 소방대원이

불길을 피해 안전지대로

이동하고 나면 불타는 나무들의 노랑 화염이

야수파 그림보다 더 원색적인

물감의

뼈대 같다.

숭례문 방화, 대한민국 최초의 중요한

노인 범죄, 맞다.

사회면 중 14쪽 현재 숭례문 화재

1주년을 앞두고 공개된
(이런 걸 소위 시간차 언론 플레이라고 하지)
1890년대 초 숭례문 성벽 안팎
사진은 초가와 기와집 모두 흑백이고(물론)
옹기종기 다닥다닥 붙은 듯,
휘말린 듯, 따로 있고
남녀노소 누구든 등장은 표정도 입성도
(흐른 세월 아니라) 생에 찌든
등장이겠으나
사진 속
아득히 먼 숭례문에서 솟아나
꾸불텅꾸불텅 꺾어지듯,
가르듯, 뒤섞듯, 한데 엮듯,
연결되며 사진 전면에 이르면
굵기가 실팍해지는
성벽이 정말
있을 수 있었던 말인가?
성벽 위에서 성 밖을 내다보는
주요 등장인물,
가려운 더벅머리 세 아해의
시선을 향해 달겨들었음 ㄱ
성벽의 행로가 정말 있을 수 있었단 말인가, 흘러온
세월은 도대체 어디로
사라졌단 말인가, 그 뒤를 우리가
바싹 쫓지 않았단 말인가?
유년이 성년을, 성년이 노년을

슬퍼하는 것은 슬픔의 서열 혹은
집합에 지나지 않는다.
상실을 한 번 더, 보다 알차게 생략하라며
성벽은 있었던 자리에 없고,
사라진 자리에 있다.
독일노동자문화운동 최대 히트작
Bertold Brecht, 〈Drei Groschen Opera〉의 갱스터
매키스와 거지대장 피첨은 후속작 〈Drei Groschen
Roman〉에서 각각
은행가와 조선사업가로 출세한다.
폴리는 여전히 사랑의 기쁨과 슬픔을 겪는다.
내가 보기에는 숭례문 성벽만 못한
행로고 말로다.
성벽은
정의할 수 없는
행로고, 정의할 수 있는
말로가 아니다.
내 몸 안에 수풀 냄새 닮은 밤의
발냄새 닮은 수풀이 자란다. 아무리
안개 자욱할망정
괴물이 한강의 전설을 되살릴 기회는
영영 사라졌다. (물론) 6·25 전쟁 이래
50년 동안 변치 않는 몇 개 건물과
그 안의 몇 개 장소와
그 안의 몇 개 인물과
그 안의 몇 개 추억을 우리는

기껏해야 갖고 있는 것이지만
급변의 세상과 겹침의 그
생략을
더 유구하게 만끽하는 것이고,
다행히도 이것은 어느 세대,
누구나 누릴 수 있는
운동이고 언어다.
잊혀진 것은 잊혀지기 이전
겹쳐진 것이다.
겹쳐진 것은 겹쳐지기 이전
생략된 것이다.
그것 말고는
두 눈이 무슨 말을 하는 누구의 눈인지
우리는 모른다.
인생이 방황이었던 시절
점심과 저녁을 해결해준 것은
규모 겸손한 회사에 취직한 선배들이었다. 언론사도
그중 하나였다. 우리를 귀가시키지 않고
집 밖에 붙잡아준 것은
하나같이 소심한 사람들이다, 착한 사람들이다.
이렇게 말하면 이것은 살인과 무관한
ㄴㅜㄱ나의 이야기가 된다.
이대 앞에 미농 다방이 있었다. 〈세상에 이런
일이〉라는 TV 프로가 있다.
이것도 연예오락 프로다. 한번은
사람 말을 알아듣는다는 몸집 쬐ㄲ만

강아지가 나왔다. 담배를 호랑이로 호랑이
인형을 감자로, 여러 명칭을 혼동시켰으나
아주 잠깐 헤매다 결국은 하나도 틀리지 않은
그 강아지 아이큐가 세 살 먹은 아이 수준이라는
테스트 전문가
판단은, 맞는 얘길까? 명칭을 알수록 명칭 혼동은
갈수록, 네 살 다섯 살 먹을수록
혼동스러워진다. 일곱 살 이상이면
외우는 시간이 더 필요하지. 강아지는
명칭과 다른 방식으로 의미를,
소리와 냄새를
결합하면서 명칭을
점찍어 놓은 것이다. 여기서 우리가 배울 것은
강아지의 해체도 구성하는
해체라는 점.
노년의 유년은 생략을 구성한다.
노년은 유년의 생략을 구성한다.
밤하늘의 불꽃놀이
아래가 젖는
결혼식도 없다.
현실도 현실의 감만 있다.
편지도 편지의 인물과 장소와 작품만 있다.
얼굴도 얼굴의 대리석 표정만 있다.
표정도 표정의 분장만 있다.
코미디도
어딘가 조금 더 희고 어딘가 조금 더 검다.

목차 없는
만년만 있다.
다른 방 다른 차원들의
습만 있다.
모두 함께 있으나
누구나 매일매일 도착한다.
Timer/magnifier/weight
원형 문진 돋보기 속 방사형으로 새겨진
호놀룰루, 앵커리지, 시카고, 런던,
헬싱키, 모스크바, 카라치
방향이 세계의 시간을 가리키듯이.
모두 함께 있으나
누구나 맨 먼저 도착한다.
시간이 방향이듯
모두 함께 있으나
누구나 편안히 도착한다.
문진을 영어로 간단히 weight라고 하듯.
우주가 여관방
몇 호실이라는 듯.
죽음도 더블침대다. 아침식사는 다소 말이
어수선하겠지. 명랑은 예리하다.
'물론, 물론은 물론'
좋은 제안이군. 여자도 좋은 제안이고. 다만 좀더
좋은 표현 없을까? 시간은 잔소리 심한 노파처럼
보이고, 들린다. 심성은 착하지.
우리 대화를 멈출 필요는 없다구. 황혼에

방이 식는단 말이지. 모두 함께 있으니

누가 더 필요한 것도 아니고.

눈은 그렇게 쌓인다. 별건 아니지만

설마 녹기야 하겠냐는 듯이.

아름다움이 아직 아프지만 굳이

이유를 물을 필요는 없다. 아름다움이 먼저고 아픔이

나중인 이유도 물을 필요 없다.

오는 것은 저릿저릿한 마비뿐이다.

너를 보내면서 사랑한다고 말했을 것이다 아마도.

너는 울면서 그 먼 거리를, 버스도 타지 않고

걸어갔을 것이다 아마도.

어느 봄날의 그, 무엇보다 화창했을

울음. 너.

그 후 온갖 명성의 안쪽은 줄곧

너로 하여 흥건했다. 이제 습기 하나 없이

뼈아픈 울음. 너. 너의 부재.

누구나 매일매일 맨 먼저 온다.

흑백과 총천연색 연극 장면 연기

사진이 분장보다 더

심오하게 느껴지듯이.

치명적으로 심오하게 느껴지듯이.

생약재는 '생'이 달인 이 세상 그 어느 것보다

더 멀리 마르고 더 깊이

비틀어져 보았다는

것인데.

누구나 천둥보다 벼락보다 더 먼저 온다.

사랑노래보다 더 먼저 온다.

달은

달빛으로 빚은

악기.

이 맘 때면 너의 몸은 한참을 더 떠났을 것이다.

과거를 지나 늑대의

경계도 넘어섰을지 모른다.

서툰 사랑의 초라한 내음이 더 가난했던

단 한 번, 단 하나

비유도 묻어나지 않고 너의 부재는

이리도 몸이 환하다. 그리고

전체는 의사

소통을 능가하지.

서울이 창백한 서울로 가라앉으며 밤과 낮의 서울로

귀향하듯이.

봄은 봄바람 새봄 시늉으로 오고

황혼은 붉은색 마지막 시늉으로 진다.

생각은 몸이 없고 생각 없으면 몸도 없다.

이 생각은 흐려지면서 간혹

생각이 흐려지는 몸을 전체의

안온에 가닿게 한다. 70년대 추억의 역사

연도는 얼마나 구체적인

숫자일까. 논리와 심리 사이 현상이든 현상

현상학이든(이게 문제지. 인간만이

숫자를 망가트린다) 추억은

가난할수록 비상하고, 비상할수록 무거운 중력을

품는다. 그

상상력은, 방향이라서 간혹

미래를 품기도 하지만

우주여행을 떠나더라도 유년 기억의

중력은 인력으로 바뀔 뿐이다.

그때까지 우리는 우리를 우리라

하지. 그때도 세계, 역사, 이성의

삼위일체는 우리와 상관없는 말이다. 아니 바로 그때

그

삼위일체는 우리의 세계, 우리의 역사, 그리고 우리의

이성을 떠난다. 그것을 우리는

역사상 최초로 진정한

종교라고 하지. 하지만 이번에도 내 말에

속지 말 것. (지가 기면서)변증법은 비약을 논하지만

생략의 겹침을 모른다.

권력이 눈물을 모르듯.

〈데카메론〉(1349-51)은 '10일 동안 이야기'.

매일매일의 또 다른 시간이 바로 소설이라는

이야기는 더 중요하다. 아침이슬의

중력에서 비롯된 욕망은 그런 식으로 중력을

벗기도 하는 것이다.

게슴츠레 눈뜬

장미 꽃잎도

생략으로 겹쳐진다.

숨겨진 밤의 욕망도 아나키도 한가하게 노닥대는

낮잠도 없다. 즉시의

물화만 있다. 아직 없는 것은 아직 없으므로
아다지오는 늘 나를
미치게 만들지. 스스로
넘나들지 못하면(그게 음풍농월의 본뜻이다)
해석의 어려움에 대한 해석이 해석을
압도하지.
능가하지 못한다. 생략은 유토피아도
기대도 알레고리도 아니다.*********
사라진 과거가 복원되는
죽음을 나는 바라지 않겠다.
아름다운 추억인 죽음도 나는 바라지 않겠다.
나날의 자연과 지형과 마법과
어두운 시절과 사랑과 조국과 고독한 내면의
형상을 노래한 온갖 시인들의 세계가
한 번 더 생략된
세계의 시적 체계가 다시
감탄도 경탄도 없는
죽음이기를 나는 바랄 것이다.
그렇게 이어지고 그보다는 더 근본적으로
단절되기를 나는 바랄 것이다.
가족은 행복하고 가족의 개념은 더 근본적으로 더
블씽하기를 바란다.
나도. 개인의 개념도.
그 속에서는 아기 예수 탄생 크리스마스
전야도 너무 지쳤기를.
흰 눈이 그 모든 발자국을 덮어주기를.

산발은 말고
손톱이 느끼는
이제는 자라지 않는 손톱의
느낌.
그 정도기를.
죽음의
이야기는 물론 속삭임도
숨결도 없기를.
아무것 없고 음악도 음악의
거울만 있기를.
군사 쿠데타 엄청난 5·16 광장이 인산인해
교황 성하 방한 종교 행사장으로 바뀌던 그 여름인가
21세기형 KBS 본관 서고 그 옆에 19세기형
동아일보 본관도 서고
그 여름인가 광장 이름이 5·16에서 여의도로 바뀌고
그 여름인가 집회 및
시위 깃발 난무하고 참가자 갈수록 줄고
분위기 갈수록 살벌하고 그 여름인가
SBS 건물도 민주주의 대통령 당선
축하의 밤 폭죽 터지고 그 여름인가 선남선녀 신세대
부부와 갓난아이, 청소년 소녀 자전거 타고
오뎅 먹고 콜라 마시고 아이스크림 빨고
유난히 더웠던 여름날 그 여름인가 세상에 지쳐
노구에 달한
옛 사랑의 추억과 여의도 광장 그 머나먼
직경을

가로지른 적 있다.

그때보다 훨씬 더 세상에 지친

노구에 달한

내가 나에게 묻는다. 그 노구는

누구 거였지? 누구와 함께

했던 거지? 소설가도 한 명 있었던 것 같고

그게 더 헷갈린다. 누군지보다 더

소설이 헷갈린다. 그러나

오라, 그 어름의

사라짐.

이제는 너와

입을 맞추고 싶다.

이제는 너와 살을 맞대고 싶다.

'老=子=道=德=經'도

좀체 끝나지 않는다. 그것이야말로 좀체

끝나지 않는다. 몸의 방학이던 그,

철길도 생각나고, 늙은 아내는 아직

기상예보에 정통하다.

* 〈장자〉, '내편' 소요유 중.
, **, *****같은 책, '제물론' 중.
*** Pierre Emmanuel, 〈Baudelaire〉 (Desclee De Brouner, 1967).
****** 2009. 1. 28일자 한국일보 문화(30)면 기사.
*******〈나의 왼손-이경학 엽서그림〉(사문난적, 2008), 135쪽.
********독일사 개관. 독일민족사의 시작부터 독일민주주의공화국 내 발전된 사회주의
　　　　사회 형성까지 계급투쟁·전통·사회주의.
********* Paul de Man, 〈Alleories of Reading〉(Yale University Press, 1979).

본의 본의 본
內曲: 內曲化의 심화

에필로그

역사가 되어버린 육필
편지는 육체의 그것보다
더 사소해서 더 지저분한
추문이다.
내용과 상관없이 육필이
육체를 능가하고 나폴레옹
조세핀을 들먹이기도 전에
역사가 되어버린 내용의
연애편지는 육필편지의
추문을 다시 능가한다.
하고 많은 뒷얘기를 늘어놓기도 전에
요는 그 불안한 낭만의
더욱 불안한 열정과 혁명을
우리의 당대는 만끽할 수 없다.
아무도 육필편지를 쓰지 않는 시대가 곧 닥칠
것이지만 그 때문이기도 전에

지워진 육성과 빛바랜 필치와 사라진 관계와 역사인
과거의
너무도 불안정한
합, 그것이
시대를 벗어나는
육필편지는 너무도 생생한 생의
물, '생물'이면서
보여준다, 너무도 명료하게, 제 자신의
생물의
생의
끝장을.
한 시대의 저명한
육필편지는 그 시대와 이 시대 사이
명백한
추문이다. 어느 세대나 그렇듯
우리는 그 시절 열정 덕분에 여기까지 왔으나
그것을 당대로 누릴 수 없다.
낭만도 낭만주의는 끝난 지 오래라는
전언.
육필편지는 이 시대
명료한 추문이다.
발견되기 전에는 존재할 수 없고(물론)
그 뒤에도 그
합의
생생함이
손으로 만져지기 전에는

존재할 수 없는(물론).

설명은 묘사만 못하고 묘사는 발견만 못하다.

속담도 속담

설명은 멸망이지. 뉘앙스보다 더 근본적으로

속담이 생겨난 그 장구한 세월의

번개가 번쩍이는

순간 혹은 냄새가 사라진다. 노년의

건강까지는 좀 과하고 그냥 노년에 좋은

녹차는 매일매일의 발견이다. 초서의

런던도. 그 이전 중세 노르만 정복기와 암흑기

노동 삽화에는 가난도 참혹과 I. Q.가 없다.

농사를 짓든 물고기를 잡든

돼지를 치든 새를 꾀든 염색을 하든

윤곽이 막연히 야위고 눈자위가 막연히 시커먼

얼굴과 몸에 굶주림의 표정이 없다.

행색 전체에 뚜렷이 새겨진 것은 결핍의

당연성. 그것은

I. Q. 혹은 G. Q.가 표정에 달하지 않는 수준이고

결핍을 다만 채우려 할 뿐 굶주림의

분노를 모르는 짐승의

뉘앙스다.

언제부터 우리는 식물을 풍요의

당연성과 짝짓는 쪽으로 기울었을까,

심지어 사막에서도?

굶주린 표정은 구걸하는 수도승과 비렁뱅이,

행상과 풍각쟁이, 곡마단 패거리가 이루는

거리의 지옥도에서 비로소 나타난다.
종교적 공포와 무관한 그 표정은
동냥으로 먹고살기에 무지몽매를 벗는,
목적과 수단을 뚜렷이 구분하는, 결핍을
당연시하지 않는, 굶주린,
탐욕스런 표정이다. 그와 달리
바벨탑 이야기 화자와 등장인물을
더 뒤죽박죽 섞은 이.
시대착오적인
초서 이전 잉글랜드 노동
삽화가 보여주는 것은 어떤
정지한
직전의 경지다. 임금이든 신하든 영주든
배고픔도 그 원인도 모르는 자가 그렸다면
혹시 모르지만 그럴 리가 없고,
배고픔을 아는 자 그 경지를 알 수 없다.
외계인이 그렸다면 혹시 모를까, 그랬더라도
그들의 I. Q. 체계는 인간과 사뭇 다를 것이다.
친친 감긴 금관에서 나오는
선율이 왜 직선인지, 아니 그 선율이 직선인지
곡선인지 그들이 무척 난감해할 수도 있다.
나락의
인테리어만큼은
소풍처럼 깨끗하기를.
다행히도 몸은 멀리, 있다.
디자인의

맥박은 나의 전망이다.

그게 나의 사회계약이고 영정 사진이다.

살림은

국민학교 교과서. 사소하게

까탈스런 빗소리. 오래된 다방

첫날의 모험. 오올드 랭 사인.

발견하기에는 이 세상이 너무 꽉 차 있지. 보물찾기

같은 소리, 집안의 죽음이다. 달콤한 첫사랑의

치욕이고. 맨 처음 손목을 푼 것은

소피스트와 언론인들이지만

다게레오타이프 이래

그들은 너무 경박하다.

반대도 근력이 필요하다는 얘기.

흑백사진에는 의외로 兩者가 없다.

섬약한 직선도 위태로운 균형도 없다.

타원형으로 그냥 꽉 차 있고 그것이 그냥

비밀이다.

비는 어두워지고 선량한

사람들은 당황한다. 더 이상 처녀가 아닌 여자들도.

철길,

무거운 기차바퀴에 짓눌리며

강철은 살갗처럼 얇디 얇게 늘어붙은 유년의

지남철로 태어난다.

생명 없는 사물의 운명을 슬퍼하던 때도 있었다.

유리창은 무엇보다 시간이 지나가는 것을 보여준다.

그것에 비하면 눈에 보이는 유령은 아무 것도 아니지.

누구나 탐닉한다. 깨알같이 어여쁜 각주 활자체로
부서질 때, 규율은 나태하다.
그때 그 순간 그 표정 그
동작의 그녀를
도대체 어디서 어떻게 찾는단 말인가? 말해다오.
에우리피데스.
소피스트. 트로이가 가까운 과거고 페니키아가
머나먼 현재이던 고대 아테네 위대한 비극작가.
여생을 소아시아와 마케도니아에서 보냈다.
뒤늦은 누구나 영광만 보인다.
잔혹한 가정 드라마로 신화를 현대화한
비극도 영광만 보인다.
순례는 언제까지나
어디까지나, 죽음을 입는 순례고
그리고 부활은 죽음인 그리스도 안에 죽음, 즉
2중의 죽음이다.
신화 속 헤라클레스가 죽은 자신의
친구를 위해 세운 트라키아,
압데라는 현실의
부유한 도시라서 513, 512, 492 B.C. 년
페르시아에 침공당했고 펠로폰네소스
동맹국으로 승리를 맛본 후 376, 350 B.C. 년,
다시 침공당했고
볼품이 전혀 없어진 후에도 여러 차례 여러 민족의
약탈에 시달렸다. 이 도시
태초에 시인 아나크레온, 정착했고, 아테네 이전

철학자 데모크리토스, 프로타고라스, 헤카테우스,
이곳에서 태어났다. 아테네인들은 이곳 공기가
사람을 아둔하게 만든다 해서 aberit, abderite는
오늘날에도 우매한 무리를 뜻한다.
The Abderte는 '비웃는 철학자', 데모크리토스다.
연유와 그 순서와 그 관계와 연유의
연유는 복잡하지만
연유란 말로 벌써 족하다.
괴테 16년 연상 독일 작가 빌란트가 쓴 〈Geschichte
der Abderiten〉도 있다. 데모크리토스는 이집트,
에티오피아, 페르시아, 인도를 방문했다
고 한다. 아테네를 방문했는지, 아낙사고라스 학생
노릇을 했는지는 확실치 않다
고 한다.
죽음에 적절한 장식을 우리는 아직 찾지 못했다.
그래 〈닥터·후〉*,
네 말이 맞다. 치약이 있기는 했으나
분명 셰익스피어는 아직 입냄새가 장난이 아니었다.
에디슨 원통형 음반에
1896년 조선인 최초 노래를 남긴
기록이 미국 의회 도서관에 있다.
1896년은 신분과 경위보다 훨씬 더
파란만장한
구한말 숫자다. 신분과 경위가 궁금하지 않다. 다만
녹음한 여자가 인류학자였다. 그,
여자와 전공이 나는 슬프다. 이럴 때는

시대착오적인 슬픔보다 더 슬픈 것이 없다.

최후의 관객도, 작가마저도 멀리 하고

저 혼자 황량한 그림이 있다. 당대 삽화가 당대

연주와 어울린다. 현대 삽화가 현대 연주와

어울리지 않는다.

필멸도 갈수록 누추하게 늙어간다.

그렇게

'역사적'과 '논리적'

사이

'문법적'은 있군.

역대 로마 황제와 역대 로마 역사

사이

동전이 있듯.

따스한 지중해의 따스한 비극이다.

1066년 노르만의 영국 정복, 그리고 1470년대

런던 사투리가 표준 영어를 구성하기 시작한다.

한글은 그렇다 치고 모든 언어의 역사는

높고 낮은,

크고 작은,

고동치는,

흐르는,

흐름들이 갈라지고 뒤섞이는

음악보다 더 지저분하다.

더 지저분한 것은 더 따스하고 더

감격스러워서 더 슬픈 것이다.

슬픔을 알고 견디는 만큼만 나아간다. 모든

성전 건물은 동굴을 품고 있다. 모든 친척 자식들
결혼식은 추억을 품고 있다. 그 결혼식에 가지
않은 내게 추억은 결석이다. 모든 친척 자식들
결혼식은 '추억=결석'의 결혼식이다.
백인 여자
데스데모나를 죽이는 흑인 남자 오셀로의
옷소매는 너무 풍성하고
새하얘서 우리는 절로 형상화하지는
못하지, 그 소매가 목을 조르는 백인 여자를.
그래서
흑인 남자가
백인 여자를 죽이는 광경은 늘
한 번 더 경악스럽다.
뼈를 안 보는 법.
뼈를 안 느끼는 법.
뼈를 벗는 선의
속도를
감각은 도망치듯 섬세하게
잡아채기도 하는 것이다.
빨래 한 듯 깨끗하게 색 바랜 생의
판형 앞에서 서 있기도 했던 것이다.
호주머니 속 지갑이 시간에 맞서는 그녀
사슴 몸의
부들부들 떨리는
결석으로
손에 잡히기도 하는 것이다.

시보다 더 시적인 편지의
팬터마임처럼.
호주머니 속 명함과 신용카드와 영수증으로
빵빵한 지갑이.
창작 속 약동하는 고전처럼.
중세의 마감처럼, Enigma
Variation의 발레처럼. imperceptible,
능력의
강력한 주객 혼동처럼.
그렇다, 들뢰즈,
얼굴은 얼굴들이라 리듬이고 풍경은 풍경들이라
선율이다. 형식은 살아 움직인다. 웃기는
얘기지. 신화의 서사 시대
오이디푸스를 끔찍하고 명징한
모더니티 예술
장르로 만들다니. 다만 너의 자살 이후
너를 해명할 죽음이 없다.
어른의 아이가 아닌,
거울의 분리와 거세와
정복과 합일의 주체 혹은 객체
아니라, 생의
물 자체
환호작약의
열림인 그
아이가 없다.
산고와 첫

울음부터 아이의 좀전

자궁 기억은 결석 기억이고

결석은 언제나 더 멀고 더 깊은 구멍이다. 모든

영사막을 소아성애의 거울로 만드느니 나는

윌리엄 포크너를 재탄생시킨 1946년

말콤 코울리가 편한

〈The Viking Portable Library, William Faulkner〉

그 책을 위해 포크너가 직접 그려준 포크너

소설의 허구 배경

요크나파토파 군 지도를 한 번 더 들여다보겠다.

19세기 초~1940년대 남부 상류 사회 변천을 그린

〈GO DOWN, MOSES〉, 〈ABSALOM, ABSALOM!〉,

〈THE UNVANQUISHED〉, 〈SANCTUARY〉, 〈THE SOUND AND

FURY〉, 〈LIGHT IN AUGUST〉, 〈THE HAMLET〉

약간만 비스듬한 작은 대문자 소설

제목들이 강을 따라 다른 범상한 마을보다

약간만 더 두드러진

지명으로 변하는

그 지도는 고지도와 현대 지도 사이 아메리카

숱한 지명의 서부 개척사

제국이 생겨나는

카누 루트와 켄티기 상인로와 에스칼란테

여행로가 있는

루이스와 클라크의 루트와 진퇴양난이 있는

시간의 지도보다 더

카오스에서 쿠빌라이 칸의 도원경 자나두의

상상력에 이르는
길의 지도보다 더 끔찍하고
복잡함이 명징한 지도다.
창작노트는 오래될수록 손가락 사이를
빠져나가는 창작노트다.
환호작약 앞에 생은 성보다 더 가혹하다.
그래서 생도 성의 뒤를 꼼지락대며
바싹 좇으며 이어지는 것이다.
가정도 아이에게는 아이를 위한 구멍이고 결석이다.
몰락할 때만 그 구멍은 울타리가 된다.
'문법적'은 그 구멍과 초등학교,
grammar school 사이 있다.
땡땡이치지 않아도 아이에게는 학급이 구멍이고
결석인 것을, 그 아이는 왜 몰랐을까?
옷이 헤질수록 수사는 길길이 뛴다.
할 일이 가로막기 전에는. 그리고 구멍이
비로소 좁아진다.
그것도 아직 애매한 귀환의 느낌일 뿐 성욕은 아니고
성욕과 무관하게 누구나 조숙한 것이다.
이성은 집중을 해체할 정도로 현란하다.
앗찔하고 서늘하다. 쿵쾅이는 심장은 벌써
닫힌 심장이고, 또 다른 구멍과 결석의
결혼에 이르는 과정은 누구나 지지부진하다.
상식, 멀쩡함보다 더.
허가증보다 더. 음악에
숫기가 묻어나고,

장터와 무대와 시정잡배가 겹치는 희비극의
소동은 자진해서 시작된다.
도시에 일월과 약간 새로운 계절과 조금 더 새로운
질병이 오간다.
장미,
현기증 속
비린 맛
처참하다.
시도 때도 없이 튀어나오는 쌍욕은 더.
필요한 것은 결석이 아니고, 직업보다는 구멍의
따스한 보호가 더 아쉽지.
여자도 혼동한다. 그게 비로소 나의 집이다.
하인은 기민하게 잡아채는 자. 꿈꾸지 않는 자.
문턱에서만 숨이 턱에 닿는 자. 가난한 자. 결석 대신
다행히도 이사가 잦은 자.
폭리는 무엇보다 처량하고 우스꽝스러워 보일
것이다. 위인전은 가여워 보이고
이도 저도 못하고
가위눌리는 영혼은 피흘리는 십자가로 일단은
몸무게가 더 가벼워지겠지.
그게 투자고, 피흘릴수록 십자가 절대,
과거의 유년이다.
'이에는 이'의 왕은 도착만 한다. 요란꽹장 화려장관만
있다. 별일 없겠다. 숙박만 하겠다. 화재는
결석도 이사도 없는 자에게만 해당된다.
위대한 혼탁의 4대비극과 청정의 만년작을 썼으나

셰익스피어

유언장은 민사소송법보다 더 치밀하게 쩨쩨하고
결국은 마누라한테, 피가 섞이지 않은 자는 그 누구든
한 푼도 못 주겠다는

취지다.

대규모로 광포해진 자본주의는 더 치밀하게
쩨쩨해진 취지다. 비약적인 민사소송법

발전 속에 셰익스피어 가계 끊겼고 누구든
유언 내용은 간명하다. 그 간명한 발전이 나는
셰익스피어보다 그의 작품과 가계보다,

자본주의보다 더 위대해 보인다. 최소한

더 대단해 보인다. 그리고

大端과 大斷은 偉大보다 더 대단하다.

나이보다 더 세상에 지친 세상의 표정이 있다.

배경도 토대도 아닌 전위의 표정이다.

학림다방 음악은 1973년부터 지금까지 갈수록
아련해지면서 흐른다. 징역 2년 군대 3년 때도
끊기지 않는다. 대학 초년 서울특별시 성북구
공릉동 교양과정부

시절은 흐르는 선율 밑으로 깔리며

학림다방보다 더 멀지 않고,

기억을 꺼낼 때마다 변함없이 더 참신하다.

흐리멍덩하지 않다. 흐리멍덩한 것은 1973년
도봉구, 1988년 노원구 공릉동의

행정구역이다. 더 아련해지더라도

음악은 음악 바깥의 기억을 냉장한다,

완벽한, 앗찔한, 서늘한 상태로.

이것도 죽음의 비유다.

한국어가 아름다운 번역이 그렇고

역사의 개인과 개인의 역사 사이

육필편지

봉투가 그렇다.

우리는 모종의 누추로부터 해방된다.

고요는 검고, 그래서 고요는 지배다.

햇살이 영양분인 걸 아는 노년이 비로소 자연과

어울리지. 교외 전원주택 얘기가 아니다.

이빨 빠지고 표정 해맑은

유령 얘기다. 유령이 보이는 내가 유령이고

너른 잎새로 단단히 바늘 잎새로 부드러이

수백 년을 견디는

나무는

수풀이 과학이고 도덕이고 교육이고 습관이었던

시대가 다시 올 수 없다는

전언을 위해 견디고 있는 것이다.

밤에 처한 짐승들의

인간보다 더 민감한

공포를 위해.

쇠로 지은 방의

이질성을 위해.

죽음은 coming이고 during이고

coming은 during이다. 입술과

입술도 없이. 입맞춤과 입맞춤도 없이. 그 모든

사이 (누가 있었지?) 나무의
껍질은 거칠다. 그것이 나무의
몸의 증명이고 훈기고 그림자 없는
'벽=세계'의
분만이다.
갇힌 새의 '새장=세계'보다 더
이 분만에는 생략의 여지가 없다.
빛이 약간 경사져 내릴 뿐이다.
뒤늦은 사랑 아니라 사랑의 뒤늦은
경탄처럼 약간.
자연은 공과 원기둥, 원뿔 모양에서 비롯된다
고, 세잔은 말했다.
인생은 유도와 씨름뿐이라고 나무는 말한 것이다.
노을 지고 아직 돌아오지 않은 아내가 슬프다.
근대는 첫, 기차, 바라볼 언덕이
없는 공간이다.
줄을 치고 나서야 거미는 비로소 그것이
자기 몸의
유일한 공간임을 알 것이다.
먹이가 잡히기 전에는 그 공간도 없다. 인간들은
짓는 것만 신기하다. 그
몰아를 모른다. 영혼에 대해 난리를 치며 슬퍼
울면서도 모르고, 거미가 슬퍼서
우는 줄로만 알고.
배를 타지 않아도 세상은 흔들리고
밤바다

풍경은 발밑을 화려하게 적시는구먼.
왜 유년의 기억은 늘 오줌을 싸고 깨어나는
세계지도였을까? 그러고도 뭐가 모자라 동네 집집
마다를 돌았을까? 가혹하지 않은
몰아가 두려웠던 까닭,
기상나팔 소리는 잠 위 고막을 찢는다.
우리가 슬퍼서 슬피 울며 슬픔을
훑는 것은 사실이다. 그 어여쁜 발가락을
사랑이라 부르는 것도 사실이다. 안심하라, 시간도
정지하고, 정지한 아무것도 달아나지 않는다.
죽은 부인의
눈빛 하나도
사라짐
없는 시간이다.
본다, 보았다
시소 놀이도
없는 시간이다.
볏가리의
뼈도 없는 시간이다.
오래될수록 변치 않는 시간이다.
감각의 물화 아니라
감각이리는
형상이 분명치 않고 wonderful
하지 않고 wonder
의 조짐이고
기후인

物.

그때쯤이면 네 목소리가 나를 위해

예리하게 네 몸을 찢는

상처일 수 있다.

독수리도 잊혀진 것일 수 있다.

TV 동물농장보다 더.

유년의 동물도감보다 더.

그보다 더 보지 않던 어린이 국어사전보다 더.

더 오래된

상처를 아는

homespun보다 더.

가장 사소한 행복이 가장 거룩했던

양떼 이빨

초식의 일요일,

혈연이 피비리던 평일보다 더.

어른의 수박서리가 무슨 소용?

장작 마당에 모닥불은 또 무슨 소용?

밤새 팔다리만 지칠 뿐. 하지만 강가의 아이는

중요하지. 강도 아이도

제의적이면서 여전히 촉촉하고

눈보라

대홍수 이전으로 흩날린다.

수지 안 맞아 버려진

밤을 줍는 아낙들도 신성하지만

먹이 물고 동굴의 사적인

구멍을 찾는

여우의 체위에서 나는 도시 처녀의 약동을 느낀다.
놀람을 능가하는 놀라움이다.
현대식 병동 영안실에도 초상은
집이고 살림이고 밤샘이고 이따금씩 담배 피우러
나오면 서울특별시
강남구 일원동 50번지 삼성의료원 치솟는 빌딩
통유리 허옇게 밝힌 실내조명도 소용없이
달을 향해 깜깜해지는 밤하늘
구멍이 숭숭 뚫린다.
골다공증에 척추 부러진
아편 마취 상한선 위로 그의 어머니
참으로 오랫동안 부산에서 모질게 고생하셨다.
앰뷸런스로 부산⟷서울
시내를 3시간에 주파, 병원 도착 후 3시간이
채 못 되어 돌아가셨다.
대학시절 나의 절친한 벗
헤겔 전공의 동아대 철학교수
이병창 어머니가 그렇게 돌아가셨다. 또 다른
절친한 벗
이영철은 비트겐슈타인 전공 부산대 교수고
그도 부산 사니까
서울 사는 너보다 문상이 하루 더 늦을 것이다.
내가 헤겔도 비트겐슈타인도 모르는 동안
내 시는 늘 두 사람 한가운데 그 언저리를
헤매고 있었다는 생각이 든다. 문상이라 그럴 수
있고 아주 친해서 그랬을 수 있고

시가 원래 그런 거라서 그랬었을 수도 있다.

어떻게 얘기하든 그만큼은 친하다고 할 수 있다.

동양철학 선배, 그리고 왕년의 '못생긴' 소크라테스

선배와 상주 물리고 밤샘 술 하고 상주가 다음 날로

재등장하기 직전

상가를 나왔다.

날은 밝았으나 하늘 더 깜깜하고 구멍 더 숭숭 뚫렸다.

이렇게 깜깜한 하늘은 원래 시공 구분이 없고

지상은 시간과 공간이

따로따로 길을 잃었다. 이런 이런, 자,

자,

그러지 말고.

이럴 때는

T. S. Eliot 〈Selected Prose〉나 G. B. Harrison

〈Introducing Shakespeare〉,

The도 the도 없는 PENGUIN BOOKS나 A PELICAN BOOK

페이퍼백은 1950년대까지 실 제본이라

곰팡내 나는 볼륨을 아무리 벌려도 빠개지지 않고

표지 테두리

원색이라기보다는 단색의,

내복이라기보다는 내의의

헝겊 같아서 비로소

진정이 되는 것이다.

안심도 되는 것이다.

사소하게 그렇고 사소해서 그렇다.

아무리 상상해도 내리는 비에 젖어서 자는 꿈은 없다.

내리는 비는 자는 꿈을 적셔 깨우고, 그러기 전에
자는 꿈은 내리는 비를 지워버린다.
비와 꿈의 영역은 이렇게 다르다.
그러나, 자는 꿈은 내리는 비를 만나
지금 킬킬거릴 리는 없지만
예전에 만난 적이 있는 듯한 느낌으로 서늘하고,
죽음이 벌써 있지 않았다면
우리가 어떻게 죽음이 있다는 것을 알겠는가?, 라는
문장의
느닷없는 '우리'와 마지막 의문부호를 합친 것과
성량은 훨씬 못 미치지만
방향이 매우 비슷한 느낌이라고 생각한다.
그게 깨어남이라고 깨어남은 생각한다.
비 또한
포도주
잔을 들여다보듯 그 안을 들여다볼 수 있는
옛 경험의 형식과
포도주
잔을 들여다보듯 그 안을 들여다볼 수 없는
죽음의 형식
사이 내린다.
모든 빗테는 심승 대신 점액질로 음습하다.
매일 번개는 짐승 대신 지독히도
마른 눈을 번뜩인다.
그렇게 보면 수풀도 새들의 음절도 냄새의
언어도 위태로운 노을의 더 위태로운

장식에 지나지 않는다. (무덤 아니라)
죽음 없는 유년은
공연히
그림자가 그림자의, 애비가 어린 딸의, 어린 딸이
애비의,
근친상간의,
공포만 키웠지.
흰 눈 내려 쌓이는 길에
Green Knight,
제 모가지를 들고, 말 타고 다니는 Green Knight.
인간의
생명과 신분에
자연의
태도와 코코아 열매에
끔직함보다 더
이질적인 푸르름.
칼 가는 사람 이제 오지 않는 노년의
연체는 깊어간다.
복장과 두발과 구두와 시계와
엉덩이 뒤를 한껏 치올려 여성의 세계가
누드
말[馬]의 균형에 달하는
사라 베른하르트
의상의
모든 유행은 스스로 최후의 유행이라는 표정이다.
그,

명멸이 더 맞는 것 같기도 하다.

차창 밖 포플러, 포플러,

명멸 또한 그렇다. 거구의 차승재가

선물한 거구의 몽블랑 만년필은

제 거구보다 더 크고,

손에 잡으면 몰캉하다. 내게는 그게

골무와 문어의 움직임 안팎보다 더 명료한

insouciant

sequence다.

인용되지 않고

비유되는

말[言]을 찾고 있다. 나도. 이 말이 주로

인용되겠지만 말이다.

야수는 미녀를 보고

언제까지 이성을 잃지 않을 수 있을까?

야수는, 먹는 것은 먹는 것이다, 여성의

작렬인 여인의 몸을.

데지 않은 기억은 없다. 그것이

유일하게 문법을 벗어난다.

건드리지 않으면 남자의 여자도 여자의 남자도

얌전하다. 말벌은

우리말을 모르니까. Circe도,

오디세우스가

못 알아들으니까.

해방 이후 나의 조국은 그

감격의

명멸이 맞다는 생각도 든다.

성공회교회도 간판 '세인'도 내비에 잡히지 않는
문래동

철공소 동네는 최소 십수 년 동안 오늘의

지하주차장 실한 고층 주상복합

빌딩한테 허리를 잠식당했고

치명적이고, 헛것보다 더 큰 형해의 바라크 철공소

건물들은 지금 화가들 작업실이 대종을 이룬다.

'2년 전에 임대료가 평당 만 원이었고,

지금은 두 배다.' SQUAT**

라는 것도 있다는데 말야. 나를 부른 화가

선배는 그랬지만 사무실 지하 허름한 중국집도

골목 끝 2층 함바집도 벌써 문을 닫았고,

게슴츠레, 60년대 통금만큼만 눈을 뜬

여관 간판이

잊혀졌다고 생각한, 이제는 낯선

아무 맥락도 없는

60년대의

성욕 같다.

그래도 저 여관은 문래동 철공소 골목의

소임보다 더 오래 버틴 것이다.

성욕은 기념비가 될 수 없다. 연분홍 살색 성병의

동화는 될 수 있겠지.

더 이상 버티기를 요구하는 건 잔인하다.

50년대 문학은 나의 탄생과

60년대 여관은 나의 성욕과 친하고

겹치면 되지. 나는 오늘 6·25 전쟁 때문에
이별한 남남북녀 연애가 슬프고 50년대 말 10년도
안 됐으므로 완성될 수 없었던
이별이 더 슬프다.
왜냐면 그 후 슬픔의 생애 50년 이어졌고 학예회도
환경미화도 슬픔은 미래적이다.
길을 가며 길을 잃는 길을
가장 짧고
복잡하게 이야기하는 그
응축의 슬픔은.
생명과 우주를 등식화하는 탄생의
음악도 통절한 그 슬픔은.
자연과 인간을 등식화하는 진화의
가계와 별자리와 이야기를 등식화하는 신화의
소리와 상형을 등식화하는 문자의
언어와 고전을 등식화하는 문명의
지도와 예술을 등식화하는 중세의
발명과 발견을 등식화하는 과학의
도시와 역사와
인문과 미래를 등식화하는 프로젝트의
음악도 통절한 그 슬픔은.
역의 이름은 쟁긱보다
발음보다, 그리고 그 뜻보다 더
멀다.
6·25는 그 반대다.
나는 1954년 1월 생이고 6·25는

외할아버지 세대 일이지만

그 반대다.

초당 666회 상하 진동하는 칫솔모의

전동에도 응집을 풀지 않는

물방울이 있다. 이때 방울은

응집이 응집하는 형식이다.

벼이삭들은 서운하다.

장차의 죽음이 혹시 헛된 것은 아닐지

그것을 나는 좀더 걱정하겠다.

초등학교 시절 거의 매년 여름

가족 휴양지 숙박소였던

부산 국제호텔 그

초라하지 않던 지방과 으리으리하지 않던

외세의

그 시절이 아닌 오늘의

희고 검고 다정하고 달콤한

초콜릿 맛을 나는 좀더 누려보겠다.

살아 있음의

경악이 정강이를 모두 빠져나갈 때 메마르지 않은

폐경은 완성된다.

유화의 질감은 세계감이고 산골은 늘

거리 끝에서 사라진다.

이 도시는 아니고 다른 도시에 대한

항변 같다.

이별의 계집애가

계집애란 말이 바로 이별인 때가

있었다. 이따금씩 육고간 고기를
우리가 자르고 또 자르는 것은 아무리 잘라도
육고간 고기 그
총체성을 자를 수 없기 때문이라는 생각도 한다.
모든 발전은 처음의 발전이라는 생각도.
악몽에서 깨어나게 해준다면
악몽 안팎에서 이등변으로
여자 냄새는 예언이다.
소래 포구. 그곳만큼 옛 집과 유년 사이를
비린내
고무줄놀이 하는
지명도 없다.
가난한 동네에 공연히 가파른 돌계단도 없다.
집이 집을, 주거가 주거를, 환경이 환경을
벗고
시가 되는
투망도 낚시도 자리끼도 없는
고기잡이는 있다.
돼지비계, 비지찌개, 팽이, 자치기,
썰매, 삶은 달걀, 칠성사이다. 국거리 수구레,
쇼팅(쇼트닝)통, 선지, 김장, 연탄…이보다 더
종류가 적은 단어들로도 감동석인
책은 있다. 전집은 아니지. 선집도 아니고.
그런 것들과 달리 이 책에는
위계질서를 깨는 위계질서가 없다.
시간의 배꼽이 있다.

전생은 이생에서만 질펀하고 자극적이다.

창밖에

비의

착상. 많이도 오는군. 소리도 없이.

중력은 무게의

몸통이 없다.

중력 속으로 가라앉는 중력이

흘러내리는

얼굴만 언뜻 보인다. 흐림과 맑음의

경계도. 아니

'언뜻'이야말로 흐림과 맑음의 경계다. (흐려짐과

개임의 경계는 아니다.)

언뜻 사물의

Muß i' denn, muß i' denn

형체 너머 정체가

흐려졌다 더

분명해지는. (움직이는

자동차는 아니다.)

어느 날 비 내리는

너무도 지배가 고요한

장면의

Muß i' denn, muß i' denn

*900살 먹은 인간형 외계인 닥터(의사가 아니다)가 인간 여성 한 명과 함께 타디스(공
중전화 박스가 아니다)를 타고 벌이는 시간-공간 여행 모험 모험 TV 드라마.
** 방치된 건물을 예술가들이 점거하여 쓰(자)는 운동.

본의 본

어린이 사전; 분류의 지도

에필로그

품사들의 문법
안팎을 넘나드는 단어들의
관계망은 더 문법적이고, 그 문법 안팎을 다시
단어들이 넘나든다.
문법을 읽으면 명사는 구체고 보통이고
집단이고 물질이고 고유고 추상이고
책을 덮으면 명사 대신 대명사는
어디까지
개인이고 소유고 강조고 반사고 상호고 의문이고
관계고 연결이고
분명하고 애매한 가리킴이고 연속
의 양이고
離散의 數고
숫자지? 난
관계대명사라는 말보다 더 은밀하고

애매하게 섹시한 단어를 들어본 적이 없다.
명백한 미래는 없음이 명백하다.
명백한 단어가 없음은 더 명백하다.
禮는 드러남(示)의 제사그릇과 잿밥(豊)이라는
그 원대한 사실을 우리는
얼마나 먼 거리로 알고 있는지?
게다가 중국어 문장 단어들은 위치가 품사고 격이고
상형의 장점이지만 시작부터 뭔가
치명적이기도 하다.
언어의 역사는 언어보다
역사보다 더 시간이 명료하다.
잔 다르크도 영어와 프랑스어 사이 농촌 처녀다.
그전에
지명이 종족명을 낳기도 전에
종족명이 지명이다. Sussex는 south-saxons,
Wessex는 west-saxons, Essex는 east-saxons,
대체로
색슨족 지방에서
sex는 saxon이다. 앵글로족
지방 Suffolk, Norfolk의
folk가 folk이듯.
東夷는 아니고
濊貊이
지명이었나. 종족명이겠지?
종족의 지명은 타자의 명명이다.
내가 사는 곳은 내가 사는 곳이지 나의 지명이 아니다.

그리고 아주 오래전

타자의 등장은 아주 오래전 숨통을 틔워준다.

Midland는 '한가운데 땅'이고 런던이

그 안에 있지만 옛날 지명은 Mercia,

'변방'이었고, Welsh('이방인')와 인접한

까닭이었다.

늦게 온 Anglo-Saxon들이 토착 Briton들을

Welsh라 명명했고

Briton들은 주로 먼 옛날

로마군 병사 노릇을 했던

켈트족 후예다.

그러고도 내용 없이 기능만 있는

형태어

전치사와 조동사, 관사와 대명사, 접속사와 관계사

'형태=어'가 어형변화 그

중력으로 무거운 어미들을

단속하고 생략하는 소리.

나머지 실험도 선택하고 조직하는 소리.

있었던, 들어온, 들여온 타자들이

세계화하는 소리. 타자들의 세계화 소리.

그 소리들을 다 내고

다 낸 소리를 다시 온전한 제 몸으로 삼고

나서야 현대 영어는 시작된다.

책을 덮으면 어떤 지명은

단어가 아니라 언어고,

언어보다 더 명료한 시간의 역사다.

미세할수록 사실 그 자체보다 더 황홀한 것은 없다.
이것 또한
'마각을 보았다'는 뜻이고 경험 실재와 초월 현존
사이
악마가 있다는 K. 야스퍼스의 말보다
마각을 보았다는 표현이 나는 더 맘에 든다.
魔脚이 아니라 馬脚이라는 것을
알고서는 더 그렇다.
馬脚이 魔脚보다 더
악마적이라는 느낌
들고서는 더 그렇다.
시제가 있지 않고
과거는 시간의 格이다.
여전히 어형변화적인 문법에서
대체로 어형변화가 없는 문법으로
넘어오는. 소리보다 더 거추장스러운 것들이
실종되는
꿈쩍도 않는 문자 속으로
실종되는
소리의.
책을 덮으면 모든 언어가 방언이라서 황홀하다.
정신의
다이어트 같은 것.
정신 건강은 물론 몸 건강에도
몸 다이어트보다 더 좋은.
자연이 스스로 가뿐한

자연인 것을 의식하는 것처럼.

다음 주면 귀국한다는

뉴욕, 딸아이, e-mail 왔다. 그중, 이런 구절.

'이전에 쓴 글들을 읽어봤는데, 처음으로 낯설었다.

그때는 알지 못했던. 돌아가는 발걸음도 가볍겠다...'

답장 보내고 e-mail 닫으니

젊은 여자의 모든 것이 싱그러운

방언이라서 황홀하다.

논리적인 Revolution, the French와 문법적인

the French Revolution

사이.

고전과 골동품 사이.

체취와 서정

사이

번역은 영어 단어 하나 벌써 1대 1이 아니고

사건이다. 그 응축이고 비유다. 비유는

아무리 길어도 응축이다.

어디까지

그것들은 이어져 문장을 이룰 것인가?

탄생보다 더 눈물겨운

시작, 그 시작이 더 무성하게 장성한

처녀의

아련할수록 전모가 생생한

상실. 그건

'문화운동이지'.

언어 장르 공통점 아니라 장르 언어들

사이사이 공통의

구멍을, 자발적인 상실과

생략을 구성해야 한다.

초서(1343-1400), 캑스턴

최초 인쇄 1476년, 틴덜 〈신약성서〉 1525년,

엘리자베스 1세 여왕(1533-1603),

셰익스피어(1564-1616), 제임스 1세(1566-1625)

판 〈성경〉 1611년,

이름과 연도와 사건에 묻어나는

매우 소량의

기미, 아주 희미한 그

잔존과

너무 크고 깊어 보이지 않는 생략의

거푸집을,

등식화하는 느낌이라면 그것만으로도

언어의 역사는 언어와 역사보다 더 시간이 명료하다.

그 시간은 500년 동안 조금도 훼손되지 않은 시간,

그런 채로 현재일 뿐 아니라,

현재적인 시간이다.

Alfred, Aelfric, Layamon, 〈Ancrene Riwle〉,…

시작 이전

인명들도 암흑기를 벗어난다.

범속 속에 거룩이 드러나는

문득문득 아니라,

거룩 속에 범속이 더 거룩하게

번뜩이는 거,

맞지. 하지만
푸치니한테는 베르디의
格이 없다.
예술의 모든 현대와 전위가 가장 대중적인
저널과
손잡을밖에 없었던,
없는 이유다. 피카소보다는 고고학자의
미래의
미학을 나는 생각한다.
인류학자의 미래는 미학이 없다. Samson
Agonistes,
기침으로 죽는 게 비극적인 시대가 있었다.
아니 기침으로 죽다니
이도 저도 못하고
정말 비극적이다.
희극도, 이도 저도 못하고.
존 밀턴의 지옥은 깜깜절벽이고 불과
혼돈 밑에 있었다.
천지창조는 눈이 뜨이는 형상과 형상화다.
밀턴에 의하면 천지창조 전 천국에
오래된
천지창조 전승이 있었다.
심리는 천지창조 전 뚜렷하고 그 후에 흐릿하다.
유리창에 빗줄기들이 무슨
껍질처럼 묻어 있고 그 밑으로 간간이
흐르는 것은 눈물이다.

깨알 같은 글씨들 깨알 같을수록 아름답고,
여자가 그 긴 허리 풀어 나를
친친 감아주기를. 니가 흥분하지 않으면 내가
좀 '머쓱하잖아?'
그렇게 말해주기를. 누가, 내가? 오
예스, 예스, 예스, 예스! (네 번씩은 내 절정이
늦었다는 소리.)
손바닥보다 더 크고 두껍지만 손바닥을
벗어나면 안 될 것 같은,
만져보면 딱딱하지만
그 후에도 보기에는 한없이 부드러운
그래서 만질 때마다 깜짝 깜짝 놀라는
초록
아마포
장정의 WARD, LOCK & CO., LIMITED 판
〈THE POETICAL WORKS OF WILLIAM
WORDSWORTH〉, 그리고 〈THE POETICAL
WORKS OF SAMUEL TAYLOR
COLERIDGE〉에는
출판연도가 없다. 속표지에
'懷月'
씨인이 되어 있나. 같은 출판사 같은 시리즈
ROBERT BROWNING 편은 속지에
Young Hii Pak's
싸인과 전각체 朴英熙信을 새긴 작고 둥근
목도장, 속표지에 懷月藏書를 새긴 큰 사각형

전각도장 찍혀 있다. 1901년 생

사망년도 불명. 1925년

김기진과 함께 KAPF 결성을 주도했고, 1933년

'얻은 것은 이데올로기요, 잃은 것은 예술'

선언을 남기고 탈퇴, 전향했다.

도장의 붉은 인주는

60년 넘은 세월만큼 붉다.

박영희는 그 선언을 이 책보다 더

먼저 했을까 나중 했을까?

붉은 인주는 70년 넘은 세월만큼 붉다.

페이지들은 그 세월만큼 깨끗하다.

70 몇 년이면 2대는 아니고,

3대라고 보기에는 좀

'숨가쁘지'. 유명한 애비가 죽고 어찌됐던

자식 대는 분명 이 장서를 간직하고 제 자식 대에

물렸을 것이다.

그 자식 대도 그렇겠으나 유명의 생사불명은 유명의

기억보다 훨씬 더 오리무중이다.

회월장서들은 회월 4대에 이르러 헌책방에

떼로 넘겨졌고, 나한테도 왔다.

붉은 인주는 70년 넘은 세월만큼 붉고

책은 깨끗하다.

인주의 백지 같다.

욕망이 남았다면 지금의 그는

끝없이 마모되지만 완전 마모 전까지

내용을 내용의 마모될 수 없는 기억 혹은 형식

쯤으로 담고 있는 책

표지가 되고 싶을 것이다.

표지 뚜껑이라도 되고 싶을 것이다.

엘리자베스 테일러 목소리 장유진은

TV에서 못생긴 얼굴도 라디오에서 삼시간

엘리자베스 테일러다.

저렴하죠(싸죠), 접근성이 용이하고요

(쉽게 다가갈 수 있고요), 여자 아나운서가

하건 유선 TV 쇼핑 호스트가 하건

그런 멘트를 들으면 그도 이민 가고 싶을까?

유독 그런 멘트가 여자한테서

두드러져 보이는 것은

하기 때문일까?

하고 싶기 때문일까? 작품은 애가

아니라니까?

세상에 태어난 작품은 더 보살필 수 없고 애는

보살피지 않을 수가 없다. 또다시.

부고. 현대 아산 병원 가는

그 길을 다시 걸을 필요가 있을까?

광고.

㈜한강콜서비스 24시간 호출 24시간

예약 번호는 1566-5600.

삼성, 현대와 나의 유일한 접점은

영안실이구만. 전자제품도 있지만. 그건

생활이지 접점은 아니다. 오늘은

수십 년 만에 입술이 퉁퉁 부었다.

위아래 퉁퉁 부어서 위아래 그쯤 구분되고 그쯤
구분되지 않는다. 목욕물은
틀어놨고 내의는 미리 갖다,
놓았나? 자신이 없다.
기억 아니라 실재의 자신이
없다. 오, 이런. 이런 사소한,
사소할수록 끔찍한 악몽.
두통을 앓았으면 좋겠다.
고전을 좋아한다는 것은 그것과 지금의
사이를 좋아한다는 뜻이다. 고전은
그 사이를 자신의 기분 좋은 미학으로 조직하며
오다가 수학적 의미와는 다른
중도, 한 중간에 그만 허리가 꺾인다. 고전을
싫어한다는 것은
그 이후를 싫어한다는 뜻이다.
워즈워스에게는 자연이 평생 눈뜸이고
평생 천국이고 평생 하나님의
놀라운 솜씨였지만
기차 지난 자연 풍광은 기차가
돌이킬 수 없이 지나간 자연 풍광이다. There's more
in words than I can teach, 라고
62세의 그가 아이에게 말한다. 제목도 〈사랑하기와
좋아하기〉다. 아이는
익사의, 총체의, 첫 인식
그 밖으로 뛰쳐나와
단어들에 갇히고, 한참 뒤에

반복한다.

There's more in words than I can teach.

하릴없이. 수선화와 다른 수선화,

나비와 다른 나비, 참새와 다른 참새

단어에 길들여져 아이는 온순하다.

34세 무지개 아이는 어른의 아버지가 아니다.

그냥

유년은 이국적이다. 조금 더 미미하게

20대 후반이면 누구나

자신의 아날로그를 다음 세대 더 활달하고

더 싸가지 없는

더 활달해서 더 싸가지 없는 디지털 쪽으로

열 것인지 아니면 다가올 자신의 30대를

아예 두려워할 것인지 결정해야 한다.

색을 바꾸는 장소와 지명의 아우라가

빛바래는 것인지 아닌지 결정해야 한다.

아주 오래된 가시를

생은 애당초 가슴에 품고 있다.

비엔나, 비인, 빈 왈츠 같은

왕조의 쇠락은 일찍부터 생을 화려하게 장식한다.

우리가 아주 오래전부터

오해한 것이다. 아메리카 인디언들,

다름 아닌 찰나가

호칭이다. Wounded Knee, 그 후의 대학살도

그 속에 얌전하고 더 생생하다.

정말 Big Foot도 찰나 같다. 누구나

꽃도, 자연의

개념 자체도

태어나는 그 순간은 자신이지 자연이 아니다.

William Wordsworth, 1770–1850년

평생을 시인으로 살고 시인으로 쓰고

THE PRELUDE ; OR, GROWTH OF A POET'S MIND ;

AN AUTOBIOGRAPHICAL POEM

1805년 초고와 1850년 출판 본 사이

45년의

행갈이, 그

미세한 생략의

차이와 더 미세한 사이까지 남긴

Wordsworth는 worth words다.

그의 생애가 Coleridge 생애(1772–1834)를,

그 속에 Shelley 생애(1792–1822)를, 그 속에

John Keats 생애(1795–1821)를,

죽음들을 양파 껍질로 감싸는

모양 또한 시문학사 아니라 시집 같다.

그보다는 너무 늦은 책장 같다.

불꽃 튀는 젊음에 데이고 이른

죽음과 죽음의 유작에 더 데이는

그 밖에는 마른 입술 껍질 벗겨지고,

미이라 같고, 노년의 외형을

기분 나쁜 쪽으로 닮은 자연의

산골짝이 누구에게나 있다.

어느 순간이든 있다. 어디까지나 자연은

농담을 모르고,
바깥에서 요란을 떨지도 못하지만
산골짝은 뼈아픈 시간의
예봉을 꺾은 결과고 그래서 모종의 예봉을
꺾어주기도 한다.
나보다 더 오래전 실내에 걸린 듯한 초상화
액자틀
그 주변으로 선명한 그 모든 것이
우연이라는
실감도 무뎌진다. 짐승보다 더 불결한
출산의 뒤끝이
마구간
위생보다 더
거룩해질 때까지 버티면
'되는 거지'. 이끼의
원생대로
촉촉해지는 느낌이 들 때까지만.
들리나, 속속 도착하는 양치기들 노래 소리가?
보이나, 그 뒤로 점잖고 느리고 노래하지 않는
동방박사들이?
그건 그들을 위한 유년이 아니라 그들이
올 때까지만 유년이다. 바로 지금 그렇단
말이다. 오래된 시간은 혈연의 우연 속으로
스러져버린 지 오래고
버려진 집 아니라도
품사들은 서로의 살을 탐하기보다는 서로의

살이 되는 쪽을 택한다.

그러므로 아직

아주 사라지지는 않았다.

황현산이 e-mail로 스테판 말라르메

편지를 보냈다. 가상현실이 아니다.

(비문도 물론 아니고.) 세계에(서)

하나밖에 없는 전자화된 말라르메 편지다.

평론 문장이 그야말로 가장 섬세한 그의 e-mail

문장은 배려가 강건하다. '보내려고 보니 정리가

덜 된 곳이 있었다. 이제 끝났다'가

앞 문장이고 '3월에 보자'가 뒷 문장이다.

사실 유년은 그 옛날 사람들, 친척들 얼굴보다는

그때그때

문장으로 열리고, 닫힌다.

품사들은 몸과 꿈과 집의

경계를 열고, 닫는다. 그것들이 어느새 신이 나서

지들끼리 풍기는

농익은 냄새는 며칠도 가고 열흘도 가고,

짐을 풀지 않았을 뿐

그들은 살림에 익숙한 식구와 같다.

테니슨(1809-92)은 그러니까

선배 시인들이 어린 순서로

죽는 것을 지켜보다가 늘그막, 그러니까

죽기 3년 전 3년 연하 브라우닝(1812-89)

초상까지 치렀다는 건데

그게 그의 울화였을까?

그의 서정은 늙은 율리시즈와 늙은 농담
따먹기 수준이었으나 현대에 이르는
징검다리가 되지는 못했다.
휘트먼? 테니슨보다 10년 연하로 테니슨과
같은 해 사망할 운명인 그는
북아메리카,
오래된 대륙의 신세계
성욕을 주체 못하고
늙어서도 눈초리가 희뜩하다.
이런 서구식 계산법이 그는 아주 못마땅한 것이다.
테니슨과 휘트먼은 1898년과 1900년 각각 출판된
전집, 모종의
초판이 내 집에 있다. 이건 슬픈 일이다.
이 책이 갓 출판된 구한말이 이 책으로 더 슬퍼진다.
휘트먼은 페이지 절삭이 우둘투둘하고 테니슨은
아직도 몇 군데 종이가 접혀 있다.
나도 종이의 몸에 칼을 대지는 않을 것이다.
접힌 내부 페이지는
결국 아무도 들여다보지 않을 것이다.
인터넷에 널린 게 자료 아니냐, 그렇게 말하면
안 되지. 둘 다 부피가 두툼하고
잣젖이 거칠고
푸름이 검다.
이건 세월을 탓하기 전에
발가벗은
슬픔 같다.

이제까지 우리가 본 슬픔은 우는 여인의
의상에 불과했다는,
소리 같다. CROSSING THE BAR,
1889년 발표되었으나 '테니슨 경'
요청에 따라 전집 맨 마지막을 장식케 했다는
그 시 제목 뜻은 장애물을 건너며 아니라
'죽으며'라지만
둘은 같다는 뜻이기도 하다.
관용어 구성 단어들을 관용 밖으로 해방시키면
뜻은
원시를 입고 더 많은 것을 뜻할 수 있다.
모든 것이 연결된다는 것을
확인키 위해 나는 전집의
전모에 집착하고
전모를 알면 하늘 아래 새로운 것은 없다,
이것은 확인이 아니라 체념에 가깝다.
우리 생애에 그리 많은 느낌표가 필요했다니!
그 문장 말고는 느낌표가 더 이상 쓰이지
않는 체념.
크고 작은 무쇠덩어리를 닮은 왕년의 고물상
지남철로만 추억은 달라붙는다. 한 마리 범고래
등에 작살이 박히면 지구 반대편
당신의 등도 아프지 않겠습니까?... 이 광고
문안을 검은 상자곽에 깨알 은박
글씨로 새긴 과일식초판매 회사 NZ Orchard의
NZ는 뉴질랜드다.

아픔이 실타래를 풀 뿐 좀체
실 너머 모양의 형상에 달하지 못하는 것은
그,
비행기가 오가는 먼 거리 때문이다.
비행기가 오가고 먼 거리 때문이다.
비행기가 오가는 데 먼 거리 때문이다.
비행기가 오가므로 먼 거리 때문이다.
그렇다 광고문안 때문이다. St. Organa,
상하 안팎 똑딱
단추보다 더 강력하게 포장을 봉하는
그 지점을 살살 달래 떼어냈더니 레이저 볼펜
전지만 한 자석 단추들은
추억을 밀쳐내고 지들끼리 몸을 합쳤다.
이제사 겨우 몸과 몸 사이
헐벗음을 안다는 내색도 없이
그것들은 앙증맞게 똘똘 뭉쳐 있다.
지남철은 먼 옛날의
홀로 헐벗은 지남철이다.
강과 이별할 수 없다면
죽음 너머 오필리어
악몽도 유년이다.
그, 말을 타고 나는 뛰어늘겠나.
말은 모든 처녀의, 처녀를 위한, 처녀에 의한
飛越이다.
모든 여자는 비월이다. 백 년 동안 잠도
그 후 사랑의 이별도,

죽음 이전 죽음의 비월이다.

열정은 열정의 뼈다구만 남긴다.

봄이 오고 열정의 철은 지나고, 싱그러운 것은 매년의
나이다. 여름 오고 노동의 철은 지나고 왕성한 것은
매년의 다이어트다. 가을 오고 농익는 철은 지나고
쓸쓸한 것은 매년의 햇빛에 옹기종기 전신 드러내는
슬레이트 지붕들이다. 겨울 오고 봄을 기다리는 철은
지났다.

기다리지 않는 것은 자연의 법칙이다.

붉은

저녁노을은

등장이다. 오 마지막으로

이름을 부르라.

붉은

망각은 벌써 황홀하게 내 몸 안에서 넘실거린다.

안부 인사도 없이. 인간의 풍광

묘사도 없이.

첨탑만 몇 개 보이고 흔들리는 첨탑들이 치솟을

하늘도 없다.

이럴 때 늙어가는 아내는 설거지를 하며

내일을 향해 늙어간다. 헤어지는 것은 그래서

죽는 것보다 더 가슴 아픈 일이다.

남녀는, 부부는,

불륜은, 죽어서 다시 만날 가망이 없다.

백년해로는 더 가망이 없어서 백년해로다.

죽음의 질투는 내가 죽은 후 완벽할 것이다.

그 사실을 죽은 나는 모른다. 안단들 죽은 나는
내가 아니다. 그 속에는 양상도 없다.
생에서도 죽은 나는 내가 아니었다.
그 이상 위로가 필요하냐며 붉은 노을,
아내와 함께 맞는
붉은 노을은 등장이다.
일순의 위로로 생의 모든 것은, 고통조차 그리
찬란하였느니. 붉은 노을은 등장이다.
잃어버렸으나 죽어도 잊혀지기 싫은
사랑의 경험들 뼈마디를 쑤시며 내 몸을
빠져나가려 아무리 길길이 뛴단들
내 안에
주소 불명으로 남을밖에 없을 것이다.
그것들도 강과 이별할 수가 없는 것이다.
메아리도 없다.
세레나데도 없다.
머뭇대는 것은 그래서 당분간 머뭇댄다.
이별의 슬픔들은 이별의 슬픔으로
따로따로 정지해 있고
이제 정지할 수 없는 이별의
시간의 등장이다. 차라리 더 잔혹해서
주체도 없이 디민 그냥 노서히
잊혀질 수 없는
걸작의 등장이다. 이제까지
어린 죽음은 죽은 아이의 불행이고 산 자의
다행이었다. 그리고

죽은 자는 불행을 모른다. 그리고
산 자는 슬픔의 경로를 통해서만 행복하다.
기쁨은 늘 경악으로 오지만
오늘 밤 나는 마지막으로
한 줌만 남은 '육체적'으로 이야기하고 싶은
바람이 있다.
사랑한다고 말이다.
삽시간, 모든 것이 운다. 다행히
기쁨에 겨운 것이다.
미리 울지 않아서 다행인 것이다.
육체가 영원히 육체의 절정 유지하기를
바라는 것은 생전의, 죽은 자 눈이다.
더 좋은 날이 있었기를 바라는 눈도.
다른 날의 기억도.
나이와 상관없이
낯익었다는
사실도.
남이 듣는 내 목소리와 내가 듣는 내 목소리
사이도. 태아도.
자궁 속에서 그냥 발길질이나 하다가
갓 태어나면 죽음과 삶 경계의 불확실성이
분명하므로 양손을 꼼지락거린다.
태어나자마자 죽은 아이의
꼼지락은 온몸에, 온몸의 도장처럼 찍혀 있다.
저공비행으로 찍은
이스라엘 분리장벽 사진을 보았다.

팔레스타인 무장 세력 테러를 방지한다며 다닥다닥
게딱지 2-3층 건물들을
몰아세우는
높이 8미터 장벽은 예각으로
꾸불꾸불하다. 인권침해 방지
국제법 위반을 판결한 국제사법재판소
판결은 구속력 없고 사진으로 보면
예각이 꾸불꾸불한
장벽이 조이는 것은 이스라엘과 팔레스타인
양쪽의 숨통이다. 양쪽의
숨통을 조이는 테러의
외화다. 나는 아직 조금은 더
약소민족의 테러에 손이 가는 편이지.
면도날을 쥐면 지금도 조금은 긋고 싶고,
뾰족한 가위 끝도 조금은 위협적이다.
다행히 대상은 사라졌다. 불안하게
예각은 흔들린다.
유년의 마지막
옷을 벗는
잔혹사여. 마지막으로 나를
탈의
시켜다오. 아주 사소한 거짓말처럼
나를 찔러다오, 반짝임을 그치지 않는 눈물
단 한 방울로,
옷을 입히듯.
마지막으로

이런

참담이 황당한 경우가 다 있다는

동작으로.

8개를 모으니 단추 자석들은 지들끼리

알아서 척척 합체한 후로

내 손 힘으로 떼어내기가 힘들다.

악착같다. 지남철에는 없는 면모다.

지남철은

표면이 거칠고 내장이 뜨거운

바다를 그대로 닮아 지남철이다.

시간 당 24쪽 신문 5만부를 찍어낼 수 있는 길이

42피트 너비 13피트 높이 16피트

인쇄기가

처음 돌아가던 소리가

지남철에는 담겨 있다. 마감 1시간 전

천지창조 이래 엄청 바빴던 기자 통화의

전화기 소리도 지남철에는 담겨 있다.

기자가 채 담아내지 못한, 더 바쁜

인민 세속도 담겨 있다.

악착같지 않다. 그냥 소중하다.

더 소중하게.

지남철 속에서 시사는

마지막으로 소중한

세상의

몸이 떨리는 경험이었다.

그리고

그러고 보니 인터넷 안에는 소중한
세속도 떨림도 경험도 없군. 그 안에서 우리들은
육체를 잃은 만큼 더 시끄러운
소음으로 재등장한다.
거듭나지도 않고, 길길이 살아서.
이것이 어긋난 게 아니라
죽음 그대로라면 정말 큰일이다.
은밀도 불륜도 정말 큰일이다.
배우의 죽음이
풍기는 냄새는 가장
생생하지.
그 숱한 죽음을 다 죽고 지나온
유년은 냄새가 없다.
가톨릭 입장에서 서양은 프로테스탄트
입장에서 서양보다 한참 더 오랫동안,
본질적으로
야만인이었겠군.
잉글랜드 기독교 박해가 로마 기독교 박해와
거의 동시대인데도 말이지.
종교개혁 때 로마 교회가 너무 썩어 제 코가
문드러질 정도였다는 게 다행인지 모른다
안 그랬으면 야만이 프로테스탄트 원인인지
거꾸로인지 헷갈렸을 거 아닌가.
새는 해마다 두려움 이전
당혹으로 울고, 그래서 새는 죽음보다
매년에 더 가깝다. 그것의 정반대는

악기다. 악기는 늘 준비한 음악을 내고
그래서 매 연주보다 죽음에 더 가깝다.
내 유년은 그 사이로만 오가면 되겠다.
그 유년을
탄주하는 유년도 되리라. 가자 가자
그렇게 어디든 가리라. 그 지겹던
계절의 노래
이제는 제 혼자 무르익겠다.
214자 한자 부수 중에는 가문의 성씨가 25개다.
그 '이미'의 시간
인간 현상과 인간 행위의 그 모든 핵심과
종교를 勹工干戋 등 30여 개의
음절 문자와 人亻儿夊 등 40여 개의
뜻이 통솔하는 그 광경이
아직 보이던 때가 있었다는
말이다.
상형문자의
소리는 소리문자가 잊은 지 오래인
工이 空과 恐을
통솔하는
장면을 아직 품고 있다.
움직임은 대상이다. 그림보다 설명이 설명보다
기능이 더 우선한다는 것.
그것은 상형문자의 비극적인 서사다.
길은 오고 간다. 길이 오고 간다. 성곽 밖을
내다보며 주변을 郊라 하고 그 너머를 野라 하고

그 너머를 林이라 하고 그 너머를 그냥 '먼 데'라
하면서 언어는 얼마나 아득했을까?
원래 있던 가운데 성곽을 비운, 한자 부수 '먼 데
冂'의 상형과 指事는
얼마나 더 까마득했을까?
세상을 하늘과 땅을 하나로 통했으나
손에 쥔 것은 갈고리 하나였던 시절도
비극적인 서사였으리.
저 아래 아스팔트 너무 가라앉고
아이는 너무 높은 안장에 양다리를 얹고
너무 낮게 몸을 웅크리며 자전거
페달을 밟고 있다. 形聲은
자전거 페달 밟는 아이의 비극적인 서사다.
서울대가 별건 아니고 나는 명문고 출신도 아니지만
1972년 경기, 서울, 경복, 용산의 서울대 합격
명문고가 2009년 과학, 예술, 외국어 서울대 합격
특수목적고로
해체되는 과정도 내게는 힘겨운 서사다.
언어에서는 상형과 지사와 회의가
얼마나 다르고 얼마나 같은가. 지사는 descriptive와
상형은 picturable과 회의는 abstract와
얼마나 다르고 얼마나 같은가.
범 무늬 𠂆虍는 섬뜩한 무늬고
글자고 뜻이지만
제일 오래 걸린 것은 色의
會意다. 구체 상형의 첫 핵심인 이

뜻을 위해 人과, 節의 옛 글자 巴를 합쳤다.
사람 마음 얼굴빛으로 나타나는 것,
符節 맞추는 것과 같다는
내색의 색이다.
제일 오래 걸렸다는 것은 최초라는 말과,
최초의 언어
행동은 회의였다는 말과 얼마나 다르고 얼마나
같은가. 이제와서 卩 이름을 '병부절 방'에서 '믿는
반쪽 방'으로 바꾸려는 나의 생각은
비극적인 서사와 얼마나 다르고 얼마나 같은가.
禮,
하늘과 해와 달과 별이 온갖
길흉화복 조짐을 보이는
示, 그 옆에 제사 그릇 豆, 그 위에 풍년 추수 曲을 얹은
고대의 가장 거룩하고 위대한 광경이었던
이 글자는 비극적인 서사였는가?
지사도 상형도 회의의
양상이다. 그렇지 않다면
상하는 상하를 가르치지 않고 가리킬 뿐
뜻이 아니다. 새는 새를 가리키지 않고
그릴 뿐 뜻이 아니다.
그렇다면 할 수 없이
상하의 지사가 스스로 상형하면서 회의한다.
새의 상형은 스스로 지사하면서 회의한다.
지사와 상형 사이
뜻은 없다.

지사와 회의 사이
상형과 회의 사이
뜻이 있다.
形聲은
소리가 소리의 뜻을 보태는
회의고, 인간의
자연이다.
그 자연은 내내 이어진다. 즉,
비극적인 서사가 아니다.
유년의
시놉시스
일부다.
창조가 먼저냐 시간이 먼저냐, 근데
'먼저'가 문제의 핵심이고
창조되는 것은 시간이고 공간이다.
누가 내 영혼을
초록 형광펜으로
밑줄 긋듯 지워다오.
초록은 찬란한 생의 가장 완벽한
환멸이었으니.
사멸은 가장 완벽한 공간의 숫자.
사별은 가장 완벽한 시간의 숫자.
세례를 받지 않고 태어난 생은 없다.
미생물의 생은 시간과 공간 그 자체의 형상화,
거기서 가장 멀리
애견주의자들은 시간 바깥에 있다.

그곳에서는 원죄의 지옥도 은총의 천국도
의당
시간 개념이다. 그곳에서는
낙태도 생의 한 방편이다.
홀소리 잃고 닿소리
받침만 남는
ㄱㄴㄷㄹㅁㅂㅅㅇㅈㅊㅋㅌㅍㅎ
비명의
구성도 없는 주인공의.
거기에도 용이 있고 용을 죽이는 용사가 있고
가련한 누이의 가련한 도움이 있다.
잃어버린 아내 찾는 남편 있고,
그 남편 찾는 아내 있고 잠든 자, 눈먼 자, 물고기
닮은 자 있다.
갇혀 있는 주인공은 없다. 따지고 보면
다르지도 않다. 모든 주인공은
감옥의 형식이라서 감옥을 모른다. 모든 주인공은
금기의 내용이라서 금기를 깰밖에 없는
자신의 까닭을 모른다.
나스닥은 National Association of Securities
Dealers Automated Quotations의 약자. '전국
증권 상인 연합 자동화 시세표'쯤 된다.
어느 쪽이든
중세 언어들이 모여 세계자본주의
최첨단을 이끄는 그
생략의 참사를 모른다고 할 수는 없겠지.

그것을 전미증권협회 거래정보 시스템 및 전미
장외 주식시장이라고 번역하는
한국어의 비애도 연애하는 마네킹의 비애다.
폴크스바겐, 주식, 시장, 이런 말들이
따로따로 떨어져
인상파 그림처럼 헌걸찬 처녀성을 빛내던
시절이 있었다, 그 사실이 믿어지지 않는다.
그래서 인상파였는지 모른다.
그들이 생략한 것은 무엇보다 고단함이었다.
풍류는 무거운 원시 전통도 아니고
생활도 아니고(그건 더 무겁지)
인상파 그림
가장 밝은 야외 일광이다.
햇빛으로
바람 한 점 없다.
기껏
형광펜도 없다.

본
검은 수첩 Design

에필로그

運에도 따라붙지만 들여다볼수록
數는 불안하다.
개수와 함께 달아나고 역사가 쌓여도 연도는 끝내
낯익지 않은 연도다.
나이는 갈수록 불안하다.
수의 세계는 가장 불안하다. 수의 세계는
갈수록 영원을 세기 위해 들어서지만
끝내
수가 이루는 것은 검은 수첩 달력
Design이나.
그것도 숫자의 숫자를 통해서만이다.
기하는 좀더 겸손하게,
유한을 제 몸의 근거로 품는다.
아무리 광대무변하단들 영원의 기하는 없다.

생각은

산수와 기하 사이로 한없이 뻗으려 한다. 대수는 너무
연극적이지.
죽음의 비유는 인간의 죽음보다 더 멀고
그 거리는 가장 비인간적인
수학으로도 잴 수 없다.
그러나
이 사실이 비로소 수학을 친근하게 하는 것이다.
액체와 고체, 그리고 기체의 수학 아니라
액체와 고체, 그리고 기체 속 수학을
우리는 볼 수 있다. 그리고 그것이 죽음의
비유 아니라 형상이라고, 최소한
형상화라고
볼 수 있다.
運에는 數가 따라붙는다.
밤비는 유리창에 내려 실내에서 환히 비치는 내
동영상을 지우고 있다.
동작을 먼저 지우고 영상을
윤곽보다는 색을 더 선명하게 적시다가
그것마저 지운다. 봄비다.
난초한테 잠시 비를 맞히려 실내
조명보다 더 환한
아침까지 기다리기로 한다.
비 내리는 야경은 더 앙상할 것이다.
내가 지워지는 과정이 지워진,
비 내리는 야경은.

봄비다. 대낮이면 나는 사라진
기억이 없고
비 내리는 거리도 말끔하다.
지능의
형태도
수가 저마다 여성 이전
암컷이고 중심인 것도 선명하겠지.
형태 속 구조
구조 속 조직
조직 속 운동이 공간과 시간을
요하는 것도 눈에 보인다. 사라진
기억이 없는 내 눈에
처녀는 처녀다.
울음은 울음이고.
그 사이
그대가 있다. 남자도
여자도 아닌
내가 있다.
내용 없는
거래처럼.
주소로만 이루어진 특집이 있다. 함께
산다는 것도 헤어지는 것 못지않게 슬픈 일이다.
서대문 형무소(1912-87) 징역살이
기억은 가뭇 사라지고 갈수록
뚜렷해지는 것은 이름 모를 죽음의 억울한
내력이고 더 분명한 것은

75년 동안 그들을 교수한

밧줄에 묻은

반질반질한 기름이다. 그 속에 종소리 들린다. 실내

족자의

泾자는

목신의

염소다리 같다.

누군가 누구의

아이 같지 않고 노예 같다.

참새의 생명은 참새의 몸집보다

더 크고 무겁게 할딱거린다. 숲 속 안개. 나무의

숨결은

능가하지, 나무의 크기와 무게를. 입술과 입술이

바다 속

물고기처럼 넌지시, 어느새 파고든

혓바닥과 혓바닥을 잠시

내버려두는 동안.

확신은 그렇고

확인할 것도 몇 가지 남지 않았다.

그것은 오래된 얘기고, 泾의 얘기가 아니다.

그

끝이 아프다. goblins, hobgoblins, brownies,

bogies, 세상에,

요정들이 많은 것은 뭔가 엎질러졌다는 뜻이다.

그것은 해가 없는 데다 꽤나 참신한 엎질러짐이다.

우리는 ID와 비밀번호를 정하고 e-mail한다.

그것은 생의 네트워크를 죽음과 단절시키려는
徒勞다.
내가 너에게, 네가 나에게
엎질러지지 않는 이유 하나.
요정은 푸른색이다.
가끔 꾸지만 깨어나면 꾼 기억이 없는, 자주
꾸어도 깨어나면 꾼 기억이 없는, 너무 자주
꾸는데도 깨어나면 꾼 기억이 없는,
일상적으로 꾸지만 일상적으로 꾼 기억이 없는
꿈이 어언 현실과 일상의
약간만 더 막연하고 약간만 더 미세한 차원의
기억으로 이미 들어서버린
경험이
없다는 말이니, 그 마음의
약간만 더 막연하고 미세한
무늬가?
때로 남녀 사랑의
경험이 파괴하는 것은 바로 그 경험이고 무늬다.
자연도 아니고
어린이도 아니고 기러기떼도 아니고
슬픈 것은 슬픔이 이리
단정적인 효소력을 빌할 수 있다는 거다.
슬픔이라는 말 앞에 하냥 슬프다는 거다. 그렇다.
슬픔의
뜨거움은 아직도 있다.
그, 흔들리는 흔들림의

쾌감을 위해 우리는 슬픔을 훔치고 도둑맞는다.
너에게도 나에게도
슬픔은 장물이다. 70 넘은 노년의
강도와 강간, 그리고 살인에도 끝내
검은 수첩 Design
장물의 장물의 장물은 있다.
장물 속 장물 속 장물은 있다.
추억과 베트남전쟁의
ZIPPO라이터
그보다 더 오랜 기념의
낡게 붉은 상자곽 속 British Empire Made
Ronson Typhoon *WINDPROOF POCKET*
*LIGHTER*가 있듯이.
일제 *Buena-Lite*는
낡은 쪽으로 파란 상자곽 속에 섹시와 고전을 합친
성숙한 일본 여인처럼 누워 있다.
서양식 레이스 장식 드레스
정장을 입은 장례식
입관처럼 누워 있다.
이 물건들을 수십 년 간직했다 내게 물려준
동서 큰형님은 얼굴 잘생긴
동장으로 정년퇴임했으니 뇌물은 아닐 것이다.
좋은 시절도 그리움도 간직하는 것도
수집하는 것도 인생의 아름다운 장물이다.
훔쳐가는 시간한테서 훔쳐낸
그것들은 향기로운 랩 포장 투명 비누와 함께

내 CD 장

15센티미터를 차지하고 있다.

아버지 유물은 그 너비를 가까스로 초과한다.

장물의 서열은 늘 위태롭다.

죽음은 깊을 뿐 너비가 없다.

싱그런 여성의 고서 선물은 그에게도 나에게도

아주 오래된 싱그런 젊음의 장물이다.

이곳 아닌 어디선가

입술 자국 선명하다.

접촉도 없이 입술 자국은

입술 자국을 응결하고,

그 응결은 경계 없는 유년의 외피가

한없이 부드럽게 펼쳐지는 응결이다. 그 응결은

멸망이 부드러울 때까지,

멸망도 부드러운 멸망일 때까지 응결이다.

간혹 무호흡증을 겪으며 아들과 담배 거래를

뙤약볕과 거래로 바꾸었다.

뙤약볕이 비칠 때 그 안에서 반 까치 정도만 피운다.

아들과 거래는 개수 거래고 뙤약볕과 거래는

자연 거래다. 뙤약볕 횟수는 인간의

숫자가 아니다. 간혹

셰익스피어가 아니라 Fulke Greville, Lord Brooke

혹은 wolf's bane, 그

어감을 닮은

엘리자베스 여왕 시대 스태미나 넘치는

문장을 닮은

흙 냄새 코를 찌르는 그

무게가 상큼하다.

여왕도 썩 괜찮은 연애시와 실연시와 짝사랑

시를 썼다. 아들은 다행히 착하지만 자본주의에서

착하다는 건 담배 까치 숫자조차 하릴없다는 뜻이다.

목욕과 외투 사이

잠과 신의 어린 양 사이

질문과 대답 사이

양동이와 허리띠 사이

망자와 망자를 위한 비가 사이

외신과 내 생일 사이

개와 개의 사망 사이

추억과 오라이 버스 안내양 사이

이제사 들리는 자장가와

지난날이라는 일순 환희 사이

동창들의 낯익음과 낯섧 사이

나를 낮추는 여인과 나를 높이는 여인 사이

마지막으로 온 삶과 마지막으로 오는 죽음 사이

붉은 장미와 붉은 입술 사이

몸은 생의

검은 수첩

Design이라는 거. 그건

비유가 아니라

드라마라는 거. 여생의

사랑노래는 그 위에 쓰여진다.

이번 주 금요일 헤이마켓 퀸즈 극장에서 바흐가

새로운 작품을 공연한다. 지난 수요일 밤 새 오페라에
출연한 카스트로 성악가 니콜리니 출연료는 2천
기니였다고.
내일은 알비노니와 코렐리 작품이 소개된다. 박스석
8실링, 일반석 5실링, 2층 입석 2실링 6펜스, 무대 쪽
박스석 1/2기니, 무대 위 쪽 입장 1기니….
뒷면에 그런 뉴스들을 담은
CBS LP 음반 표지
제목은 GREATEST HITS OF 1720이다.
히트곡과 1720년은 어울리지 않지만 음악의
고전은 고전의 당대와 우리의 당대 사이를
아름다울수록 생생한
모형으로 만들어주는 고전이다.
그 모형은 각도 원도 없이 그냥 번지고
음악의 모형은
담길 만치 응축된 역사를 담고 흐르는
액체의 모형이다.
파헬벨 캐논, 알비노니 아다지오, 바흐 라르고,
헨델 사라방드, 코렐리 지그,
GREATEST HITS OF 1720 그때의
히트곡이 오늘날 고전음악 연주회 가장 빈번한
커튼콜 레퍼토리고
고유명사와 일반명사의
음악이 분리되지 않으므로 그것은 더욱 그렇다.
그리고
벅차게 오는 것은 벅차게 가는 것이다.

뒷면에는 이런 뉴스도 있다. 조지 국왕께서는 헨델의
공로를 인정하여 런던 시민권과 귀족 특권, 그리고
14년간 인쇄-출판권을 부여하셨다…
전철 속과 플랫폼
캐논 음악은 벅차게 오고 벅차게 간다. 가장 육감적인
신화의 변신도 벅차게 오고 벅차게 간다.
섹시를 한 꺼풀 벗기면
겨드랑이 털과
체액의 신맛을 입으며 순수한(얼룩 없는 순수는
얼룩이 있었거나, 있을밖에 없었다는 뜻) 그칠 수
없는
절정과 절정만 이어지다 죽음에 이르는
육욕이 드러나지.
희망과 절망이 교차하는 그림자도 없다.
사랑은 모른다.
세상이 이 정도로나마 멀쩡한 것은
사랑의 신비 아니고 사랑의 노래 아니고
사랑이 닳으며 지겹도록 반복되는
수없는 사랑노래
숫자 덕분이다.
그 숫자는 일상의 형식으로 일상을 넘쳐난다.
날씨에
약속의 표정은 없었다.
앞으로도 생명은 어떻게 내 안에 있는가,
그 명백한 질문과 불안한 해답이
약속이라는

확률을 무색케 한다. 부활은 순교보다 더 낮은
확률인가? 부활은
수난 이전으로의 형상화라서 문제다.
촉촉하던 보금자리가 영문도 모른 채
바싹 말라버린 느낌.
나의 보금자리는 행인지 불행인지 아직 축축하다.
악마란, 있을 수도 있지만, 걱정은 택도
없다.
정밀검사야말로 악마의 전공이겠지?
그렇지만 인간을 아무리 들여다보아도
악마는 도저히 정할 수가 없다. 촉촉함과
축축함 사이 혹은 그 바깥 자신의 위치를.
때로는 하나님도 헷갈린다.
인간은 악마보다 훨씬 더 선팅에 능하지.
엑스터시의 베개를 감추는 것은 일도 아니다.
수난의 명징성 그 자체를
부활로 보는 게 원래 맞지만, 도무지 그놈의
선팅,
들여다보자니 우선
들여다보는 것처럼 보이는 그것 때문에.
편재하는 투명 유리의(노릇이 편재의 단초
아니었을까, 색이 메아리의 단초이듯?)
부재로 인하여.
먼저 죽어 내 가슴에 파묻힌
그 사람을 내가 죽으면서 계속 파묻은 채 갈 수
있을까? 나는 그게 중요하다.

나 뒤에 죽는 사람도 그럴 것이다.

다리 넷 몸, 다리 둘 몸, 뱀 몸, 달리는, 춤추는 중력의

몸. 사람의 地形.

언젠가 와보았던 동네처럼 그렇게,

50년 전 그대로, 허름한 우동 짜장집, 그 옆에 만두집,

그 옆에 순대국집, 허름한, 개발의

쓰러지지 않고 풍경이 아스라져가는 사각지대

그 속에

서 있던, 서 있는 여자.

여인.

그대 얼굴 흑백으로 찬란하던 때가 좋았다.

열창이었다.

비틀즈는 지금도 유년이다. 니들은

애라구, 영원히. 존 레논이 Imagine으로

유년의 키를 넘자 분노한 광팬이,

쏘아 죽인 건지도 모른다. 그 어른

키만큼. 소년 소녀의 복수와 비상으로

애드벌룬 날고 엉엉 울어줄 사람,

그 자리도 비었다. 레논은 죽어서

시골 문인협회

총무 자리를 맡았을 것이다.

6·25 때 피아노를 잠간 배웠다는 선배의 말은 모종의

기준을 뒤흔든다. 어려서도 아니고

헐벗고 가난한 때여서도 아니다. 19세기

피아노도 18세기 피아노도 있다.

유행은 그야말로 돌고 도는데,

나는 문득 모든 커플들의
커플룩이 이상하다.
그들이 인정하지 않는 것은 모종의 결석이다.
구체적인 것은 부재할수록 구체적이다.
구체적인 것은 부재중이라는 뜻이고,
'구체적'은 '부재중'이다. 곰이노래해,
키큰말, 산산조각, 풍요를가져오다, 아메리카
인디언 이름은 각자가 우연히 겪은
일이고 지명은 그곳에서 우연히 생긴 일이다.
고유명사가 되기 위하여 우연은 그의 생애
내내 딱딱하다. '바르게빛나다'도 그렇다.
내가 살아 있는 동안만 正煥이고
고유명사고 딱딱하다. 죽은 후 나를 부르는
주문인 나의 이름은
훨씬 덜 딱딱하기를. 그때까지
맨홀 위 고소공포는 좀체 벗기 힘들 것이다.
차창 밖은 잘 들리지 않는다. 소방서 앞이다.
뒤쪽으로 사소한 비명 소리
보이고, 들리지 않는다. 그것은 차창 밖
행인들의 멈춰선 시선이
쏠리는 방향이다. 작업복 안전모
시하철 건설 현장 노동자 몇 걸음 옮기지만
걸음에도 시선의 방향이 있다.
내가 차창 밖 안에 있지 않으니
유머도 소용이 없다.
비는 초등학교 때 냄비 라면 끓던 수재민 식구,

371

식구들의 끼리끼리 거적때기 교실 바닥과
운동장보다 더 넓게 깔린 텐트, 텐트들의 끼리끼리
운동장을 다시 적시며 온다.
이럴 때
적신다는 것은 가난의 냄새도 가까이
피부에 기분 좋게 와닿는다는 뜻이다.
굴레방 다리 석쇠에 와글와글 돼지껍질 굽던
마포 본점 최대포집 그 자리에 없다.
굴레방 다리 헐렸으니
그 슬하에 덕지덕지 숯검댕 아이들처럼 모였던
돼지껍질 하꼬방
집들이야 대로에 흔적도 없다.
이럴 때
적신다는 것은 연기 매캐한 그 영상이 언뜻언뜻
대로보다 더 선명하다는 뜻이다.
가까움이란 그런 것이라는 뜻이다.
때로는 이름 모를 조상들 얼굴도 떠오른다.
죽음은 피난처가 아니다.
죽음 속에는 피난이 없다.
이불로 새어든 바람이 어깨 어혈에 닿느라 어젯밤
꿈이 차가웠다. 잔혹, 은 아니고
그 X레이쯤 되는 이야기가 펼쳐지면서
뭉개졌다. 우리는 추억을 회고하지 않고
완벽한, 저질러진, 돌이킬 수 없는,
아름다운, 그래서 비극적인
서사의

장면을 힘겨워한다.
울음은커녕 신음 소리도 낼 수가 없다.
독립하지 못한
한자 부수들이 정말 여기 있다.
뜻의, 소리의, 쓰기의 원리로 쓰이는데도 그것들은
그런 게 아니라 처음부터
그 원리로 쓰이느라 그것들은 그런 것이다.
검은 수첩에 내리는 번개. (신은 내리는 게 아니고
내림이라 했다. 번개 내림.)
너무 가늘어서 보이지 않는 세상의 황금
그물에 걸리면 만물은 살아 있는 물고기
생명의
개념을 먹는다.
그물도 생명의
이름으로 바람 부는 제 몸을 퉁긴다.
오라, 오라, 그 소리. 부르는 듯 그 소리로.
네 품에 안기면 내 품에 안길 거야, 안기면
잘 할 거야, 잘 할 거야? 그러나
의문부호는 끝까지 생략. 그러므로 처음부터 남자
여자도 없이. 이럴 꺼야, 정말 이럴 꺼야. 그래도
의문부호는 생략. 생략의 방법인
서시도 없이. 6년근 고려 홍삼액 골드 먹은
권위 있는 케케묵은 빛나는 건강의
냄새도 없이. 내 몸, 네 몸 구석구석 배어든
얼굴, 얼굴들도 없이. 온몸과 온몸의
입맞춤도 없이. 대하여, 걸쳐서, 그 후에, 그 사이

그 곁에, 그 위에, 그 너머, 그 밑에, 위하여, 누추한
관통도 질주하는 엉덩이도 없이. 누구든, 누구나,
모든, 어떤, 그
방해도 없이. 그러나, 그러므로, 이것, 저것, 여기,
저기'도 없이. 비루한 비록, 허망한 혹은,
얄삽한 만약, 게으른 반면, 오만한 방법, 미흡한
충분'도 없이. quite, so, please, yes, there,
together, yes.
동서남북은 함께
내일이라는 듯이.
피겨 여왕 김연아는
엉덩이로 뒤로 마구 밀고 가도 누추하지 않은
피겨 여왕 김연아다.
생은 활활 불타오르며 흘러내리고 죽음은
아름다움의
중력.
스커트도 이웃도 없다.
울음도 까닭이 없고 제 정체를 모르는
행동이다, 아름다움에 적응하는. 행이든 불행이든
우린 죽어서도 가여운 짐승이 아니다.
모든 것이 행정부조차, 유리 속으로 보일 때.
곡식의 귀가 유리 속으로 들릴 때. 기억의 각도가
기울 때. 잉크가 번질 때. 빵을 빵이라,
욕망을 욕망이라 할 때. 제 피에
너무 놀란 훗날
그 경악을 승인할 때.

374

'어떤'이란 단어를 우리가 그냥
돌아다니게 놔두면서도
우리 바깥의 무게중심에 집착할 때.
사실 그림도 묘사도
짐승보다 더 수고가 많이 드는 능력이다.
짐승의 예술은 따지지 않는다. 시도도 하지 않고
주목보다
매료가 더 먼저다. 먹이사슬에 들면 모든 권위의
지방자치가 급속히 무너진다. 하지만 그건
오래전부터 인간의 능사.
먹이를 채는 짐승은 최소한
몸의 균형을 흩뜨리지 않는다. 물어뜯기는 동작도
물어뜯는 동작 못지않게 완벽하다. 그
그림은 정말 수고가 많이 들지.
거의 쓸데없는 사업이다.
우리는 슬픔의 원인을 안다는 것만으로
우리를 위로해야 할 때가 있었다. 앞으로도 옷이
알몸보다 더 소중하게 느껴지는 때가 있을 것이다.
그건 우열 아니라 연결 없는 각자의
조건이고 그걸 슬퍼하는 것도 인간의 몫이다.
섹시한 곡선이 얼마나 위험한
사건인지 짐승은 모른다.
주객도 주객전도도 없다.
사실과 경험 직후만 있을 뿐
그 후의 운명은 눈으로 잴 수 있는 어머니,
제 안의 구멍이다.

나날이

그, 크기만 새롭다.

처음 보는 세상이 와서

기분 좋게 때린다는 뜻으로

너의 눈은

빛나라, 처음부터 끝까지.

처음 보는 세상이 와서

기분 좋게 위치시킨다는

뜻으로 나의 엉덩이는 들썩거린다.

우리 사이

대표가 없다. 무언가 마구

구른다. 비비 꼬이지 않는다. 문지르는

소금 맛도 없다. 있더라도 그 맛

냄새가 없고, 있더라도 그 냄새

그림자가 없다.

바느질의

제안만 있다.

이야기의

조짐만 있다.

목소리의

그릇이 그릇을 이간질하는

시간의

교역만 있다.

신 와인 맛도 다 썼고 난 일요일

화창한 오후만 있다.

가난의 옷을 벗은 언어는 속살이 투명하다.

추억도 화학반응을 일으키지 않는다. 화학이야말로 의식의
범상을 또 한 번 부르지. 그보다는 각자 절름발이로
각자 방식으로 절뚝거리는 게 의식의 자유고 민주다.
절뚝거릴 때마다 하나의 세계가 새로 태어나고
완성된다. 끈적끈적하지도 않다. 모든 것은
급작스럽게 말랑말랑한
육체의 각이다. 그 세계 정상이고 일반이다.
과거보다는 죽음이라는
물질에
우리는 충분히 의학적으로 친절할 수 있다.
우리 몸 안에 열려 있거나 바싹 붙어서 열려 있는
그, 죽음에
우리 몸이 열려 있을 수는 없는 일이다.(그, 키 큰
여자.) 죽음은 대표적으로
모양이 없는
형용사.
비는 그 위를 모양 지으며 내린다.
액자 속에서.
축축하든 뜨겁든 모양이 없는 형용사는 죽음처럼
깨임과 상관이 없다.
비는 그 위를
깨우며 내린다.
차갑게.
숱한 사과가 있으므로 사과는 죽은 사과보다 맛이 더
생생한 말이다. 숱한 의자가 있으므로 의자는 나무

377

의자보다 더 살림이 풍부한 말이다. 숱한 새 있으므로
새는 생명의 새보다 고막에 파드득대는
날갯짓이 더 파드득대는 말이다.
비는 그 위를
흐리며 내린다.
간절한 고양이 울음소리로. 그 옛날
사람들은 신보다 더 먼저 신의
보금자리를 생각하지 않았을까,
그 문은 더 촘촘하고 그 안은 더 아늑하지 않았을까,
신의 의식주 모든 것이
처음은 그렇지 않았을까,
인간의 영화는 신에 대한
연민에서 비롯되지 않았을까,
그런
의문부호 없는 질문으로. 시계 이전 시간의
귀를 닮은
가녀린 초침 소리로.
비가 적시는 것은
신의
손가락 아니고 더러운
무르팍이라는 듯. 어린 양 아니고
뿔 달린 염소라는 듯. 이 세상은 신을
치유하는
지붕 없는
병원이라는 듯.
보석은 여전히 신의 구멍 난 주머니 속

눈물이라는 듯.
한 모서리가 떨어져 나가야 비로소
얼굴이 보이는
도형이 있다.
숟갈은
제 몸을 뜨며 제 얼굴을
완성시키는
도형이다. 우표가 제 몸을 편지 봉투에 바싹 붙이듯
별은 하늘에 제 몸을 바싹 붙이며 정체를 드러낸다.
열차에 타지 않아도 역은 몸을 길게 뻗으며 역이다.
모든 줄거리가 그렇다.
양말과 양말 사이 막대기와 막대기 사이
목구멍과 목구멍 사이 형용사도 없는
줄거리가 모두 그렇다.
손톱이 몸의 생략인 것처럼
재떨이가 지저분한 생과 생계의
생략인 것처럼 그것은 그렇다.
휘파람 불면 모든 생애는 휘파람 소리다.
무엇을 찾으려 하기보다는
찾다가 찾는다도 아니고 찾았다도 아닌 그
허술한 문법에
이미 너그러워진 나이.
자동사가 그대로 타동사인 중국 문법의
환각을 누리고 싶은 나이.
마우스로 필기 인식기에 쓰는 한자는 삐뚤삐뚤
더 옛날 제 몸을 향해 꼬부라지고

복사꽃, 복사꽃 흐드러지고.

제 컴퓨터가 요즘 내내 말썽이긴 하거든요. ㅠㅠㅠ

뭐, 그러거나 말거나,

너무 환한 봄날이에요. ^^

눈매가 너무 서늘함이 짙어 얼굴도 외모도

기억의 전모도 눈매가 너무 서늘함이 짙은

그 여자 e-mail은 뒤늦은 테러리스트 폭탄

소식처럼 왔다. 화창한 봄날

그

뙤약볕에

나는 형용사 'ㄴ' 받침도 동사 '하다' 어미도

모조리 'ㄹ' 받침으로 뭉개버린 구한말

낡은 운문시대, 낡은 미래의

영락없는 노인네다.

늙은도 늙을, 낡은 미래의

쏨도 쏨할 쏨인

어이없이(중국 사람들 들으면 이런 설명

반 넘어 황당하겠지. 우리는 이렇게도 유년의

과정을 거세당한다. 딱한 단절이다.) 중복된 미래의

푸를 청은 영영 푸른 청일 수 없다.

공자왈 맹자왈은 문제의 핵심이 아니고

그보다 덜 오래된 천자문

하늘천따지가믈현도 아니고(왜냐면 이 글자

너무 오묘한 시간이다)

누를 황부터 문제였구나.

한자

部首 속은 원초의 봄날이 화창하다.
낡은 운문시대를 훌훌 턴 나의
뙤약볕도 봄날이 화창하다.
봄날은 여러 겹으로 화창하다.
그 여자 10년 후에도 눈 그리메
너무 서늘함이 짙을 것이고
내가 죽을 때까지 그럴 것이고
내가 죽으면 나의 눈 그리메 죽은 나에게
너무 서늘함이 짙을 것이지만
그,
뭣이냐, 나도 뒤늦은
연애편지질은 아니고 하필 그녀가
화창한 봄날
그러거나 말거나 너무 환한 봄날이라 하길래
북향한 부엌 쪽도 밥 먹는 형광등이
필요 없을 만치 환해지길래
평생 먹은 약밥 구성이
찹쌀, 밤, 대추, 잣, 그리고
흑설탕 맛이라는 사실을 뒤늦게 안 신기함의
낯익은 기쁨처럼.
'낯익은'은 오갈 데 없이 '오래된'
뜻이라는 시시한 발견처럼.
이젠 구한말이라는 말이 더 이상
역사적으로 간절하지 않다는, 그냥 꼬지다는,
심경의 사소한 변화처럼.
노년의 관음증에는 문자가 옷을 벗는 광경이

제격이지.

휘파람 불면 모든 생애는 휘파람 소리다.

지도도 사라진다.

희미한 시간 희미한 장소에서 희미한 방식으로

사라진 나라들이

미타니, 메데, 엘람,

낯선 이름으로 생생하게 내 기억에 파놓은 국경선의

골을 따라 다이아몬드 바늘 지나가지만

그

음악 이제 들리지 않고

이름의 국경선도 희미하다.

이제는 내가 사라지는 방향으로

접어들었다는 뜻이다.

머물 것을 믿어 의심치 않는 자만이 사라졌다는

사실의 묘미를 맛볼 수 있다.

사라지는 방향이 머물렀다는 것의

의미를 깨닫게 해줄지 나는 아직 모른다.

죽음은, 혹은 죽음 직전은 아주 가늘은

윤곽선만 남은 백지

세계지도처럼 아주 가늘은 선으로

더 새하얄지도 모른다는 것 말고는.

일본 나라, 기토라 고분 천장에 그려진 별자리

북두칠성은 황금 잎사귀 일곱 개다.

몽골인에게 빨강은 환희와 승리를, 파랑은 불멸의

하늘과 충성과 헌신을 뜻했다.

불꽃은 전설이고 해는 우화고 달은 속담이고

소용돌이는 교훈이다.

그리고

모든 지도는 역사

도표다.

아스텍인은 아스틀란('직사각형 물굽이')에서 이주한

경로를 발자국으로 표시하고

그때그때 장소와 사건을

간단히 적어놓았다. 오늘날 멕시코시티 한가운데

차풀테펙산('메뚜기 언덕')에 머물다, 테노치티틀란

계곡에 정착한

표시가 왼쪽 하단 늪지대 한가운데 근처

선인장이다. 내 유년의

비와 뙤약볕

사이도 그런

지도일 것.

한자의 원뜻을 순우리말로 바꿀 수 있다면

한국어의 처음 모습이 드러날 수 있을

것이라고 믿는 것은 아직 기분 나쁜 일이지만

상형문자의 원뜻에는 벌써 모든 언어의

상형의

소리도 묻어난다.

순우리말은 어린 시절의 어린 시절이고

'새다' 는, '코끼리' 는 상형의

소리다. 태초 물건의, 사정의, 상태의

마음

그림은 소리고 소리는 그림이다.

그리는 마음의 손과 끽, 꺽, 대는 마음의
비명과 찬탄의 혼동이 누군들 생의
최초 아닐 수 없다.
훗날의 비난을 나는 안다.
그것은 훗날의 비난이고 아직까지
훗날은 비난이다. 나는 바랄 뿐이다 훗날이
비판이고 극복이기를, 더 나아가 그것을
역사발전 아닌 다른 말, 미래의 회복이라는
단어로 명명할 수 있기를.
노동자계급만이 인류 문화유산을 지켜낼 수 있다던
레닌의 말은 크게 틀리지 않았으나 과거
지향적이었다. (최소한, 그렇게 어수선하게
난리 칠 것까지야.) 위대한 그의
생애는 느낌표 충만한 시간이고 그의 죽음은
느낌표 없는 '제기랄'쯤 된다.
모든 어조사들을 모으면 또한 그쯤 된다.(그건
모든 사내의 푸념이기도 하다) 요는
미래를 회복하는
훗날의 지금
체계다.
온갖 습기의
성욕이 소멸한
쨍쨍
햇살
미립자
하나하나

애잔하다. 생명의
미래는 그렇게만 가능하다. 때로는
20년 동안 같은 아파트 살며 늙은 관리
아저씨의 깍듯한 인사를 깍듯이 받는
안면의
습관이 가장 비극적이다.
가장 가까운 곁에 있었으나
우리는 기껏 위협적인
짐승인 때가 더 많았다.
직장 다니며 이쁜 사람은 무섭다.
남을 부리며 이쁜 사람은 더 무섭다.
직장을 무서워하는 것이 바로 나의 직업이고
직업을 무서워하는 것이 바로 나의 직장인 것처럼.
이 나이에 변명 같지만
내가 이 나이에 주책없이 술이 과한 것은 아니지.
번개 내림은 神 속으로 몸을 숨기고 그래서
神은 보이지 않는다.
잠 안 오는 눈을 감으면 최초의
수음 중인지 노래 부르는
노래 속인지 나는 모른다.
눈을 떠도 모르는 게 좋을 것이지만
그럴 리 없으므로 나는 경험의 노래를 부르는
가수가 되기로 한다.
스스로 노래 부르는 사실을 모르는,
노래와 하나 되지 않고 노래 속에도 없고
온몸이 노래의 입이 되지 않고 노래에

전율하지 않고 온몸이 노래의
전율로 되는.

에필로그

설워 마라 생명이여. 네가 설운 짐승이다.
미래는 생명의 것이 아니다.
미래에도 미래는 미래의 것이 아니다.
자연도 미래를 발성하는 자,
자연은 미래를 누릴 수 없는 까닭이다.
시간도 미래를 품는 자,
시간은 시간의 궤도를 질주하는 까닭이다.
누릴 수 없으므로 아는
시간은 더 슬프다.
누릴 수 없으므로 품는 시간은 더.
미래는 회복될 뿐이다.
이것도 시간을 벗어난
과거다.
미래는 회복되었을 뿐이다.
이것도 시간의 궤도를 벗어난
미래다.
생명이여. 네 현의
선율은 미래의
형용보다 조금 더
높은 것이라 미래가
설운 것이기도 했다.
그것은 우리 몸이 너무
요란하게 아름다웠다는 뜻도 된다.
여자 목소리가 남자보다 더 절규에 가까웠던 게
다행이었다는 뜻도 된다.
그렇다 미래는 시간 아니라

계단이다. 공간의 궤도를 벗어난.
지나온 시간과 공간의
응축을
껴안으며 우리는 미래라는
집단을 받아들인다.
죽음은 신의, 생은 악마의
태생이었다는 뜻도 된다. 때로는 서툰 희망이 미래를
회복할 수 없을 만치 망가트렸다.
지워버렸다는 거지.
그러므로 어떤 때는
미래야말로 악마의 태생이다.
비가 욕망의 목구멍
디자인을 적실 때
다행인 것은 너와 네가 정말 사랑하는 것이 너와 나의
너인지 나인지 구분되지 않는
연약함 때문이고 너와 나의 사랑이 지속되는 것은
너인지 나인지 갈수록 알 수 없는
너와 네가 갈수록 가련하기 때문이다.
웃음이 심하게 일그러지면
우스꽝스러운 것은 슬픔이다.
젖살 덜 빠져 너무 어린 너의 얼굴은
너무 괴하게
출렁인다. 아름다움의
태생이 없다.
문득
모든 것이 너무

기계적인 것인지도 모른다는
생각은 견딜 수 없이 슬픈 것이다.
순간순간 정지하는 너의 표정 또한 울음이
반복적으로
터지지 않고는 참을 수가 없다.
'집단적'은 집단적으로 슬프고 집단적으로 섹시하다.
그렇지 않기 위하여 우리 몸은 한없이 오그라든다.
네 품이 나의, 내 품이 너의, 품이 될 때까지.
구멍의 디자인마저 사라질 때까지.
나머지
생활이
충분히 진해질 때까지.
우리는 길게 드러난 목을 어쩔 수 없어
고개를 외로 꼬기도 하였다.
그래도 붉은 루즈는
누추해지지 않는다. 입술보다 더 원색적으로
누추해지지 않는다.
지나간 것 아니라 알게 모르게
지나온 것의 지속 때문이다.
나 어린 시절 죽은 나보다 더 어린아이는
아직도 어린아이라는,
거울 속이고, 그 아이 죽음 속
나 아직도 그보다 더 자란 아이라는,
거울 속이다. 거울 속은 그 어떤 지속보다 더
지속적으로 펼쳐진다.
내가 너의 모든 것을

사랑한다고 말하는 것은 그때쯤이다.
두방망이질 치는
심장도 너무 늦은 그때쯤이다.
열광은 빠르게 청초해진다.
그 짧은 시간 동안 그토록 많은 열광이 가능했었다는
사실을
뒤돌아보지 않고 만끽하기 위해서.
왜냐면 뒤돌아보면 노래는 지나온 것이 없다.
그래서 노래는 끊어진다.
설워 마라 생명보다 더 부대끼는
性의 몸.
뒤돌아보면 처음의 처녀도 없다. 왜냐면
회복할 수 있는 것은 미래뿐이다.
내 밖으로 지나온 열광을 다시 지나오는
열광은 더 열광적이다.
나를 유괴한 너의 생애는 발음이 좀더 확실하다.
네 눈초리에 짓밟혀 나의 발은 화끈거린다.
아버지보다 더 적은 나이에 돌아간 외할아버지
죽음이 비로소 외할아버지 죽음의
나이를 먹는
그런 방식으로 죽음은 살아난다.
지나가지 않고 지나온 혈통도 지나쳐 온 유전도
영문 모르는 진화도 네 안에
염습되어 있을 것이다. 설워 마라, 사랑이여.
알코올에 닦여 싯누런 그 피부를 벗으며
우리는 사랑을 나누었다.

미래도 수의를 벗는다.

흐느끼는 소리도 벗는다. 아마도 너는

모든 것이다. 누구나 이런 사랑을 겪는다.

사랑하는 누구나

뼈를 깎듯 살을 섞는다. 오래전 들은 이야기는 더

오래전부터 들어온 이야기다.

시간과 공간이 우리와 함께 늙어온 이야기다.

바싹 다가와 너와 나의

곁으로 쌓여온 이야기다.

너와 내가 같은 시간 같은 속도의

한 몸이라는

이야기는 아니다. 같은 공간 같은 궤도의

한 영혼이라는 이야기도 아니다.

그러나 너와 나, 우리 곁으로

시간의 공간은 속도 없이 공간의 시간은 궤도 없이

늙어온다. 우리가 어디서

영원을 찾아야 하겠는가, 지나오지 못한 것이

보이는

미래의 회복 말고는?

간혹 창틀에 바람이 우오우오 늑대

울음 발톱으로 엉겨붙고 물어뜯는

이 모든 흉흉한 것은 이 모든

오해 때문이다.

간절한 사랑의 간절한 결핍 때문이 아니다.

디자인만으로도 생명은 너무 충만한 것인지 모른다.

충만은 과거도 미래도 없다. 현재도 없다.

따스함도 없다.
아무리 화려하더라도
우리가 아름다움이라고 부르는 것은
결핍의 보편성과 특수성과
집단성이 우리에게
개인적으로 다가오는 순간이다.
아무리 섬세하더라도 우리가
아름다움이라고 부르는 것은 결핍의
보편성과 특수성과
개인성이 우리에게 집단적으로 다가오는 순간이다.
이 순간
지속의 性은 단절되고 사랑의 性은
따스하게 다가오고 다가와
단절을 단절시킨다. 과거도 미래도 현재도 아닌
충만도 아닌, 누구의 자식도 어버이도 아닌
다만
절정의
어린아이가 보인다,
생명도 생명 아닌 것도 난해하지 않은.
흐트러지는 슬픔이 싫은 지상에서는
될 수 있는 대로 여럿이 모여 될 수 있는 대로
흐트러지는 춤을 추는 동안.
어떤 목청은 목청 바깥으로 터지는 목청이
싫어서 길길이 뛰는
몸을 빌리기도 하는 동안.
어떤 노래는 노래 바깥으로 튀어나오는 노래가

싫어서 죽음의 장막을 뚫고 우리에게 다가오는
방법을 택하기도 한다.
그때 비로소 박자는 모든 소란을 벗고 선율은 모든
의심을 벗는다. 몸을 흔들어 너에게 너에게
들까불고 싶지만 슬픔과 기쁨의
裸身은 감각 바깥에 있다.
감각 속에는 비극적인 순간만 있다.
선율과 가사가 합치는 비극적인 순간만 있다.
플롯이 없는
헐벗은
헐벗음의
비극이므로 감각은 스스로 이야기를
지나올밖에 없었던 것이다.
비로소 창틀에 바람은
순수하게 을씨년스러울 수 있다.
영문도 모르는 최초의 땅을 파던
인간의 심정의
헛간에 불던 바람처럼.
감각은 생명이 다만 생명의 두려움에 떨었던 시절의
광채를 띠고 있다.
감각 바깥으로 두려움의 대상을 옮겨가던 그
새까만 눈동자를 하고 있다.
두려움의 대상을 참으로 두려워하던 그
소름이 돋아 있다. 감각은 광대가 될 수 없었던
과거를 갖고 있다. 그것은
감각이 알지 못하는 과거다.

감각은 죽음의 광대가 될 운명을 품고 있다. 그것은
죽음도 어쩌지 못할 광대고, 운명이다.
너의 양볼에 젖살이 빠지고 너의 젖가슴에도
소름이 돋는다. 그것도 유년의
결석 같다.
눈을 감으면 새벽안개 속
생은 감각의 총체, 죽음은 총체의 감각이다.
사랑하는 자 누구나 조금씩 그 바깥을 싸고돈다.
사랑하는 만큼 싸고도는 것은 아니다.
사랑하므로 싸고도는 것도 아니다.
사랑이므로 끼고도는 것이다. 때로는 미아도
생기는 것이다. 삶과 죽음 바깥으로 너무 멀리
영영 사라진
미아가 있으리라
우리는 꿈에도 상상할 수 없지만
아무리 혹독한 인간의 운명을 맞아도
저 먼저 이해하고 저 먼저 눈물을 글썽이는
감각은 지금도 가장 모질고 가장 불쌍한
행렬을 멈추지 않는다.
설워 마라 세계여. 네가
수줍음도 없이 받아들이고
그나마 수습한
산물이다.
염습은 아니다.
가정의 잔혹, 그러나 우스꽝스런 눈물의
에우리피데스

장엄, 그러나 비겁한 복수와 비린내 나는 간음의
에스킬로스
깨달음의 빛, 따스하고 부드러운, 그러나 그러므로
더 비린내 나는 근친상간의
소포클레스
전통보다 날이 더 굵은 삼베옷의
염습은 아니다.
그 이름의 발음보다 더 싯누런
냉동보존의
염습은 아니다.
감각은 바로 그만큼 지나온 감각이었던 것이다.
설워 마라 죽음이여. 너의 경계는 가시오 섰다
신호등 건널목과 다를 바 없는 것. 길을 건너며
모르는 이를 만난 것인지 안 만난 것인지
우리는 모른다.
스쳐지나간 우연인지 인연인지 모른다.
무엇보다
죽음이 대체 무엇을 끊겠는가. 끊을 수 있는 것은
크게 사랑의 인연이고 작게 사랑의 우연이고
그
예상만으로 벌써 사랑은
엉덩이 불에 데인 듯
'너무해, 너무해,'
말과 동작을 맨 먼저 섞으며 사랑은
죽음보다 한 발 더 앞서
육체 속으로 죽음을 육체적으로 받아들이는

사랑하는
방법을 사랑은 사랑의 본질로 삼은 것이다.
왕성한 생의 연습을 하듯
나는 네 몸 속으로 죽고 또 죽는다.
식어버린 죽음의 연습을 하듯
너는 내 몸 밖으로 타오르고 또 타오른다.
너무 가까워 숨이 막히고 중력과 반대 방향으로
무너져 내리는 너와 나 합동
훈련도 있다.
광대를 위해 눈물겨워지고 죽음을 위해
볼품사나워지는
장면은 도처에 나뒹군다.
벌써
죽음 속 새로운 생명의 예감은
생명 속 죽음의 예감보다 더 강하다.
유년의
어린아이는 더할 것이다.
배 속의
태아는 더할 것이다.
아니다.
유년은 내 안에 있고 태아는 유년 안에 있고
그 안에 생명의
의식은 죽음의 그림이다.
폭포의 정지다.
그 아래 물고기 한 마리 튀어오르며
생과 사를 가르는.

그 물고기 내려오면서
첨벙
흩뜨리는 생과 사의
경계가 생과 사보다 더
활달한.
그 물고기 가라앉으면 다시
생도 사도
없는.
그 물고기 짠물 검은 부둣가 가난한 밥상은 물론
푸른 바다 속에도
없는 물고기다.
그 물고기 무언가와 누군가의
심장으로만 팔딱대는 물고기다.
네게 남겨두고 떠날 나의,
작별 없는 물고기다.
생과 사의
밀월인 물고기다. 폭풍우도 그 장식에 지나지 않는다.
종교도 그 제의에 지나지 않는다.
세계지도도 그 작은 동네에 지나지 않는다.
우리는 매순간 그 이전의 어둠으로부터 나온다.
죽음이 최종의 어둠 아니라
어둠으로부터 나오는 생의
裏面
단계인
까닭은 감각적인 우리 생애다.
안개 긴 해안선이 체온도 없이 따스하게 품고

있는 것은 물고기 없이 경계 흐려진 해안선이다.

한 발짝 떨어져

나무들은 일제히 머리를 풀어헤친다.

진화는 혈연의

생가 없는

가계도에 지나지 않는다.

아무도 아무 말도 하지 않았다. 마지막

표정은 기찻길처럼 남았다.

같은 노래를 다른 가수들이 조금씩 다르게 부르는

관행도 끊이지 않을 것이다. 서정이 보다 더

서정적으로, 율동이 더 율동적으로, 폭발이 더 폭발

적으로, 심해지겠지만, 끊이지는 않을 것이다.

늙어서 부르는 젊은 노래의

행방불명도 끊이지 않을 것이다. 오싹함 말고는

그 무게를 달 수 없으므로 더욱 오싹한

행방불명은. 크리스마스

캐럴은. 행방불명인

시간은. 박자 없이 춤추게 하는 선율의

투명한 늙음은. 꽝꽝 닫힌 투명의 격렬한

아름다움은. 코미디로 기우는 이성의 시적

체계는. 광란 아닌 광란의, 신성 아닌 신성의,

언어 아닌 언어의, 비린내 없는

육화는. 이야기의

자연은. 비참의 혁명인 서정의 종말인 근대의

혁명은. 감각의

현대는 남자의 周易인 여자와 여자의 거세인 남자의

그 후는. 모종의 초안과 재현과
삽입은.
회반죽 담 어깨 단촐하게 무너진 기와지붕 흰 눈
쌓인 연탄재 겨울 좁고 낮고 낯익고 정겨운 골목을
지나오면 느닷없이 두 눈을 때리는 철새 도래지
겨울보다 더 넓고 황량한 들판 그 어드메
내 전생의
여우 따스한 품속을 파고들며
오들오들 떨기도 하겠다.
사랑의 유년은 언제나 다시 그렇게 시작된다.
언제나, 다시, 그렇게,
그런 식으로 시작된다.
미래여 설워 마라, 너도 사랑과 죽음의
전생이고 진화다.
우리는 감당할 수 있는 역사를
만들며 미래를 회복한다. 미래도
감당할 수 있는 역사를 만들며 미래의
미래를 회복할 것이다.
그것이 미래의 회복이다.
석양은 내일을 위해 미래를 회복하는
죽음으로 물든다. 붉지 않은가,
생명과 두려움의
미래를 씻어내는 미래의 회복, 그
감각의 색깔은.
거무튀튀 횟감 밀집한 산소 부족의 수족관
깊은 바다 물들이며

아무리 사소한 저녁의 회식도 미래를 회복케 하는 그.
사라짐의 자취 없는
감당은. 조상의
사진은. 우연의
견고는. 심신이 씻겨나가는 심신의
회복은. 심신 씻겨나가며 햇빛 드는
음악의 시간은.
그 속에 자신을 다시 추스르며 세우는
창틀의 그림자는. 고의적인 이
정적은. 애련의 눈꺼풀이고 눈썹이고 눈썹의
경련인 애련은. 어감이 어감 밖으로
뜻이 뜻 밖으로
뛰쳐나가는
예쁘장한 소란은.
설워 마라, 역사여. 너의 전생은 자유다.
일체의
비유가 없고 설움도 가난한
비유에 지나지 않는다.
설워 마라, 자유여. 너의 전생은 죽음이다.
일체의
운명이 없고 설움도 초라한
운닝에 지나지 않는다.
설워 마라, 운명이여. 너의 운명은 미래의 회복이다.
일체의
과거가 없고 설움도 휘황한
과거에 지나지 않는다.

설워 마라, 비유여. 너는 자유의 법칙이다.
일체의
과녁이 없고 설움도 빗나간
과녁에 지나지 않는다.
설워 마라, 나여. 나는 이 모든 것이다.
일체의
안팎이 없고 설움도 거울의
안팎에 지나지 않는다.
설워 마라, 설움이여. 너는 이 모든 온기다.
일체의
냉혈이 없고 설움도 차가운
이율배반에 지나지 않는다.
동터온다, 그대여.
이승이라는 완벽한 하루에
너로 인하여 해변도 있었다.
이성에 묻어나는 감각 아니라
감각에 각인된
헤프지 않고 너그러운 평생의
이성을 찾아 우리는 그토록 헤맨 것이다.
말만 한
춤은 춤의
태초를 보여준다. 그
몸을 알면
음악은 음악의
보임은 보임의
들림은 들림의 태초를

보여주고 들려준다.

생애의

완벽한 하루는 순간순간

짜릿짜릿 반짝인다. 그것이 너무 아슬해서

비는 늘 훗날의 그 후처럼 내린다.

너와 나는 그 디자인에 동참했다.

너와 나 사이 황금 띠 검은색 CROSS

볼펜 한 자루 놓였다. 너와 나의 목소리

심하게 갈라지기도 하였으나

다리가 갈라지던

기억은 아물었다.

그 디자인에도 우리는 동참했다.

멀어져가는

그 디자인에도 우리는 동참했다.

흔들림도 잠시 우리를 잊었다. 젊음의

위로만큼 대중적인 것은 없다는 생각. 젊음은

젊음만을 위로했던 것이라는, 열광과 슬픔과

위로가 한 몸이었다는 생각이

밀려왔다.

이것이 너의 그 옛날

초경의 먼 훗날이었으리라 짐작한다.

이것이 지금 나의 초성일 것이라 짐작한다.

흘러갈 것이라 생각한다.

두 손이 너무 큰 것도 어색하지 않을 것이다.

하얗게 늙은 새벽이 더 새하얀 것은

육체 없이 빛나는

죽음을 알리기도 할 것이다.

생은 죽음의

전집.

Edition.

만년작.

죽음을 능가하는 죽음.

거꾸로가 아니다.

시간이 흐르는 표시는

1930년대 모단 도쿄, 닙뽄노 소화 초기 긴자와

제국과 식민지 조선의

시간이 흐르는 비디오

곁에 있다. 1931년 Siam to Korea, 세 시간

18분 56초, 57초, 58초,

아무리 눈여겨보아도

1초의 나누기는 30을 넘지 못한다. 우리는 우리를

능가하지 않고 서로를

파고드는 쪽을 택했다. 누가 우리를 더

어색하고 더 누추하다 하겠는가.

생이 여러 겹이고

여러 겹의 생을 두려움과 수줍음 없이 다만

여러 겹으로 놀라는 법을 안다면

열광이야말로 누추하고 어색한 이면이다.

누추도 열광도 우리 안에 원래 있었던 것은 아니다.

우리 안에는 누추하지 않고 처참한

고래만 있었다.

우리 안에 있으므로 더욱 처참한 고래만 있었다.

그래서 고래는 간혹 바다 속에서도 처참해 보인다.
그래서 이야기는 새롭게 시작된다.
너는 내 안에 내 밖에 처참하지 않은 고래다.
너무 딱딱한 인간의 고뇌를
내파하는 눈물의 거대한
형용이 있다는 듯이.
설워 마라, 거대함이여,
네가 회복하는 것은 형용의
설파까지다.
설워 마라, 형용이여.
네가 회복하는 것은 감각의
미래까지다.
없는 것이 없고 있는 것이 있는 그 사이
설움의 형용이 형용의 노고일 뿐
형용의 설움은 형용 없이 화려한
오해에 지나지 않는다.
어제도 거대한 형용 및 감각의 미래 없이
그냥 술이 좀 과하였으나
한바탕 뒤집히는 지상 형용의
순간에 머무는 무게만으로도 자궁은 뻐근하였다.
회갑 지나 동창회를 하더라도
육체가 미래를 향해 얼리는
아름다움은 분명 있을 것이다.
초등학교 동창회라면 더욱.
앞으로 더더욱 있을 것이다.
육체적이라서 결코 복고적일 수 없는

아름다움은 분명 있을 것이다. 그것이
결코 복고적일 수 없는 정신의
차원을 만든다.
육체로부터 추억의 모든 흥가가 사라진다.
탄생과 역병이 한 뭉텅이로 까칠했던
새끼줄 기억도 흔적이 없다.
가난한 맛의 눈부신
요조숙녀였던
웨하스도 아삭아삭 감촉도 없이
그 사이 얄팍하게 굳은 크림도
크림 맛도 없이
달콤함만 가까스로 묻어날 것이다.
왜냐면 달콤한 맛은 달콤함의 과거지향이다.
카프카의 생활이 生에 놀라지
않았으므로 카프카의 소설이 生에
경악했다.
경악은 놀람의 놀람이지만
결과와 원인은 항상 뒤섞인다.
生에
놀라는 법과 놀라지 않는 법
生에 놀라는 생활과 놀라지 않는 예술
사이
나를 놀래키듯 앳되지 말고
스스로 놀라듯 앳되다오. 나의
미래여.
어머니 치매 드시고 그토록 얌전하던 분

목에 쇳소리 들고 낮에도 고요한 황혼의
비유 새롭다. 길은 의정부 동두천 치매에서 일산
치매로 이어진다. 국립 암센터 9백 몇 호 병동
가장 순결했던 표정이 가장 편안해진
후배는 폐암이 머리로 전이되어 코민테른
소속이었는지 코민포름 소속이었는지 모르겠다 했고
같이 문병 간 더 아래 후배는 다름 아닌 나의
미래를 보는 것 같다고 우는 농담을 했다.
꿈에도 아니었지만 비몽사몽 중에는 혹시
나도 간첩이었던 거 맞을 것이다.
운동권이든 아니든
그런 사람 꽤 있었던 거 맞을 것이다.
병원 문을 나서며 여자 1명을 포함한 우리 문상객
넷은 얼핏
처음 만난 것 같았다.
최소한 겨울 지나 새 풀이 작년처럼 돋아나는
만큼은 새롭게 만난 것 같았다.
택시 타고 지나가는 연대 정문 앞
횡단도로 건너는 남녀 대학생들 속에
나도 섞인 것 같고
김진규, 최무룡, 허장강보다
조금만 덜 유명한 옛날 영화배우들
얼굴도 묻어나는 것 같고
내비게이션 속 지도는 미래의
전생 같고
살아생전 본 적 없는

아름다운 여자 보이는 꿈 속 같고
입 안에 소태 낀 꿈 속 내가 아는 모든 것의
정수가 응축된
거울 표면 같고
가난하고 애틋한 선물을 잃어버려 더
가난하고 애틋해진
사이 같고
웬 시외버스 정거장
여럿이 한꺼번에 허둥대는 매표소 같고.
어른들과 따로 약속이 같은 날 한 시에 몰린 것 같고
안 해본 몽둥이 패싸움도
남아 있는 것 같고
모든 끔찍한 것들이 완화한다.
살인도
수십 년 세월이 피해자와 가해자들
그 이웃과 친척과 자식들 얼굴로 겹치는
〈Cold Case〉
마지막 장면은 그냥 슬프다.
살인죄는 공소시효가 없다는 취지로 남겨진
미해결사건이 cold case고
그 몇 십 년 후 재개된
수사내용을 다룬 미드 제목이 Cold Case지만
끔찍함에도 엄연히 공소시효가 있고 Cold Case
마지막 장면에서 가장 슬픈, 그냥 슬픈 것은 세월이다.
놀토도 지난 일요일 점심식사 겸 낮술을 권하는
사회가 아직 있지만 지겹지 않고 어지럼증이

봄 소풍처럼 신기하다.
5월 2, 3, 4일 오후 1시-10시 방영되는
〈NCIS〉(해군범죄수사대) 시즌 6 론칭 기념 시즌
3, 4, 5 연속 방송 중
하루는 완전히 까먹고 나머지 이틀은 숙취에
자리 보전한 채 계속 시청했다.
그 이틀도 기분 좋게 까먹은 이틀이 된다. 까먹음에는
정말 공소시효가 없다. 까먹는 슬픔의 문제는 세월을
까먹지 않고 나이를 까먹는다는 거.
어떤 때는 저질러지지 않은 일이 더 슬프다.
음악의 한 장면이 어떤 인생을 결정적으로 뒤바꾼
경우도, 어떤 인생을 유명한 생애로 만든 경우도
별 위로는 되지 못한다.
어린이날에도
아름다운 5월은 아름다운 5월의 장애다.
아름다운 5월의 아름다운 장애가 아니다.
웬 걸 이리 많이 담아 주시오?
다정하게 놀란 나의 질문에
'박리다매라는 거 아니겠습니까?
장단 맞추듯 선율 잇듯 시언시언 대답하던
밤 이슥해 한적한 인사동 사거리
그 쎈베이 팔이 소녀는 지금 처녀고 처녀는 소녀다.
생긴 게 몽블랑 같고, 튼튼하고 어쩌고 하길래
'결국, 몽블랑 짝퉁이란 소리 아니오?'
다정하게 퉁명스런 나의 질문에
'예, 제 말이 바로 그 말입니다. 게다가

싱알을 구하기는 더 쉽다는 거 아니겠습니까?'
반가운 손님 옷옷 받아들 듯 냉큼냉큼 대답하던
압구정동 현대백화점
지하도 입구 구루마 좌판대
말만 했던 그 볼펜 팔이 처녀는 지금 소녀고
소녀는 말만 했던 처녀다.
새로운 것은 늘 아주 새롭지는 않고
뭔가 젖을 떼이는 느낌
이지. 어떤 때는 미래도 그렇다.
우리는 두 번 놀란다. 한 번은 오래된 기억에 또
한 번은 실핏줄이 숙련된 결핍에. 불안은 정말
불안 같은
소리. 지나가는 것이 지나가는 소리, 도 아니고
이미 지나간 것이 이미 지나간, 저질러진 소리.
불안이 아니라 불만이고
불투명한 불만이 투명한 욕망으로 바뀌는
과정이다. '과거는
이렇게 버리는 거야.'
남자는 무슨 생각의 코를 남의 몸 안에
묻고 심고 풀고는
다시 잠에 곯아떨어졌다.
'이빨을 닦아도
마지막 대목은 마지막 대목이군.'
여자는 무슨 생각의 몸으로 제 혼자
버림받고 허락하고 수반하고는
다시 잠에 곯아떨어졌다.

꿍꿍 앓는 소리.

내 안의 누가 내는 소린지 모른다.

별자리 시는 별의 시보다 더 살림에

가깝지. 신문에 가깝지는 않은

이야기다.

2009년 5월 7일.

어린이날과 어버이날 사이 신종플루가 다시 확산

미국인 1명이 사망했다.

1918년 스페인 독감은 같은 해 끝난 4년 동안의

제1차 세계대전보다

더 많은 숫자 목숨을 앗아갔다.

생활과 살림의 개념을

초토화했다는 뜻이다.

세계가 세계화의 ㅅ 자도 모르던 당시

스페인과 한참 먼

식민지 조선에서도 14만 명이 죽었다.

오늘날

세계화 전염병의 위력은 세계화 전염병 위력의

소문 앞에 무력하다.

소문은 삽시간에 생활과 살림의 소중과 경건을

복원시키지만 그렇다고 죽은 사람 살릴 수 없고

복원이 늘 그렇듯 복원도 잠시

소문은 소문이 늘 그렇듯 삽시간에

인류의 미래에서 인류를 삭제하는

'은행, 이러다 밑지는 장사, 역마진'

경악과 공포의 블록버스터

'당에서 계파소리 안 나오게 하겠다'
모든 시사를 포괄하면서
떼돈을 버는 재난 영화다.
내 안의 누가 내는 소린지 모른다.
끝까지 가보는 것이 생명의 유일한 방법이듯
끝까지 가보는 것도 유년의 한 방법이다.
소문이 우리를 헐벗기우는 방식과 다르게
헐벗는 것도 한 방법이다.
우리는 겨우
한 밤을 지새웠을 뿐이다.
새벽을 생략하고 닥쳐온 쨍쨍한 대낮이
충혈의 눈에 조금 더 피곤하다.
꿍꿍 앓는 소리,
내 안의 누가 내는 소린지 모르고,
앓는 소리가 앓는 소리를 부르지 않는다.
이빨을 닦고 이제는 내 몸에 심긴
네 몸을
허락하라
미래는
내 안의
비린내를 속속들이 벗은
내 몸의
뽀송뽀송한 몸.

P. S.

임종 못했다,
어머니. 자그맣게
입 벌린 아우성. 검고
소극적인. 그 밖은 살의
형해. 노리끼한 얼굴 눈 감은
1만 년 전 미라다.
삶도 죽음도 없다.
순간만 있다. 순간은
휘청거린다. 곡(哭)보다 더 요란한
문상과 장례 속
천애고아 유독.
애처로운 식구와 허허벌판의
매장 속 유독.

찾아왔다
새벽 3시 해운대
썰물 진 젖은 백사장

수평선 위 몇 점 오징어 배 집어등 꺼진
너와 나
밀려드는 파도 무너지며 지들끼리
옆으로 연쇄 폭발하는
새하얀 거품의
일렬 아래
투명한 물결보다 더 투명하게
새까만 밤보다 더 새까맣게
놀고 있는
상어 떼,
지극히 개인적인.

유년과 미래의 회복

황광수(문학평론가)

1. 카오스적인 세계의 겹침과 펼침

'시놉시스'라는 낱말에는 소조를 위한 뼈대나 얼개 같은 느낌이 스며 있다. 이 거대한 시가 유년에 관한 시놉시스라면, 거기에는 살붙임으로 더욱 풍부해질 수 있는 가능성이 남아 있을 것이다. 그러나 이 시를 다 읽고 나서 목차를 되돌아보면, '시놉시스'는 이 언어구성체의 생명적·의미론적 핵으로 작동하고 있는 '유년'을 통한 '미래의 회복', 그러니까 어떤 구체적 형상으로 마무리될 수 없는 운동성을 품고 있는 원대한 기획 또는 디자인으로 읽힌다. 이것을 위해 시적 주체는 개인 또는 집단적 삶에 대한 다양한 기억들과 역사적 기록들, 헌책 또는 고전들, 예술과 문명적 현상들에 내재해 있거나 부재하는 '유년'들, 그리고 사물의 다양한 차이들을 소리기호로 갈무리하며 언어의 성좌를 이루어갔던 역사 또는 소리가 문자의 꼴을 입게 되는 순간들에 발생한 감각적 요소들의 소멸이나 새로운 생명의 꿈틀거림들까지 더듬고 있다. 우리 시대 문학과 예술의 단자화·파편화의 원인으로 작용하고 있는 세계 또는 삶의 복잡성과 중층성이 이 시인에게는 오히려 원대한 '시놉시스'의 요청으로 받아들여지고 있는 것이다.

이 시집 첫머리의 두 쪽에 펼쳐 있는 목차의 타이포그래피는 그러한 복잡성과 중층성을 하나의 시각 디자인으로 명징하게 드러내 보이고 있다. 오른쪽 부분을 왼쪽 아래에 이어붙인 뒤 부제(副題)들을 제거하고 보면, 목차의 평면적 구성은 '본' 한 글자에서 시작하여 이 글자가 하나씩 겹쳐지며 가로로 점점 넓어졌다가, '본'을 일곱 번 나열한 가로줄을 경계로 점점 좁아져 '본' 한 글자로 끝나면서 하나의 마름모꼴을 빚어낸다. 그런데 앞부분과 뒷부분의 경계를 이루고 있는 '본의 본의 본의 본의 본의 본의 본'은, 그 부제 '뜯어낸, 남은, 농담'이 시사하듯, 정말 하나의 '농담'처럼, 별다른 내용 없이 앞과 뒤를 가르는 경계 또는 중심의 위치만 표시하고 있다. 그것은 우리의 마음속에서 하나의 기하학적인 선 또는 텅 빈 중심으로 시각화된다.

...

쾅

'BIG BANG/=BLACK HOLE'
    ... (204-09)[1]

이 인용문에서 한 행은 시집의 한 쪽에 해당한다. 그러니까 비어 있는 행은 비어 있는 페이지이다. 이처럼 여섯 쪽에 펼쳐 있는 이 부분의 글자만 추려보면, "쾅"과 "'BIG BANG/=BLACK HOLE'"뿐이다. 이 부분은 모종의 응축과 팽창이 '빅뱅'을 낳았다는 것을 암시하는 듯 보인다. 그러니까 '본'의 겹침은 삼차원적 크기와는 무관하게 세계 구성의 중층성

---

1) 괄호 속 숫자들은 이 시집의 쪽번호이다.

을 드러내 보이고 있다. '본'들에 달라붙어 있는 소유격 조사 '-의'의 기능을 염두에 두고 보면, 이 겹침과 제거의 과정은 여러 겹으로 이루어진 세계— '본'들의 겹침—의 층위들을 하나씩 겹쳐가면서 보거나 하나씩 걷어내면서 보는 방식이다. 처음과 마지막 자리에 놓여 있는 하나의 '본'들을 잇는 가상의 수직선을 세로축으로 삼고 360도 회전시키면, '본'들의 겹침은 여러 개의 동심원들로 이루어진 나무의 나이테 비슷한 디자인을 드러낸다. 그러나 기하학적 형상들처럼 고정성을 띠고 있는 것 같이 보이는 이 모든 요소들은 시 속에서 끊임없이 운동하며 하나의 거대한 성좌를 이루어가고 있다.

이 '빅뱅'은 '나'가 자신의 감각과 의식을 가동함으로써 하나의 시적 주체로서 세계의 중심에 놓이게 되는 최초의 순간에 대한 비유이다. "나는 비어 있는 그릇, 그 비유가 먼저고,/최초다.(……)/(……)나는 최초의 비유다./(……)/텅 비어 거룩한 비유의 하나님도 비로소 태어나/하늘과 땅을 짓는다."(120-21) 이처럼 '나'는 공간적으로는 중심, 시간적으로는 최초에 대한 비유이다. 그러니까 '최초'는 먼 과거의 한 지점 아니라 현재 즉 양화(量化)될 수 없는 시간이 잉태되는 순간이다. 엄밀히 말하면, 현재는 존재하지 않는 시간이고, 과거-현재-미래라는 시간의 삼위일체도 관념적 허구일 뿐이다. 그래서 이 시의 제목들은 '프롤로그'와 '에필로그' 두 부분으로 나뉘어 '현재'라는 경계를 사이에 두고 대칭을 이루고 있다. 대칭의 경계선은 시적 주체의 깨어남을 통해 세계의 다양한 국면들과 삶의 다채로운 양상들이 새롭게 잉태되는 자리이기에, 내칭을 이루는 짝들은 데칼코마니처럼 한 쪽을 복제하거나 서로를 되비치는 단순한 자기 반영의 상들이 아니다. 그것들은 돌이킬 수 없는 '죽음'을 사이에 두고 있다. 그리고 이 시 전체의 '프롤로그'와 '에필로그'는, 책들이 바깥쪽으로 쓰러지지 않게 양쪽에서 받쳐주는 북엔드들처럼, 처음과 끝의 자리에서 프롤로그와 에필로그들을 크게 껴안고 있는 거대한 팔처럼 기능하고 있다.

이 시의 목차는 카오스 상태로 밀려오는 복잡하고 중층적인 세계상을 명징하게 구조화하고 있지만, 《유년의 시놉시스》는 결코 거대담론에 대한 야심을 품고 있는 것은 아니다. 그것은 오히려 미세한 사물들이나 감각들에서 거대한 뿌리를 발견하는 방향으로 나아가고 있기에, 결과적으로 풍요롭고 거대해질 수밖에 없었던 것이다. 이를테면 '혓바늘'과 같은 지극히 사소한 사건도 우주적 스케일의 디자인을 통해 그의 존재론 속에 내밀하게 자리 잡고 있다. "혓바늘만 돋아도 단순성의 지옥은 있고 단순성은/1차원이나 2차원이 아니고/3차원 속 2차원 혹은 2차원 속 1차원, 말하자면/차원의 덧셈과 뺄셈과 관계가 있고/1차원은 빅뱅 이전이고/유일한 영원의/개념이다. 아주 멀리 왔다는 시간에서/앞으로 아주 멀리 간다는 시간을/뺀 것이 영원이라는 뜻이다./아니/뺄셈이야말로 영원이다."(277-78) 멀리 온 시간에서 멀리 갈 시간을 빼면 제로만 남는다. 그것이 '영원'이다. 이 '영원'은 극미와 극대의 통일이다. 이처럼 그의 존재론은 삶의 차원에서 발견되는 '순간의 영원성'을 품고 있으며, '빅뱅'은 멀리 온 시간과 멀리 갈 시간의 사이에서 끊임없이 잉태되고 있다. 앞의 것이 프롤로그의 시간이라면, 뒤의 것은 에필로그의 시간이다. 그러니까 이 시는 그 나름의 튼튼한 존재론적 바탕 위에서 프롤로그-에필로그들만으로 이루어진 구조를 통해 '유년'을 풍부하게 일구어내고 있다.

이러한 구조는 시적 주체의 감각과 사유를 통해 낡은 세계가 누더기를 벗고 새롭게 잉태되는 단면들과 카이로스(Kairòs)[2]의 시간들을 극적

---

2) 안토니오 네그리 지음, 정남영 옮김, 《혁명의 시간》, 39~40쪽. "고전적 시간관에서 카이로스는 시간이 파열되고 열리는 순간을 (즉 그러한 순간의 시간이 갖고 있는 특질을) 뜻한다. 카이로스는 현재이지만 특이하고 열려진 현

으로 드러내며 옹글게 품기 위한 것이다. 그러나 혁명적 시간 즉 '태초
=현재'를 잉태하는 '나'의 존재 조건은 좀처럼 명징하게 드러나지 않
는다. 본문의 네 번째 장 '본의 본의 본의 본—老=子=道=德=經'
의 '프롤로그'에서 네 쪽에 걸쳐 '나'의 위치를 더듬고 있는 대목만 보
더라도 '나'를 '나'라고 부르는 것부터, '나'를 '나'이게 하는 조건에 이
르기까지 그 관계 양상은 꽤나 복잡해 보인다.

나는 나를 배반할 수 있고 경멸할 수 있고,
희생할 수 있고, 그보다 더 가깝게
형용할 수 있으나, 나와 나 사이
가까움은 거처가 없다. 너 자신을 알라고 말하는 너도
거처가 없다. 아니, 자기는 가까움의 명명 이전
가까움인지 모른다. 그것을 우리는 헐벗은
사랑이라고 말한다.
(……)
자기,
없음은 있음의 명명 이전 있음이고, 그 사이
어둠의 거처가 있다. 그것을 우리는 헐벗은
만남이라고 다시 부른다.
(……)
나는 영원의
명명 이전 영원이다. 없음이 끝내 있고 있음이 끝내
없는, 없음이 끝내 있음이고 있음이 끝내 없음인 나의,

재이다. (……) 카이로스는 존재가 그것을 통하여 스스로를 여는 시간의 양
상으로서 시간의 임계점에 있는 진공에 의하여 끌어당겨진다."

나라는 존재와 나라는 점의
적나라, 영원이 단일의 명명 이전 단일인, 계절도
열리고 닫히는 명명인.

(……)

꽃이 핀다. 한번
해보자는 듯이. 눈은 어둠에 속속들이 물들어 대경
실색치 않는 대낮은, 그렇게 놀라는 어린아이의
눈은
놀람에 대해 놀라지 않고 스스로
놀라는 것이다. 탄성으로 이루어진 어린아이의
말은 그,
눈을 닮은 말이다. 눈은 놀람의 형식이고 놀람은 눈의
내용이므로 세계의 내용은 갈수록 나의 형식을
채우고 세계의 형식은 갈수록 나의 내용을 비워낸다.
그것도 형식이다. 모양은 안 보이는 내용도 보여주는
안 보이는 게 있다는 사실도 보여주는
모양이다. 소리도 감촉도, 그 모양은. 모양은 태고의
비유고 명명 이전이다.

(……)

복귀하는 것은 모두 죽음으로 복귀하려는
것. 슬픈 것은 오로지 이어지므로 슬픈 것.
나라는 세계를 담은 그릇도 나고, 그것을 우리는
죽음의 명명 이전 죽음이라 할 것인데
자신이 그릇인 줄 알지 못하므로
죽음은 누구에게나 광포하다.
그것도 한번 해보자는

소리, 죽음의
모양은 소리다. (123-26)

'나'는 한여름의 수풀만큼이나 복잡하게 얼크러진 관계들의 촘촘한
그물망 속에 있다. 그러나 관계의 단면들은 어느 것 하나 선명하지 않
다. '나'와 '나' 사이의 관계만 해도 그렇다. '나'는 자신을 대상화하는
데 필요한 '거리'조차 확보할 수 없다. '나'는 모든 '명명 이전', 따라서
다른 존재들과 특정한 관계 방식이 성립되기 '이전'에 무매개적으로 존
재하면서 존재의 유무(있고 없음)를 가늠하며 '영원' 자체로서 존재하고
있다. 꽃이 피는 것을 보고 놀라는 어린아이의 눈도 "놀람에 대해 놀라
지 않고 스스로/놀라는 것이다." 그렇다면 주체 바깥에 있는 사물에 대
한 감각을 통해 '나'의 위치가 설정될 수 있으리라는 우리의 기대는 여
지없이 무너진다. '나'라는 주체의 범주를 명징하게 구획하려는 욕망을
숨김없이 드러내고 있는 이 인용문은 결국 '나'의 존재 확인이 얼마나
막막한 것인지를 역설적으로 드러낼 뿐이다. 세계에 대한 첫 지각작용
의 '형식'을 말할 때에도 "놀라는 어린아이의/눈", "그,/눈을 닮은 말"로
은유할 뿐이다. 그리고 화자는 '나'가 세계의 내용으로 채워지는 일종
의 형식이라면, 그 채워진 내용을 끊임없이 비워내는 또 다른 형식이 요
구될 수밖에 없는데, 그것을 '세계의 형식'이라고 말한다. 이런 현상은
프로이트가 〈쾌락원칙을 넘어서〉(1920)에서 언급한 '매직 노트의 비유'
와 유사한 느낌을 자아낸다. 이를테면, 꽃을 본 어린아이의 놀람은 매직
노트에 쓰인 긁기들치럼 의식의 표층에 잠시 남아 있다가 또 다른 세계
의 내용이 기입되는 순간 사라져버리고, 그 흔적만 무의식에 남게 되는
것이다. 시인은 '그것도 형식'이라고 말한다. 어쨌든 '나'는 하나의 '세
계'인 동시에 그것을 담는 '그릇'이고, '죽음'이라는 말을 의식하기 이전
에 이미 '죽음'이다. 이런 점에서 '나'는 죽음의 척도이기도 하다. 그런

421

데 사람들은 자신이 벌써 '죽음'이고 '그릇'인 줄 모르기에 '죽음'을 '광포한 것'으로 여길 수밖에 없다는 것이다. '나' 또는 시적 주체는 철학자들이 정의해놓은 개념들의 징검다리를 거부하고 스스로 가없는 허공 속을 헤매려 한다.

　그러나 '본'들의 겹침으로 이루어진 세계에 대해서는 또 다른 방법이 요구된다. 너덜너덜한 헌책을 한 장 한 장 넘겨가듯이 낡은 세계를 들여다볼 수는 없기 때문이다. '본'들의 겹침으로 이루어진 세계를 들여다보는 한 가지 방법은 '단절'이다. 그것은 세계의 굳은 껍질을 깨뜨리고 속살을 드러내거나, 악순환처럼 흘러오는 과거의 연속성을 끊어내며 새로운 세계의 열림을 빚어낸다. 시적 주체는 '단절'을 통해 존재의 처음과 문자 이전의 소리가 만나는 지점을 건드리고, 시공간적 편차를 통해 인간의 역사와 문명의 새로운 의미를 발견하고, 무엇보다 세계의 심층을 적나라하게 드러낸다. 이것은 우리의 의식·무의식에 존재하는 온갖 이미지와 상징들의 시차(時差/視差)적 뒤섞임에 대응하는 방법이기도 하다. 언어적 층위에서 단절은 은유적 기능을 지닌다. 그러나 이 시의 문체는 은유와 환유로 구별될 수 없는, 은유의 환유적 연쇄, 환유의 은유화 양상을 펼쳐 보이며 거대한 언어구성체를 이루어가고 있다. 단절이 은유 작용을 일으키는 시적 방법이라면, '연속'은 그 자체로서는 환유적이다. 그러나 이 둘은 시적 주체의 의식 속에서 동시에 작동한다. '반영'을 미학적으로 대체하고 있는 '단절－연속'의 문체는 이 언어구성체를 끊임없이 운동하는 존재들의 만화경으로 빚어낸다. 이 시에서 수평축의 상하에 놓인 기표들이 빚어내는 은유들의 연속은 번분수 꼴의 수열과 비슷한 형태의 환유를 빚어낸다. 그리고 이 환유는 무수한 단층들과 겹침들을 통해 더 큰 범주에서 다시 은유적 효과를 빚어낸다. 이러한 문체가 생겨날 수밖에 없는 까닭은 인간의 삶과 역사 자체가 그런 것이기 때문이다. '시적인' 것은 단절을 통한 질적 승화뿐만 아니라 그것을 새로운 흐름으로 이어가는 연속에도 나타나고, "꿈과 이성과 역사" 사이에서도 감지되며, "순환보다 새로움에/약간만 더 가까운/형식으로"(271)도 나타난다. 이것이 시적 주체가 탈근대의 복잡한 문화적 현상에 맞서기 위한 문체적 특징이다.

이 시에서 시간의 단선적 흐름을 전제하는 진보적 시간관과 그에 대한 반발에서 비롯된 '이미지의 변증법'(벤야민)은 연속과 단속을 통해 서로를 은유하는 환유적 흐름 속에 녹아들어 있다. 이런 맥락에서 '단절'은 단순히 연속성을 끊어내기만 하는 것이 아니라, 새로운 차원에서 연속성이 재구성되는 질적인 승화 또는 발전을 위한 전략이기도 하다. 이것이 '미래의 회복'을 돌이킬 수 없는 흐름으로 이어가는 방법이다. 그래서 화자는 '단절'이 위대한 예술가의 불멸의 업적보다 더 '대단하다'고 말한다. '비약적인 민사소송법/발전 속에 셰익스피어 가계 끊겼고 누구든/유언 내용은 간명하다. 그 간명한 발전이 나는/셰익스피어보다 그의 작품과 가계보다./자본주의보다 더 위대해 보인다. 최소한/더 대단해 보인다. 그리고/大端과 大段은 偉大보다 더 대단하다."(312) '단절'이 이처럼 겹겹으로 강조되고 있는 것은 그것만이 인류의 역사에 돌이킬 수 없는 이행을 보장하기 때문이다.

2. 유년의 풍경과 식민지성

이 시의 첫머리에 등장하는 유년은 벌써 초등학교 2학년이다. 그 아이의 어른인 화자는 그 '유년'이 "키 큰 여자 아래/성장 장애"(7)였다고 단언한다. 이 말을 온전히 이해하려면 그의 또 다른 말을 끌어와야 한다. "키 큰 여선생 칭찬에 키 대신 성적이 쑥쑥 자라던/국민학교 2학년 나의 악동 시절은/의식 이하의/기념비 속으로 갇혔다."(43) 담임선생인

'키 큰 여자'는 그에게 성장의 욕망을 불러일으키는 존재였지만, 정작 커야 할 키보다는 성적만 쑥쑥 자라게 하며 그를 '의식 이하의 기념비 속'으로 가둬버렸다는 것이다. 여기서 '키'는 육체적인 크기보다는 올바른 성장에 대한 은유이다. 그래서 '키'는 시적 주체에게 본질적으로 중요한 것인 데 비해, '성적'은 사회적 차원에서 요구되는 왜곡된 가치일 뿐이다. 그리고 '의식 이하의 기념비'는 그 시대의 이데올로기를 시각적 상징으로 빚어내 동시대인을 동질적인 가치관 속에 가둬버리는 것이다.[3] 이러한 '성장장애'는 그 시절에는 이해할 수 없었던 일탈의 욕망— '땡땡이' —을 불러일으키는 원인이었다. 화자는 있어야 할 곳에 부재했던 것, 마땅히 겪어야 할 것을 겪지 못했던 것을 '결석'으로 비유하기도 한다. 그래서 "땡땡이치지 않아도 아이에게는 학급이 구멍이고/ 결석인 것을, 그 아이는 왜 몰랐을까?"(310), 하고 뒤늦게 한탄하기도 한다. 이러한 뒤늦은 깨달음이 잃어버린 유년에 대한 갈망을 불러일으키며 '유년의 시놉시스'를 위한 모티프의 하나로 자리 잡았을 것이다.

유년은 이중으로 단절되어 있다. 하나는 '성장장애'를 통해 반어적으로 표상되는 영원히 사라져버린 유년이고, 다른 하나는 세상과 기억 속에서 실종된 유년이다. 화자는 헌책 속에 끼어 있는 전단지에서 잃어버린 아이 찾기 캠페인을 보며 그러한 단절들을 뼈아프게 드러낸다. "'보고 싶은 우리 아이'/캠페인은 그렇게 실종보다 더 긴/실종의 생애도 단절시킨다."(8) 화자는 실제로 잃어버린 아이 찾기 캠페인을 통해 유년에 대한 기억 불능성과 함께 마땅히 존재했어야 할 이상적인 유년을 날카

<hr />

3) 여기서 '기념비'는 광화문 네거리에 서 있는 이순신 동상 같은 것이며, 작가나 감상자 또는 세계에 의존하지 않은 채 자율적으로 존재하면서 감각작용을 생산하는 예술작품을 '기념비적'이라고 말할 때와는 다른 의미이다. 클레어 콜브룩 지음, 정유경 옮김, 《이미지와 생명, 들뢰즈의 예술철학》(도서출판 그린비, 2008), 168쪽 참조.

롭게 떠올리고 있다. 이것이 시적 주체가 이중삼중의 장벽 너머로 바라
본 '유년'의 위치이다. 이 아이는 그곳으로부터 미래 회복의 길을 따라
한 걸음씩 다가올 수밖에 없는 존재이다.

　이 유년이 첫발을 내딛는 곳은 현실의 유년이 갇혀 있는 '의식 이하
의 기념비 속'이다. 그 유년은 때묻지 않은 '상상계'에 속해 있는 존재가
아니다. 그 유년뿐 아니라 "세례를 받지 않고 태어난 생은 없다."(355)
그리고 그 유년은 디자인의 산물이다. "나의 유년도 오래된/동식물 도
감./디자인의 유년이 유년의 디자인이다."(8-9) 화자의 유년은 '동식물
도감'처럼 이미 디자인되어 있기에, 새롭게 디자인되어야 할 유년이다.
화자는 그 유년의 실체를 역사적 차원에서 구체화한다. "지금도 이 나라
에 진주해 있는 청국 군대 같은 것은/(청국장은 너무 뻔하고 너무 뻔한 것
은/그럴 리가 없다) 간장/종지 냄새다. 그 사이/백만장자라는 말./쉰여
간 기와지붕 둘러싼 마당에 소를 잡던/마포구 대흥동 259번지/외가 옆
에서 미국적이던 시대가 있었다./ '미국적'과 '이국적'의 뉘앙스는/다르
지, 모종의 현대사가 느껴질 만큼."(9-10) 현실 속에 구체적으로 존재했
던 화자의 유년이 거쳤던 역사적 시간대는 '미국적이던 시대'이고, 그
장소는 '마포구 대흥동 259번지'이다. 이처럼 그 유년의 한 가지 속성
은 식민지성이다. 화자가 '미국적'과 '이국적'의 뉘앙스 차이를 파고드
는 까닭은, 식민지성은 단순히 '이국적인 것'과는 다를 뿐만 아니라 식
민지 시대에도 이국적인 것을 취향처럼 향유한 사람들이 많았다는 것을
암시하기 위해서이다. '이국적'인 것은 그 낯섦으로 배타성을 유발하기
도 하지만, 때로는 신비스러운 매혹을 풍기기도 한다. 이러한 '뉘앙스'
의 차이에서 작동하는 정치성은 지금 우리의 현실에도 '간장 종지 냄
새'처럼 짙게 배어 있다. 화자가 미국적인 시대를 살았다는 것은 역사의
차원에서 겪을 수밖에 없었던 유년의 단절이며, '성장장애'의 또 다른
측면이다.

인생의 서막을 알리는 시적 주체의 유년은 이처럼 '다른 시간'과 '고립된 교통' 속에서 식민지성이 내면화되는 과정을 "기억보다 더 무의식적이고/더 위험"(10)한 것으로 품고 있다. 시인은 물론 '식민지성'이란 말을 직접 사용하지 않지만, 이 시에는 그와 유사한 현상이 우리 근대사의 특수성에 그치지 않고 성장장애를 일으키는 모든 왜곡된 이념의 내면화는 말할 것도 없고, 미진하거나 왜곡된 생물의 진화에 대한 비유로까지 확장되어 있다. 이러한 맥락에서 화자는 세계사적 차원뿐만 아니라 언어의 차원에서 이루어진 빗나간 죽음과 왜곡된 진화 과정까지 탐색한다. 그는 미진한 진화를 매개로 수억 년을 필사적으로 도망치며 종을 보존해온 "너무 늙어 비만인 바퀴벌레"(12)의 민망한 도주까지 살피고 나서, 자기 유년의 영역에 들어 있는 밤섬으로 되돌아온다. 그러나 밤섬과 함께 떠오르는 기억의 한 장면은 엄청난 충격을 불러일으키며 역사적 비극을 참혹한 시각적 이미지로 클로즈업한다.

> 1968년 폭파 이전 한강 밤섬 살던 밤섬
> 할머니 방사능 피폭된 생식기가
> 포도송이처럼 보이는
> 노년의 유년 혹은 유년의 노년이다.
> 두 시대는 서로
> 판토마임하는 사이 같다.
> 이모와 고모 사이 같지 않다.
> 이모와 이모 딸 사이 같지 않다.
> 그 단어 사이 같지 않고, 잔인과 편안
> 그 내용의 사이 같다. (12)

'노년의 유년 혹은 유년의 노년'은 온몸에 기입된 역사적 상처를 새롭게 발견할 수 있는 눈을 지니고 있다. 그 눈은 방사능 피폭과 밤섬 폭파가 이루어진 두 시대를 서로 판토마임할 수 있는 자리에 맞세우고 있다. 이 맞세움은, 두 시대를 단애(斷崖)처럼 드러내면서 참혹한 사건이 형태만 달리하면서 반복되는 역사의 비극을 아프게 시각화한다. 그것은 어떠한 묘사나 설명보다 명징하고 충격적이다. '노년의 유년' 즉 노년이 품고 있는 유년은, 참혹과 잔인을 물질적 직접성으로 감각하는 유년의 속성 한 가지를 명징하게 드러내고 있다.

'유년'은 특정한 역사적 시대의 성격을 가늠하는 척도로 기능하기도 한다. 이러한 맥락 속의 '유년'은 당시의 노래에서 묻어나는 '감'을 통해 시각적 이미지보다 좀더 포괄적으로 육화된다. 이를테면 1970년대에 발매된 "가난의 명품 같은" '가요반세기' 음반도 그러한 '감'을 풍부하게 지니고 있다. 화자는 거기에 수록된 1920년대에서 1960년대에 이르는 가요들을 통해 자신의 유년과 함께 우리의 역사적 유년의 '감'을 음미하다가 그 노래들이 자기 정체성의 상당 부분을 이루었다는 사실을 새삼스레 깨닫기도 한다.(13-14)

본문의 세 번째 장 '본의 본의 본―內曲; 內曲化의 심화'에서 '내곡'이 접힌 부분의 안쪽 즉 '안-주름'이라면, 그리고 '안'이 '바깥의 안쪽'이라면[4], 그것은 인간의 본성이 사회화 과정에서 겪게 되는 심리적 굴절 또는 내면화에 대한 비유일 것이다. 화자는 유년의 까닭 없는 '슬픔'을 떠올리며 그 시절의 노래를 듣다가, "그때의 노래를/다시 듣는 귀야말로 처음으로 뚫리는 귀의/기억"(87)이라는 홀연한 깨달음에 이른

---

4) "모든 내부적 세계보다도 더 심오한 안쪽? (……) 바깥은 고정된 경계가 아니라, 연동(蠕動) 운동에 의해, 안을 구성하는 주름과 습곡들에 의해 자극받는 움직이는 물질이다: 안은 바깥과 다른 어떤 것이 아닌, 정확히 바깥의 안쪽이다." G. Deleuze, Foucault, pp. 103~104. 질 들뢰즈 지음, 이찬웅 옮김, 《주름, 라이프니츠와 바로크》(문학과지성사, 2004), 256쪽에서 재인용.

다. 이렇게 발견되는 것들에는 노래의 노래다움도 있지만, 모종의 식민지성도 있다. 그래서 화자는 '식민지 유년'한테서는 '왜색'이 '묻어난다'고 말한다.(88) 그리고 그것이 무의식 현상과 다른 것이 아님을 에둘러 표현한다. 그는 좋은 꿈 꾸라는 자장가를 매개로 "학문 용어만 숙달하면 공부가 끝나는 학문이 있다./용어마다 사건 현장이 보이고 설명이 끝나면 사건/현장도 닫힌다. 꿈은 꿈속에서 꿈을 해석하므로/꿈이다. 40년 전에도 몰랐고 오늘도 모르는/노래의 40년 감상적인 가사가 가사를 해석하듯/꿈은 꿈을 해석한다."(89-90)고 말한다. 이 '학문'은 '사건 현장' 즉 꿈이 발생하는 지점만 지시할 뿐 그것을 다른 차원의 해석으로 심화하지 못한다. 이런 맥락에서 보면, 무의식은 무엇인지도 모른 채 지나쳐버린 무수한 경험들이 내면화된 것이며, 뒤늦게 "처음으로 뚫리는 귀의/기억"처럼 확인되는 것이다. 이러한 귀로 들으면 "식민지보다 더 슬픈 것은 그 시대 동요고,/그보다 더 슬픈 것은 동요를 부르던 그 옛날/어린애들"(101)이다.

내면화된 식민지성은 무의식에 가라앉은 역사적·사회적 파토스이기에 이론적 차원에서 극복될 수 있는 것이 아니다. 그것은 시적 주체가 동요를 부르던 '그 옛날 어린애들'을 '더 슬픈 것'으로 바라볼 수밖에 없는 정서적 바탕에서 이루어질 수밖에 없다. 그러한 정서에서 '돌이킬 수 없는 사실의 죽음'이 중요한 모티프로 떠오르게 된다. "죽음은 이미 돌이킬 수 없는 사실의/죽음에 지나지 않는다. 언덕에 서서/최초의 기차를 보는/소년도 정식화한 소년이다. 오는 기차진 가는 기차진/모르고, 돌이킬 수 없는 것을 배웅하기 위해서가/아니라 더 돌이킬 수 없는 그 무엇을 맞기 위해 그는/서 있다./유년은 線 안 아니고 線 바깥 아니고, 線이다."(95) 화자의 눈에는 '최초의 기차'를 바라보는 '소년' 즉 순수성의 화신처럼 보이는 '소년'조차 '정식화한' 소년으로 보인다. 그러나 이 예문에서 화자는 두 차원 속의 이행을 분명히 예감하고 있다. '돌이킬 수 없는 사실의 죽음'과 '線' 자체인 유년의 돌이킬 수 없는 존재의 전이가 그것이다. 결국 돌이킬 수 없는 사실을 돌이킬 수 없는 죽음으로 이행시키는 것은 '선 안'이나 '선 밖'에서 이루어지는 것이 아니라 '선' 자체인 유년의 변화를 통해서이다. 주체 자신이 유년을 회복하는 것 말고 다른 길은 없다. 그래서 그 소년은 "돌이킬 수 없는 것을 배웅하기 위해서가/아니라 더 돌이킬 수 없는 그 무엇을 맞기 위해" 서 있는 것이다.

존재의 전이를 가능케 하는 정서를 일깨우는 것은 감각의 깨어남이고, 그것은 이 소년의 희망 속으로 다가오는 '유년'에 눈부신 이미지들을 부여한다. "유년은 잡다 속 발그레 상기된/편향. 길모퉁이 돌며 톡 쏘는, 오래된 소식."(103) 이 '유년'은 벌써 세속의 '잡다 속'에서 빠져나올 수 있는 정서적 기울기('편향')를 지닌 채 '발그레' 상기되어 있고, 반가운 소식처럼 예기치 않은 방향에서 갑작스럽게 출몰하고 있다. 이러한 유년을 마음속에 품고 있기에, 화자는 식민지성으로 표상되는 역사, 또는 역사의 유년을 고통스럽게 반추할 수밖에 없다. "30년대 기록 필름 속에서 나의 50대가 30년대/식민지 조선을 닮고 반도가 본토를 닮는다./일본 제국 소화 초기를 닮는다. 〈나의 파리〉 엔카도/가마타 행진곡, 공연 무도회 카페도 동경 번화가/긴자를 닮는다./(……)/섞여도 왜풍은/더 간드러지고(그래서 더 무섭고),/바뀌어도 양풍은 근대적이고(그래서 더 무섭고)/(……)/오 식민지 젊음은 고통스런 사랑/오 식민지 역사는 고통스런 젊음/오 식민지 사랑은 고통스런 역사/젊음은 가장 고통스런 역사/역사는 가장 고통스런 사랑/사랑은 가장 고통스런 젊음 오/세계를 정복당한 자의/세계는 어깨를 짓누르고."(107-09) 화자는 식민지성의 악순환을 거슬러오르다가 현재의 시간으로 되돌아서 그것을 재확인하고 있다. 시대가 바뀌고 현재의 우리 문화와 섞여도 왜풍은 간드러져서 무섭고, 양풍은 근대적이어서 더 무섭다. 이러한 식민지성 속에서 짝과 방향을 바꾸어가며 이루어지는 윤무— '젊음' → '사랑', '역사' → '젊음', '사랑' → '역사', '젊음' → '역사', '역사' → '사랑', '사랑' → '젊음' —를 통해 점증되는 것은 고통뿐이다. 그러나 고통이 증대하는 그만큼 '유년의 시놉시스'에 대한 갈망도 커질 수밖에 없다. 이것은 역설이 아니다. 자신의 정체성에 내재된 식민지성을 감지할 수 없는 사람은 그것을 극복할 수 있는 능력을 근원적으로 결여할 수밖에 없기 때문이다. 이처럼 식민지성의 무서움은 뼈아픈 자기성찰을 거치지 않고서는 극복될 수 없다는 데 있다.

그러기에 이러한 성찰은 특별한 곳이 아니라 우리가 몸담고 있는 일상에서 이루어질 수밖에 없다. 말하자면 '살림의 내부'에서 이루어질 수밖에 없다. 시인의 사유가 관념적이지 않은 것은 '지우개'조차 단순한 은유로 사용하기보다는 그것의 상표 'FABER-CASTELL'의 디자인이나 감촉까지 음미하고 있는 데에서도 드러난다. 식민지성과 예술적 창조 사이에 지우개가 끼어드는 것은 어쩌면, '돌이킬 수 없는 죽음'을 예비하는 것처럼 보인다. 이런 맥락에서 화자는 '최후의 심판'을 '예술의 창조 과정'과 동일시한다. "천사들이 나팔을 부는 최후의 심판은/이제까지 들리지 않았던 것이 들린다는,/동시에 그렇게 보이지 않았던 것이 보인다는,/동시에 그렇게 안 보였던 것은 안 들렸던 것이고/안 들렸던 것은 안 보였던 것이라는/뜻이다.〈최후의 심판〉을 그리거나 작곡하는 게 아니고/미술과 음악이, 예술의/창조 과정이 최후의 심판이라는 뜻이다." (109) '예술의 창조 과정' 자체가 '최후의 심판'이지만, 그것은 없었던 것을 있게 하는 것이 아니라 보이지 않고 들리지 않았던 것을 보이고 들리게 하는 것이다. 이러한 깨달음은 세계 문명에도 적용된다. '깨달음'이란 있는 것이 어떻게 있어왔고 어떻게 있는 것인지를 새롭게 발견하는 것이다. 시인이 구사하는 일상어들은 이러한 발견 속에서 풍부한 시적 효과를 지니며, '살림의 내부'에 미학적 운동성의 불을 지핀다.

3. 언어적 경험과 유년

아감벤(Gorgio Agamben)은 《유년과 역사》 첫머리에서, 목소리와 언어 사이의 관계에 대한 최초의 철학적 질문을 던지고 "목소리는 대화의 원질(arkhē)"이라고 말한 세르비우스를 거론하면서, 자신은 "유년에 관한 성찰을 통해 인간의 목소리(또는 그것의 부재)에 대한 질문에 이르게 되었다."고 말한다. 그는 '유년'(infancy, 'in-fancy')이라는 개념은 통속적인 언어로는 '표현할 수 없는 것'(the ineffable)이기에, "언어에서 말할 수 없는 것을 제거함으로써"(벤야민) 유년의 개념에 논리적 위치를 부여하고, 유년을 언어 및 경험과의 관계를 통해 정의할 수 있다고 말한다. 그런 다음 "경험은 칸트에게는 용인될 수 없었던 '초월적 경험'의 개념들을 통해서만 정의될 수 있다."[5]고 단언한다. 이런 맥락에서, 그는 현재의 철학이 당면하고 있는 가장 절박한 문제들 가운데 하나는 바로 언어와의 관계를 통해 '초월적인 것'을 재정의하는 것이라고 말한다. 칸트는 언어에 대한 질문을 배제한 채 초월적인 것의 개념을 유추해냈지만, 아감벤 자신은 '초월적인 것'은 언어 안에서 이루어지는 경험이 아니라, 경험되는 것은 언어 자체라는 의미에서 '언어적 경험'(벤야민)이라고 말한다. 그렇다면, 이러한 '언어적 경험'을 구태여 '초월적인 것'으로 부를 까닭도 없을 듯하다. 시라는 언어예술은 '초월적인 것'을 재정의하기도 전에, 아니 재정의할 필요도 없이, 이미 상징계의 촘촘한 그 풀밍 사이로 넘나들기를 기급해왔으니까. 그리고 이러한 '넘나들기'야말로 '언어적 경험' 자체까지 넘나드는 초월—시인의 말로는 '飛越'—의 실천이다. 그러니까 시는 "언어에서 말할 수 없는 것을 제거"하기보

---

5) Gorgio Agamben, trans. by Liz Heron, *Infancy and History*, Verso: London, 2007, p. 5.

다는 언어적 한계를 초월하거나 단어들의 내포를 환치하거나 온갖 통념으로 오염된 부분을 씻어내는 것이다. 《유년의 시놉시스》는 우리가 이제까지 보아온 시들 가운데 가장 치열하게 그러한 모험을 전면적·총체적으로 감행하고 있다. 시인은 언어의 매혹과 한계를 누구보다 잘 알고 있기에, 인류가 사물들을 '소리'(목소리)로 분절하고, 그것을 다시 문자로 정착해가는 과정에서 무엇이 부가되거나 사라져버렸는지를 더듬고, 각 나라 말들 사이의 구멍 또는 틈새들을 중첩시키고, 그 부재 또는 '결석'을 감각하고 사유하면서 '유년'이 사전적 의미 너머에서 얼마나 풍요로워질 수 있는지 뚜렷이 보여주고 있다.

본문의 첫 번째 장 '본—검은 수첩 Design'의 '프롤로그' 첫머리에서, 화자는 '정경'이라는 명사와 대비적 관점에서 '가다'라는 동사를 음미하면서 슬그머니 '무늬'라는 개념을 등장시킨다.(33) 그는 '정경'이란 낱말을 '정'과 '경'으로 분리한 다음, 그것을 다시 '정경'이게 하는 것이 '무늬'라고 말한다. 이런 점에서 '무늬'는 분절된 개념들 사이 또는 언어와 존재 사이의 틈새를 메우면서 무한 속도로 번져가는 감각의 운동성을 내재하고 있다. 그래서 우리는 '정경'을 이루는 잡다한 것들을 사상(捨象)한 채 그것을 단번에 '정경'으로 감지할 수 있다. 이 운동성을 은유하는 '가다'의 활동 공간인 '정경'은 잡다한 것들이 불러일으키는 '처참'의 느낌을 떨쳐버리고 그것들의 통일과 조화로서 우리 앞에 펼쳐져 있다. 그렇게 분리된 채 존재하는 '정'과 '경'의 '처참'을 벗겨주는 것은 '가다'가 빚어내는 '무늬'이다. 이러한 감각적 분석도 놀랍지만, 우리를 더욱 놀라게 하는 것은 '무늬'가 없는 상태에 대한 명징한 시각화이다.

> 그것이 없다면 장마 아니고
> 끈적끈적한 물방울 직전의 습기가 눈에 보이는
> 전 세계 아침 위에 누더기 모포를 씌우는

이 기묘하게 기분좋은 식물성 현상은

아무래도 흐느끼는 것이 속절없어 보이고 아무래도

도시가 괜히 우는 것처럼 들릴 것이다. (33)

'무늬'는 복잡성을 흐름으로 조화시켜 하나의 정경으로 빚어내며 모종의 심미적 변화까지 유발하는 작용이다. 그런데 이러한 무늬가 없다는 전제에서 바라보는(상상하는) 해체된 정경, 아니 정경의 해체에서 드러나는 풍경의 미분화(微分化)는 또 다른 차원에서 전혀 새로운 심미적 작용을 불러일으킨다. "기묘하게 기분좋은 식물성 현상"으로 표상되는 심미적 효과가 그것이다. 이처럼 화자는 '무늬'가 있거나 없는 상태에서 세계를 전혀 다르게 볼 수 있는 독창적인 '추상=구체, 구체=추상'의 방법을 거침없이 구사하고 있다.

이러한 방법으로 시적 주체는 존재와 언어 사이의 근원적 괴리를 형상화하고, '중세 용어'의 육체성을 새롭게 음미하며, '낯섦'의 원리를 내장한 언어가 고유의 생명을 500년 동안 유지해오는 데에 놀라움을 표하기도 한다. 그리고 언어와 유년의 여러 속성들을 절묘하게 겹쳐 보이면서 단어들의 내포를 새롭게 재구성한다. 그는 언어의 질료인 소리가 피어나는 순간까지 들여다본다. "소리는 모음과 자음/사이 있고 그 사이가 소리고 그 소리에 닿는 순간/모음이 자음이고 자음이 모음이고 그렇게 그 둘의/구분도 결합도 사라지지만 통틀어/나의 순이가 '순이'도, '수니'도 아니고 여전히 나의/순이인 번도 있고, 그렇게 소리이/평면도 건축도 사라지고 오로지/정신의 육체상만 생생한 면도 있다."(35) 여기에서, 소리는 자음과 모음의 결합에서 비롯된다는 우리의 소박한 언어적 통념은 해체된다. 우리는 그동안 문자 또는 글자에 대한 발음을 소리로 착각해왔던 것이다. 소리는 자음과 모음의 결합이 아니라 자음과 모음의 '사이'에서 피어난다. 소리는 오히려 모음과 자음의 결합뿐만 아니라 그 구분까지도 해체한다. 그런데도 '순이'라는 이름의 소리에는 그것이 '나의 순이'라는 그녀만의 개인적 특징을 생생하게 떠올려주는 역능도 깃들어 있다. 화자는 대체로 자음만 쓰는 아랍어 단어들을 통해 소리의 그러한 속성을 명징하게 떠올려준다. 아랍의 소리글자 "Abjad가 대체로 자음만 쓰는 것은 표현이 더 풍부한/육체 기관에 모음을 맡긴다는/뜻을 넘어서 있다./모음이 육체의 글씨라는 뜻을 넘어서 있다. 그것은/육체가 모음의 글씨라는 뜻이다./(……)/모음을 심화하는 모음의 안팎이 있다는 뜻이다. 그/유년 속에서/기분좋은 여자는 기분좋은 술병이다./취하지 않는, 더 독하고 영롱한 술이 담긴 그 안에서는/젊음이 낭비되어도 낭비되지 않아서 좋다."(36) 화자는 아랍 소리글자가 "모음이 육체의 글씨라는 뜻"을 넘어 인간의 육체 자체가 '모음의 글씨'이며, "모음을 심화하는 모음의 안팎이 있다"는 놀라운 성찰에 이르고 있다. 시적 주체는 우리의 통념뿐만 아니라 문자체계에서조차 해방된 소리와 노닐며 언어의 유년에 마음껏 취하고 있다. 그는 이러한 발견의 기쁨을 '기분좋은 술병'인 '여자'로 은유하면서, 그 '술병' 안에는 낭비될 수 없는 '젊음'만 존재한다며 기꺼워하고 있다.

언어의 유년에 기분 좋게 취한 화자는 이제 '미래의 유년'이 감지되는 순간의 미묘한 느낌을 선명하게 드러내기 위해 언어의 발묵법(潑墨法)을 구사한다. "포도껍질과 넝쿨을 접시 안 바닥에서/위로 보재기 싸는/Tissue가 보라색 동양화를 그리는 것처럼/흐림이 부드러운 것처럼 시대를 앞서가는 미래의/유년은 드러난다."(37-38) '미래의 유년'은 티슈에 번져가는 무늬처럼 부드러운 흐림으로 감지된다. 이 '흐림'은 명징성과 대립되는 것이 아니다. 이 흐림은 미세한 차이를 빚어내며 끊임없이 운동하는, 유년의 무수한 속성들 가운데 하나를 명징하게 시각화한다. 화자는 그 미세한 속성들을 '-처럼'과 '-듯이'로 끝나는 부사절들로 여러 번 비유한다. 그러나 '미래의 유년'에 대한 예감과는 달리 회

434

고되는 시간은 연속과 단속을 동시에 함축하고 있다. 이러한 연속과 단속의 차이는 "아, 이, 우, 에, 오./아, 에, 이, 오, 우./그 차이./낯익은 것이 낯설지 않고 낯선 것이 낯익지 않은/그 차이"(39)로 비유될 만큼 미세하다. 그리고 화자는 일본인들과 한국인들이 습관적으로 나열하는 모음들에 다 같이 '어'가 빠져 있다는 사실에 '어?' 하고 놀란다. '어?'는 닫혀 있던 세계의 갑작스러운 열림을 형용하는 소리이며, 새로운 발견에 대한 경탄을 품고 있다. 그러나 화자가 '단절' 너머 의식의 빈자리에 놓여 있는 존재에 대해 의문을 품는 순간 '어?'는 '무엇?'으로 치환된다. 화자는 '성의 단절'[6] 속을 들여다보며 '무엇?'으로 끝나는 의문문을 일곱 번 나열하고 나서, 자신의 의식으로 건져올릴 수 없는 것들을 의문형으로 호명하는 자신의 행위를 '지리멸렬' 하다고 슬퍼한다. "슬프다, 나의 지리멸렬은 독수리의/완벽성보다 더 나중인 지리멸렬이구나./기쁘다, 나의 지리멸렬은 그 슬픔의/완벽성보다 더 나중인 지리멸렬, 나중의 지리멸렬이구나."(41) '지리멸렬'이 슬프거나 기쁠 수 있는 조건은 육체적 기능과 대비되거나 정서의 풍부함과 대비될 때의 차이이다. 그런데 '지리멸렬'이 기쁠 수 있는 조건으로 제시되고 있는 "슬픔의/완벽성보다 더 나중"은, 의식의 빈자리를 더듬는 '지리멸렬한' 행위가 사실은 완벽한 슬픔조차 초극할 만큼 치열한 것임을 암시한다.

이처럼 숱한 의문을 불러일으키는 의식의 빈자리를 '빈집'으로 은유하면서, 화자는 이제 그 안에서 '지리멸렬하지' 않게 살아갈 준비를 갖춘다. "그 빈집에 없는 것은 시사의 기미다. 생녕의/윤곽도 생명을 준비하지 않고/뒤받치지 않고 그냥/생명보다 더 처음인 생명의 무늬와/생명보다 더 나중인 생명의 무늬의/겹침이고 여기서만 그 겹침이 지리멸렬

---

6) 여기서 '성의 단절'은 남녀 성차로서의 젠더(gender)가 남녀의 사회적 성역할(gender role)로 굳어져버린 현상을 의미하는 듯하다.

하지 않다."(41) 화자는 '빈집'에 없는 것은 '시사' 즉 세상의 잡다한 일들의 소식일 뿐이라는 사실을 드러내면서, 그것을 '무늬의 겹침'이 이루어지는 공간으로 표상하고 있다. 지리멸렬하지 않을 수 있는 조건으로 제시되고 있는 "생명보다 더 처음인 생명의 무늬와/생명보다 더 나중인 생명의 무늬의/겹침"은 시적 주체가 포도즙의 흐린 번짐처럼 시간의 오고감을 뚜렷이 의식할 수 있는 상태에 있다는 것을 암시한다. 이처럼 시인은 '흐림'의 무늬를 통해 언어의 틈새들을 메워가는 투명한 형식을 빚어내고 있다. 이러한 감각적 사유 형식은 '아버지의 길'과는 달리 눈 뒤로 보이며 끊어지지 않는 '어머니의 길'까지 보게 한다. 화자는 이러한 경지를 "우리의 발걸음이 빠지지 않고/우리 생의 허방 전체가 아늑해지는 허방"(42)이라고 말한다. '아늑해지는 허방'은 의식의 빈자리에 있어야 할 것들을 제대로 배치한 사람에게만 가능한 심리 상태이다. 이것은 말라르메(Stéphane Mallaremé)가 시의 원리로 내세운 '회상'의 효과와도 유사한 측면이 있다. "회상을 통해 모든 것을 재창조하는 것은 그것이 있어야 할 곳에 정말 있다는 것을 보여주기 위한 것이다."[7] 이러한 '회상'이 플라톤이 상정한 이데아의 세계에 대한 회상 즉 아남네시스(anamnesis)의 의미까지 내포하고 있다면, 그것은 개인적 경험에 대한 기억의 범주를 넘어서 있는 것이다. 그러나 회상은 본질적으로 이미 존재하거나 존재했던 대상을 전제하고 있다는 점에서 '유년의 시놉시스'에 내재되어 있는 디자인보다 제한적인 의미를 띨 수밖에 없다. 이 시의 화자가 언어 이전의 세계까지 더듬고 있는 것은 궁극적으로 미래를 회복하기 위한 것이다. 이를테면, 화자는 어문일치의 과정에서 영영 사라져버렸을 소리언어들까지 더듬으면서 디자인은 옛것의 생

---

7) Jacques Ranciér, trans. by Gregory Elliott, *The Future of the Image*, Verso:London, 2009, p. 96에서 재인용.

명을 보존하면서 미래를 열어가는 놀라운 힘을 지니고 있다는 것을 분명히 보여준다. "미케네, 혹은 더 불길한 아가멤논 황금/가면의 데드마스크는/내용을 능가하는 디자인의 예언 같다."(46) 여기서 '데드마스크'는 내용을 가리거나 영원한 부재 속으로 절멸시키는 것이 아니라 맨얼굴이 감추고 있는 내용까지 드러내며 미래에까지 이어주는 디자인을 품고 있다. 이런 점에서, 디자인은 당대의 삶의 가치를 미래에까지 이어가는 생명성을 지니고 있는 것이다. 그리고 "이전이 품고 있던 더 나은 이후는 물화할 수 없다는/사정을 뒤늦게라도 깨달은 사람은/지껄임이 문장이 되고 소리가 음악이 되고 그림이/미술로 되는 순간을/최초로 온몸으로 겪은 사람이다. 그,/태초는 오늘도 발생한다."(46) 예술의 개념이 없었던 시절의 황금가면 만들기는 생활의 한 부분이었지만, '물화할 수 없'는 생명성을 담는 디자인을 내재함으로써 영원성을 획득한다. 이러한 사실을 몸소 터득한 사람은 자신의 행위들이 예술적 창조로 이어지게 하는 삶의 방식을 지니고 있다. 그래서 그에게는 삶의 모든 순간들이 '태초'이다.

그런데 시적 주체가 보기에는 단어들도 때로는 딱딱한 데드마스크들을 쓰고 있다. "어떤 단어든/단어의 의미 내포들은 하나같이 무겁고 딱딱하고/서로를 향해/낯선 방식으로 지리멸렬하다. 박동과/흐름과 호흡이 거의 멈추는/겨울잠을 배우면 아이큐 중 임종과/어울리지 않는 부분은 정화하지. 의미는 결국/명명과 비유의 혼잡이고 혼잡의 심화지만/이제부터는 뜻보다 단어 자체가/명징해져야 하는 거 낫나."(51) 이 예문의 문맥에서 '뜻'과 대비적 관점에서 제시되고 있는 '단어'는 시니피앙(기표)이다. 화자는 단어라는 시니피앙에서 "명명과 비유의 혼잡이고 혼잡의 심화"인 의미를 걷어내며 그것을 정화해야 할 필요성을 느끼고 있다. 그런데 그 방법이 놀랍게도 '겨울잠'이다. 이 '겨울잠'은 단어의 내포들 가운데 특히 "임종과/어울리지 않는 부분"을 정화하는 것이다. "임종과

/어울리지 않는 부분"은 부드러운 '죽음'을 맞이할 수 없는 "무겁고 딱딱하고/서로를 향해/낯선" 단어들의 내포이다. 그러니까 '겨울잠'은 단어들의 내포에서 "명명과 비유의 혼잡"을 정화하는 것이다. 이처럼 화자가 제시하는 단어의 명징화 방식은 빛의 투사가 아니라 '겨울잠' 즉 암흑 또는 죽음을 경유하는 것이다. 이러한 사실을 화자는 심해어들의 생리를 통해 절묘하게 은유한다. "스스로 빛을 내는 심해어는 빛과 어둠의/구분이 아예 없는/그 아래 어종보다 아무래도 한 수 아래 맞다."(51) 심해어가 "빛과 어둠의/구분이 아예 없는/그 아래 어종보다" 한 수 아래인 까닭은 미량일지라도 빛의 도움을 필요로 하기 때문이다. 빛은 대상의 한 부분을 드러내면서 나머지 부분을 시야 밖으로 밀어낸다. 빛이 의미의 은유라면, 빛의 절멸을 통과하지 않은 단어들은 의미의 혼잡으로 인해 명징해질 수 없을 것이다. 이어서 화자는 "품을 만큼만 산란하는 새"(52)를 통해 하나의 단어가 품을 수 있는 의미(의 한계)를 드러내고 나서, "몸이 너무 커져 바다 자체가 음식으로 보일 즈음/즉,/교환과 가치의 직전/고래가 진화를 멈추었을 것"(52)이라고 말한다. 이 시의 첫머리에서 말했듯이, '고래'는 언어의 은유이다. 그러니 고래가 진화를 멈추었다는 것은 언어가 진화를 멈추었다는 뜻이고, 그 멈춤은 사물과 언어 사이의 일대일 교환 또는 지시 관계와 가치의 주입에서 비롯되었다는 것이다. 그러므로 진화를 멈춰버린 언어체계를 되살려내는 방법들 가운데 하나는 단어들을 교환과 가치에서 해방하는 것이다.

이런 맥락에서 화자는 '요강'을 통해 하나의 단어가 얼마나 풍요로운 어감을 생산해낼 수 있는지를 눈부시게 드러내 보인다.

내 양다리 사이
야생마처럼 날뛰는
시간, 약동하는 공간의

일관성, 요강 하나 튀어나온다. 깨끗이 광택을 낸
놋쇠 요강 하나.
어여쁜 창피, 혹은 더 아름다운
형벌의 요강 하나,
중세 수녀원을 닮지 않고,
명사는 가장 빠르고 허술했다. 형용사는 가장 느리고
글의 형용 너머로 느리다. 부사의 형편은
그 너머로 느린 형용사의
견인력에 좌우된다. 장소의 전치 혹은 접미사가
언제 어디서 어떻게였는지
기억나지 않는 내 유년의, 위치가, 그 감이 비로소
분명하다.
정체의
재귀대명사가 언제 어디서 어떻게였는지
알 수 없는 나의 존재가, 그 감이 비로소
생생하다. (52-53)

놋쇠로 빚은 '요강'도 양다리 사이에 놓이면 시간과 공간을 야생마처
럼 날뛰게 된다. 그 '광택'은 어린 시절의 회상과 겹쳐지면 "어여쁜 창
피, 혹은 더 아름다운/형벌"의 느낌을 유발한다. '요강'이라는 기표는
놓인 자리와 회상의 각도에 따라 이처럼 다채로운 이미지와 정감을 불
러일으킬 수 있다. 그러나 '요강'이라는 단어를 하나의 명사로 치환하고
보면, 그것은 가장 빠르지만 허술한 것으로 드러난다. 화자는 이러한 문
법체계 속에서 작동하는 품사들의 기능들에 불만을 느낀다. '형용사'는
가장 느릴 뿐만 아니라 "글의 형용 너머로 느리다." 이 문장은 형용사가
사물의 운동성까지 따라잡을 수는 없다는 뜻으로 읽힌다. 부사는 형용

사에서 파생되는 것들이 많다. 그런 만큼 "형용사의 견인력에 좌우"될 수밖에 없을 것이다. 그런데 화자는 단어들의 위치에 따라 느낌과 의미가 달라진다는 사실과 문법적 구조·기능 들을 언제 어디에서 어떻게 터득하게 되었는지 기억나지 않는다고 말한다. 이것이 언어와 관련된 유년의 '위치'이지만, 그것은 어디까지나 '감'으로만 분명할 뿐이다. 화자는 또 재귀대명사로 비유되는 자신의 정체성이 언제 어디서 어떻게 성립되었는지도 모른다고 말한다. 그러니까 "알 수 없는 나의 존재가, 그 감이 비로소/생생하다"고 말할 때의 그 '감'은 기억의 한계까지 더듬어 본 화자 자신의 의식의 명징성을 일컫는 것이다.

그러기에, 화자는 '명징성의 디자인'을 갈망한다. "이런 상태로 얼마나 더 심화해야 명징성의/디자인에 이르는 것인가./그 성의/단절의/디자인에 이르는 것인가./나의 유년은 그렇게 묻고 있다./추억도, 소년도 소녀도 아니고, 장차의/미래도 죽음도, 미래라는 죽음도 아니고,/지금, 미래의 죽음이 그렇게/질문의 욕을 입고 있다."(54-55) 이 예문에서 질문을 던지고 있는 주체는 '나의 유년'이지만, 그 질문의 모티프는 '미래의 죽음'이다. 이 '미래의 죽음'은 암담한 지금의 현실이 투사된 미래이기에, 그것이 질문의 형태로 자신의 회복을 우리에게 요청하는 때는 바로 '지금'일 수밖에 없다. 이 질문에는 '명징성의 디자인'에 대한 갈망이 서려 있는데, 그것은 '성의 단절의 디자인'과 동일시되고 있다. '성'은 아마 남녀의 성차를 사회적 차원의 역할로 고정시킨 젠더를 의미할 것이다. 그렇다면, '성의 단절'은 그러한 개념적 고정성과 관련된 사회적 관념과 체제의 폐기를 뜻할 것이다.

이렇게 질문의 형태로 시적 사유의 지평에 떠오른 '디자인'은 개념적으로 명징해지거나 어떤 이미지로 형상화되지 않고 '묻어난다'는 자동사의 반복을 통해 무려 55행에 걸쳐 다채로운 느낌만 더해가고 있다. 이 시에서 '디자인'은 일차적으로 물질 또는 자연계와 문화적 현상에서 미세한 차이들을 빚어내고 있는 모종의 운동성으로 보인다. 이럴 때의 디자인은 모든 존재의 변화와 함께 시간을 빚어낸다. 그런가 하면, 디자인은 좁은 의미에서 시적 주체의 기획적인 의도 즉 시놉시스와도 관련되어 있는 듯이 보인다. "내 유년의 디자인은 비상의/개념을 넘어선다. 가까이 보이는 원초 창조의/행위도 넘어선다. 성이 단절되고 생의 미래가/복원되는 디자인. 생의 미래는 복원될 뿐. 새로운/것은 언제나 각자의, 개별적인 죽음의, 개별적인/미래다."(55) 화자가 디자인하려는 유년은 "비상의 개념을 넘어"설 뿐만 아니라 "원초 창조의 행위도 넘어"설 만큼 보편적 본질을 지니고 있다. '비상'이 초월을 내포한 운동이라면, 디자인은 그러한 운동성까지 자신의 내포 안으로 포섭할 만큼 전면적이며, '원초의 창조' 즉 천지창조의 신적인 행위조차 넘어설 만큼 근원적이다. 그런데 여기서 '성의 단절'은 "생의 미래가/복원되는 디자인"의 조건처럼 되어 있다. 이런 문맥에서 보면, '성'은 왜곡된 채 굳어 있는 모든 것들, 또는 그 결과 미래까지 왜곡할 수밖에 없는 굳어진 틀처럼 보인다. 일상 언어에서 디자인은 인공적으로 빚어낸 사물들의 외형적 특성과 관련되지만, 이 예문에서 디자인은 모든 사물에 보편적으로 내재된 채 보이지 않는 속성을 지니고 있다. 그런데 "디자인은 디자인의 완벽인 디자인의 죽음을 향해/사라지는 디자인이다."(56) '디자인의 완벽'은 사실상 가능할 수 없는 목표이기에, 디자인은 끊임없는 죽음을 통해 녹표를 향해 사라지기를 멈출 수 없는 것이다. 이를테면 의자의 디자인은 '앉는다'는 행위의 이전과 이후를 관통하면서 의자의 외형을 끊임없이 변화시키는 작용 속에 깃들어 있다. 그래서 디자인은 더 나은 '그 후'를 위해 끊임없이 사라질 수밖에 없는 것이다. 그런데 다음 인용문에서 디자인은 모종의 심미적 가치와 결부되고 있다. "아름다움이 자본주의를 능가하는 안팎의/포장이 디자인과 가장 가깝고/성욕과 자본주의가 야합하는 호상의/광고가 디자인과 가장 먼 것이/보이는 나의 유년이다./그게 디자인의/의사소통 디자인이다."(56) 유년의 눈을 가진 화자는 '아름다움'이라는 예술적 가치를 통해 자본주의를 능가하는 '안팎의 포장'을 디자인과 가장 가까운 것으로, 그리고 성욕과 자본주의의 야합에서 빚어진 '광고'를 디자인과 가장 먼 것으로 보고 있다. 그런데 '안팎의 포장'에서 '안팎'은 무엇의 안팎인가? 그것은 시적 주체—일반적으로는 인간 자체—의 안팎일 수도 있고, 자본주의의 안팎일 수도 있다. 그러나 예문의 맥락에서만 보면 그것은 자본주의일 가능성이 크다. 능가되어야 할 것은 주체의 밖에 있는 자본주의뿐만 아니라 주체에게 내면화되어 있는 자본주의이기도 하기 때문이다. 어쨌든, 화자는 디자인과 먼 것과 가까운 것을 가려보는 행위를 '디자인의 의사소통 디자인'이라고 규정하고 있다. 그런데 의사소통은 누구 또는 무엇들 사이의 관계에서 이루어지는가? '포장'과 '광고' 사이를 디자인과 가장 가깝거나 먼 것으로 설정하는 것이 그 둘을 대비적 관계 속에 재정립하는 것이라면, 그 둘 사이 또는 그 둘과 시적 주체 사이에 일종의 '의사소통' 관계가 성립되는 것으로 볼 수 있을 것이다. 그럴 때, 디자인은 시적 주체 또는 자본주의의 안팎에서 먼 곳과 가까운 곳 사이의 의사소통이 가능한 조건을 빚어내는 원리로 작동하고 있다.

이러한 디자인적 감각을 지닌 시적 주체는 자신의 유년이 몸담았던 동네의 윤곽을 그려본다. "아주 구체적으로 희미한/흔적이 달라붙으며/모양을 이루는 것이 동네의/윤곽이다./그것은 아직 지도보다 더 구체적이지만/지도보다 더 희미하고, 위태로운 윤곽이다./윤곽의 윤곽이 더 뚜렷해질 겨를도 없이/소방서와 우체국, 신작로와 골목길, 표지와 상징들/그리고 유년의 번짓수들이/하늘과 땅과 풀과 마음의 색깔을 머금고/지도는 벌써 육화한다. 험준한 고동과 평탄한 초록의/등고선을 갖춘, 지도가 아닌 지도의 육체다."(59-60) 이 예문은 유년의 동네를 떠올릴 때 화자의 의식에 떠오르는 건물, 길, 상징 등이 등고선을 갖춘 지도의 윤곽으로 그려지기도 전에 '육체의 지도'로 되어버리는 과정을 자세하게 드러내고 있다. 이러한 과정에는 "'구체=추상'화와 '추상=구체'화를 번갈으는/단속이 연속을 능가하는"(60) 의식 현상이 작용하고 있다. 이렇게 드러나는 유년의 풍경 속에서 화자는, '슈퍼맨'이나 '배트맨' 등의 영화나 '뽀빠이', '톰 & 제리' 등의 애니메이션을 보고 있는 자신의 유년을 전생처럼 바라보는 '나'가 있고, 그런 '나'를 뚜렷이 보고 있는 또 하나의 '나'가 있다는 것을 알아차린다. 이러한 연속과 단속을 한꺼번에, 그리고 단번에 감지하는 '구체=추상'화와 '추상=구체'화를 통해 화자의 마음속 지도 속에 자리 잡게 된 유년은 무엇보다 언어와 밀착되어 있다. 사실, 언어는 그의 유년에 달라붙어 있다기보다는 신체 기관들의 감각작용처럼 발생하고 있다. 그에게 '유년의 언어'는 "발가락이,/눈꺼풀이/스스로/감각에 놀라던 그 태초의/어감이 끝없이 성장하는/소리"(64)이고, 그 소리의 '형상인 상징'이며, '그 행위인 놀이'이다. 유년의 언어가 소리·상징·놀이라면, 그것은 유년의 거의 모든 것이다. 이러한 유년은 "빛이 소리인/광음천왕"(64)의 이미지를 입을 만큼 거룩하다.

이처럼 언어에 민감한, 언어 자체인 유년을 품고 있기에 시적 주체에게는 '어감'이 역사적 사실들보다 더 소중하게 다가온다. '어감'은 특정한 역사의 시대적 특성까지 '감'으로 함축하면서 현재화할 수 있다. 그래서 화자는 우리의 역사적 사실들을 지칭하는 언어나 역사적 인물들의 이름이 자아내는 어감들을 연쇄적으로 떠올리며, 그 시대의 '감'을 음미하는 역사 산책을 이어간다. 화자는 식민지 시대의 풍물들, 이를테면 부민관, 동요, 권번, 극장, 살롱, 카페, 유곽 들의 누추한 어감들로 우리의 근대를 감각의 지도로 육화한다. 그러고 나서, 화자는 "왜곡된 근대의 어감은 근대의 물질을/하나의 장르로 분류한다"(65-66)는 결론에 이른다. 한 시대의 어감들을 장르로까지 분류할 수 있다면, 우리는 그것을 무엇이라 부를 수 있을까? 그러나 시적 주체가 마음속에 준비하고 있는 것은 그 장르에 대한 명칭이 아니라 현재에 붙들려 있는 우리들에게 그 어감들에 내재되어 있는 과거의 요청을 들려주는 것이다. "왜곡의 어감이 새로운/유년을 창조하고 누구나 유년은 더더욱/과거의 미래다."(66) 이 예문에 깃들어 있는 전언은 현재에 몸담고 있는 모든 사람들, 특히 유년을 품고 있는 사람들이야말로 '과거의 미래'이기에, 과거의 요청을 실현하는 자로 거듭날 수밖에 없다는 것이다. 이것이야말로 '단속이 연속을 능가하는' 의식의 디자인이다. 이러한 성찰은, 과거 사람들도 메시아를 요청할 권리를 지니고 있기에, 우리들 자신이 그들의 메시아일 수밖에 없다는 벤야민(Walter Benjamin)의 생각과도 상통한다.[8]

그리고 화자는 영화를 가능케 하는 '잔상의 착각'을 유도하려는 듯, '어감이 더 소중하다'는 말을 '어감만 묻어난다', '어감도 묻어난다', '어감은 묻어난다'로 환치하며 과거의 수많은 풍물들이 명멸하는 마법의 동굴 속으로 우리를 이끈다. 화자는 영화, 협성회보, 제니스 라디오, 구호물자, 슈사인 보이, 민중포켓영어사전, 카루소, 인쇄기, 윤복희, 정미소, 손탁 호텔, 삼양라면 등의 어감들이 피어나는 시공간들을 육화하고 나서, 그 어감들을 배경으로 '종묘 정전'을 떠올린다. "이런 감들은 가장 가혹한 죽음의 모습을 가장 기나긴/마름모꼴의/정면으로 가장 아름답게 펼치는 종묘/정전을 더욱 정전답게 만든다."(67) '종묘 정전'은 그 자체로서 아름답다기보다는 근대의 누추한 어감과 풍경을 배경으로 그 정전다운 아름다움이 최고조에 이르게 되는 것이다. 뿐만 아니라 화자는 우리의 '생'도 '종묘 속'처럼 그렇게 심화될 수 있다고 말한다. "아름다움은 심화에 다름 아니라는 듯/흡사 생도 종묘 속이다."(67) 이 예

---

8) 발터 벤야민 지음, 반성완 편역, 〈역사철학 테제〉, 《발터 벤야민의 문예이론》 (민음사, 1983), 344쪽 참조.

문은 삶('생')의 미학적 뿌리를 명징하게 시각화하고 있다. 예술과 삶은 동일한 현상의 다른 차원들이다. 화자는 '종묘 정전'을 매개 삼아, 숱한 사물들의 '죽음'을 아름다움으로 심화하는 디자인을 보고 있다.

　이제 시적 주체의 '구체=추상화, 추상=구체화'의 감각적 사유는 문자 속으로 파고든다. 화자는 상형, 회의, 숙어, 중국어 간체와 일본 가나를 비교하며 문자가 생의 비린내를 벗는 '감'을 음미하고, '첫울음'과 '첫 인식'이 피어나는 자리를 확인한다. "첫울음은/물의 '체온인 기억' 을/물의 '경악인 소리'로 떨쳐낸다./두려움이 본능이기 전에 본질이고 육체인,/의식의 빈자리가 도마에 오른/물고기 비늘처럼 반짝이는/첫울음이다."(69) 시적 주체는 '첫울음'을 드러내기 위해 사람의 육체 대신 '물'을 등장시킨다. '물'은 모든 생명의 근원이자 그 상징이니까 이 매질(媒質)의 뒤바꿈에 우리는 무의식적으로 동의한다. 물의 몸을 얻은 '첫울음'은 "물의 '체온인 기억'을/물의 '경악인 소리'로 떨쳐낸다." 인간 '의식의 빈자리'에서 물은 이미 '체온인 기억'과 '경악인 소리'를 내재하고 있다. 그러니까 '의식의 빈자리'는 물의 차원에 옮겨놓고 보면, 놀랍게도 충만한 존재성 그 자체로 드러난다. 이러한 환치를 통해, '경악'의 근원인 '두려움'은 "본능이기 전에 본질이고 육체"라는 사실이 분명해진다. 화자는 이 '첫울음'이 환기하는 '최초'의 감을 길게 끌어가며, 역사와 유년을 겹쳐 보인다. 역사와 유년의 차이는 기록과 실제의 차이이다. '유년'은 역사와 신문의 속성인 사건들에 대한 기록이 없는 대신 '방언'과 '민족 및 국제 언어'를 지니고 있다. 방언, 민족언어, 국제언어는 그것들이 소통되는 시공간의 범위를 달리할 뿐 언어라는 점에서는 동일하며, 국제언어도 한때에는 방언이고 민족언어였다. 화자가 역사·신문과 언어를 대립적 관점에서 제시하고 있는 까닭은 인간의 경험이 본질적으로 '언어적 경험'이라는 사실과 맞닿아 있기 때문이다. 유년은 "감각을 생생하게 하는 방언과/근대 및 직업의 민족 및 국제 언어만"

(70) 지니고 있기에, 경험적 조건은 다 갖추고 있는 셈이다. 그런데 정신분석은 "역사적 신화와 신화적 역사 사이를/갈수록 파고드는/첫울음, 아름다움의 역사를 의성 혹은/의태한 것에 지나지 않는다."(70) 정신분석의 한계를 분명히 짚어내고 있는 이 예문은 또한 뒤에서 "꿈은 꿈속에서 꿈을 해석하므로/꿈이다"(89-90)는 말로 부연되는데, 이것은 꿈은 자신의 기표를 생산하며 그것을 가지고 의미작용을 빚어낸다는 데리다(Jacques Derrida)의 생각과도 일맥상통한다.[9]

이 시에서 풍요로운 느낌과 역능을 부여받고 있는 '무늬'와 '디자인'은 언어의 한계를 명징하게 드러내면서, 역설적으로, 언어의 활용 가능성을 극대화하고 있다. 말하자면, 언어로써 언어를 치유케 하는 방식이다. 그래서 이 개념들은 고정된 의미로 정착되지 않은 채 풍요로운 '감'으로 부풀어오르고 있다. 그러니까 화자가 말하는 '명징화'는 정의를 통해 의미의 구획을 선명하게 드러내는 것이 아니라 감각적 차원에서 그 존재에 대한 '감'을 뚜렷이 포착하는 것이다. 그래서 화자가 '선명한 아이'라 부르고 있는 그 아이도 개념적 내포보다는 감각적 선명성이 더 두드러져 보인다.

> 아이, 선명한, 아이, 아이, 선명의 아이, 아이, 아이,
> 열려 있고 열릴밖에 없는
> 내용도 색도 그 속으로 녹아드는
> 디자인으로 너는 있다.

---

9) "무의식적 체험은 기표를 빌려오는 것이 아니라 자신의 고유한 기표를 생산한다. 그리고 기표를 자신의 신체 속에 창조하는 것이 아니라 오히려 그것을 가지고 의미화 작용을 산출한다." Jacques Derrida, *L'écritur et la différence*, Paris: Seuil, 1967, p. 331. 김상환, 〈라캉과 데리다〉, 《라캉의 재탄생》(창비, 2002), 514쪽에서 재인용.

글자가 글자의 무늬 속으로 사라지듯
그렇게 네 속으로 사라지고 싶은
디자인으로 너는 있다.
삶이 죽음 속으로 소멸하는 시신도 없는
활자의 검음이 미색으로 승화하는 종이도 없는
디자인으로 너는 있다.
글자가 글자 속으로 더 선명해지는 명암도 없는
사랑이 영혼의 형식 속으로 더 선명해지는 작동도
없는, 그 미완도 없는 그 순서도 없는
디자인으로 너는 있다. (146)

'선명의 아이'에게 '있는' 것은 언제나 '없는' 것을 통해서만 확인된다. 그리고 '없는'으로 마무리되는 형용구들은 모두 '디자인'에 걸려 있다. 이렇게 드러나는 디자인은 내용이나 색도 그 속으로 녹아드는 디자인이고, 그 속으로 사라지고 싶은 마음을 불러일으키는 디자인이며, 소멸의 결과로서 남게 되는 '시신'이나 '종이'와 같은 질료도 없는 디자인이고, 선명과 관련되는 '명암'이나 그 '작동'도 없고, 완성 여부나 '순서'도 없는 디자인이다. 이처럼 '선명의 아이'는 디자인으로 존재하면서, '뺄셈'의 과정을 통해 선명의 정도만 부가되고 있다. 그런데도 감각적 차원에서 이 아이의 존재감은 선명하게 지펴온다.

언어의 쇄신에 대한 시적 주체의 관심은 단어들의 '감'을 풍부하게 하는 데 그치지 않고 내포 자체를 치환하는 데까지 나아간다. 이렇게 탄생하는 언어는 늘 새로운 죽음과 맞닿아 있다. "가장 가공할/언어의 탄생은 새로운 죽음이다."(156) 이런 맥락에서 화자는 '죽음'은 '생의 무늬'라고 말한다. 그리고 우리가 '환경'이라고 부르는 낱말에 새로운 조명을 가하며, 그 낱말에 대한 우리의 통념을 뒤집는다. "죽음을 껴안고 흘러가는 내가 내 눈에 보이는 것이다./그, 무늬도, 더 아늑한 무늬의 무늬도 보이는 것이다./포옹의 포옹이 포옹을 풀지 않고, 끊임없이 겹치는/무늬들의 그 겹을, 무의식의/눈에 보이는 형식을 우리는 환경이라고 부른다."(129) 이 예문의 핵심은 '무의식의 눈에 보이는 형식'이 환경이라는 것이다. 우리의 통념 속에서 무의식과 환경은 주체의 안과 밖으로 뚜렷이 나뉘어 있다. 그런데 이 예문에서 죽음의 '무늬'들은 서로를 포옹하고 끊임없이 겹치면서 '환경'을 이루어가고 있다. 이러한 과정은 물론 인과관계에 묶여 있는 것이 아니라 그 순서가 전도되거나 동시에 진행될 수도 있는 것이다. 환경이 '무의식의 눈에 보이는 형식'이라는 표현은, 환경은 의식의 눈에는 보이지 않는다는 사실을 반어적으로 강조하기 위한 것이다. 그러니까 이 예문은, 의식의 눈에는 보이지 않는 환경에 스며 있는 이데올로기까지 자동적으로(무의식적으로) 내면화하면서도 우리는 그것을 알아차리지 못한 채 살아간다는 것, 그리고 무의식은 무한한 창조의 용광로로서 우리 내면에 존재하는 것이 아니라 우리가 환경이라고 부르는 현상 속에 겹겹의 무늬로서 존재한다는 사실을 드러내고 있다. 이렇게 '환경'의 사전적 내포는 완벽하게 다른 내용으로 치환되고 있다. 단순화를 무릅쓰고 말하자면, 무의식과 환경은 서로 치환될 수 있는 것이다.

본문의 열두 번째 장 '본의 본—어린이 사전; 분류의 지도'의 '에필로그'에서 화자는 단어와 문법, 그리고 '단어들의 관계망'을 대비한다. "품사들의 문법/안팎을 넘나드는 단어들의/관계망은 더 문법적이고, 그 문법 안팎을 다시/단어들이 넘나든다."(328) 문법이란 실제의 언어가 사용되는 사례들을 뒤따라가며 그 법칙성을 체계화하는 것이기에, '단어들의 관계망'이 '품사들의 문법'보다 더 포괄적인 운용 가능성을 지닐 수 있다는 의미에서 그것은 더 문법적일 수 있다. 그런데 화자는 단어들이 그 '관계망의 문법'을 다시 한 번 넘나든다고 말한다. 일상에서든 시적 차원에서든 단어들은 규칙성을 넘나들게 마련이지만, 시적 주체는 우리가 생각하는 것보다 단어들의 활용 폭이 훨씬 더 넓다는 사실을 자신의 언어적 경험을 통해 분명히 알고 있다. 그러기에 화자는 우리가 사는 장소를 '지명'에서 해방시켜 삶 자체의 고유성을 되찾는 데까지 나아간다. "종족의 지명은 타자의 명명이다./내가 사는 곳은 내가 사는 곳이지 나의 지명이 아니다."(329) 그는 지명에서조차 선험적 규정성을 제거하려 할 만큼 단어들의 원초적 생명성 즉 유년을 회복하려는 열망에 들려 있다. 그에게 중요한 것은 문법적 규정이 아니라 단어들 사이의 '관계'이다. "난/관계대명사라는 말보다 더 은밀하고/애매하게 섹시한 단어를 들어본 적이 없다./명백한 미래는 없음이 명백하다./명백한 단어가 없음은 더 명백하다."(328-29) 이 예문이 강조하고 있는 것은, 단어들의 명백한 내포가 없다는 사실은 명백한 미래가 없는 것보다 더 명백하다는 것이다. '관계대명사'에 빗대어 단어들 사이의 관계에 성적인 어감까지 부여할 만큼 단어들의 관계가 무한하고 섹시한 것이라면, 흔히 의미 형성의 불가능성을 지적할 때 인용되는 "시니피에는 시니피앙 밑으로 끊임없이 미끄러진다."는 라캉(Jacques Marie Emile Lacan)의 명제는 오히려 의미 형성의 무한가능성을 지시하는 것으로 재해석될 수도 있을 것이다. 이러한 차이는 결국, 동일한 현상을 '미끄러짐'으로 규정하는 것과 '넘나듦'으로 이해하는 것 사이의 차이이고, 이것을 삶의 차원으로 확대하면 욕망의 환유적 운동성(운명성)과 그것의 자재로운 운용(능동성)의 차이로 드러난다. 이런 맥락에서 화자는 '관용어 구성'에서조차 단어들을 해방시킬 것을 제안한다. "관용어 구성 단어들을 관용 밖으로 해방시키면/뜻은/원시를 입고 더 많은 것을 뜻할 수 있다."(344)

화자는 언어의 유년에서 이루어지는 내밀한 변화의 움직임들까지

'소리'로 들으며, 현대 영어가 이루어지는 부산스러운 움직임을 명징하게 형상화한다.(330-31) 이 부분에서 화자는 언어의 미세한 변화의 사실들보다 "더 황홀한 것은 없다."고 말하면서, 그러한 깨달음을 "마각을 보았다"는 말로 표현한다.(331) 그런데 화자가 "馬脚이 魔脚보다 더/악마적"(331)이라고 말하는 것은 '馬脚'을 통해 정복자들의 말 달리는 소리를 환기하면서 언어적 차원에도 그러한 현상이 존재했다는 사실을 암시하기 위한 것이다. 이런 맥락에서 화자에게는 "모든 언어가 방언"(331)이라는 발견이 황홀할 수밖에 없다. 화자는 그 느낌을 "젊은 여자의 모든 것이 싱그러운/방언이라서 황홀하다"(332)는 말로써 다시 한번 강조한다. 그리고 화자는 하나의 방언을 다른 방언으로 옮기는 문제로 관심을 돌린다. 그는 방언인 언어들 사이 또는 차이들을 파고들며, 두 쪽에 걸쳐 매우 독창적인 번역론을 펼쳐 보인다.(332-33) 그에게 번역은 단어들 사이의 '1 대 1' 짝짓기가 아니라 하나의 '사건'이다. 새로운 것을 빚어내는 사건으로서 번역은 "탄생보다 더 눈물겨운/시작"(332)일 수밖에 없다. 방언을 방언으로 옮기는 일은 근원적으로 불가능한 일에 대한 도전이기 때문이다. 번역은 창작과 마찬가지로 '응축과 비유'이며, 언어 장르들 사이에 존재하는 '공통의 구멍'뿐만 아니라, 그 '자발적인 상실과 생략'까지 구성해야 한다. 그래서 시적 주체는 번역을 '문화운동'으로까지 격상시킨다. 그리고 화자는 "매우 소량의/기미, 아주 희미한 그/잔존과/너무 크고 깊어 보이지 않는 생략의/거푸집을,/등식화하는 느낌"(333)이 들 만큼, 수백 년의 시차를 두고도 본래의 의미를 보존해오는 언어의 역사는 "500년 동안 조금도 훼손되지 않은 시간"(333)을 품고 있고, 따라서 그것은 명료한 시간성만 아니라 '현재적인 시간'도 품고 있다고 말한다. 이것은 부르디외(Pierre Bourdieu)가 이른바 '심성의 역사'에서 읽어낸 '장기지속'(la longue durée)을 연상시킨다. 시적 주체는 이처럼 오랜 생명성을 지닌 언어를 통해 '500

년'이라는 장구한 시간성을 품고 있는 '현재적인 시간'을 새롭게 발견하고 있다. 이것은 벤야민의 '현재시간'(Jetztzeit)에서 묻어나는 형이상학적 뉘앙스와는 사뭇 다른 경험적 실재의 '감'을 내포하고 있다. 이러한 언어의 '현재적인 시간' 속에서는 "거룩 속에 범속이 더 거룩하게/번뜩이는"(333) 현상이 존재한다. 이것이 언어적 차원에서 발견된 유년의 거룩함 또는 거룩한 유년이다.

시적 주체는 이제 그러한 감들을 풍부하게 함축하고 있는 고전의 세계를 탐색한다. 고전은 그 낡음의 외형 속에 낡을 수 없는 시간성을 품고 있다. 그러기에 "고전을 좋아한다는 것은 그것과 지금의/사이를 좋아한다는 뜻이다."(338) 그러나 고전들 가운데는 중도에 허리가 꺾이는 것들도 있다. 워즈워스(William Wordsworth)의 시집도 그런 운명에 놓여 있다. 워즈워스에게 '평생의 눈뜸'이고 '천국'이었던 '자연'은 이제 "돌이킬 수 없이 지나간 자연 풍광"(338)이기 때문이다. 화자는 워즈워스의 시에서 반복되는 한 문장[10]을 인용하고 나서, "수선화와 다른 수선화,/나비와 다른 나비, 참새와 다른 참새/단어에 길들여지는 아이는 온순하다,/34세 무지개 아이는 어른의 아버지가 아니다"(339)라고 단언한다. 그러니까 워즈워스가 품고 있던 유년과 자연은 진정한 유년이나 자연이 아니라 그 시대에 발명된 개념들일 뿐이다. 이와는 달리, 아메리카 인디언들에게는 "다름 아닌 찰나가/호칭이"(339)듯이, "꽃도, 자연의/개념 자체도/태어나는 그 순간은 자신이지 자연이 아니다."(340) 화자는 워즈워스와 함께 콜리지(Samuel Taylor Coleridge), 셸리(Percy Bysshe Shelley), 키츠(John Keats)를 포함하는 일련의 시인들을 두고, "죽음들을 양파 껍질로 감싸는/모양 또한 시문학사 아니라 시집 같다,/그보다는 너무 늦은 책장 같다."(340)고 말하고 나서, "기분

---

10) "There's more in words than I can teach."

나쁜 쪽으로 닮은 자연의/산골짝이 누구에게나 있다."며, 그들의 시대적 한계를 너그러움으로 감싸안는다. 그러나 이 예문의 문맥에서 '자연의 산골짝'은 더 이상 낭만적이지 않다. "어디까지나 자연은/농담을 모르고,/바깥에서 요란을 떨지도 못하지만/산골짝은 뼈아픈 시간의/예봉을 꺾은 결과고 그래서 모종의 예봉을/꺾어주기도 한다."(340-41) 이제 '산골짝'은 지각운동의 역사를 품고 있는 자연 현상이면서 동시에 '자연'에 대한 낭만적 통념이 한 번 꺾인 '뼈아픈' 느낌으로 다가온다.

시적 주체의 디자인적 욕망은 고전들을 넘어 자연스럽게 '전집'으로 옮겨간다. "모든 것이 연결된다는 것을/확인키 위해 나는 전집의/전모에 집착하고/전모를 알면 하늘 아래 새로운 것은 없다./이것은 확인이 아니라 체념에 가깝다."(344) 모든 고전들을 한눈으로 보는 화자에게 새로움은 발견되지 않는다. 이러한 확인은 화자에게 새삼스러운 것이 아니기에 '그러면 그렇지' 하는 '체념'에 가까울 수밖에 없을 것이다. 그럼에도 불구하고 "전집의 전모에 집착하"는 까닭은 그것을 징검다리 삼아 삶과 문화현상(특히 문자)을 총체적으로 파악하기 위해서이다. 그래서 화자는 전집과 생애, 지남철과 유년, 飛越의 풍경들, '붉은 저녁 노을'의 등장과 '걸작의 등장', 불행·슬픔·기쁨·사랑과 육체, 이스라엘의 분리장벽과 역사의 잔혹성을 성찰하고 나서, "그 숱한 죽음을 다 죽고 지나온/유년은 냄새가 없다"(351)고 말한다. 그리고, 이번에는 한자의 유년을 더듬으며, '指事'와 '形聲'의 내밀한 관계를 살핀다. "아이는 너무 높은 안장에 양다리를 얹고/너무 낮게 몸을 웅크리며 자전거/페달을 밟고 있다. 形聲은/자전거 페달 밟는 아이의 비극적인 서사다."(353) '形聲' 즉 소리를 문자로 형상화하는, 그 아슬아슬하고 걷잡을 수 없는 느낌을 자전거 페달을 밟는 아이의 불안한 모습으로 절묘하게 떠올리고 있다. 이처럼 미묘한 세계의 감각은 '色'이라는 한자의 '會意'를 더듬는 대목에서 절정에 이른다. 그러나 '象形', '指事', '形聲',

'會意'라는 낱말들의 개념들만큼 그것들 사이의 기능이 명징하게 구별되는 것이 아니다. 이를테면 "形聲은/소리가 소리의 뜻을 보태는/회의고, 인간의/자연이다./그 자연은 내내 이어진다. 즉,/비극적인 서사가 아니다./유년의/시놉시스/일부다."(355) 이처럼 '形聲'은 소리만 이루는 것이 아니라 그 소리 냄에는 뜻이 부가될 수밖에 없으며, 그것은 인간에게는 어쩔 수 없는, 따라서 자연스러운 현상이라는 것이다. 그러나 화자는 얼핏 불완전해 보이는 이러한 겹침의 현상이 비극적인 것이 아니라 '유년의 시놉시스'의 한 부분이라고 말한다. 말하자면, '유년의 시놉시스'는 이러한 성찰을 내포하는 것이다. 어쨌든, 이러한 발견은 기표와 기의를 기능적으로 양분한 소쉬르(Ferdinand de Saussure)의 언어관을 정면으로 뒤집는 것으로, 기표 자체가 의미작용도 한다는 사실을 분명히 드러내고 있다.

4. 죽음의 디자인

물질계의 생성과 변화처럼 이 시 전체에 녹아들어 다양한 현상들을 조율하고 있는 '죽음'은 존재와 삶의 다양한 단면들에서 그 속성들을 언뜻언뜻 내비친다. 이 시에서 생명과 죽음은 동일한 현상의 다른 측면들이다. 들뢰즈(Gilles Deleuze)의 말처럼 생명이 '차이화하는 역능'이라면, 이 시의 화자가 생각하는 죽음은 ㄱ 차이를 빚어내는 생명적 현상이다. 그래서 '죽음'을 통해 조명되는 '유년'도 원초와 생명의 이미지를 띤 채 다채롭게 출몰한다. 이를테면 "유년은 역사보다 더 투명한 유리창이고,/흐름보다 더 깊은 투명 속이다./유리창 밖 광경이 흐트러지는 울음의/광경이라도 그것은 벌써/유년을 관통하며 포옹한 죽음의 잔영,/그 속에 지나지 않는다."(195) 이 예문에서 유년의 속성은 이중의 '투명성'으로 드러나고 있다. 하나는 기록으로 존재하는 '역사'보다 명징한 투명성이고, 다른 하나는 '흐름'보다 더 깊은 투명성이다. 이처럼 투명한 '유년'의 유리창에 비치는 '울음의 광경'도 "죽음의 잔영,/그 속에 지나지" 않은 것이다. 그림자에는 두께가 없고, '그 속'도 있을 리 없는데, 화자는 '울음의 광경'이 단순히 '죽음의 잔영'이 아니라 '그 속'이라고 말한다. 이처럼 '죽음'은 의미론적인 모호화를 통해 '흐름'의 명징성으로 전화(轉化)되며 나타날 때가 많다.

'죽음'은 무엇보다 '첫경험' 또는 새로운 감각의 열림을 가능케 하는 작용으로 감지된다. 그래서 이 '죽음'은 실존철학에서 삶의 감각을 예각적으로 벼려내기 위해 요청되는 죽음과는 사뭇 다른 경로들에서 출몰한다.

"죽음은/입장이 없다./죽음은 크리스마스 같고/아파트 동네/닭소리 같다."(11)

"모든 자장가는 죽음의, 죽은 이를 위한,/혹시/죽어서 듣는 자장가."(16)

"죽는 자는 죽어서 웃음을 보태고/죽음은 살아서 산 자의 우스꽝스러움에/윤곽을 부여한다."(21)

이 시의 앞부분에서 뽑아낸 이 예문들에서도 '죽음'의 의미는 잘 포착되지 않는다. 그것은 길모퉁이에서 마주치는 사람처럼 낯설면서도 참신한 모습으로 출몰한다. 그것은 삼라만상에 편재하기에 '입장'이 없다. 그런데도 '죽음'들은 그 낯선 느낌과 뉘앙스를 풍기면서 우리의 감각과 의식 속으로 파고들어 모종의 작용을 일으킨다. 그 작용은 이중적이다. 하나는 부가 작용이고 다른 하나는 삭제 작용이다. 첫 번째 예문에서 '죽음'은 '크리스마스'나 '아파트 동네 닭소리'로 비유되며 반가운 느낌을 부가한다. 삭제 작용은 주로 우리의 의식에 각인되어 있는 '죽음'에 대한 통념을 씻어내는 데에서 이루어진다. 첫 번째 예문은 상쾌한 느낌을 통해 암울한 색채를 걷어내고 있고, 두 번째 예문은 자장가의 안온한 느낌으로 죽음에 대한 공포심을 누그러뜨리고 있으며, 세 번째 예문은 '산 자'의 위장된 엄숙성을 희화하며 위선과 속물성을 씻어내는 작용을 하고 있다. '죽음'은 물론 좀더 복잡하거나 구체적인 지시성을 띠며 나타나기도 한다.

"죽음 이후 예술이 있고 그게 죽음보다 더/끔찍할 것 같은 때가 있다. 처형보다 처형 이후가/형틀보다 형틀 이후가 더 끔찍하다는 듯 죽음의/의식적 연장이 예술이라는 생각."(23)

"중요한 것은 죽음의 유래고 삶의 미래고,/죽음의 유래가 삶의 미래인 지점이다."(45)

"방충망에 착,/달라붙어. (영영 귀기울이는 것이 죽음인지/모르지.)"(73)

세 번째 예문은 방충망에 붙어 있는 매미에 빗대어 생에 밀착해 있는 죽음을 은유하고 있고, 두 번째 예문은 죽음이 발생한 과정이 미래와 맞닿아 있는 지점을 발견하는 것이 중요하다는 것을 강조하고 있으며, 첫 번째 예문은 '죽음'보다 '끔찍한' 그 이후를 마음에 간직한 채 그것을 의식적으로 연장해가는 것이 예술이라는 '생각'을 드러내고 있다. 첫 번째와 두 번째 예문을 이어놓고 보면, '죽음'은 낡은 것을 밀어내며 미

래를 열어가는 것인데, 그처럼 낡은 틀을 깨뜨리는 예술이 때로는 죽음
보다 더 끔찍하게 생각될 때도 있다는 것이다. 이처럼 '죽음'은 명징하
게 정의되지 않지만, 그것은 주로 '유년'이 시적 지평에 떠오르게 되는
조건, 즉 낡은 세계의 사멸 또는 쇄신과 결부되어 있을 때가 많다. 그럴
때 '죽음'은 낡은 것들의 사라짐을 통해 나타나는 최초의 정경과 새로
운 감각을 '유년'에 투사한다. '죽음'은 대체로 두 차원, 즉 존재론적 차
원과 심미적 차원에서 나타난다. 그리고 그 작용들은 무늬, 번짐과 흐
름, 디자인(연속성의 회복)으로 암시되거나 표현된다. 죽음은 차이의 생
산을 통해 생명을 생명답게 하는 것이기에, 죽음이 허락되지 않는 공간
은 '동토'로 비유된다. "인구 1,500명의 지구 최북단 도시/롱이어비엔
에는 사망자가 발생하지 않는다./영구 동토층 매장 시신은 썩지 않은 지
오래되었고/오늘날 헬리콥터가 임종 직전을/도시 밖으로 실어나른다./
이 도시에서는 죽음이 허락되지 않는다."(44) 이처럼 이 시에서 '죽음'
은 역설적 방식으로 시각화될 때가 많다.

　'빅뱅'을 사이에 두고 앞 장과 마주보고 있는 본문의 여덟 번째 장,
'본의 본의 본의 본의 본의 본—괴이와 흐름: 서양 중세 용어'의 '에필
로그'에서 '죽음'에 대한 성찰은 좀더 심화된다. 먼저 화자는 '죽음'을
그 무소불위의 자리에서 조금 끌어내린다. "어떤 때는 죽음도 과잉의/
형식이다. 어떤 때는 최초도 형식이다./최초의/인간은/유년이/없었지."
(220) '죽음'이나 '최초'도 일종의 형식이라고 말하는 것은 시적 주체
가 언어를 매개로 사유할 수밖에 없는 자신의 한계를 의식하고 있기 때
문이지만, 그럼에도 그것은 감각적 사유의 최대 효과를 보장해주는 매
개어로서 손색이 없는 '형식'이기도 하다. 그래서 '죽음'에서 '최초' 또
는 '첫경험'을 열어 보일 수 있는 권능은 퇴색되지 않는다. 화자는 두 쪽
에 걸쳐 '창세기의 시간' 또는 "매일매일 사소한 죽음의/창세기"와 "인
간이 창조한 신의/고통"을 말하고 나서, '첫경험'이 피어나는 자리를 들

여다본다.(221-22) 여기에서 화자는 '유년'을 회복한 자리에서 모든 것을 첫경험으로 향유하는 장관을 펼쳐 보인다. 유년을 회복한 자에게는 '반복'도 동일한 것의 반복이 아니라, 사라짐 속에서 영롱한 빛을 발하는 '첫경험'으로 다가온다. 맥베스는 인생을 광대놀음으로 비유하며 그 소란스럽고 덧없음을 한탄했지만, 화자는 그 '생로병사의 광대놀음'까지도 '처음'의 감각으로 맞이하고 있다. 그리고 '처음'은 그 이름 없음으로 인해 더 섹시하다고 말한다.

이처럼 '죽음'은 다른 요소들과의 관계를 통해 그때그때 느낌과 의미를 조금씩 부풀려간다. 그런데 다음 인용문은 '죽음'을 꽤나 포괄적으로 드러내고 있다.

죽음이 있으므로 정신은 육체의, 육체는 정신의
식민지가 아니다.
(……)
죽음이 있으므로 역사는 끝없는 창세기를
매일매일 벗는 매일매일의
청초한 형식이기도 했던 것이다.
차갑게 부는 북풍도 뜨겁게 흐르는 눈물도, 그 모든
추억도 그렇게 청초할 수 있는 것이다.
봄여름가을겨울
세계를 구성하는 첫경험, 첫경험틀을 하나의 총체로
첫경험하는
순간이 바로 세계다. 활짝 피는 순간 꽃이 느끼는
꽃의
온몸인 세계.
(……)

창궐하는 것은 과장된 비탄에 사로잡힌 과장된

연민뿐, 그것은

첫경험의 핵심이 진정한 비탄과 진정한 연민이라는

사실조차 가로막는다. 진정한 비탄과 연민 없이

사랑은 사랑의

눈썹 한 톨,

목덜미 선 한 가닥,

새끼발가락 한 개

그릴 수 없다.

(……)

시간이 부드러운 모래알로

부서지는

연속성도 보인다. 비로소 사랑도 한 여인을 사랑한

적이 있다는, 이제는 온전한 과거의 경험을

첫경험하는 것이다. (224-26)

첫 문장에서 '죽음'은 육체와 정신의 이분법적 구도에서 빚어진 지배
/피지배 관계를 해체하면서 그 둘을 식민지성에서 해방시키고 있다.
'죽음'은 또한 역사를 매일매일 새롭게 태어나게 하는, 따라서 창세기
적 현상을 품고 있는 '청초한 형식'이다. '죽음'은 '첫경험'을 가능케
하고, 그 "첫경험들을 하나의 총체로/첫경험"하게 함으로써 세계까지
새롭게 구성한다. 그 세계는 "활짝 피는 순간 꽃이 느끼는/꽃의/온몸인
세계"이다. 그런데 죽음에 대한 느낌으로 "세상에 창궐하는 것은 과장
된 비탄에 사로잡힌 과장된/연민뿐"이고, 그것은 "첫경험의 핵심이 진
정한 비탄과 진정한 연민이라는/사실조차 가로막는다." 이러한 상태에
서는 '사랑'의 편린조차 가능하지 않다. '첫경험'을 가능케 하는 이러한

'죽음'은 낡은 관념의 해체만 의미하는 것이 아니라, "시간이 부드러운 모래알로/부서지는/연속성"까지 볼 수 있게 한다. 이제 화자는 한 여인을 사랑했던 과거의 경험조차 온전하게 '첫경험'할 수 있다. 이처럼 풍부한 감각과 정서를 불러일으키고 그것을 미래로 실어나르는 '죽음'은 근대적 주체인 '나'에게 자신과 세계를 새롭게 재구성할 수 있는 가능성을 열어주고 있다.

'죽음'은 또한 '정지'(停止)를 뚫고 생각의 흐름을 가능케 하거나 '노래의 틀'로써 "모든 깨어남을 액정화하며 흐르는/의미를 깨어나게 하는 의미의 소리도 흐르는/고유명사인 시간"(227)을 빚어낸다. '고유명사인 시간'은 죽음을 통해 고유성을 지니게 된 시간이기에, 화자는 그것을 '시적'인 것이라고 말한다. 그래서 "죽음은 명작의 눈이다."(228) 이 예문은 명작에도 눈이 있다는 의미와 함께, 명작의 조건은 죽음에 대한 깊은 성찰이라는 의미까지 함축하고 있다. 그래서 "명작의 눈에 비치는/세계는 세계의 거울이 벗겨진 세계다./태양은 모두에게 직접적으로 다가온다."(229) '세계의 거울'이란 낡은 이미지들로 뒤덮인 세속적 거울이다. 그것을 깨뜨리고 세계의 직접성을 드러내는 것이 '죽음'이다. 그래서 '죽음'은, 우리 곁에 늘 있었지만 미처 감지하지 못했던 타자의 처소를 새롭게 발견하게 해주기도 한다. "가끔은 늘 부르던 노래 가사가 평소 짐작과 너무도/다른 것을 발견하게 되는 그 틈으로/우리는 더 많은 생을 받아들일 수 있다./용서란 그런 것이다."(229) 이 예문에서 '용서'는 무조건적인 도덕적 요청으로 가능해지는 것이 아니라 시적 주체가 일상적 습관에서 벗어날 때 발견되는 '더 많은 생'들 가운데 하나로 제시되고 있다. 그러기에 이러한 '용서'는 주체의 자발적 실천으로 이어질 수 있는 내적 필연성을 띤다. 그래서 화자는 "죽음은 우리에게 마련된 것 중/어쨌든 가장 건강한 것이라는/전언을 검은 수첩은 담고 있다."(230)고 말하기에 이른다.

그리고 '죽음'은 황홀한 축복처럼 출몰하기도 한다. "죽음이 우리를 껴안는 것은 세계가 한 백만 년/우리를 껴안는다는 뜻. 사랑에 겨워 우리는/남발한다, 잔혹한, 운명의 말, 찢기는 가슴의 말./깊어가는 사랑의 말, 죽음을 뛰어넘는 영원의 말./기도하는 말, 한탄하는 숨결의 말도 남발한다."(240) '백만 년'이란 호모 에렉투스에서 현생인류에 이르는 시간이다. 그러니 '죽음'으로써 생의 단명을 노래하는 것은 우스꽝스러운 짓에 지나지 않는다. 이 예문에서 '죽음'은 '껴안는다'가 풍기는 어감의 매개작용에 힘입어 곧바로 '사랑'으로 환치된다. 그런데도 사랑에 들린 사람은 사랑이란 '죽음'이 우리에게 체험되는 양상들 가운데 하나일 뿐이라는 사실을 모르기에 "죽음을 뛰어넘는 영원의 말"을 남발할 수밖에 없다. 그러니 '죽음'만큼 인간에게 철저하게 왜곡되고 소외된 개념도 없을 것이다. 그래서 화자는 우리의 통념에 깃든 생과 사를 예리하게 부조한다. "죽음은 수다스런 생을 아주 가끔씩만 호기심으로/기웃대고, 대개는 생이/온갖 중상모략을 풍기며 죽음을 좇는/파파라치다."(248-49) 통념 속의 '생'과 '사'의 생리를 이처럼 날카롭게 드러낸 예는 아마 없을 것이다. 이 풍자는 우리의 어설픈 통념을 한 번의 웃음으로 도려내는 예리한 칼날을 품고 있다.

이제 '죽음'은 시적 전략의 중심으로 자리를 옮긴다. 시적 주체는 '폐허'를 죽음을 박탈당한 삶 자체로 규정하고, '죽음의 디자인'으로 폐허를 재생산하는 자본주의의 심장을 겨눈다. 그는 먼저 우리 시대의 이론과 논리의 실천 불능성을 겨냥한다. 기호론은 기호를 "덜 예술적이고 더 자본주의적으로 보이게" 하고, "자본주의와 어긋나려는 내용의 논리의/세련이/자본주의 세련을 더욱 세련화해줄 뿐인/무언가가 있"으며, "어떤 논리도 결국은 논리의 세련을 능가하지 못한다."는 사실을 지적하고 나서, 언어와 무의식이 같은 구조라고 주장하면서 "무의식을 의식하는 순간에/왜 의식은 구사하지 않는가, 자본주의를/극복하는 세련의 논리,

죽음의 디자인을?" 하고, 통렬하게 다그친다.(254-55) 기호론은 모든 문화현상을 기호로 해석할 뿐 그러한 문화현상을 비판적으로 넘어설 수 있는 의지와 힘을 근원적으로 결여하고 있고, 정신분석을 즐기는 사람들은 인간의 행위는 물론 모든 사회·문화 현상들까지 무의식의 원리로 환원시키면서 의식으로부터 실천적 힘을 박탈하는 과오를 범하고 있다는 것이다. 이러한 현상이 빚어지고 있는 까닭은 물론 "우리의 모든 말이 적에 의해 회수되어 그에 복무하도록 만들어진 공간 한복판에서 우리는 말하고"[11] 있기 때문이기도 하다. 자신에 대한 비판의 논리까지 자신의 것으로 더욱 세련화하여 활용하는 자본주의적 성격을 뼈저리게 의식하며, 화자는 그에 맞설 만큼 세련된 논리가 '죽음의 디자인'이라고 말하고 있다. 그는 이러한 악순환을 빚어내는 그 '무언가'는 '죽음이 없는 생'이라고 확인한다. 그런데 '죽음 없는 생'을 자본주의의 '세련'을 가능케 하는 그 '무언가'와 동일시하기에는 그 둘 사이의 거리가 너무 멀어 보인다. 그 둘 사이의 동일성은 문맥 속에 모종의 암시성으로 내재해 있다. '그 무언가'는 자본주의 극복 논리까지도 재가공하여 자본의 논리로 삼을 만큼 유연하고 끝이 없는 물질적 욕망이고, 거기에서 필연적으로 빚어지는 것이 '죽음 없는 생', 즉 생명을 생명답게 하는 '죽음'을 말살해버린 삶의 폐허이기에, 이러한 현상에 맞서면서 지속적인 운동성을 지닐 수 있는 것은 왜곡된 욕망으로부터 미래를 회복하는 '죽음의 디자인'뿐이라는 것이나. 그것은 당연히 '자살'과는 정반대의 차원에 있다. 자살의 심리는 삶을 극적으로 연장하려는 욕망의 역설적 표현이며, 본질적으로 '죽음'에 대한 회피의 욕망에서 비롯되는 것이기 때문이다.[12]

---

11) 모리스 블랑쇼 지음, 고재정 옮김, 《정치평론》(도서출판 그린비, 2009), 129쪽.

'죽음의 디자인'에서 핵심적인 것은 결핍을 채우는 것이 아니라 그것을 기꺼이 수용하는 미학적 반전(反轉)이며, 그 '무언가'와 결별한 이후의 삶을 거룩하게 하는 것이다. 화자는 그러한 상태를 다시 '빈집'으로 은유한다. "지붕 기울고 깨진 유리창 안으로/가구 한 점, 호롱 하나 없는/빈집도/유령의 집은/아니지./더욱 진하기 위해 쾌락이 욕망의 몸을 찢고/더욱 거룩하기 위해 소리가 문자의 옷을 찢고/뛰쳐나간 후/떠난 것들의 떠남을 섬기는 집이다."(255) 얼핏 폐허처럼 보이는 '빈집'도 '유령의 집'은 아니다. 그런데 '쾌락'이 '욕망의 몸'을 찢는 것이라면, 그것은 충족되는 순간 또 다른 욕망으로 끊임없이 이어지는 환유적인 (자본주의적인) 욕망을 돌파하는 힘을 내장하고 있을 것이다. 이런 점에서 보면, 시적 주체는 욕망이나 쾌락 자체를 부정하는 것이 아니라 욕망의 왜곡과 무반성적인 반복을 부정하는 것이다. 그러기에 '죽음의 디자인'은 왜곡과 성찰 부재의 욕망을 어떠한 이념이나 가치로 왜곡되기 이전의 '쾌락'으로 대체하고 있는 것이다. 그리고 '소리'가 '문자의 옷'을 찢어야 거룩하게 되는 것이라면, 그것은 상징계의 촘촘한 그물망을 찢고 나가야 발견될 수 있는 언어 이전의 소리, 즉 언어의 유년성일 것이다. 이러한 성찰을 계기로 화자는 일상의 차원에서 자신은 '그 후'를 어떻게 맞이하며 살아가고 있는지 돌이켜본다. 그리고 아직은 '모종의 흉내'를 내며 살기에 "생은 틈틈이 열광하고 죽음은 틈틈이 안심한다"(257)고 겸허하게 말한다.

　앞에서 보았듯이, 죽을 수밖에 없는 현존재(Dasein)의 자의식이 생을 예각적으로 부조한다는 하이데거(Martin Heidegger)의 생각과는 달리 화자에게 '죽음'은 근원적인 생명의 원리이다. 그래서 '죽음의 디

---

12) "어느 철학자의 자살도 죽음 없는 생의 연장이다."(255) "죽음은 피난처가 아니다./죽음 속에는 피난이 없다."(372)

자인'에 담겨 있는 핵심적인 원리는 생은 죽음을 맞이하면서 스스로 새로워진다는 것이다. 이러한 죽음을 지나온 주체의 눈으로 보면 모든 사물들이 그 고유성을 드러내며 새롭게 다가온다. 무엇보다 먼저 시적 주체는 자신의 몸을 예술작품처럼 새롭게 맞이한다. "누구의 손길이 다듬지 않아도 내 몸은 벌써 조각이다./내 몸은 벌써 장식 예술이다."(283) 그리고 일산병원이 (당연히) 일산에 있는 것조차 동양과 서양의 시공간적 거리, 그리고 "고대 신화와 오늘 백 년 동안 잠이/안팎 너머로 사뭇 다르듯"이, 특이한 고유성을 지닌 채 다가온다.(284) 이처럼 시적 주체에게는 존재의 알리바이, 그 유일무이성도, 꿈도, 과거의 생도 새롭게 오고 새롭게 간다. 이처럼 '죽음의 디자인'은 주체의 존재감뿐만 아니라 그를 둘러싸고 있는 세계 자체를 새로운 생명으로 맞이하게 한다. '유년'은 이렇게 열리는 길로 조금씩 다가온다. 그리하여, "열려라, 참깨!/감탄부호가 달려야 할 유년의/문장은 그것 하나다."(284) 이제 동일한 시간대에 놓여 있는 모든 존재들이 제각기 태초의 모습으로 제일 먼저 도착하는 기적을 이룬다. "누구나 매일매일 맨 먼저 온다./(……)/누구나 천둥보다 벼락보다 더 먼저 온다."(292) '누구나 맨 먼저 온다'는 것은 존재의 고유성을 시간의 차원에 옮겨놓은 데에서 발생하는 새로움의 효과이다. 누구나 경험했음직한 '사랑'이나 '봄바람' 또는 '황혼의 붉은색'이 몸이 환해지는 감각의 열림과 '마지막 시늉'처럼 각별한 느낌으로 엄습해오는 것도 '죽음의 디자인'에서 잉태된 유년의 효과이다.

그러기에 '유년'은 오히려 무수한 죽음을 지나온 노년에게서 더 화려하게 꽃핀다. 이러한 시적 주체는 '유령'을 볼 수 있고, 나무와 짐승의 고통까지 자신의 몸으로 느낄 수 있다. 화자는 이제 "수풀이 과학이고 도덕이고 교육이고 습관이었던/시대가 다시 올 수 없다는/전언을 위해 견디고 있는"(313) '나무'와 소통하고, 인간보다 더 민감하게 공포를 느끼는 '밤에 처한 짐승'을 고통스럽게 지켜본다. '밤에 처한 짐승'은 인간에게 서식지를 빼앗기며 위기에 처해 있는 생명들이다. 이러한 생명들과 "쇠로 지은 방의/이질성을"(313) 느낄 수밖에 없는 시적 주체에게 '죽음'이 구원처럼 다가온다. 아니, 수많은 생명들과 교감하고 있는 시적 주체의 고통 속에 그것은 이미 깃들어 있다. 그러니까 '죽음'의 "coming은 during이다."(313) 화자는 거미의 생존방식도 자신의 생리처럼 느낀다. "근대는 첫, 기차, 바라볼 언덕이/없는 공간이다./줄을 치고 나서야 거미는 비로소 그것이/자기 몸의/유일한 공간임을 알 것이다./먹이가 잡히기 전에는 그 공간도 없다. 인간들은/짓는 것만 신기하다. 그/몰아를 모른다."(314). 에른스트 카시러(Ernst Cassirer)는 동물의 기관들은 환경적 조건들과 정확하게 대칭을 이루고 있는데('물속의 산소—물고기의 아가미'처럼), 인간은 자신의 환경까지 만들어가는 상징적 동물이라고 말했다. 이런 맥락에서 거미에게 거미줄은 삶의 필요충분조건이다. 그러나 인간은 '짓는' 데에만 몰두한 나머지, 집을 짓고 기다리다가 먹이의 도래와 함께 출렁거리는 거미줄의 존재를 그제야 알아차리는 거미의 그 완벽한 "몰아를 모른다." 거미의 '몰아'는 자기 존재와 대상의 완벽한 일치에서 비롯되는 느낌이다. 그러니 이 시적 주체를 제외하고, 그 누가 거미의 몰아를 알아차릴 수 있겠는가. 이것이 "첫, 기차, 바라볼 언덕"조차 남겨놓지 않은 근대인의 비극이다. '첫, 기차'는 처음 만든, 또는 처음 출발하는 기차일 터인데, '첫'과 '기차' 사이에 쉼표가 끼어들어, 처음부터 근대는 그 주체와 산물 사이에 건너뛸 수 없는 괴리를 빚어내며 주체에게 그 산물을 감성적으로 수용할 수 있는 공간조차 허용하지 않았다는 사실을 암시하고 있다. 이런 점에서, 이 쉼표는 우리의 둔감을 아프게 찌르며 물질적 근대와 미적 근대가 분화되는 바로 그 순간 위에 찍혀 있다.

　　그러나 '거미의 몰아'를 이해할 때쯤이면, 우리는 평범한 일상의 허상들이 깨어지는 통렬한 아픔을 경험할 수밖에 없다. "네 목소리가 나를 위해/예리하게 네 몸을 찢는/상처일 수 있다./(……)/가장 사소한 행복이 가장 거룩했던/양떼 이빨/초식의 일요일./혈연이 피비리던 평일보다더."(316) 동식물들을 우리와 같은 차원에서 바라보거나 자기중심적인 인식틀에서 벗어나는 것은 통념의 숙주인 주체의 몸에 찢기는 듯한 고통과 상처를 남길 수도 있다. 그것은 또한 아무 일 없는 것으로 느껴왔던 '평일'들이 사실은 "행복이 가장 거룩했던" 때였지만 우리는 그것을 지나쳐버렸고, 양떼가 풀을 뜯는 한가로운 일요일이나 평범한 날들도 피비린 날들이었다는 사실도 함께 일깨운다. 이처럼 미세한 차이를 드러내는 감각의 깨어남은 평범한 일상의 사소한 경험들에서 눈부신 성찰을 이끌어낸다. 화자는 이제 비에 젖어 꿈에서 깨어난 듯, 투명한 정신으로 '옛 경험의 형식'과 '죽음의 형식' 사이를 명징하게 들여다본다.

> 비 또한
> 포도주
> 잔을 들여다보듯 그 안을 들여다볼 수 있는
> 옛 경험의 형식과
> 포도주
> 잔을 들여다보듯 그 안을 들여다볼 수 없는
> 죽음의 형식
> 사이 내린다. (319)

의식의 차원에서 이루어지는 '경험'과 무의식의 차원에서 기시감(旣視感)을 불러일으키는 '죽음'이 그 속성들을 고스란히 간직한 채 서로를 마주보고 있다. 이것은 하나의 현상을 여러 차원에서 바라보는 '시차적(視差的) 관점'이 아니라 개념적으로 분리되어 있는 두 차원이 서로를 조명할 수 있는 자리에 놓여 있는 상태이다. 이렇게 '옛 경험의 형식'과 '죽음의 형식' 사이를 드러내면서 동시에 그것을 지우는 '비'는 시적 주체의 감수성과 '죽음의 디자인'을 가능케 하는 맑은 의식에 대한 은유이다. '비'는 유리잔의 투명성을 매개로 보이는 것과 보이지 않은 것, 즉 사물과 디자인의 특성을 선명하게 겹쳐 보인다. '포도주'와 '잔' 사이의 행갈이도 정서적 고양으로서의 취기와 냉철한 이성적 성찰의 사이를 날카롭게 벼리며, 모종의 심미작용을 일으키고 있다. 이처럼 '죽음의 디자인'은 '옛 경험의 형식'과 '죽음의 형식' 사이를 명징하게 드러내면서 그것들을 '미래의 회복'으로 이어가는 운동성을 내재하고 있다.

5. 유년의 시놉시스와 미래의 회복

본문의 마지막 장 '본—검은 수첩 Design'의 '에필로그'에서 화자는 '數'대한 성찰을 통해 인간의 존재론적 조건을 암시하고, 미래가 회복되는 장면들을 다채롭게 펼쳐 보인다. 화자는 먼저 홀로 존재할 수 없는 '수'의 불안을 말한다. "運에도 따라붙지만 들여다볼수록/數는 불안하다./(……)/수의 세계는 가장 불안하다. 수의 세계는/갈수록 영원을 세기 위해 들어서지만/끝내/수가 이루는 것은 검은 수첩 달력/Design이다."(359) 이 문장은 홀로 존재할 수 없는 '수'의 불안한 속성, 수로 비유되는 인간의 운명, 그리고 수로써 모든 것을 재고 싶어하는 인간의 욕망을 겹쳐놓고 있다. 우리는 수로써 사물의 크기를 재고 '영원'까지도 양화(量化)하려 하지만, 일상에서 그것을 구체적으로 경험하는 것은 '검은 수첩 달력 Design'이 고작이다. '검은 수첩'은 어두운 운명의 기록부처럼 불길해 보이지만, 그것은 세상의 디자인을 품고 있는 몸에 대한 비유이기도 한다. 이 예문에서 그것은 수치화된 일상적 삶의 상징처럼 보인다. 화자는 수를 통해 '죽음'의 무한성을 다시 부각한다. "죽음의 비유는 인간의 죽음보다 더 멀고/그 거리는 가장 비인간적인/수학으로도 잴 수 없다."(360)

이러한 '수'는 우리의 삶을 지배하는 디지털 문명의 기본적인 원리로 작동하고 있다. 시적 주체는 그 세계의 특성을 '엎질러짐'의 부재 현상으로 포착하고 있다. "요정들이 많은 것은 뭔가 엎질러졌다는 뜻이다./그것은 해가 없는 데다 꽤나 참신한 엎질러짐이다./우리는 ID와 비밀번호를 정하고 e-mail한다./그것은 생의 네트워크를 죽음과 단절시키려는/徒勞다./내가 너에게, 네가 나에게/엎질러지지 않는 이유 하나." (362-63) 이 인용문에는 '엎질러짐'이 세 번 나오지만, 요정들의 종류 또는 수의 많음과 '엎질러짐', 그리고 'e-mail'과 '엎질러짐' 사이에는 아무런 연관성도 드러나 있지 않다. 그럼에도, 해석의 단서는 "요정들이 많은 것은 뭔가 엎질러졌다는 뜻이다"는 문장과 'e-mail'이 "생의 네트워크를 죽음과 단절시키려는/徒勞"라는 구절에 내재해 있다. 요정들은 형상적 사유가 가능했던 아날로그 시대의 억압된 욕망의 산물들이다. 그 세계는 무엇보다 숫자로 이루어진 사이버스페이스와는 전혀 다른 물질성을 띠고 있다. 그런데 'e-mail'은 가상공간에서 만남을 주선해줄 뿐, 직접적인 만남의 육체성이 빚어내는 정서적 이끌림이나 쏠림 현상이 제거된 것이다. 그러니 당사자들 사이에 '엎질러짐'이 일어날 리도 없다. 이런 맥락에서 '엎질러짐'은 죽음과 단절되지 않은 삶에서 발생할 수 있는 자연스러운 현상이다. 일상적 경험에 비추어보면, 그것은 악의 없는 실수, 또는 수적 계산이나 제어의 결핍에서 발생하는 과잉 또는 잉여의 현상이다. 그러기에 이 '엎질러짐'은 숫자로 디자인되어 있는 세계에 숨쉴 공간을 마련해줄 수 있는 가능성을 품고 있다. 이런 맥락에서 인간 의식의 한계나 불구성도 그 나름의 의미를 부여받을 수 있다.

"각자 절름발이로/각자 방식으로 절뚝거리는 게 의식의 자유고 민주다./절뚝거릴 때마다 하나의 세계가 새로 태어나고/완성된다."(377) 이러한 의식의 비틀거림이 존재하지 않는다면, 우리가 정상적인 것으로 여겨온 세계질서는 깨어지지 않을 것이다.

'엎질러짐'은 미세하게 번져가는 '무늬'의 작용과 유사한 효과를 빚어낸다. 화자는 남녀 간의 사랑도 그러한 '무늬'의 경험을 파괴할 때가 있다면서, '슬픔'을 떠올린다. 그런데 '슬픔'은 놀랍게도 부당하게 취득한 '장물'로 비유된다. 슬픔과 그 호소력 사이에는 당연한 것으로 여길 수 없는 심리적 왜곡이 개입되기 마련인데, 슬픔은 그 부당한 '단정적 호소력'으로 말미암아 장물이 될 수밖에 없다는 것이다. 이런 맥락에서 보면, 우리의 수많은 정서와 소유물들도 장물적 속성을 지니고 있다. 어떤 '노년'의 강도, 강간, 살인은 겹겹의 장물성을 띠며 '검은 수첩 Design'의 어두운 운명성을 품고 있고, 누군가에게서 받은 선물이나 좋은 시절의 그리움을 간직하기 위한 수집도 "인생의 아름다운 장물이다."(364) 화자는 슬픔과 호소력 사이뿐만 아니라 삶의 미세한 차이들을 빚어내는 '사이'들 속을 파고든다. 그는 열두 가지 '사이'들을, 차창 밖으로 지나가는 풍경들처럼 하나의 문장 속에 배치하고 있다. 그 뒷부분은 이렇게 마무리된다. "마지막으로 온 삶과 마지막으로 오는 죽음 사이/붉은 장미와 붉은 입술 사이/몸은 생의/검은 수첩/Design이라는 거./그건/비유가 아니라/드라마라는 거. 여생의/사랑노래는 그 위에 쓰여진다."(366) 이처럼 속도감 있게 달려오는 '사이'들을 지나쳐버리면서 우리의 몸은 '검은 수첩 Design'을 입게 되었을 것이다. 그러니 그런 사이들의 생을 드라마처럼 살아온 시적 주체로서는 '여생의 사랑노래'를 낭만적 관념이 아닌 "검은 수첩/Design" 위에 쓸 수밖에 없다. '미래의 회복'도 이처럼 이미 디자인되어 있는 어두운 운명의 바탕 위에서 이루어질 수밖에 없을 것이다.

그리고 오래 기다렸다는 듯이, '검은 수첩' 위에 신보다 높은 심급의 번개가 내린다. 이 '번개 내림'은 인간의 언어와 의식이 도달하지 못한 '빈자리'를 눈부시게 조명한다. 신 내림이 인간의 운명을 좌지우지하면서 당사자들을 꼭두각시로 만들어버릴 위험성을 내재하고 있다면, '번개 내림'은 주체에게 감각의 눈뜸을 통한 새로운 삶을 약속한다. "너무 가늘어서 보이지 않는 세상의 황금/그물에 걸리면 만물은 살아 있는 물고기/생명의/개념을 먹는다./그물도 생명의/이름으로 바람 부는 제 몸을 퉁긴다."(373) '번개 내림'이 빚어낸 '세상의 황금 그물'에 닿으면 만물이 일시에 깨어나 새로운 생명을 얻고, 그 그물 자체도 현악기처럼 제 몸을 퉁긴다. 진정한 구원은 이처럼 만물이 제 고유성을 지닌 채 되살아나 새로운 생명을 구가하게 되는 것이다. 이제 화자는 운명 너머에서 약동하는 생명들을 감동적으로 맞이한다. 그는 들뜬 어감으로, 마침표나 쉼표로 시행을 짧게 끊으면서, 깃털처럼 가볍게 날아오르며, '황금 그물'에서 잉태되는 새로운 생명들을 반갑게 맞이한다. "처음부터 남자/여자도 없이./(……)/생략의 방법인/서사도 없이. 6년근 고려 홍삼액 골드 먹은/권위 있는 케케묵은 빛나는 건강의/냄새도 없이. 내 몸, 네 몸 구석구석 배어든/얼굴, 얼굴들도 없이. 온몸과 온몸의/입맞춤도 없이. 대하여, 걸쳐서, 그 후에, 그 사이/그 곁에, 그 위에, 그 너머, 그 밑에, 위하여, 누추한/관통도 질주하는 엉덩이도 없이. 누구든, 누구나,/모든, 어떤, 그/빙폐도 없이. 그러나, 그러므로, 이것, 저것, 여기./저기'도 없이. 비루한 비록, 허망한 혹은./얄삽한 만약, 게으른 반면, 오만한 방법, 미흡한/충분'도 없이. quite, so, please, yes, there,/together, yes./동서남북은 함께/내일이라는 듯이."(373-74) 새롭게 잉태되는 것들이 조건절 끝에 달라붙은 '없이'라는 부사들을 무수히 거느린 채, 따라서 아무것도 거느리지 않은 채, 등장할 수밖에 없는 까닭은, 우리에게는 그것들을 비유할 만한 현상들이나 낱말들뿐만 아니라 그것들을 그것답게 묘사할 수 있는 형용사들이 없기 때문이다. 우리들이 할 수 있는 것은 옳지, 그래, 맞아 등의 감탄사들을 쏟아내며 추임새를 넣는 것뿐이다. 이렇게 일시에 깨어나는 생령들이 아무런 매개도 없이, 카오스적으로 밀려오는 삶의 단면들, 세계와 언어의 파편들을 우박처럼 쏟아내며 눈부신 만화경을 빚어내고 있다. 이처럼 생명이 "활활 불타오르며 흘러내리"는 그 속에도 "죽음은/아름다움의/중력"(374)으로 내재해 있다. 이제 화자는 자신을 향해 이렇게 말한다. "처음 보는 세상이 와서/기분 좋게 때린다는 뜻으로/너의 눈은/빛나라, 처음부터 끝까지."(376)

이 '황금 그물'에 걸리면 일반명사들도 언어의 성좌에서 스스로 빛을 발한다. 이러한 현상은 '언어의 탄생은 존재의 죽음'이라는 언어학적 대전제를 무색케 한다. 이를테면 '의자'나 '새'라는 일반명사에는 구체적인 의자나 새의 사물성은 존재하지 않는다. 그러나 화자는 구체적 의자들이나 새들이 무수하게 존재하기에 그것들에 대한 일반 명칭으로서 '의자'나 '새'는 오히려 생동감을 품을 수 있다고 주장한다. "숱한 의자가 있으므로 의자는 나무/의자보다 더 살림이 풍부한 말이다. 숱한 새 있으므로/새는 생명의 새보다 고막에 파드득대는/날갯짓이 더 파드득대는 말이다./비는 그 위를/흐리며 내린다."(377-78) '의자'나 '새'와 같은 일반명사들이 '살림'이나 '생동감'을 더 풍부하게 품을 수 있는 것은 구체적인 사물들의 개별적 특성들을 하나의 총체로서 품고 있기 때문이다. 이러한 전언은, 언어를 존재의 차원과 대비함으로써 모종의 불능성을 유추해내는 언어이론이 잘못된 전제에서 비롯된 것임을 분명히 드러내고 있다. 하나의 낱말은 구체적 사물에 대한 지시성 여부와는 무관하게 언어의 성좌에서 늘 새로운 느낌과 의미를 띨 수 있는 가능성을 품고 있다. 통념으로 오염된 단어들이 누더기를 벗을 수도 있고, 새로운 내포로 환치될 수도 있는 것이다. 이러한 각도에서, 시적 주체의 성찰은 통념에 갇힌 '신'에게까지 뻗어간다. 의문문의 형태로 신의 존재와 거처를 다각적으로 들여다보고 나서 화자는 이렇게 단언한다. "그런/의문 부호 없는 질문으로. 시계 이전 시간의/귀를 닮은/가녀린 초침 소리로./ 비가 적시는 것은/신의/손가락 아니고 더러운/무르팍이라는 듯. 어린 양 아니고/뿔 달린 염소라는 듯. 이 세상은 신을/치유하는/지붕 없는/병 원이라는 듯."(378-79) 이처럼 성과 속의 위치가 환치될 수 있는 까닭 은, 시적 주체가 '번개 내림'을 통해 새로워진 감각, 즉 "시간의/귀를 닮 은/가녀린 초침 소리"로 신의 신체 기관들이 내는 소리까지 들을 수 있 는 예민하고 섬세한 감각을 지니게 되었기 때문이다. 오늘날 '신'은 그 경배자들의 속물근성으로 얼룩져 있기에, '번개 내림'으로 정화되어야 할 처지에 놓여 있다. 이와 함께 우리들의 세상도 "신을/치유하는/지붕 없는/병원"에 걸맞도록 정화되어야 할 처지에 놓여 있다.

이처럼 단어들에 달라붙어 있는 허상들을 가차없이 찢어버리면서도, 화자는 자신이 "너그러워진 나이", "자동사가 그대로 타동사인 중국 문 법의/환각을 누리고 싶은 나이"(379)에 이르렀다고 말한다. 이러한 너 그러움은 물론 허상에 대한 너그러움이 아니라 우리의 삶 자체를 위한 것이다. 그러기에 우리의 한자 명명법에 대해서는 모종의 절망감까지 드러낸다. 이미 늙은 노인을 지칭하는 '老' 자를 '늙을' 노 자로, 이미 답한 '答'자도 '답할' 답 자로 미래화하기에, "푸를 청은 영영 푸른 청 일 수 없다"(380)는 것이다. 이런 현상에 대해 화자는 마음속으로 탄식 한다. "우리는 이렇게도 유년의/과정을 거세당한다. 딱한 단절이다." (380) '모든 시대는 그 시대의 유년'이라고 했던 화자의 말을 떠올리면, 그러한 한자 명명법이 정착된 시대는 자기성찰의 부재로 인해 '유년'을 거세당한 시대일 것이다. 그러나 시적 주체는 "한자/部首 속은 원초의 봄날이 화창하다"(380-01)고 말하고 나서, 자신의 문체에 대해 만족을 표한다. "낡은 운문시대를 훌훌 턴 나의/뙤약볕도 봄날이 화창하다." (381) 화자는 이러한 느낌을 일상에서 미세한 차이를 발견할 때 생겨나는 기쁨, 즉 "평생 먹은 약밥 구성이/찹쌀, 밤, 대추, 잣, 그리고/흑설탕 맛이라는 사실을 뒤늦게 안 신기함의/낯익은 기쁨처럼"(381) 범상하게 맞이한다. 그러면서도, 자신에 대한 훗날의 비판까지도 뚜렷이 의식하고 있다. "나는 바랄 뿐이다 훗날이/비판이고 극복이기를, 더 나아가 그것을/역사발전 아닌 다른 말, 미래의 회복이라는/단어로 명명할 수 있기를."(384) 화자가 '역사발전'이라는 말을 폐기하려는 까닭은, 변증법적 지양의 단선성을 해체하고 삶의 차원에서 각성과 쇄신을 일상화하기 위한 것이다. 이러한 관점은 터무니없는 낙관과는 거리가 멀다. 그것은 오히려 일상의 습관에 대한 통렬한 자기비판을 통해서만 가능한 것이다. "때로는/20년 동안 같은 아파트 살며 늙은 관리/아저씨의 깍듯한 인사를 깍듯이 받는/안면의/습관이 가장 비극적이다."(385) 이러한 일상적 반성은 사소한 듯하지만, 그것이 없이는 역사의 발전도 허구에 지나지 않을 만큼 본질적인 중요성을 지니고 있는 것이다.

전체 '에필로그' 첫머리에서 화자는 촉촉한 슬픔에 젖어 이 시에서 중요한 기능을 담당했던 주제어들을 하나하나 호명한다. 그렇게 등장하는 이름들은 생명, 미래, 죽음, 희망, 거울 속 어린아이, 사랑, 性, 아름다움, 감각, 물고기, 진화, 미래의 회복, 역사, 자유, 운명, 비유, 나, 설움, 거대함, 형용 등이다. 이 낱말들은 커튼콜에 불려나온 배우들처럼 우리에게 작별을 예고하며 자신의 속성들을 특유의 몸짓으로 드러내 보인다.

제일 먼저 '생명'이 불려나온다. "설워 마라 생명이여, 네가 설운 짐승이다."(388) 생명이 '설운 짐승'인 까닭은, 끊임없이 미래로 나아가면서도 그것을 향유할 수 없기 때문이다. 그러나 시적 주체는 생명을 그 유한성 속에 버려두지 않는다. 그는 '생명'에게 그것이 한사코 벗어버리기를 거부하는 '생'의 악마적 속성을 보여준다. "죽음은 신의, 생은

악마의/태생이었다."(389) '생'이 '악마의 태생'인 까닭은 인간이 빚어
낸 것이기 때문이다. 그러니 인간의 '생'은 늘 '죽음'의 삼투막을 통과
하면서 새로운 생명으로 거듭나야 할 자리에 있다. '죽음'을 지나오지
못한 생은 '서툰 희망'을 품게 되고, 그것은 "미래를/회복할 수 없을 만
치 망가"뜨린다. 그럴 때에는 미래까지도 '악마의 태생'이 되고 만다.
'서툰 희망'은 미래에서 그 무한한 가능성을 박탈하고, 단선적인 예언
들을 쏟아내며, 미래를 그 예언이 지시하는 막다른 골목으로 몰아가기
때문이다. 이런 점에서 '미래의 회복'은 "회복할 수 없을 만치 망가"진
미래에게 그 무한 가능성을 되돌려주는 것이다. 그래야만 진정한 '사
랑'도 꽃필 수 있다.

> 나 어린 시절 죽은 나보다 더 어린아이는
> 아직도 어린아이라는,
> 거울 속이고, 그 아이 죽음 속
> 나 아직도 그보다 더 자란 아이라는,
> 거울 속이다. 거울 속은 그 어떤 지속보다 더
> 지속적으로 펼쳐진다.
> 내가 너의 모든 것을
> 사랑한다고 말하는 것은 그때쯤이다. (390-01)

어린 시절에 '죽은 어린아이'는 '성장장애'를 겪지 않은, 마땅히 있어
야 할 자리, 즉 무수한 죽음을 지나온 시적 주체의 마음속에 깃들어 있
다. 그 아이는 화자의 '거울 속'에서 아직도 어린아이이고, 그 아이의
'죽음 속'에서 잉태된 화자는 그 아이가 '더 자란 아이'이다. 이 아이는,
거울에 비친 상과 자신을 동일시하며 충만을 느끼는 '거울단계'(라캉)
어린아이와는 전혀 다르다. 이 예문의 '거울 속'은 '죽음'을 지나오며

'유년'을 품게 된 화자의 '마음속'이다. "어떤 지속보다 더/지속적으로 펼쳐"지는 그 '거울 속'에서만 '나'는 '너의 모든 것을/사랑한다'고 말할 수 있다. 이러한 사랑에 지피면, 온갖 감각들이 원초적 느낌으로 되살아난다. "나를 유괴한 너의 생애는 발음이 좀더 확실하다./네 눈초리에 짓밟혀 나의 발은 화끈거린다."(391) 이러한 감각적 명징성은 '죽음'의 정화작용을 거친 사랑의 속성이다. "설워 마라, 사랑이여./알코올에 닦여 싯누런 그 피부를 벗으며/우리는 사랑을 나누었다./미래도 수의를 벗는다./흐느끼는 소리도 벗는다./(……)/그러나 너와 나, 우리 곁으로/시간의 공간은 속도 없이 공간의 시간은 궤도 없이/늙어온다. 우리가 어디서/영원을 찾아야 하겠는가, 지나오지 못한 것이/보이는/미래의 회복 말고는?"(391-92) "알코올에 닦여 싯누런 그 피부를" 벗은 사랑은 서툰 희망이 입혀놓은 '미래의 수의'까지도 벗어버린다. 이러한 정화작용은 더러움을 입을 수밖에 없는 일상에서 '속'도 '궤'도 없이 늙어오는 '시간'을 정화하며 영원을 맞이하게 된다. 이것은 "지나오지 못한 것이/보이는/미래의 회복"(392)의 한 가지 양상이다. '지나오지 못한 것'들은 '거울 속 어린아이'처럼 현실 속에는 없고, 있어야 할 자리에 있었던 존재들이다. 이러한 사랑과 함께 미적 차원에서 "과거도 미래도 현재도 아닌/충만도 아닌, 누구의 자식도 어버이도 아닌/다만/절정의/어린아이가"(393) 등장한다. 이 예문에서도 '절정의 어린아이'는 형용사절의 끝에 '아닌'들이 달라붙은 반어적 구도 속에서 무매개적으로 등장하고 있다. 이 '절정의 어린아이'는 예술적 창조의 주체로 떠오르는 '거울 속 어린아이'이다.

화자는 이제 '절정의 어린아이'가 지니게 된 '감각'의 속살을 투명하게 드러낸다.

　　　몸을 흔들어 너에게 너에게

들까불고 싶지만 슬픔과 기쁨의
裸身은 감각 바깥에 있다.
감각 속에는 비극적인 순간만 있다.
선율과 가사가 합치는 비극적인 순간만 있다.
플롯이 없는
헐벗은
헐벗음의
비극이므로 감각은 스스로 이야기를
지나올밖에 없었던 것이다.
(……)
감각은 생명이 다만 생명의 두려움에 떨었던 시절의
광채를 띠고 있다.
감각 바깥으로 두려움의 대상을 옮겨가던 그
새까만 눈동자를 하고 있다.
두려움의 대상을 참으로 두려워하던 그
소름이 돋아 있다. 감각은 광대가 될 수 없었던
과거를 갖고 있다. 그것은
감각이 알지 못하는 과거다.
감각은 죽음의 광대가 될 운명을 품고 있다. 그것은
숙음도 어찌지 못할 광대고, 운명이다.
(……)
눈을 감으면 새벽안개 속
생은 감각의 총체, 죽음은 총체의 감각이다.
(……)
삶과 죽음 바깥으로 너무 멀리
영영 사라진

미아가 있으리라
우리는 꿈에도 상상할 수 없지만
아무리 혹독한 인간의 운명을 맞아도
저 먼저 이해하고 저 먼저 눈물을 글썽이는
감각은 지금도 가장 모질고 가장 불쌍한
행렬을 멈추지 않는다. (394-95)

　감각에 대한 이 우의적 표현은 섣부른 해석을 덧붙이고 싶지 않을 만큼 미묘하면서도 정교하다. '감각'은 자기 몸이 없는 가장 생동하는 역능이다. 그것이 깃들고 싶어하는 순수한 육체 즉 '裸身'도 그것의 바깥에 있다. 이 헐벗은 감각은 몸에 깃드는 순간 소멸하거나 왜곡될 수밖에 없다. 화자는 그러한 현상을 '가사'와 '선율'이 합쳐지는 순간도 비극적이고(말로 표현하는 순간 그것은 왜곡될 수밖에 없으니까), 플롯이 없는 '헐벗음'이기에 "스스로 이야기를/지나올밖에 없었던 것"도 비극(이야기를 입는 순간 감각은 소멸하니까)이라고 비유할 수밖에 없다. 감각은 그 '헐벗음'으로 인해 '생명'이 "두려움에 떨었던 시절의/광채"를 띠고 있고, 그 두려움을 응시하는 '까만 눈동자'를 지니고 있으며, 그 두려움을 "참으로 두려워하던 그/소름이 돋아 있다." 이처럼 몸짓이 불가능한 감각은 "광대가 될 수 없었던/과거를 갖고" 있지만, 그에 대한 기억조차 없다. 감각은 다만 "죽음의 광대가 될 운명을 품고" 있는데, 그것은 '죽음'조차 어쩌지 못하는 '운명'이다. 감각은 태어나는 순간이 사라지는 순간이기에, 끊임없이 새로움을 잉태하면서도 그것을 갈무리하지 못한 채 '미아'가 될 수밖에 없다. 그러나 눈을 감고 생각해보면, "생은 감각의 총체, 죽음은 총체의 감각이다." 이 걷잡을 수 없는 감각은 '혹독한 인간의 운명'을 "저 먼저 이해하고 저 먼저 눈물을 글썽"이며, "지금도 가장 모질고 가장 불쌍한/행렬을 멈추지 않"고 있다.

그러나 시적 주체는 이러한 '감각'까지도 덧없는 소멸의 운명 속에 방치하지 않는다. 그는 '죽음'과 '사랑'을 함께 불러내 '감각'이 거할 자리를 탐문한다. 에로스적인 사랑은 자기파괴적 충동인 타나토스를 동반하지만, 화자가 생각하는 '죽음'은 오히려 생명을 더욱 생명답게 하는 것이다. 그러기에 죽음의 징후처럼 다가오는 사랑의 순간에도 "벌써/죽음 속 새로운 생명의 예감은/생명 속 죽음의 예감보다 더 강하다." (397) 이러한 느낌의 근원을 찾아 '유년'과 '태아'로 거슬러오르다가, 시적 주체는 '물고기'와 다시 마주친다. 이 '물고기'는 '죽음의 그림' 속에서 잉태된 새로운 감각의 이미지이다. '물고기'는 튀어오르며 생과 사의 경계를 드러내기도 지우기도 하면서 생과 사보다 더 활달한 약동감으로 다가온다. 이 물고기는 '생과 사의 밀월'에서 잉태되었다는 점에서 감각의 쌍둥이 형제이거나 감각 자체의 생동하는 이미지이다. 이 물고기에 비하면 "폭풍우도 그 장식에 지나지 않"고, "종교도 그 제의에 지나지 않"으며, "세계지도도 그 작은 동네에 지나지 않는다."(398) 이 물고기는 장엄미사의 분위기에 감싸인 채 비할 데 없는 역능을 뿜어내고 있다. 이렇게, 헐벗은 감각은 거룩한 물고기의 몸을 허락받고 있다.

　시적 주체는 이제 '전생'과 '진화'까지 자기 생리로 수용하는 '미래의 회복'을 통해 우리가 '감당할 수 있는 역사'를 만들어가려 한다. 과거의 혁명들이 흔히 반동을 수반할 수밖에 없었던 것은 '감당할 수 없는 역사'를 만들어기며 중요한 삶의 가치들을 누락시키거나 미래를 너무 성급하게 앞당기려고 폭력을 행사했기 때문이다. 화자가 '전생'과 '진화'를 매개로 '미래의 회복'을 말하는 까닭은 삶의 차원에서 우리가 감당할 수 있는 역사를 만들어가기 위한 것이다. 그런데도 생명이 '두려움'을 느끼는 것은 서툰 희망들이 망가뜨린 미래의 모습이 엄습해오기 때문이다. 그러나 두려움의 뿌리를 명징하게 들여다보며 '미래의 회복'을 예감하고 있기에, 화자의 마음은 붉게 물든다. "석양은 내일을 위

477

해 미래를 회복하는/죽음으로 물든다. 붉지 않은가./생명과 두려움의/미래를 씻어내는 미래의 회복, 그/감각의 색깔은."(400) 이제 화자는 그 씻김 또는 사라짐의 장면과 느낌들이 빚어내는 미세한 결들을 살피고, '역사'와 '자유'와 '운명'에게 '설워 마라'고 위무하며, '미래의 회복'을 약속한다.

> 설워 마라, 역사여. 너의 전생은 자유다.
> 일체의
> 비유가 없고 설움도 가난한
> 비유에 지나지 않는다.
> 설워 마라, 자유여. 너의 전생은 죽음이다.
> 일체의
> 운명이 없고 설움도 초라한
> 운명에 지나지 않는다.
> 설워 마라, 운명이여. 너의 운명은 미래의 회복이다.
> 일체의
> 과거가 없고 설움도 휘황한
> 과거에 지나지 않는다. (401)

역사, 자유, 죽음, 운명이 서로의 자리를 바꾸어가며 '미래의 회복'으로 나아가는 이 윤무에서 퇴행의 기미는 묻어나지 않는다. 이 춤꾼들의 발걸음에 경쾌하면서도 안정된 리듬을 실어주는 시적 주체는 탁월한 언어의 안무가이다. 이제 화자는 '비유'와 '나'와 '설움'을 불러내고 나서, '그대'와의 생애가 '완벽한 하루'였음을 상기한다. "동터온다, 그대여./이승이라는 완벽한 하루에/너로 인하여 해변도 있었다."(402) 미래의 예감과 함께 시적 주체가 회상하는 '완벽한 하루'에는 일상의 무의미를 말끔하게 씻어낸 사람의 깊은 만족이 서려 있다. 미래의 회복을 예감하는 감각은 시적 주체의 몸에 춤이 깃들게 한다. 그러한 춤의 "몸을 알면/음악은 음악의/보임은 보임의/들림은 들림의 태초를/보여주고 들려준다."(402-03) 춤의 몸 속에서 '음악'은 보이고, 그 보임은 들리며, 스스로 감각의 '태초'를 드러낸다. 화자는 '생'을 다시 '죽음'으로 반조(返照)하면서, '완벽한 하루'인 '생'을 '전집'으로 비유한다. "생은 죽음의/전집./Edition./만년작./죽음을 능가하는 죽음."(404) "죽음을 능가하는 죽음"은 개별적인 생의 죽음들을 넘어선 죽음이고, 그 개별적 죽음들을 '전집'으로 총화하는 죽음이다. 생이 '죽음의 전집'인 까닭은 생이야말로 죽음이 그 총체성을 얼핏얼핏 드러내 보일 수 있는 유일한 통로이기 때문이다. 그래서 개별적인 생들은 죽음의 다양한 판본(Edition)들이다.

생의 또 다른 속성은 중층성이다. "생이 여러 겹이고/여러 겹의 생을 두려움과 수줍음 없이 다만/여러 겹으로 놀라는 법을 안다면/열광이야말로 누추하고 어색한 이면이다./(……)/우리 안에는 누추하지 않고 처참한/고래만 있었다./(……)/그래서 이야기는 새롭게 시작된다./(……)/설워 마라. 거대함이여,/네가 회복하는 것은 형용의/효과까지다./설워 마라, 형용이여/네가 회복하는 것은 감각의/미래까지다."(404-05) 미래의 회복을 예감하는 시적 주체에게 생의 중층성은 이제 혼돈이 아니라 "여러 겹으로 놀"랄 수 있는 조건으로 떠오른다. 생의 한 단면들이 드러날 때에만 열광하는 것은 여러 겹으로 놀랄 줄 모르는 의식의 '누추하고 어색한 이면'을 드러낼 뿐이다. '나' 안에도 밖에도 있는 '고래'가 처참한 모습으로 인지되는 것은 그것이 '우리 안에 있'기 때문이다. 여기서 '우리'는 '나'의 복수형인 동시에 짐승을 가두는 장소의 의미도 함께 지니고 있다. 후자인 경우, '우리'는 언어에 대한 고정관념의 비유이다. 그래서 이야기는 늘 새롭게 시작될 수밖에 없다. '고래'

가 언어라면, '너'는 그것의 이상적인 존재방식인 시일 수밖에 없다. 그리고 '거대함'(일반언어)과 대비되는 '형용'은 언어의 시적 활용에 대한 비유가 된다. 그러나 이러한 '형용'도 언어의 이상적인 활용에 비하면 한계를 드러낼 수밖에 없다. "없는 것이 없고 있는 것이 있는 그 사이/설움의 형용이 형용의 노고일 뿐/형용의 설움은 형용 없이 화려한/오해에 지나지 않는다."(405) '형용'이 설움을 느끼는 것은 언어적 활용의 한계를 의식할 수밖에 없기 때문이지만, 그 설움조차도 "화려한/오해에 지나지 않는다." 새로운 감각의 열림에는 없는 것은 없고 있는 것은 있을 뿐, 그 직접성 사이에 '형용'조차 끼어들 자리가 없기 때문이다.

6. 경험불능과 총체성에 대한 새로운 도전

최근에 내놓은 그의 장시들은 우리가 시라고 불러왔던 많은 것들이 언어와 기법들의 '죽음' 없는 전승이었음을 아프게 반조한다. 그리고 《유년의 시놉시스》는 시의 역사가 도달한 마지막 경계선들을 거침없이 넘나들고 있다. 돌이켜보면, 장시들은 그 시대의 생의 범람이 감당하기 어려운 혼돈처럼 밀어닥칠 때 그것을 언어로 수습할 수밖에 없는 시적 주체의 내적 필연성에서 잉태되었을 것이다. 단테(Dante Alighieri)에게 그 계기는 "한뉘 나그넷길 반 고비에/올바른 길 잃고 헤매던 나/컴컴한 숲속에 서 있었노라"로 포착되었고, 엘리엇(T. S. Eliot)에게 20세기의 물질문명은 생명이 깃들 수 없는 '황무지'로 표출되었지만, 21세기를 살아가는 우리의 시인에게 탈근대의 착종된 문화현상은 언어의 혼돈과 함께 한꺼번에 덮쳐오는 것이기에 그로서는 세계와 삶과 언어를 전면적으로 쇄신하는 데 전념할 수밖에 없었을 것이다. 그에게는 온갖 왜곡된 이미지들로 뒤덮여 있는 세계의 실체를 드러내고, 그것들을 돌이킬 수 없는 '죽음'으로 맞이하면서 생명적 흐름으로 이어가기 위해 원대한 디자인 즉 '유년의 시놉시스'가 피할 수 없는 시대적 요청으로 닥쳐왔을 것이다. 그는 어떤 기자의 질문에 대한 답변의 형식으로 이렇게 말하고 있다. "장시로 써야만 표현될 수 있는 영역이 있다면 장시의/기능은 마땅히 있는 거겠지요. 창작 충동이, 더군다나/시작 충동이, 어떻게 단어, 문장, 이미지 등으로/구분되어 오거나 가겠습니까? 오기는 모든 것의/chaos 상태로 덥쳐 오겠지요."(114)

지금 우리는 그 어느 때보다 장시가 요청되는 시대적 조건과 장시라는 장르 자체를 낯설어할 만큼 장시가 쓰이지 않는 현실 사이의 궁색스러운 상황에서 서성거리고 있다. 탈근대의 복잡성 속에서 살아가는 이들의 삶의 감각이 끊임없이 잘게 파편화되고 있다면, 우리 시단에서 장시가 잘 쓰이지 않는 현상은 어쩌면 당연해 보인다. 그러나 그러한 조건 자체를 문제적 상황으로 받아들이고 새로운 시적 전략을 구사하지 않는다면, 이 시대의 시인들이 할 일은 도대체 무엇일까? 물론 복잡다단한 탈근대의 현상들을 하나의 유기체로 빚어낼 수 있다고 믿는 것은 환상일 수도 있다. 특히 내러티브가 내재하고 있는 단순화의 폭력성을 염두에 두고 보면, 장시는 불가능할 것처럼 보이기도 한다. 그런데 김정환은 내러티브에 전혀 의존하지 않고 장시를 써냈다, 그것도 세 편이나. 이러한 사실은, 시적 주체의 감각과 의식을 동서고금의 무수한 텍스트들이 교차하는 지점에 송수신탑처럼 세워놓고 그것으로 포착한 다양한 현상들을 현재의 시간 속에서 재구성하는 엄청난 노동을 통해 가능해진 것이다. 이러한 작업은 벤야민의 '현재시간'(Jetztzeit)[13]의 역능을 시의

---

13) '현재시간'(Jetztzeit)은 우주의 역사까지 포함하는 광대한 경험적·비경험적 느낌·의미·내용을 함축하는 매우 뜻깊은 개념이다. 과거의 총량을 벅차게 의식할 수밖에 없도록 하는 이 개념을 음미할 때마다 나는 그가 맞서야 했던 현실이 얼마나 각박했을 것인지 역설적으로 떠올리지 않을 수 없

형태로 실현한 것처럼 보이기도 한다. 그의 장시들은 내러티브를 해체하면서도 배경이 허술한 요즈음의 우리 소설들보다 풍부한 물질성을 함축하고 있다. 물론, 이 '물질성'은 언어라는 질료에 가깝지만, 역사 속에서 디자인되고, 변화되고, 겹쳐지고, 서로 베끼면서 우리의 몸과 마음속에 깃들게 된 모종의 실체성이다. 시인이 순간적 경계—우리의 감각과 의식이 싹트는 '빅뱅'의 순간—를 사이에 두고 프롤로그와 에필로그들로써만 한 편의 장시를 구성한 것은 근대인의 경험불능성을 날카롭게 드러내면서 그에 대한 치유를 모색하기 위한 것이다. 이러한 시적 전략은, 시와 정치 사이의 관계를 놓고 머리를 싸매고 있는 우리 문학계를 향해, 시는 정치를 품고 있는 삶을 옹글게 품어안고 그것을 근원적으로 쇄신할 수 있는 최적의 장르라는 것을 명징하게 드러내 보이고 있다.

《유년의 시놉시스》는 먼저 발표된 두 편의 장시들[14]에 비해 주제와 문체가 훨씬 더 다채로워졌다. 그것은 "카오스 상태로 덮쳐오는" 시적 충동을 삶의 전면적 쇄신을 위한 시놉시스의 원동력으로 삼은 것과 무관하지 않을 터이다. 시인은 한없이 복잡한 세계상을 해체·재구성하는 과정에서 잉태되는 새로운 감각과 깨달음을 '죽음'과 '유년'의 새로운 디자인으로 온전히 수습해내고 있다. 그는 가까운 곳과 먼 곳, 표층과 심층 사이를 넘나들고, 온갖 기억의 재료들을 재구성하며 심성의 지도를 만들고, 형태와 색깔, 사물과 언어(소리, 문자), 상형문자(한자)의 형성 과정과 구조, 언어들의 생성과 소멸을 살피고, 세계화의 영향관계 속

다. 그러나 과거를 구원하면서 현재에 맞서고, 그것을 통해 미래의 시간을 열어가야 하는 고독한 지식인이 기댈 수밖에 없었던 것이 종교적 전통과 맞닿아 있는 추상적 개념에서 힘을 길어 올리는 길뿐이었을까, 하는 의문도 남는다.

14) 김정환, 《드러남과 드러냄》(도서출판 강, 2007); 《거룩한 줄넘기》(도서출판 강, 2008).

에 놓인 각 나라 언어들 사이, 중세언어의 소멸과 현재적 생명성 사이, 세계의 복잡성과 디자인 사이, 생과 사 또는 태어남과 죽음, 동양(의 지혜들)과 서양(의 지혜들) 사이, 고전과 현대적 감각 사이를 깊숙이 들여다보며, 그 모든 것들을 낱낱이, 때로는 몇 개씩 또는 한꺼번에 겹쳐서 느끼거나 성찰하기를 줄기차게 감행하고 있다. 이 모든 것들을 넘나들거나 그것들 사이를 파고드는 시인의 감각과 의식은 날카롭고, 현란하고, 섬세하고, 심오하다. 그는 때때로 이 시에서 중요한 기능을 감당하고 있는 낱말들을 리드미컬한 윤무로 빚어내는 언어의 안무법을 구사하기도 한다.

　시적 주체의 의식은 경사면에서 미끄러지기도 하고, 곡면(曲面)을 휘감아돌기도 하고, 건너뛰거나 비약하기도 하고, 통념으로 오염된 단어들을 정화하거나 그 내포를 치환하기도 한다. 그는 "농노가/농사짓는 노예, 맞나?/농노는 농업, 생산이 삶이고/장원 영주들이 농노 생산의/노예였던 것 아니고?"(72)에서처럼, 단어의 내포를 전복함으로써 왜곡된 삶의 방식을 명징하게 드러내기도 하고, "망각과, 첫 인식/가까워지고 가까워질수록 그 사이 깊어진다./(사이가 깊다는 말, 맞나?)"(71) 하며, 짐짓 자신의 언어 사용법에 의문을 던지면서 독자의 동의를 구하기도 한다. 이러한 의문형 문장들은 언어와 관련된 우리의 통념을 깨뜨리는 수많은 방법들 가운데 하나이다. 그의 의식은 규범이나 관행에 얽매이지 않고, 삶과 시물외 전후, 좌우, 상하, 표리 등을 넘나들며 우리들의 통념 또는 자신의 관념을 형성해온 다양한 의식의 식민지성늘을 쉼없이 심문하면서 미래 회복의 가능성들을 축적해간다. '죽음'과 '유년'은 수많은 통념들에 갇혀 있는 우리의 의식을 해방하면서, 동시에 세계의 복잡성과 중층성을 온전히 수습하기 위한 시적 주체의 원대한 디자인을 앞뒤에서 밀고 당기며 '미래의 회복'으로 이끌어가는 의식의 운동성, 또는 헐벗은 감각이 거할 수 있는 '빈집'들이다. 그러나 어감을 통해 한 시대의 역사적 특징을 형상화하거나 복잡성 자체가 풍기는 미묘한 '감'들까지 삶의 느낌으로 수렴하는 김정환 특유의 시적 방법은 관념화되지 않고 언제나 일상에서 구체화되면서 그것을 쇄신할 수 있는 원리로 자리 잡는다.

'구체=추상화, 추상=구체화'의 감각적 사유가 빚어낸 이 언어구성체는 직물의 의미를 지닌 텍스트보다는 강력한 반발력을 내장한 용수철 뭉치의 이미지에 더 가깝다. 그 무수한 현(弦)들은 쉽게 간추릴 수 없을 만큼 복잡하게 얽혀 있지만, 그것들 하나하나는 새로운 탄생의 느낌과 생동감으로 팽만해 있다. 그것들에서 튕겨져 나오는 언어의 입자들은 어떠한 패러다임이나 신태그마(syntagma)에도 붙들리지 않은 채 세계의 혼돈을 기꺼이 맞이하여 언어들의 생동하는 춤사위로 빚어낸다. 때로는 파편화된 잡다성을 발묵법(潑墨法)의 흐린 번짐처럼 작용하는 '무늬'로 수습하며 언어의 틈새와 의식의 '빈자리'까지 물질성으로 충만케 한다. 그리고 간간이 시적 풍경들 사이사이에 내리며 딱딱한 것들을 부드럽게 적시는 '비'에는 흐림의 감각적 명징성을 빚어내는 시적 주체의 놀라운 감수성이 촉촉히 스며 있다. 이처럼 딱딱한 껍질들을 부수거나 촉촉이 적시면서 수많은 경계들을 넘나드는 그의 감각적 사유 앞에서 현대 이론의 성채들이 소리없이 무너진다. 이를테면 '상징보다 먼저'인 '낯익은 가락'과 분리되지 않은 '낯익은 가사'와 만나는 어린아이의 첫 경험은 '거울단계'의 어린아이가 상상계에서 상징계로 깔끔하게 넘어가는 것이 아니라 그 이전과 이후에 내재하는 감각운동 속에서 끊임없이 성장해가거나 '성장장애'를 겪을 수밖에 없다는 사실을 분명히 보여준다. (어린아이에게 상징보다 먼저인 가락과 가사는 이미 낯익은 것이다.) 이러한 시적 성찰들은 어린아이의 순수성에 대한 선험적 허구를 적나라하게 드러낸다. 화자의 말을 빌리면, "세례를 받지 않고 태어난 생은 없다."

어느 날, 김정환과의 술자리를 마치고 집으로 돌아가는 길에 황현산이 말했다. "삼십 년 후에는 김정환 연구 붐이 일 거야." 나는 왜냐고 묻지 않았다. 한 세대가 지나 우리 비평계가 탈근대적 조건 속에서 시의 존재이유에 대한 뼈아픈 성찰을 하게 된다면, 지금 우리가 낯설게 경험하고 있는 김정환의 시세계를 다시 눈여겨보게 될 가능성은 커질 수밖에 없으리라는 생각이 금세 지펴왔기 때문이다. 이와 함께, 1917년 이후 삼십 년이 지난 시점에서 평론가들에게 재발견된 에즈라 파운드(Ezra Loomis Pound)가 떠올랐다. 그러나, 지금 우리는 망각과 재발견 사이의 메커니즘에 현혹될 필요는 없다. 재발견은 발견을 전제할 때만 가능한 것이니까. 그리고 김정환의 장시들은 지금 우리들의 눈앞에서 이 시대의 혼돈을 가장 치열하게 가로지르고 있으니까. 그래도 발견 자체가 더디게 이루어질 수는 있다. 이를테면, 지평선 뒤쪽으로 물러나면서 바라보면 톨스토이라는 산맥 너머에서 서서히 더 큰 산맥이 떠오르는데 그것이 도스토예프스키라고 말한 앙드레 지드(Andre Gide)의 말[15]처럼, 커다란 존재는 발견을 위한 시공간적 거리를 요구할 수도 있다. 근래 몇 년 사이에 이루어진 김정환의 장시들은 아마도 그만한 시간적 거리를 요구하고 있는지도 모르겠다. 앞에서 말했듯이, 그의 장시들에는 내러티브가 없을 뿐만 아니라 몇 가지 이론이나 개념들로 정리되거나 환원될 수 없는 복잡성과 다양성과 특이성을 지니고 있다. 이러한 현상은 장시간의 집중된 독서와 반복적 읽기를 요구한다. 그의 시 문체 또한 그 묘미에 맛을 붙이기 위한 시간을 요구한다. 그의 시가 난해하게 느껴진다면, 시를 읽고 이해하는 데 필요한 최소한의 시간을 아꼈거나 우리 자신의 삶의 감각이 난해할 만큼 왜곡되어 있는 탓일 수도 있다.

해설을 쓰겠다고 자청한 나 역시 네다섯 번쯤 읽고 나서야 글을 쓸 마

---

15) 앙드레 지드, 〈도스토예프스키론〉 첫머리.

음의 준비가 갖추어졌으니, 이러한 시를 쓴 그는 오죽했겠는가. "머릿속이, 이 방면으로는, 새하얗다. 결심컨대 당분간, 장시는 여기서 끝이다." ('시인의 말') 그래도 매일같이 '붉은 노을'을 새롭게 맞이할 그는 어떤 형태로든 다시 쓰고, 또 쓸 수밖에 없을 것이다. 이것은 어디까지나 그의 시인 기질과 함께 지펴온 예감일 뿐이다. 그리고 '시놉시스'라는 말 자체가 그의 시적 모험이 더 풍부하고 심오하게 펼쳐질 수 있음을 예고하고 있지 않은가. 어쨌든, 삶의 정치적 차원과 미적 차원을 아우르며 복고의 감성이나 반동의 여지를 말끔히 씻어내고 있는 시인에게 '미래의 회복'은 중단될 수 없을 것이다.

시인의 말

〈드러남과 드러냄〉(1권: 졸업앨범-죽음과, 일상의 모뉴멘탈리티 2권: 오래된 나들이-삶이 늙어간다는 것)은 '보임'(과 안 보임)이, 〈거룩한 줄넘기-소리, 문자, 그리고 노래 속; 생명의 內破〉는 '들림'(과 안 들림)이, 그리고 〈유년의 시놉시스-프롤로그, 性의 단절과 에필로그, 미래의 회복〉은 '디자인'(혹은 체계와 '시적' 사이 속)이 마각이었다. 머릿속이, 이 방면으로는, 새하얗다. 결심컨대 당분간, 장시는 여기서 끝이다. '3부작'인가. 아무튼, 맨 마지막은 감사의 말이다. 처음 언약대로 '갈 데까지 함께 가 봐'준 황광수 형에게 문학적 우정과 존경 이상의 고마움을 표하고 싶다.

2010년 4월 김정환

우리가 해체라는 말을 사용하기 시작한 것은 벌써 오래 전의 일이지만, 우리에게서 말의 진정한 의미로 최초의 해체시를 쓴 사람은 김정환이다. 그는 이 시집에서도 우리 시대의 정신이 내려갈 수 있는 가장 깊은 곳까지 내려가려 했다. 그는 육체 삶이건 정신의 삶이건 우리의 삶과 인연을 맺은, 우리의 삶을 간섭하거나 방치하는 개념 하나하나를, 그 낱말 하나하나를 해체하려 했다. 다시 말해서 그 하나하나를 그것이 최초로 만들어지던 현장에서처럼, 제 유년의 언어처럼, 생생하게 느끼려 했다. 엄숙한 사유의 현장에서 마지못해 떠는 수다의 현장까지, 고대의 종교적 지혜의 현장에서 신종 플루의 확산을 전하는 뉴스의 현장까지, 제가 만든 말에 꼬리를 잡혀 소환되는 현장들을 동시에 다스릴 질서는 없다. 김정환의 특이한 통사법, 또는 통사법 없음에서만 겨우 한자리에 모일 수 있는 그것들의 무질서는 어떤 비의적 질서를 상정하는가? 상정한다. 그러나 이 낯선 질서는 말한 것을 고쳐 말하고, 더 깊이 더 넓게 말하고, 말하지 않은 것을 찾아내어 그 성질을 바꾸고, 반복하여 다른 문맥 속에 옮겨 놓으려고 노력하는, 끝나지 않는 책을 쓰려고 노력하는 사람의 신념과 다른 것이 아니다. 다행하게도, 그것이 어느 날일까, 그 낯선 질서가 우리를 넘어뜨리고, 또는 꿰뚫고 지나갔을 때, 그 질서 빛 아래서 김정환의 끝없는 글을 책으로 낱낱이 설명해야 할 사람들의 수고는 여러 권의 책으로만 담을 수 있을 것이다.

― 황현산(문학평론가)